講談社文庫

悲録伝

西尾維新

講談社

HIROKUDEN

NISIOISIN

第6話「変わる風向き！
難航する交渉術」345

第7話「緑を大切に！
子供の心に木を植えよう」413

第8話「土の中で眠れ！
壊れゆく島々」481

第9話「一番最初の魔法少女！
回る駱駝の前衛芸術」549

第10話「少女から女へ、そして人へ！
四国ゲームの終わり」617

DENSETSU SERIES

∅6

第1話「ついに集った仲間！
八人の魔法少女」7

第2話「魔女の正体！
昔々の戦争」75

第3話「編み出せ、攻略法！
四国ゲームの抜け穴」141

第4話「爆弾発言！
人造人間『悲恋』の秘密」205

第5話「それぞれの夜！
対決前の対話」273

悲
DENSETSU
SERIES
Ø6
録
HIROKUDEN
NISIOISIN
伝

悲 録 伝

DENSETSU SERIES Ø6

HIROKUDEN

NISIOISIN

第1話「ついに集った仲間! 八人の魔法少女」

0

Q・ある道で、たくさんの人が歩いている中、一人だけ傘をさしている人がいました。
なぜでしょう？

A・雨が降っていたから。

1

復習をしよう。

と、十三歳の少年、空々空は思った。

なにせ、とにかく四国に来てからこちら、様々な出来事があり過ぎた——あってあってあり過ぎた。数字上はまだ六日程度しか経っていないはずだが、実感としては、二年以上、この広大な島で生活している気分だ。

いや、それは生活なんて生やさしいものではないし、気分なんて牧歌的なものでもない――大袈裟でなく、日ごとに十回は生死の境をさまよったし、うち二回は本当に死んだ。蘇生が成功したのは、奇跡のようなものだっただろう――実際には、奇跡ではなく、魔法のようなもの、なのだが。

二度あることは三度ある、と、古くから言うけれど、そんな先人の言葉を嬉しげに鵜呑みにできるほど、空々少年は素直でもなければポジティブでもなかった――むしろ直感的に、三度目はないだろうと考えている。

だから、復習が必要だ。用心深い復習が。

己の愚かさを思い出そう。

自身が今、参加している――強制的に参加させられている、四国ゲームとは何であり、ゲームを支配する魔法という、科学と対立するシステムは、いったいどういうものなのか。

魔法少女とは何で。

魔女とは誰なのか。

考えなくてはならない――これまで、考え過ぎることで、数々の墓穴を掘ってきた彼ではあるけれど、しかし、残念ながら空々空という我らが英雄は、他に生き残るすべを知らないのだった。

状況は既に、孤軍奮闘ではない。

語り尽くせないような紆余曲折の末、頼れる魔法少女『パンプキン』とも、後発の地球撲滅軍とも合流できた。

だが、それでも、決して生き残りやすくなったとは言えないと、少年は考えていた

——むしろ、逃げにくくなったとさえ、彼は考えていた。

2

復讐をしよう。

と、十三歳の魔法少女、手袋鵬喜は誓った。

なにせ、彼女が深く深く、おかしくなってしまうほどに憎んでいた相手が、この場に二人もいるのだ——これで復讐しないほうがどうかしている。今を逃せば復讐の機会なんて、二度と訪れないかもしれない。

空々空という女装少年。

杵槻鋼矢というはぐれ者。

彼のせいで、彼女のせいで、手袋が慕っていた魔法少女『パトス』——本名必くく

まばらは死んだのだ、殺されたのだ。それだけではない、その死体まで辱められた——手袋が所属していた魔法少女のグループ、チーム『サマー』が崩壊したのも、何もかも、あますところなくこの二人のせいだと、手袋は思っていた。

失った物はもう返ってこないし、失った者はもう帰ってこないけれど、それでも彼と彼女の憎き二人はしかるべき報いを受けるべきで、その報いを与えることができるのは自分だけだ——と、この思い込みの激しい娘は、信じ切っていた。

むろん、わかっている。

思い込みが激しいというだけで、決して愚かではない手袋鵬喜、魔法少女名『ストローク』はわかっている——こんなのはただの感情であり、一介の激情であることをわかっている。

嫌と言うほどわかっている。

秘々木まばらの四国ゲームからの脱落、そしてチーム『サマー』の崩壊から数日が経過してみると、嫌でも冷静になってしまうし、また、その後いろんな人の話を聞くにつけ、いろんな体験をするにつけ、どうやら自分は誤解をしていたらしいということもわかってくる。

中でも特に、空々空という女装少年についての誤解は著しかったようだ——てっきり、女子の死体をまさぐる変態だと思っていたけれど、彼は（彼の言っていた通り）、地球撲滅軍の英雄であったらしい。杵槻鋼矢、魔法少女名『パンプキン』については、そんなわかりやすい誤解こそなかったものの――では、だからと言って彼女を責められるかと言えば、しかも手袋の立場から彼女を責められるかと言えば、そんなことはまったくなかった。

のうのうと生きていたのは手袋のほうだった。

みんな、四国の現状を生き残るのに、ただただ必死なだけだった――しかし、感情であり、激情でしかないからこそ、復讐の気持ちを抑え込むのは、難しくもあった。

誤解であり、はなはだ間違っていることがわかっていても――復讐したい、仲間の仇討ち（あだうち）をしたいという気持ちを、抑えきれない。

飢皿木（きさらぎ）博士を起点にしていることと言い、何かと空々空と共通点の多い手袋少女ではあったが、しかし決定的で、しかも致命的な違いとして、彼は感情が死んでいて、彼女は感情が死んでいないという点が挙げられる――むしろ彼女は、感情によって、ここまで生きてきた。考え過ぎることで生き続けてきた少年と、感じ過ぎることで生き続けてきた少女――そう並べてみると、対立構造にあるような二人だが、しかし、それが補い合うことはないのだった。

もちろん。

手袋鵬喜は愚かではない。

感情の動くがままに、激情の働くままに二人に襲いかかったりはしない——歯をかみしめて、自分自身を抱きしめるようにして、そんな馬鹿げた気持ちを抑えつける。広大な四国で今、こうして彼らと合流できた奇跡を、台無しにすることにはどんな意味もないことを知っている——しかし、いつまでそんな風に、自分を、自分の気持ちを抑えていられるのか、それはまったく、見当もつかなかった。

3

副将になろう。

と、十七歳の魔法少女、杵槻鋼矢は考えた。

思い上がるつもりはないし、上から目線なつもりもないけれど、およそ客観的に判断して、この場で、このメンバーの中で、一番状況を冷静に見られているのは、間違いなく自分だ。

それは彼女が賢いからでも、優秀だからでもない——いつかこんなことになるんじゃないかと、ずっと想定してきたからだ。

想定し、準備してきたからだ。

常に用心深く、常に念のため。

疑心暗鬼で生きてきたからだ。

賢さで言うなら、この場におけるナンバーワンは、おそらく地球撲滅軍からやってきたという不明室の長、左右左危博士だろうし、優秀さで言うならば、その右左危博士と同伴してきた、同じく地球撲滅軍の女史、氷上竝生がトップだろう――それでも、あとから、そして外からやってきた彼女達にとって、この四国ゲームが、降ってわいたようなシチュエーションであることには違いない。

四国の中で、ずっと危機感を持って活動してきた自分だけが――結果、魔法少女というにはいささかとうが立ってしまい、はぐれ魔法少女などという異名を得るに至った自分だけが知っている情報が、多過ぎる。

正直に言うと、不本意ではあるのだが――だからこの場を、このメンバーを、杵槻鋼矢、魔法少女名『パンプキン』が仕切らねばならないことは、決定された事実だった。

ただ、あくまで仕切るだけで、指揮は執らない。執りたくない。不本意ではあると、ついつい本音がこぼれてしまったけれど――そもそも鋼矢は、団体行動が苦手である。

みんなで仲良く、ができない。

斜に構えた態度、世の中を裏側から見ているような振る舞いからは想像されにくいけれど、考えてみればそれで当然というか、常に疑心暗鬼で生きてきた鋼矢が、集団の中で立ち振る舞うことが得意なはずがなかった。

元チームメイトとは言え、手袋鵬喜が自分のことを、決して好意的には見ていないことに、当然ながら気付いてもいたし——秘々木まばらや忘野阻（わすれのはばみ）のような包容力を持たない自分がリーダーとなるべきではないことを、彼女はよくわかっていた——よくよく痛感していた。

ならば、誰がリーダーとなるべきなのか。

鋼矢は既に答を持っていた。

問題はそれを、どうやって皆に納得させるかであって——それはなかなかの難問だった。

4

復職をしよう。

と、地球撲滅軍第九機動室の事実上ナンバーツー、氷上竝生は決意した。

正直、どうにもここのところ、自分自身を見失っていたきらいがある——己（おのれ）の正体を失っていたところがある。

上司である空々空——上司といっても年下の、それもダブルスコアで年下の上司だが——と合流した、ここを機会に、取り戻すべきだ。

リセットするなら今だ。

冷静で、冷徹で、真面目で、生真面目で。

融通のきかない四角四面な自分を取り返そう。

秘密機関・地球撲滅軍のいち職員、コードネーム『焚き火』としての自分を——ただ、難しいのは、今の彼女は、今となっては純粋に地球撲滅軍の所属とは言いにくいところなのだ。

それは単純に、今彼女が、年甲斐もなく、二十代後半でありながら、ふりふりで可愛らしい魔法少女のコスチュームに身を包んでいるから——地球撲滅軍と双璧をなす四国の秘密機関、四国に起きた異変と共に滅びたと思われていた絶対平和リーグのユニフォームに身を包んでいるからということではなく、今現在、氷上は、地球撲滅軍において、重大な裏切り者、裁くべき命令違反者としての扱いを受けているだろうことに疑いがないからである。

反逆者なのだ。

不明室の長、左右左危博士に唆されて、のこのこ四国にやってきてしまったがゆえに——いや、人のせいにするのはよくない。

たとえ氷上と、その弟の肉体に、非道な改造手術を施したマッドサイエンティストが相手であれ、他の誰かに責任を押しつけるというのは、彼女の信条に反する――あくまでも、組織の意図に反して四国に乗り込み、四国ゲームにログインしたのは、彼女自身の判断である。

上司を。

年下の上司の身を案じてやってきた――突き詰めれば、それだけなのだ。

部下としては当然の行動と開き直ろうにも、そのために組織から追われてしまったのでは本末転倒もいいところだけれども、ともかく、こうして上司――第九機動室室長空々空、コードネーム『醜悪』と合流できた以上、現時点で既に彼女の目的は、目的だけなら達成できたと言うべきだ。

ならばこそ、切り替えよう。

リセットして、スイッチしよう。

ここまで、左右左危のパートナーとして、四国ゲームをプレイしてきた彼女ではあったが、それはもう昔の話、ここからは空々空の部下としての自分を思い出そう。

たとえ、今の自分が、地球撲滅軍の所属でなくなっていたとしても――それでも、英雄のサポートという自分の仕事に、復職しよう。

……目を覆いたくなるような自分の有様とは違い、魔法少女のユニフォームが実に様になっている十三歳の少年に、素直にときめいていたりもしたけれど、そんな気持ちはこの決意には関係ないはずだ、きっと。

5

複数をしよう。

と、地球撲滅軍不明室室長、左右左危は結論づけた。

それはこの規格外の才媛にとっては、まったく意に添わない判断であり、実に苦渋の決断だった――周囲からは惜しみなく天才と評価される彼女ではあったけれど、自分ではそんな風に考えてはいない。ただ、自分は偏っているだけだと思っている。『できること』より『できないこと』のほうが、圧倒的に多い――だからこそ『できること』に、一極集中できる。

選択肢の少なさが、彼女のアドバンテージ。

人と仲良くしたり、人に優しくしたり、人を思いやったり、人を愛したり、人を助けたり、人のために働いたり、人並みに生きたりできない代わりに――右左危博士は、天才と評されるに足るだけの、天才に匹敵するだけの、人外めいた業績を上げてきたのだ。

実験にすべてを捧げてきた。

研究にすべてを捧げてきた。

捧げ、奉ってきた。

地球撲滅軍に入隊したのも、憎き地球を打倒し人類を救うため、なんて、高い志があったわけではまさかなく、ただそこが、自分の知る限りもっとも、科学の徒として勉学に励める場所だったからに過ぎない。

夫よりも、娘よりも。

彼女は科学に偏った——それを悔いる気持ちもない、たとえそんな気持ちが一時的に生じたとしても、それさえすぐに知的好奇心へと、偏ってしまうだろう。

もっとも、彼女自身がどう思おうとも、それはそれでやはり一種の天才性でもあるのだろうが——しかしながら、偏ることで群を抜いてきた左右左危にとって、己の才覚を平らに均して、二分三分するというのは、はなはだ心許ないことだった。

できることなら、いつも通り一極集中したい。

いろんなことをしたくない。

ひとつのことだけに偏りたい。

危険地帯であることがわかりきっていた四国を、それでも訪れた動機である、彼女の研究成果——対地球の秘密兵器にして決戦兵器、人造人間『悲恋』のことだけを、考えたい。

だが、読み通りと言うべきなのか、やはり想定外だと言うべきなのか、『悲恋』のみならず、『悲恋』と行動を共にしていたらしい小さな英雄・空々空とも合流できた今——できてしまった今、そういうわけにもいかない。

四国ゲームのこと。

四国そのもののこと。

魔法のこと、科学のこと。

魔法少女のこと、魔女のこと。

そして——地球のこと。

考えなければならないことが、たくさん、それも一気にできた——いいだろう、複数をしよう。

それに結局。

この場合、左右左危博士が考えようとする複数は、突き詰めれば、たったひとつの——たった一人のことなのかもしれないのだ。

6

服従をしよう。

と、左右左危博士が創作した科学の産物、人造人間『悲恋』は計算した。

計算した、と言うと、まるで彼女（便宜的に彼女）が計算高いロボットのようだけれど、しかし、ロボットなのだから計算高いのは当たり前である——もっとも、より正確に言うならば、わざわざ計算するまでもなく、ゼロベースから『悲恋』は、そういう風にプログラムされている。

ロボット三原則と比べると、いささか不完全と言うか、完成度が低いと言うか、暴力的なルールではあるけれど、少なくともユーザーには絶対服従するように、彼女はプログラムされている——命令には逆らわないし、逆らうも何も、機械であるがゆえに、自律的な意志など、そもそも持たない。

徹底的に機械であり、徹底的にデジタルである——ヒューマンエラーをもたらすようなあやふやなアナログ加減は、ネジの一本に至るまで、これっぽっちも組み込まれていない。

もっとも、『悲恋』の設計に、ネジやボルトは含まれていないのだけれど——ともかくにも彼女は、正規の軍人よりもよっぽど、上官の命令に従うのだった。

人間の命令に従うのだった。

それゆえにここまでは、英雄にとってもっとも頼れる『道具』であった人造人間、地球撲滅軍の開発した助力としての『新兵器』ではあったけれど——予定外に桂浜で彼女と合流できたからこそ、空々空は今日を迎えることができたのだと言ってまったく過言ではないけれど、しかし、ここからも同じく、彼女が頼れる『道具』であり続けられるかと言えば、それは大いに疑問なのだった。

なぜなら、これまで『悲恋』を『操縦』してきたのは、空々少年一人だった——彼女にとっての『上官』は、四国において空々空一人だけだった。

だが、左右左危や氷上竝生と、ついに合流した今となっては、話が違う——様相はまったく変わってくる。

左右左危は彼女の開発責任者であって、言うなら生みの親のようなものだ——氷上竝生とは初対面だけれど、地球撲滅軍の職階においては、新兵の彼女よりも、遥かに高い地位にいる。

絶対的命令権を持つ人間が、単純に考えても、三人に増えたのだ——そしてその三人は、まったくもって一枚岩ではない。

道具はあくまで道具であり、機械はあくまで機械である——それをどう使うか、あるいは、どう使い損なうかは、手にした人間次第。

ひとつのハンドルを三人で取ろうとすれば、綺麗な機動などできるはずもない——不細工な曲芸を演じることになるだろう。完成度が低い代わりに自由度の高いロボットである『悲恋』には、そういった際にトラブルを防ぐような安全弁は組み込まれていない。

そもそも彼女が、暴走して四国に来た（泳いで！）という事実を忘れてはならない――しかし『悲恋』自身に言わせれば、あれは不具合でも、組み込まれた命令に違反したわけでもない。

不明室内にあった意見の食い違いが生んだトラブルだ――一刻も早く『悲恋』の実戦テストをしたい勢力、『悲恋』をまだ隠しておきたい勢力、様子を見たい中間勢力、などなど――左右左危博士は強硬手段で、七段階ある発射プロセスの妨害に出たけれど、そんな独善的な強硬手段に出たのは彼女だけではなかったのだ。

数々の命令が衝突し合い、矛盾し合い、打ち消し合い、相反し合った結果――人造人間『悲恋』の暴走は起こったのだった。

事故と言えば事故なのだが、しかし『悲恋』にしてみれば、ただ順当に、入力されたプログラムに従っただけである。

起こるべくして起こった暴走だ。

船頭多くして船山に登る。

山に登ってくれるならまだ救いはあるけれど、普通はただ、針路を見失った船は海の底に沈むだけだ――ずぶずぶと。まして、この場には、空々空、左右左危、氷上竝生以外にも、まだ何人もの人間がいるのである。

意見を統一するだけでも相当時間を要するだろう——今、一番ないのは時間だというのに、ただただ、時間を消耗することになるだろう。

時間のなさ——時間の大切さ。

時間の儚さ。

『悲恋』はそれを知っている。

ハートならぬハードに、深く書き込まれている——だが、あくまでも彼女は命令を待つだけだ。誰が発するかわからない命令を。

そして服従する。

戦えと言われれば戦うし、殺せと言われれば殺す。

機械であるがゆえに、もっとも状況に柔軟に対応できる彼女ではあったが、それゆえに、もっとも融通が利かない彼女は、そんな風に、誰かが命令を発してくれるのを待っていた。

魔法少女のユニフォームを着ている(着せられている)こともあって、そうやって控えている姿は、まるで漫画で夢見られるメイドロボのようだったが——彼女はあくまで、兵器である。

7

腹痛を訴えて帰ろうかな。

と、十三歳の魔法少女、地濃鑿は妄想した。

もちろん無駄なくらいに健康優良児な彼女は、腹痛など感じてはいない――新たな三人と合流し、チームの人数が増えたからと言ってストレスを感じるようなデリケートな感性は、毛ほども持ち合わせていない。

ただ、なんだか大変な雰囲気になってきてるなー、大変そうだなー、面倒だなー、こんな風になるって思ってなかったんだよなー、と感じてはいて、だからなんとか、この場からフェイドアウトできないものか、なんて、そんなふざけたことを割かし真剣に考えていた。

これだけ人数がいれば、自分一人くらい抜け出してもばれないいんじゃないかな？

ここまで地濃を引き連れ、引き回してきた空々空にしたって、杵槻鋼矢と念願の合流を果たした今、捕虜としての彼女を解放してくれるのでは……。

そんな虫のいいことを、地濃はふてぶてしくも妄想していた。

仮に今、この場で解放されたとしても、地濃にいいことはないのだけれど、そこまで考えは及ばない——よくも悪くも地濃の考え方は、その場のノリに左右される。ノリと言って悪ければ、それは本能のようなもので——案外、賢ぶった小難しい理屈よりもよっぽど、その本能が正しかったからこそ、今日まで四国ゲームを生き残ってきた彼女なのだ。

だからひょっとすると、ここで空々少年達とさよならすることが、彼女にとっての最適解だったかもしれないけれども、ただ、もちろん空々や鋼矢が、地濃を解放するはずがなかった。

地濃鑿を——魔法少女名『ジャイアントインパクト』を、手放す者など、いるはずもなかった。

それは当然、地濃の愛らしい人柄が素晴らしいから——というわけでは全然なく、彼女が使う魔法が、およそ考えられないくらいに、例外的なものだからだ。

魔法少女『ジャイアントインパクト』が、マルチステッキ『リビングデッド』によって振るう魔法は『不死』——死んだ人間を自在に生き返らせるというものだ。

空々も鋼矢も、その魔法によって、三途(さんず)の川の向こうから強制的に引き戻されている——もちろんいくつかの付帯条件もあって、そこは他の魔法と同様に、決して万能ではないけれども、『死ぬことがルール違反』である四国ゲームにおいて、魔法少女『ジャイアントインパクト』の専用魔法は、あまりに特別で、絶対に手放すわけにはいかないものだった。

なので、極論を言えば、必要なのは地濃本人ではなく、彼女が着ている『ジャイアントインパクト』のユニフォームと、それに連動しているマルチステッキ『リビングデッド』だけ、ということになるのだが……、だからと言ってユニフォームとステッキを奪って、身ぐるみを剝いでチームから追い出そう、危険地帯へと裸一貫で放逐しようというほど、空々も鋼矢も、残虐性を帯びてはいなかった。

『リビングデッド』をもっとも使い慣れているのが、地濃だという事情もある。

ゆえに。

腹が痛かろうと頭が痛かろうと、存在自体が痛かろうと、地濃鑿というこまっしゃくれた魔法少女が、このチームから外れることはない――そもそも、帰ろうかな、と言って、無人島と化した今の四国において、いったいどこに帰るというのか。

ならばおとなしく、このままなりゆきに任せておくのが一番なのかなと、彼女はノリで判断する――本能で判断する。

まあ、大変そうだけれど、そんな酷いことにはならないだろう――と、ある種、メンバーの中でもっとも楽観的な未来予想図を描いているのが彼女かもしれない。

杵槻鋼矢――魔法少女名『パンプキン』から頼まれていた仕事を、自分の身可愛さにどこかで放棄していたところがあったので、再会したら気まずい思いをすることになるかもしれないと予想していたけれど、どうやら期せずして、その依頼（ほとんど命令に近いものだったが）を、知らず知らずのうちに、自分は果たしていたようだし——と。

地濃鑿はちらりと、様子を窺うように隣に座る幼児、酒々井かんづめのほうを見る。徳島県のデパ地下で出会った、空々空が連れていた、六歳かそこらの、その幼児を。

自分も相当、何を考えているかわからないほうだけれど——この幼児は、それに輪がかかっていると、地濃は思った。

だけどここから先は——あるいはこれまでもずっと、そうだったのかもしれないけれど——この幼児がキーパーソンになってくるのだろうことは、地濃のようないい加減な人間にしてみても——いい加減だからこそかもしれないけれど——まったく想像に難くなかった。

8

白秋の刻だ。

と、六歳の幼児、酒々井かんづめは確信した。

それだけ言うと、まるでわけがわからない——少なくとも六歳の幼児が考えることでも、確信するようなことでもない。白秋の刻どころか、青春の刻も、朱夏（しゅか）の刻も迎えていない六歳の幼児——だが、彼女にしてみれば、これは、待ちに待った、待ち焦がれた瞬間なのだった。

空々空との、偶然というにはあまりに奇跡的な遭遇。吉野川（よしのがわ）上流、大歩危峡（おおぼけきょう）における臨死体験、同じく桂浜での臨死体験。龍河洞（りゅうがどう）における杵槻鋼矢との『再会』を経て——ようやく酒々井かんづめは、本来の自分を取り戻しつつあった。

魔女としての記憶を取り戻しつつあった。

自分自身になりつつあった。

……とは言え、まだ完全ではない。

あと少し。もう少し。

そうすれば彼女は、白秋の刻を過ぎ、玄冬（げんとう）にさえ至るだろう——決してそれは平坦な道のりではないだろうが、それでも、まるっきりの不可能ではないはずだ。

黒くなれる。

ここに揃ったメンバーならば。

意外なことに、この場にいる者の中で——あくまでも二重鉤括弧（かぎかっこ）つきではあるが——もっとも、勢揃いした仲間を『信頼』しているのが、この幼児だった。

幼児にして魔女。
酒々井かんづめだった。

9

以上、八名。
小さな英雄――『醜悪』・空々空。
気弱な復讐鬼――『ストローク』・手袋鵬喜。
策略少女――『パンプキン』・杵槻鋼矢。
敏腕秘書――『焚き火』・氷上竝生。
母親博士――『科学の徒』・左右左危。
人造人間――『新兵器』・『悲恋』。
道化――『ジャイアントインパクト』・地濃鑿。
幼児――『魔女』・酒々井かんづめ。
これが、最終局面を迎えた四国ゲームにおいて、現在生き残っているプレイヤーの全容であり、また、クリアに向けて動き出そうとする、団結したパーティである。
団結したというにはそれぞれの思惑（おもわく）はてんでばらばらだし、パーティというにはいささか華やかさにも華々しさにも欠けるけれども、他にはもうプレイヤーがいない以上、その点はどうしようもない。

ベストを求め得ないからには、たとえ集まったのがろくでもないワーストであっても、今いるメンバーで、できるだけのことをするしかないのだ——ともあれ。

十月三十日、夜半。

つい先ほどまで戦闘の中にあった氷上と左、手袋の回復を待ったところで、これから先の行動方針について、ゲームクリアに向けたミーティングが開始されるのだった。

10

「そうね。まずはみなさん……チームのリーダーを決めておかない？」

と、そう切り出したのは、魔法少女『パンプキン』——杵槻鋼矢だった。

もっとも、今彼女が着ているコスチュームは、魔法少女『パンプキン』のものではない——高知県龍河洞で入手した、魔法少女『フローズン』のそれである。

わけあって、と言うか、戦略あって、一時期魔法少女のユニフォームを自ら放棄していた鋼矢だったが、合流した空々が、手近に余っていたユニフォームを提供してくれた。

余っていた、というのはつまり、魔法少女『フローズン』は四国ゲームをクリアできなかった、という意味になるのだが……、しかし鋼矢は、もちろんここで、魔法少女『フローズン』をゲームオーバーに追い込んだ張本人（？）である『悲恋』のほうに目を向けることはなく、あくまでも一同に対して言う。

着ているユニフォームが違う以上、魔法少女『パンプキン』としての固有魔法『自然体』は使えないけれども、そうやって堂々とすること、堂々とした振りをすること自体は、彼女にとっては幼い頃から組織の中でずっとやってきた処世術である。

「リーダー？　どういうこと？」

八人も人数が集まれば、それも気心の知れない人間が八人も集まれば、自然みんなお互いに様子見と言うか、黙りがちになってしまうもので——鋼矢も沈黙を破る形で第一声を発したのだが、それに応えたのは、意外と言うべきなのか、鋼矢とは初対面の、地球撲滅軍の氷上竝生だった。

鋼矢としては、同じ地球撲滅軍でも、年長者である左右左危博士あたりがディスカッションに応じてくれると思っていたのだが……、だが、彼女にとって予想外というだけで、この展開は、必然と言えば必然だった。

ここにいる八人の思惑は、あちこち取り留めがないほど散っているけれど、それでもあえて言うならば、氷上と鋼矢の、便宜的な目的意識は少しだけ重なっているのだから。

一時、チーム『オータム』のリーダー、魔法少女『クリーンナップ』と接したことで、自分がリーダー向きの人格ではないことを、改めて自覚――痛感――した鋼矢は、リーダーを決めると同時に、したたかに自分は、そのサポートを務めようと思っているし、それは自分にしかできないことだとわかっている。

対する氷上も、自身がこのチームの指揮を執るつもりなんて更々ないけれども、第九機動室の副長を務めている立場上、ふさわしくない人間に、トップに立ってほしいとは思わない――ここまでの道中だって、たとえどこに立とうと人の上にだけは立ってはならない左右左危にさんざ振り回され、もう懲(こ)り懲(ご)りなのだ。

と言うより、こうなってしまえば彼女は、彼女にとっての本来の上長である空々空以外の命令には、従うつもりはなかった――その点は人造人間の『悲恋』よりも、よっぽどスタンスは端的にはっきりしていた。

それだけに、勝手に話を進められて、勝手にリーダーを擁立(ようりつ)されるのはたまったものではない――まだ切り出しただけの鋼矢に、つい、反論めいた言い方をしてしまう。

反対のための反対をしたくなる。

「チームと言っても、こんなの、烏合の衆みたいなものじゃない？　生き残りが寄り集まっただけの互助会って言うか……、だったら、リーダーなんていらなくない？　意見がわかれたときは、民主的に多数決で決めれば……」

リーダー制ではなく、多数決を提案したのは、そうすれば自分が推す空々空が、少なくとも二票を獲得することができるからだ（左右左危博士が賛同してくれるなんて、都合のいい予想はしない——むしろ意見は対立しそうだ）。

しかし鋼矢は、

「時間があるときは多数決もいいけれど、今は揉める時間も惜しいところだからねえ——チーム『白夜』の脅威はとりあえず去ってくれたみたいだけれど、いつ何時死ぬかもしれないって四国ゲームの現状は、何も変わっていないんだから」

と、受け流した。

「死ぬかもしれなくない場合なんて、人生にあるのかしら」

茶化すように右左危博士が言ったが、そのことは鋼矢の気分を、別に害さない——むしろ、その適当そうなお人柄は、この先気が合いそうだと思うくらいだ。そもそも魔法少女『パンプキン』のものだったコスチュームを、つまり鋼矢の所有物だったコスチュームを、ぱっつんぱっつんに着ていることについては、あとで話し合いたいことがないでもないが、あくまでその程度で、基本的には彼女は『大人』の存在を、心強くも思っている。

対して、同じ年長者であっても、鋼矢は氷上に対しては、ここまでの軽いやりとりを経ただけで、なんとなく『合わないな』と感じていた――無理からぬ話でもある。

思惑はさておいても、同様にナンバーツーに落ち着く生き方をしてきたはずの彼女と彼女は、しかしそのスタンスが対照的だった――四角四面に、生真面目に生きることで第九機動室のナンバーツーの椅子を獲得した氷上と、徹底的に気まぐれに徹し、人との接触や衝突を、のらりくらりとことん避けることで、チーム『サマー』の、事実上ナンバーツーの椅子を獲得していた鋼矢とでは、意気投合できるはずもなかった――互いが互いの反面教師みたいなものだ。

ただ、ここで――ミーティングの出だしで、いきなり絶対平和リーグと地球撲滅軍が決裂するようなことが、幸運にもなかったのは、どちらかが妥協したからではなく、さしあたりの議題である『リーダーを決める』という点において、鋼矢が擁立しようとしたリーダーが、氷上にとって、反対する理由のない人物だったからである。

すなわち、

「私は、そらからくんにリーダーになってもらいたい」

そう、鋼矢は言って――十三歳の少年のほうを見たからだった。

もっとも、そう言われて、そう見られた少年のほうは、ぎょっとして、驚きを禁じ得ない——彼はさりげなく、この会議から一歩引いたところに身をおいて、これまでの回想なんかに浸っていたからだ。

もの思いにふけっていた。

空々少年は空々少年で、これくらい人数が揃えば、もう自分の出る幕はないなんて、すっかり利己的なことを考えていたので、鋼矢の提案は、寝耳に水だったのだ。

咄嗟に反応できずにいると、

「いいんじゃないかしらね——って言うか、妥当なんじゃないかしら」

と、右左危博士が受けて、

「竝生ちゃんも、それだったら別に、反対はしないでしょう？」

ここまでの道中を共にしてきたパートナー……、元パートナーに水を向ける。

「あなたの上司がリーダーになるんだから」

「は、はあ……まあ、そりゃあ……ええ」

逡巡する様子は見せつつも、氷上は頷いた——迷った様子を見せたのはフェイクではなく、本来、別組織の人間である空々をリーダーに立てようとする鋼矢の意図が、読み切れなかったからだ。

簡単な自己紹介は既に済ませたけれども、空々空と杵槻鋼矢が、この四国でどのような同盟関係にあったのか知らない氷上にしてみれば、鋼矢の提案は看過しづらいほどに謎めいていたけれど——右左危博士の言う通り、空々がリーダーとなるのであれば、忠実なる部下として彼女には反対する理由はなかった。

　上司として空々は、できれば氷上には反対して欲しかったところなのだが、氷上のみならず、場の誰からも反対意見があがらない、とんとん拍子の展開に、言葉を挟み損なった。

　てっきり、空々とは因縁(いんねん)のある手袋鵬喜や、空々の言うことに因縁をつけることを仕事だと自任している節もあった地濃鑿あたりが反対するんじゃないかと期待していたけれど、そんな二人の少女もここでは声をあげなかった。

　空々自身もそうだからわかるけれど、どうやら二人とも、こういう人数の多い話し合いという雰囲気の中では、積極的に発言するタイプではないようだった。

　六歳の酒々井かんづめや、人造人間の『悲恋』も、基本的には話し合いを見守る姿勢のようだし——この会議の主導権は、空々が事前に予想していた通り、年長組である氷上竝生・左右左危、そして杵槻鋼矢が握ることになるらしい。

　遠慮せずにそのまま、今後の作戦の主導も、年長組で行ってくれて一向に構わないのだけれど——迂闊に任せていたら、自分がリーダーにされてしまった。

　なんてことだと嘆こうにも、しかしこれは空々少年にとって、ありがちな話でもある——思えば、第九機動室の室長なんて席に、十三歳の身で座る羽目(はめ)になったのも、似たような経緯があったからではなかったか。

自分の知らないところで自分の命運が決まっていく感じには、悪い意味で慣れっこだ。

……それにしても、空々にとって読めないのは、左右左危博士の企図だった。直接的な関係こそないけれど、空々は彼女の『娘』と、一時期——ほんの一瞬と言ってもいいが——共犯関係にあった。

取りようによっては、その『娘』——左在存は、空々のせいで死んだとも言え、ならば右左危博士は空々のことを『娘の仇』と見ていても不思議ではないはずなのだが——しかし、そんな様子を、彼女はここまで、まったく見せていない。

はじめましての自己紹介も実に気さくなものだった——空々としても挨拶に困るところだったし、彼には彼で、左在存のことについて、母親である右左危博士に言いたいことや聞きたいことがないでもなかったのだが、三十歳を越えている女史の魔法少女姿に言葉を失って、ろくな会話ができていない（空々のほうも女装姿だったが）。

空々をリーダーに立てようという鋼矢と、氷上の意図は、考えればわからなくもないのだが——右左危博士に限っては、意味不明だ。

だが、集団の中においては、必要以上に空気を読んでしまうのが空々空という異質の少年である——ここで声を大にして反論できるほどの自己主張があれば、彼は今頃、地元の中学校のグラウンドで健全に野球をやっている。

「じゃ、ここからのリーダーはそらからくんってことで。もちろん、基本的には全員から意見を募って行動は決定するけれど、その決定権は、そらからくんが持つ――それでは、四国ゲームクリアに向けて、一致団結していきましょう」

　鋼矢がそんな風に、それが大したことではないかのようにまとめた――なすすべもなく、空々はその決定を受け入れるしかなかった。

　もっとも、空々をリーダーに据えたところで、鋼矢と氷上の間に生まれている対立構造が、まったくなくなったというわけではない。

　どころか、チームのナンバーツーを、虎視眈々と狙う彼女達の思惑は、更にかち合う形になってしまったわけで、それは今後に残る不安でもあった。

　避けられない争いなのかもしれない。

　彼女達自身は、その点についてはあまり自覚的ではないのだけれど――この二人は二人とも、空々空にとっては唯一と言ってもいい重要人物である故人、剣藤犬个の遺志を継いでいる。

　氷上は実際に、小さな英雄の世話係という剣藤が担っていた役割を継いでいるし、鋼矢は剣藤の口から直接、もしものことがあった際には空々をよろしくと言われている――そういう視点でも彼女達の間には、十歳の年齢差などものともしない、ライバル関係が生じているのだった。

本人、空々空を置き去りに。

かように、一致団結にはほど遠い現状ではあるものの——とりあえず、この八名のリーダーは、暫定的に、あるいは政治的に、空々空ということに決定した。

「それじゃリーダー、最初に一言、どうぞ」

まるでこれから宴会でも始めるかのように、鋼矢が、ここは明らかにふざけ半分に話を振ってきた——これを避けるすべを知らない空々は、言われるがまま、その振りを真に受けて、

「え、えーと」

と、へどもどしながら答える。

「空々空です。至らないところもあるかと思いますが、久しぶりのかたも初めてのかたも、何かとよろしくお願いします」

11

リーダーに至らないところがあったらチームが全滅してしまうので、この所信表明は平凡どころか、基本的には大失敗で、手袋あたりの不安を大いに煽ることになった

のだけれど、しかし鋼矢の提案したリーダー制、それにリーダーを空々にするという案そのものは、この場合は最適解と評価されてしかるべきものだった。

少なくとも、空々空という異質の人材を活かすためには、これ以上ない最適解だった——集団の中では悪目立ちを嫌い、なにかと埋もれることを選びがちな少年の持ち味を、それでも存分に発揮させるためには、いっそのこと、彼をトップに据えてしまうのが手っ取り早い。

魔法少女『クリーンナップ』とは違う観点から、空々空には、リーダーとしての資質があるのだ——リーダー以外の立場では何の役にも立たないという点において。

あくまでもひとつの参考意見としてのみ彼の特性を扱えば、たぶん誰の賛同も得られないだろうし、多数決となれば、彼は自分の意見にこそ、賛成しないだろう——そんな不必要な遠慮会釈を避けるためには、多少強引にでも、彼をリーダーにするしかなかった。

もっとも、これは諸刃の剣でもある。

空々空の戦略は、きわめてシビアで、どこまでも命知らずで、とことん非人情的だ——失敗したときは、それこそチームが全滅する……、どころか、あれやこれやを巻き添えに、もっと甚大な被害が出るかもしれない。

それを防ぐのが、ナンバーツーの役目だ。

だから、鋼矢は自分がチームのナンバーツーとなって、空々をサポートすべきだ、サポートしなければならないと義務的なまでに思っている——その点において、ただ慣れた上司に従いたいと考えている氷上よりは、副将になろうという意識が高い。

もっとも、誰が相手でもできる限り衝突を避けようというのが、杵槻鋼矢のスタンスである——ここでサブリーダーの座を巡って氷上と取っ組み合いの喧嘩を始めようなんて、思ってはいない。なんとなく氷上が、続けてナンバーツーを決めたがっているという気配を察しつつも、あえてそこには触れないまま、

「じゃあまずは、四国ゲームの現状と、私達がなすべき課題を話し合いましょうか——今更なことも、わかりきっていることもあるとは思うけれど、なにせワンミスで死んじゃうゲームなんだから、ことあるごとに機会を見つけて、おさらいしておかないとね」

などと、話を先に進めようとした。

「ま、待ちなさいよ——き、杵槻さん？」

慌てて氷上は引き留める。

「ええ、杵槻でいいわ、氷上さん。魔法少女『パンプキン』と呼んでもらってもいいんだけれど、まあ、もうそのコスチュームも着てないことだしね——何かしら？」

何かしら、と聞かれれば、返答に困る氷上である——ナンバーツーを決めるべき

だ、そしてそのナンバーツーには自分が就くべきだ、なんて主張は、さすがに図々し過ぎて、浅ましくさえあり、しにくいものがある。ただ図々しいと思われるだけならまだしも、八人という小集団の中で、孤立することはできれば避けたい。

　なので、「さっきから、なんであなたがMCを担当しているの、頼まれもしていないのに」と、それはそれで十分に因縁をつけるようなことを言う運びになってしまった——言ったというより言わされてしまったようで、まるでしてやられた感さえもあるのは、さすがに被害者意識が強過ぎるかもしれないが。

　しかし鋼矢は鋼矢でしてやったりという態度で、

「これは失礼」

　と、余裕の態度で肩を竦める。

「一番、話が回りやすいかと思ったんだけれど、出過ぎた真似だったわ——どうぞ、氷上さん。あなたが仕切って頂戴——仕切れるものなら」

　冗談めかしてはいるが、挑発的である。

　いっそその挑発に乗ってやろうかと、冗談を受け流せない真面目な氷上は身を乗り出しかけたけれど、ただ、それこそ相手の思う壺だと、頭を冷やす——文字通り、自身の改造された肉体の特性、それも切り札『氷血』を使って、物理的に頭を冷やす。

　たぶん、鋼矢としては、空々をリーダーに祭り上げるところまでで十分に目的を果たしているから、MC権を氷上に譲り渡すことに、それほどの抵抗はないのだろう──チームが結成されたばかりの混乱に乗じてさくさくと、思い通りのリーダーを決めてしまった鋼矢の手際の後に、氷上がしどろもどろの進行をしてしまっては、それがそのまま格付けになってしまう。

大人の余裕を見せなければ。

多少気に障るくらいがなんだ、ここまでの、天敵とも言うべき左右左危博士との道中を思えば、こんな小娘を無視することなど、極めて簡単なはずじゃないか。

「別に出しゃばるつもりはないわよ──ただ、規律を乱して欲しくなかっただけ。仕切るなら仕切るで、ちゃんとリーダーの許可を取ってからにして欲しいわ」

そんな風に言って、氷上は矛を収めた──今のところは。

鋼矢も微笑んで、波風を立てずに、

「そらからくん、いいかしら？」

と、チームリーダーの空々へ許可を求める──こういう場合の鋼矢の如才なさを知っている空々に、それを許可しない理由があるはずもなく、「はい、お任せします。よろしくお願いします、鋼矢さん」と、言うしかなかった。

ただ、他人の気持ちがわからないがゆえに、空気の変化に過敏なところもある空々は、当然、

（なんだかこのふたり、ぴりぴりしてるなあ）

ということには、既に気付いている。

もっとも、根本的には鈍感を通り越して、共感能力が極めて低い彼は、その原因の一端を自分が担っていることなどわかるはずもなく、まあまあ、口を挟まないほうがよさそうだと判断するだけだった——ここでは。

しかし、かつて彼は、剣藤犬个と花屋瀟（はなやしよう）の、空々空を巡る対立を止められなかったという前科を持っている——同じ悲劇を繰り返さないためにも、手を打つなら早いに越したことはないのだが。

「……左博士も、それでいいかしら？」

鋼矢がそんな風に、右左危博士にも許可を求めたのは、最年長者に対する敬意の表明というより、あとでいちゃもんをつけられないための用心といったほうが正しいだろう。この辺は同じ穴のむじなとしての、紳士同盟でもある。

「いいわよ、もちろん——新参者の私達に、いろいろと四国ゲームのあれこれを、教えてもらえると助かるわ」

適当な風に手を振って応える右左危博士が見せた態度こそ、大人の余裕に溢（あふ）れていた——もっとも、氷上に言わせれば、そんな大人な態度から一番縁遠い位置にいるのが、マッドサイエンティスト・左右左危のはずである。

もちろん、大人であろうとなかろうと、少なくとも氷上よりも年齢を重ねていることは事実だし、破綻(はたん)したとはいえ一時は家庭を持ち、一児の母にまでなった左右左危は、氷上と鋼矢の精神的対立、その原因の大部分に至るまで察しはついているけれど、その解消のためには動かない——煽って面白がったりはするけれど、基本的にはあまり興味がない。

まして自分が仕切り役を買って出て、氷上に助け船を出そうなんて気は毛頭(もうとう)ない——彼女には現在、考えなくてはならないことが多過ぎるのだ。この上、比較的どうでもいい主導権の取り合いになんて、参画するつもりはない——彼女も彼女で、空々少年がリーダーになった時点で、あとの展開に大差はないと踏んでいる。

(『魔女』もいることだしねえ)

ただ、若者にばかり議論を任せて、あまり奔放(ほんぽう)な方向に話が逸(そ)れていっても困る——なのでひとつだけ、らしくもなく最年長者として、指針を示しておくとしよう。

「でも、話し合うなら、最初に結論から決めちゃったほうがいいと思うわ、杵槻ちゃん」

「結論……?」

このリアクションは想定外だったようで、鋼矢はきょとんとした顔をする。固有魔法『自然体』を使っていない以上、そんな素(す)の表情は、やはりあくまでも、十七歳の少女のそれであり、そのことは、ふたりのやりとりを見ていた氷上の心に生じていた鋼矢に対する敵意を、ほんの少しだけ和（やわ）らげた。

　ただ、もちろん右左危博士は、氷上と鋼矢の仲裁をはかって、わざと的外（まとはず）れなことを言ったわけではない——発言するからには、彼女はこの先の発言権を得るためにも、それなりに議論にプラスになることを言う。

「結論ありきで議論をしたらいい、って言ってるんじゃないわよ——杵槻ちゃん。ただ、私が言いたいことは、果たすべき目的というのは、決して辿り着く結論とイコールではないということ……、わかりやすく言うと、四国ゲームなんて聞くと、クリアとか、ゴールとか、まあゲームオーバーやリタイアでもいいんだけれど、とにかくそんな、『既に想定されたエンド』があるみたいに思い込んじゃうけれども、漫画とか映画とかじゃあないんだから、決して私達にはゴールテープが設定されているわけじゃあないのよ——つまり、逆に言えば私達は、このゲームの結末を選ぶことができる」

　結論を決めることができる。

　と、右左危博士は言った——言わんとしたことの大半は、残念ながらその場のほとんどの人間に伝わらなかったのだが、しかし最後の部分だけは、確かに明瞭（めいりょう）だった。

「当然、私も各方面からちゃんと聞いている——ゲームクリアの基準は、四国ゲームのルールを全部集めることだって。そうすれば究極魔法っていうのが手に入るんだって――まあ、それはそれで確かにひとつの終焉ではあるんだろうけれど、これだけ多くの人間を殺して、これだけ甚大な被害をまき散らした四国ゲームの終わりが、『ただそれだけ』だったら、つまんねーってもんでしょ。この場にいる全員、それぞれにそれぞれの思惑はあるでしょうけれど……、そういう個人的な気持ちや事情とは切り離したところで、考えてみて欲しいわ。そして考え、理想を掲げるだけでは終わらずに、決めて欲しいものだわ――どんな終わりを迎えたいのか。人は始まりは決められないけれど、終わりは決められるのだから」

「……了解したわ」

鋼矢は、当惑を隠し切れてはいなかったけれど、それでもそんな風に頷いた。年長者からのアドバイスに思うところがあったのかもしれないし、『何わけのわからないことを言ってるんだこの人は？』と感じただけなのかもしれない。

いずれにしても、進行にあたって、その意見を入れることにはしたらしい――どっち道、鋼矢にとっては、『話の後先』の問題でしかないのだから。

「じゃあ、目的や課題よりも先に、この四国ゲームの、迎えるべき結末について論じましょうか。どうすれば、このゲームを、ハッピーエンドでしゃんしゃんと終えることができるのか――」

「必ずしも、ハッピーエンドである必要はないんだけれどね」

と、右左危博士が注釈する。

「みんなが幸せになる方法なんて、土台あるとも思いにくい——もちろん、それができれば最高だけれど。提案者としての責任で、最初に私の意見を述べておくと、私は幸不幸よりも、この四国ゲームに意味づけをできるような終わりかたを迎えたいと思うわね」

「意味づけ……とは？」

鋼矢の合いの手に、

「いや、私の場合は、既に目的みたいなものは果たしちゃってるところもあるのでね——私がのこのこと、危険地帯である四国に乗り込んできたのは、予定外に発射されちゃった『悲恋』ちゃんを回収するためであり、それ自体は、こうして奇跡的に合流できたところで、達成できたと言える。正直に言えば、ここであえてゲームをクリアしなくとも、適当にリタイアして、地球撲滅軍に戻るって道もある——だけどそんなの、味気ないでしょう？」

と、右左危博士は言った。

氷上はそんな意見を、ひやひやしながら聞いている——ふたつの意味でひやひやしている。ひとつには、この場でそんなことを言えば、絶対平和リーグ側の勢力を敵にない。

それがひとつのひやひやだとして、もうひとつのひやひやは、この博士の場合、そんな自分本位な発想を、実際に実行してしまいかねないというひやひやである——もちろん、地球撲滅軍からすれば、今や裏切り者であり、反逆者である左右左危（と、氷上竝生）が、そうそう手ぶらで、地球撲滅軍に戻れるわけがないのだから、これは右左危博士の、氷上を意識した悪ふざけの一環なのだろうが。

「当初地球からの攻撃だと思われていた四国ゲームが、絶対平和リーグがしでかしてしまった実験の失敗、その結果であることは、既にみんなの共通認識だとは思うけれど——そのフォローをして終わりじゃあ、結末として極めてショボいわ。犠牲となった四国民のみなさんも浮かばれないってものでしょう——だから、意味付けをしたい」

「それは、ゲームをクリアして、究極魔法を入手し、それをもって一気に地球を打倒する——というような意味、なのかしら？」

手探りのように質問する鋼矢。

回しかねない。

元々性格が悪い上に、過度に偽悪的なので、慣れていてもどぎつい左右左危のパーソナリティだ——それが初対面の人間にどのように映るかなんて、およそ想像もつかない。

「そうね、それなんてかなりいい線――そういう未来を見据えて議論をすれば、手近で身近な、簡易で安易なエンドに、うっかり至らずに済むかも」

勘がいいわねこの子、と、右左危博士は鋼矢の飲み込みの早さに内心で舌を巻きつつ、とは言えそれを表情に出すようなことはせずに、あとは任せて、自分は自分の、研究者としての個人的な思考に没頭することにした。

チェック、と言うか……。

四国ゲームの今後について考える一方で、左右左危には精査しなければならないことがあるのだ。それは最終兵器『悲恋』の製作者としての責任でもある――

地球撲滅軍が誇る小さな英雄、空々空がことあるごとに、値踏みするようにこちらを見ていることも、当然認知しているけれども、今はそんな些事には構ってはいられなかった。

仮に死んだ『娘』のことについて、空々と話すことがあるとしても、それは後回しでもいい――と、この母親は考えているのだった。

空々が、左在存のことで、右左危博士から恨まれているのではないかと危惧していたのと同様、右左危博士は右左危博士で、実の娘に非人道的な改造手術を施した自分のことを、空々空は憎んでいるのではないかという可能性をわずかながら考慮していたのだけれど――そういうことは、どうやらお互いなかったらしい。

非人間的な空々空。

非人道的な左右左危。

親子ほど年の離れた彼と彼女ではあるが、案外、地球撲滅軍の部署の長同士として、似て非なる資質は抱えているのかもしれなかった。

少なくとも手袋鵬喜が現状、約二名に対して葛藤しているような、恨みや復讐心とは、無縁のようである——それが人として、いいことなのか悪いことなのかは、定かではないが。

「これを機会に、一足飛ばしに地球を倒してしまうというのは、さすがに現実的ではないと思うけれど……」

右左危博士が議論から身を引いたのを感じ、その空席を埋めるように氷上が発言する——ペアを解消しても、そんなフォローめいた行動に出てしまう自分を、徹底的なナンバーツー体質なんだなあと、自虐的に思いつつ。

思えば弟に対してもそうだったかもしれない——だとすれば、あの馬鹿を放火魔に育ててしまった責任は、自分にもある。

「でも、確かに、現状をプラスに持って行きたいところではあるわよね——」

氷上の場合は『悲恋』ではなく、上司の身を案じて、はるばる四国までやってきたわけだが、しかし、二十代後半の身上でありながら、魔法少女のコスプレめいた格好

まで させられて、ただ無事に帰るでは、割に合わない。

互いに魔法少女のコスプレ姿を見せ合ったことで、空々に対し、一方的に絆が深まったような気分になっていなくもないけれど、それをプラスと勘定できるほど、氷上も公私混同していないのだ。

元通り、地球撲滅軍の第九機動室に復帰するというだけでも、まだ足りない——対地球の戦争において、せめて現状よりも、戦況が有利になるように運びたい。

「そもそもの四国ゲームの趣旨って、そこにあったんでしょう、杵槻さん？」

「そりゃあ、私達だって好きで自分達の地元を壊滅させたりはしないわよ——その辺の事情や経緯は、もしもチーム『スプリング』か、チーム『オータム』の魔法少女が生き残っていたら、上手に説明してくれたんでしょうけれどね」

そう言うときの鋼矢の表情が一瞬曇ったことを、氷上は見逃さない——不敵な魔法少女からたまにこぼれる『十七歳』に、いちいち見てはならないものを見てしまった気分になり、戸惑う。

地球撲滅軍も絶対平和リーグも、そのあたりは同じ問題と言うか、同じ闇を抱えている——氷上のように、少年兵が成人できる例など、ごくわずかだ。十七歳までも生き残れているだけで、鋼矢はむしろ、例外にカテゴライズされるほうなのだ。

生きているほうが大きな間違いみたいにも思えてくる——それが戦争だと言われれ

ば、それで終わってしまう程度の問題提起なのだが。

「そらからくんは、どう思う？」

鋼矢が空々に話を振る――空々を形ばかりのリーダーにして、自分が実質的なトップに立つつもりなんじゃないかという疑いを、とりあえずは放棄してもよさそうだと氷上が考えるくらいには、鋼矢は空々を立てている。

甲斐甲斐しいと言ってもいいほどに。

空々のほうは、そんな扱いに、どこか居心地の悪さも覚えていたが――春秋戦争を経たのちの魔法少女『パンプキン』の微妙な変化の理由が、彼には本当に察せられないのだ――、どう思うと訊かれたら、その質問には答えるだけだ。

考えて、答えるだけだ。

「何が最適なのかは僕にはわからない……わかりにくいんですけれど、鋼矢さん、それは絶対に達成しなくちゃいけない条件って意味じゃなくて、あくまでも努力目標、努力義務ってことでいいんですよね？」

「……んー」

即答しない鋼矢。

空々に対して、肯定するのを迷ったというわけではなく、ゲームの終末を選ぶという設問を、『努力目標』とか『努力義務』とか、そんな言葉で理解をする少年を、『相変わらずだな』と、ある意味頼もしく思ったのだった――この子なら、たとえチーム『オータム』に参加して、魔法少女『クリーンナップ』と直に接したところで、特にメンタル上の変化は迎えなかっただろう、と、心強く思ったのだ。

「ま、それでいいわよ、そらからくん。変に妥協せず、現実的な着地点を見据えるんじゃなくって、そらからくんが思う、マックスの終わりかたっていうのを教えて欲しいわね――ハッピーエンドならぬマックスエンドってことで」

「……じゃあ」

と、空々は言う。

ハッピーエンドとかバッドエンドとか言われても、普段からゲーム自体をやりつけていない空々にはぴんとこないものがあった――野球少年だった空々にとって、ゲームといえば、野球の試合を意味するもので、そこには勝ち負けしか基準はなかったのだから。

だからいっそ、マックスエンドと言ってもらったほうがわかりやすい――できる限り望ましく、できる限り難しい終わりかた、ゲームの畳みかた、それならば。

空々は一度、間を取るように、一同を見渡す――鋼矢を、氷上を、手袋を、地濃を、右左危博士を、かんづめを、『悲恋』を、それぞれ一瞥する――そして。

「……これ以上、誰も死なないことかな」

そう言った。

控えめな主張と共に口にされたその『努力目標』は、ともすると一同を、失望させたようでもあった――失望とは言わないまでも、少なくとも話題を振った鋼矢としては、拍子抜けするような回答でもあった。

弱気な、とも思う。

もちろん、先ほど鋼矢自身が言ったように、たとえこうやって人数の多いパーティを結成したところで、彼らが死の淵にいることは変わっていない――いつ、どこで、どのように死ぬかわからないという四国ゲームの渦中にあって、こうして話している今だって、全員が死と隣り合わせである。

四国民三百万人が死んだ――ここにいる全員が、一度以上、死にかけている。

だからと言って、『これ以上、誰も死なない』それはただ、チームとしては、努力目標でも努力義務でもなく、作戦を立てる上でのただの前提じゃあないのか？

他ならぬ空々のせいで仲間が死んでいる（という誤解をしていた）手袋に至っては、失望を通り越して、怒りを覚えるような言い草でさえあったが――そこは我らが英雄空々空である、ありきたりな答が、まさかありきたりの意味しか持たないということはなかった。

どころか、期待以上の。

異様な意味合いをはらんでいた。

「大変で、難しいことだとは思うけれど——なんとか、チーム『白夜』の魔法少女達も、殺さずに済ませられないだろうか」

12

チーム『白夜』。

目下のところの、チーム空々の敵である。

いや、敵という言い方では、少し弱いかもしれない——何せ彼女たちは、この四国ゲームの仕掛け人、プレイヤーならぬ管理者サイドの魔法少女なのだから。

『風使い』、魔法少女『スペース』。

『木使い』、魔法少女『スタンバイ』。

『土使い』、魔法少女『スクラップ』。

『火使い』、魔法少女『スパート』。

……もうひとり、『水使い』の魔法少女、『シャトル』という、チーム『白夜』のメンバーがいたけれども、彼女は四国ゲームの最中、落命している——他ならぬ魔法少女『パンプキン』、すなわち鋼矢の手によって、殺されている。

ただ、それは不意をついて背後から暗殺したようなもので、まともに戦っていれば、負けていたのは鋼矢のほうだっただろう（策略少女である鋼矢に、『まともに戦う』なんて選択肢があると仮定して――だが）。空々とて、彼女の魔法『水』によって、一時はあの世に送られたのだ――魔法少女としての格が違う、特別な黒衣に身を包んだ魔法少女達。

魔法少女の中の魔法少女。

それがチーム『白夜』である。

「……まあ、別にチーム『白夜』の面々に限らないんだけど、ゲームクリアに向けて、この先はなるべく、殺さずに……、誰も死なずに済ませられないかなって思って」

唖然とする一同に、一同が唖然としていることにも気付かず、空々は言葉を繋ぐ――彼は口がうまいほうではないので、皆から反応がないのは、ただ単に自分がうまくしゃべれていないからだと考えている。

自分がどれほど異様なことを言っているかの自覚はなく、また、どれほどらしからぬことを言っているかの自覚もない。

ここまで、容赦なく数々の屍を越えて今日を迎えておきながら、今更何を言っているのか――だが、今更こんなことを言えるのが、空々空の真骨頂でもあった。

「戦い自体は避けられないかもしれないし、ゲームにおいて手加減するってことでもないんだけれど……、まあ、難易度の高い目標ではあると思うんだけれど……、どうですか、鋼矢さん？」

「……いちいち、意外性の少年だね、きみは」

そういうところが剣藤犬个のハートを打ったんでしょうね——という言葉は飲み込んで、鋼矢は微笑する。

「高い目標、てのは、そういう意味じゃあないんだけれど……でもまあ、マックスと言えば、マックスだわ」

「チーム『白夜』に限らず、というのは、あくまで管理者側と争うことを前提としていると思うんですが、室長……」

氷上が挙手してから口を挟む。

そのクールな口調は、第九機動室室長に対するときのもので、空々はそれを懐かしくも、頼もしくも思う。冷静沈着を地で行く彼女が、こうして自分を追いかけて四国まで来てくれたことこそ、空々にしてみれば予想外もいいところだったが……。

なににせよ、異邦の地で、知り合いがいるというのは、心理的にありがたいものだ——このマックスのアイディアも、彼女がいる場だから、出せたものだとも言える。

そんな風に、奇矯なアイディアの責任を分担させられたら、氷上のほうはたまったものではないかもしれないが。

「ある意味で、崩壊寸前にある絶対平和リーグの上層部を、地球撲滅軍として、救助する——という決断になるんでしょうか」

それとなく、絶対平和リーグ側の魔法少女達の反応を気にしつつ、氷上は言った——空々や右左危とスタンスの違う点として、彼女は比較的、地球撲滅軍という組織に対する帰属意識が高いというところがあげられる。

こうしてチームを組んでいても、あるいは魔法少女製造課の酸ヶ湯原作と同盟関係を結んでいても、きちんと地球撲滅軍と絶対平和リーグを分けて考えている。

加えて言うなら、あくまでも今回の四国ゲームの責任の所在は絶対平和リーグにあり、彼らはその咎を問われるべきだと考えていて——そこをなあなあに済ましてはならないと思っている。

空々空の決断に逆らうつもりはないけれど、だからと言って、責任者が責任を取らないような不条理を、許してはならないと思う。

別段、実験の失敗を、死をもって償うべきだとまでは思わないが……。

「うーん、そうですね……そうだね」

空々は、言い掛けて、指摘される前に氷上に対する言葉遣いを上司としてのそれに改める——部下である自分に敬語を使わないでくださいと、普段から口を酸っぱくして言ってくる氷上である。

「救助するって言うと、若干ニュアンスが違ってくるかな……できることなら、救助して欲しいのはこっちなわけだし。ただ、四国ゲームのクリアって、よくよく考えてみたら、チーム『白夜』を倒すこととはイコールじゃないわけで、……今からでも、彼女達と敵対せずに済ませる方法はあるんじゃないかって」

今からじゃ無理だろう、と氷上は思うものの——それは、氷上だから思うことかもしれない。チーム『白夜』のうち、三名の魔法少女と実際に戦闘になっている氷上だからそう思うだけで——和解は無理でも、休戦はありえるのだろうか？

「……言わんとすることはわからなくもないけれど、英雄くん」

と、しばし沈黙を保っていた右左危博士が、空々に言う。

「どうなのかしらね。それだと、みすみす相手の思惑にはまってしまいかねないという気もするわよ——四国ゲームを生き残れるなら、それもまたよしって感じ？」

「いえ、それが危険だということもわかるんです……、絶対平和リーグが信用できないって意味じゃなくって、一度失敗している人達に、ゲームの結末を委ねることには、あんまり積極的になれないと言うか……、失敗した人は失敗を取り戻そうとして、より大きな失敗をしがちですし」

実体験のように語る空々少年。

と言うか、もちろん実体験である――失敗に失敗を積み重ねて、被害を甚大にまき散らすことによって、今の彼はあるのだ。

絶対平和リーグの上層部も、そんな空々に言われたくはないだろうが、しかしそんな空々だからこそ、言えることでもあった――絶対平和リーグに属す魔法少女達も、上層部の失敗の巻き添えを食ったという意味では同じ被害者だったので、そこに反論はないようだった。

「だから、その辺はまた別の解答を探るとして、……あくまで『誰も死なない、死なせない』ことを目標に、ここから先の四国ゲームをプレイしてみたいってだけなんです」

「みたいって……まるでそんな、試すみたいに」

実験みたいに言うじゃない、と苦笑する右左危博士。

批判や非難ではなく、むしろ同好の士と出会ったかのような、嬉しさを滲(にじ)ませる笑みかたで、それは空々を当惑させた。

だから取り直して、右左危博士から逃げるように、目をそらすように鋼矢のほうを向いて、

「どうでしょうか、鋼矢さん」

と改める。

「私に判断を仰がないでよ、そらからくん。リーダーはきみなんだから、きみの意見が絶対。きみが殺せと言うなら殺すし、殺すなと言うなら殺さない——それだけのこと」

脱げと言われれば脱ぐだけよ、と、最後に洒落のめして付け加えた鋼矢だったが、これはどうやら外したらしく、空々は、

「折角のユニフォームを脱いでもらっちゃあ困りますよ……、これ、防御力、すごく高いんですから」

なんて、そんな答を返した。

春秋戦争において死亡した魔法少女の数は総計十名、それによって、新たに十枚のコスチュームが余った計算にはなるのだが、そのうち八枚は、龍河洞の奥深くに埋まってしまったので、回収できたのは、今空々が着ている魔法少女『カーテンコール』のものと、鋼矢が着ている『フローズン』のそれだけだった——まあ、なので、空々が『折角のユニフォーム』というのは、あながち的外れでもない。

「なにせ、『破壊丸』も通らないほどのディフェンスなんですから……」

「……そうね。敵を殺さないとか言って、それでこっちが返り討ちにあっちゃったんじゃ、間抜けもいいところだもんね。殺すよりは殺されるほうがいいなんて謳えるほど、平和主義者でも、無抵抗主義者でもないわ」

冗談を外してしまった気恥ずかしさもあってか、そんな風に大袈裟に言ってから、

「それで思い出したけれど」と、すぐに話を変えた。

「ひだ……氷上さん。そのコスチュームのことなんだけれど」

「？」

一瞬、右左危博士を呼びかけて、氷上に切り替えたのは、右左危博士がなにやら考えごとをしている風なのを察してのことだろうが……、コスチュームの話題？

私が年甲斐もなくこんな格好をしていることについては、触れない約束なのでは？

いくら性格が合わなそうだからと言って、ファッションというデリケートな部分に言及するのは、女子同士ではやってはいけないルール違反なのでは？

そんな風に内心焦りかけた氷上だったが、もちろん世知にたけた鋼矢が、そんな無意味に波風を立てるような真似をするはずもなく、

「氷上さんと左さんは、徳島県は第十一番札所、藤井寺の駐車場でそのコスチュームを入手した……はずよね？」

と言った。

「あたしが隠したのがそこだから、それで間違いないはずなんだけれど」

「……そうよ。それがどうかした？」

暗黙の了解と言うなら、それもう、お互いわかっているところだと思っていたけ

れど……、改めて確認するようなことだろうか？　しかし、鋼矢の意図は違うところにあったようで、

「あなたが着ている魔法少女『ストローク』……そこにいる彼女の衣装と、左博士が着ている魔法少女『パンプキン』……つまり、私の衣装の他に、もう一着、黒いユニフォームがあったと思うんだけど、それは今、持っているかしら？　それとも置いてきちゃった？」

と質問してきた。

黒いユニフォーム……即ち、黒衣の魔法少女のユニフォーム。魔法少女『パンプキン』が暗殺した黒衣の魔法少女『シャトル』のものである――一時期、ユニフォームを脱いで活動するにあたり、鋼矢はそれを、自分のものと、『ストローク』のものと合わせて、藤井寺の駐車場に隠していたのだ。

それを、あとから四国にやってきた氷上と左が発見したという形なのだが――当然、余ったからと言って、置きっぱなしになんてして来ない。

命令違反をして四国にやってきている彼女達は、手ぶらでは帰れない身上だったのだ――四国で何らかの成果をゲットしないことには、帰っても『処分』されるだけだった。それが職階的な処分か、生命的な処分かはさておくとして……、着るだけで空を飛べるという奇妙奇天烈なユニフォームを、放置して行くなんて選択肢はなかっ

た。

「そう。じゃあ、それを出して――そしてかんづめちゃんに着させてあげて」

と、鋼矢は言った。

そういう提案か、と氷上は納得する――気に入らない相手の言うことでも、納得できるくらいの度量はある。

この場の八人の中で、現在、唯一コスチュームを着ていないのが、六歳の幼児、酒々井かんづめである――そのほかは全員、地球撲滅軍、絶対平和リーグと言った所属にかかわらず、あるいは年齢や性別にかかわらず、魔法少女のコスチュームを着ている。

空々空は『カーテンコール』のコスチュームを。

氷上竝生は『ストローク』のコスチュームを。

左右左危は『パンプキン』のコスチュームを。

『悲恋』は『メタファー』のコスチュームを。

杵槻鋼矢は『フローズン』のコスチュームを。

手袋鵬喜は『コラーゲン』のコスチュームを。

地濃鑿は『ジャイアントインパクト』のコスチュームを――それぞれ着用していて、地濃だけが自分が組織から供与されているコスチュームを着ている形だが、ともあれ、七名が魔法の防御力で、その身を守っている。

必ずしもそれが絶対条件というわけではないが、この衣装の防御力、そして飛行能力が、四国ゲーム内で魔法少女を一般人よりも長生きさせた、大きな理由のひとつであることは間違いない。

空々や氷上、右左危博士といった、性別的や年齢的にフリルのついたワンピースドレスを着ることに抵抗がある者達も、無理をして（氷上や左の場合は、生地のほうも無理をして）着用しているのは、滑稽でこそあれ、非常に合理的な判断なのだ――コスチュームが余っていて、そしてコスチュームを着ていない者がいるのならば、チームを組む者として、それを提出しないわけにはいくまい。

なんだか、体よく、ゲットしたアイテムを、再回収されたみたいでもあるが……。

「で、でも、黒衣のユニフォームはサイズが――ああ」

言い掛けて、馬鹿なことを言ったと、途中でやめる氷上。氷上と左が、なんだか見るからに特別そうな黒衣のユニフォームを余らせた理由は、そのサイズが群を抜いて小さかったからだ。たぶん、黒衣の魔法少女『シャトル』は、小柄な少女だったのだろう。

成人女性である氷上や左は、どう無理をしても、着用不可能なサイズだった――おそらく鋼矢だって、着ることは難しいだろう。

だが、酒々井かんづめは六歳の幼児である。

その体軀は、年齢感よりは育っているようだが、それでも、これが着られないということはなかろう——まるであつらえたかのような展開、かんづめのために、この黒衣のユニフォームを藤井寺から危険を冒して、運搬してきたようではないか。

その辺りが魔法少女ならぬ魔女の才覚、ということなのだろうか……、と思いつつも、氷上は持っていた黒衣のコスチュームを、酒々井かんづめに提供した。

ここまでほとんど発言をしていない幼児の心中、魔女の心中など、氷上にわかるはずもなかったが、受け取ったかんづめは、

「おおきに」

と、舌足らずな声で言った。

それだけ聞くと、本当にただの幼児なのだが——しかし彼女は続けて、鋼矢のほうを向いて、

「こうや。それと」

そう手を伸ばした。何かを欲すると言うより、まるで手首を示すような動作だった

——鋼矢はそれを受けて、

「ああ。別に忘れちゃあないわよ」

と、着ているコスチュームの袖をまくる。

　彼女は腕時計を四本装着していた——当惑せざるを得ない、謎の時計マニアみたいなセンスだが、どうやらセンスでしているのではなかったらしく、まずはその内の一本、黒い時計を外して、それをかんづめに手渡した。

　その際、今度はかんづめは礼を言うことなく、ただ自分の手首にそれを巻いて、いったん話の輪から外れて、ドレスチェンジを始めた——言葉少ななそのやりとりだけでも、二人の間にある不穏な関係を思わせた。

　ただ、どうしてここで時計を……？

「そうね。チームメイトなんだし、そらからくんが過度に高い目標を掲げてくれたことだし……、もうちょっと様子を見てからにしようと思っていたけれど、これも、もう渡しておこう」

　と、残る三本のうち、二本も外し、「えーと、これがこっちで……」などと検分してから、氷上と左にそれぞれ一本ずつ、腕時計を渡した。

　右左危博士はそれを「サンキュー」なんて軽い感じで、当然のように受け取ったが、氷上にはわけがわからない——時計なら持ってる。

「あら、まだ知らなかったかしら？　この腕時計、マルチステッキの収納モードなんだけれど」

　そうだった——そういうことか。

確かに手袋が、そんな風にマルチステッキ『ナッシングバット』を使っていた——ユニフォームは藤井寺の駐車場に置いていった鋼矢だが、万が一それを誰か（氷上や左のような、新参プレイヤー）が、見つけたとしても、固有魔法は使えないように、ステッキは持ち去ったということだった——

「魔法少女『パンプキン』の魔法、『自然体』のマルチステッキ『イーチアザー』と、魔法少女『ストローク』の魔法、『ビーム砲』のマルチステッキ『ステップバイステップ』……それぞれ、渡しておくわ。……いいわよね、『ストローク』？」

ここで初めて、鋼矢が手袋に向けて、声をかけた——これは一種、彼女に恨まれていることがわかっている鋼矢にしてみれば賭けでもあった。

手袋は、

「う、うん」

と、目を逸らしながら応える。

「わ、私にはこの、『コラーゲン』のユニフォームがあるから」

「……そう」

好意的な反応とは言い難かったけれど、無視されなかっただけで、よしとすべきだろう。

「なんなら鋼矢さん、『パンプキン』の衣装、あなたに返すけど？　あなたも使うなら、使い慣れた魔法のほうがいいんじゃない？」

「いえ、それはいいわ。あたしにはこの、『フローズン』のユニフォームがあるから」

そんな風に、手袋の台詞をなぞって応えた鋼矢だったが、あながちふざけたというわけでもない——手袋が氷上に『自分のユニフォームを返せ』と言わないのは、そんな無惨に、ぱっつんぱっつんに着られたコスチュームをもう自分のものだとは思えないという少女らしい潔癖さと、魔法少女『コラーゲン』に対する複雑な思い入れがあるからだけれども、鋼矢はそんなエモーションとは無縁だ。

たとえ三十代の女性に着こなされたコスチュームであろうと、そっちのほうがいいと思えばそれを着るし、まして、まともに会ったこともないチーム『スプリング』の魔法少女『フローズン』に対する気持ちなんて、あるわけもない。

単純に、魔法少女『フローズン』に与えられていた魔法——『融解』の使い勝手が、『自然体』に比べて、とてもよさそうだと思うから、戦略的にそちらを選んだというだけのことだ。

空々は評価してくれていたけれど、この判断には元々、『自然体』という魔法がとても使い勝手が悪いものだったということも影響している——それは成績のいい魔法少女にこそ使いにくい魔法を供与し、コントロール下に置こうとする、絶対平和リーグの基本姿勢の現れなのだが（逆に、地濃鑿のような魔法少女には、人の生死を操るような、高レベルな魔法を供与する)。

要するに何気なく、そして如才なく、『外れ』のユニフォームを、地球撲滅軍側に押しつけた形の鋼矢なのだが、それに薄々気付きつつも、右左危博士はそのことを指摘しなかった。

それにはもちろん、彼女なりの判断がある——空々と同じく、彼女もまた、『自然体』の魔法を、有用なものだと考える側の人間だったからだ。

そんな静かな腹のさぐり合い、対地球の組織同士の鞘当てのような経緯を経て、魔法のコスチュームがメンバー全員に行き渡ったのだった。

黒衣のユニフォームを着た酒々井かんづめが、話の輪の中に戻ってきて、ちょこんと座る——さすがにサイズがぴったりフィットするということはなく、だぶっと着こなす風になっているが、しかし、幼児には本来不似合いであろう黒い服が、異様なほど様になっている。

その着席を受けて、鋼矢が、

「さてと、じゃあお着替えも済んだところで、話を戻しましょうか——高いと言うより、高貴な目標を定めた次は、いよいよそこに至るための方針ね。まずは、かんづめちゃん」

と、その幼児に話を振る。

まずは、と言うか、お待ちかねだけど——と。

「『魔女』とは何なのか——みんなに説明してあげてくれる？」

13

誰も死なない、誰も死なせない。

そんな、空々空がチームリーダーとして設定した、杵槻鋼矢いわく『高貴な目標』は、当然ながら、達成されることはない。

どころか、我らが英雄が、倫理的にでもなく情緒的にでもなく、ただただ『難しい目標』という観点から、深い考えもなく設定しただけのその努力目標は、元より思惑が入り組んでいた四国ゲームを、更にかき乱すことになる——しかしそんなことは彼らの、知るところではない。

知っているとすれば、だから、魔女だけだ。

始まりは選べなくとも、終わりは選べる。

高度な終わりも、高貴な終わりも。

凡庸な終わりも——悲劇的な終わりも。

ともあれ、我らが英雄・空々空の四国大冒険。

完結編――スタート。

（第1話）
（終）

第2話「魔女の正体！昔々の戦争」

0

失敗は忘れられ、繰り返される。
成功は忘れられ、二度と起こらない。

1

これは四国ゲームが開始されてまもなく、徳島県のどこかで交わされた会話である——と言っても、この『まもなく』というのはあくまでも地濃鑿、魔法少女『ジャイアントインパクト』の認識であって、会話の相手である杵槻鋼矢、魔法少女『パンプキン』の認識としては、四国ゲームが開始されて、既に少なからず時間が経っている。

そこには個人差がある。

なにぶん、フィールドにいるだけで強制参加だというその性格上、『いつ始まったか』という認識には各プレイヤーごとにズレがある四国ゲームである――こんな事態をあらかじめ想定し、常に四国中にアンテナを張り巡らせていた杵槻鋼矢は、比較的早く四国ゲームの開催に気付いたが、適当に生きて適当に暮らしていた落ちこぼれの魔法少女『ジャイアントインパクト』は、かなり遅くまで、ゲームが始まっていること自体に気付いていなかったのだ――もっとも、そんな危機感のなさでも、致命的なルールに触れることなくちゃっかり生き残っていたあたり、魔法少女『ジャイアントインパクト』は尋常ではないし、侮れない。

だからこそ。

そんな奇異さを（奇異さだけは）認めていたからこそ、魔法少女『パンプキン』は香川県から徳島県へと越境してまで、魔法少女『ジャイアントインパクト』とのパイプを、くじけることなくキープし続けていたわけだが――

「ハーイ、『ジャイアントインパクト』。やっぱり生き残っていたのね、あなた」

「おや、私の名前をそんな風に気安く呼ぶあなたは……、えーと、えーと、伏魔殿みたいな」

「『パンデモニウム』じゃない、『パンプキン』よ」

「そうでした。てへへ。でも、どっちにしろ変な名前ですね。お元気そうで何よりです」

「元気、に見える？」

「見えます」

「……いや、じゃあ、いいんだけれど。あなたにそう見えるのなら、あたしは元気なのかもしれないわ。ただ、あんまり長く話している時間はないのよ、残念ながら。こんな事態じゃあ、さすがのあたしも、単独行動が無制限に許されているわけじゃあなくってね——『コラーゲン』の監視が厳しいのよ。あはは、追いつめられると、人間、本音が出るわよねえ——本音って言うか、本性なのかもしれないけれど」

「はあ。私は別に、いつも通りですけれど」

「でしょうね」

「あらら、厚い信頼を感じますね」

「そんなものは存在しない——ただ、この際、折角だし、あなたからの熱い友情に、期待しちゃっていいかしら」

「チーム『サマー』のあなたがチーム『ウインター』の私にですか」

「どうせ、四季の名前なんて、適当に決められたものでしょう——ちなみに『ジャイアントインパクト』、そのチーム『ウインター』の現状は、今のところ、どんな感じなの？」

「はあ。それはたぶん、『パンプキン』達と同じだと思いますけれど……、四国からなんとか脱出しようと、みんなで四苦八苦ですよ。手分けして、ルールを集めています」

「あっそ……まだその段階なんだ」

「？」

「いえ、こっちの話……、情報格差って、別にデジタル機器がなくても起こるものなのね。そういう意味では、確かにチーム『ウインター』とチーム『サマー』は、似たような段階にいるわよ」

「それはそれは。ご同慶の至りです。なんだったらチーム同士、同盟でも結びましょうか」

「ご冗談の至りね。チーム『オータム』とチーム『スプリング』ほどじゃあなくっても、チーム『サマー』とチーム『ウインター』は、不仲なんだから……、こういう状況で、競争こそすれ、協力なんてできるはずがない」

「そうでしたね。仲良しなのは、私と『パンプキン』だけでしたね——チーム内で浮いている者同士、仲良しこよしなんですよね」

「いじめられっこ同士がつるんでるみたいな言い方はやめてくれるかな……、あなたのそういうところが、みんなに嫌われるのよ」

「そうですか。私はこんな自分が好きですけれど」

「そりゃよかった」

「何の話でしたっけ？　『パンプキン』、私を捜していたんですか？」

「ええ。そうなのよ、信じられないことにね——あなたに、あたしに借りを返すチャンスをプレゼントしてあげようかと思って」

「借りなんてありましたっけ」

「と言うか、借りしかない」

「熱い友情に期待すると、そう言えばおっしゃってましたね。いいでしょう、私になにをお望みですか、『パンプキン』？」

「頼まれる立場になった途端、偉そうに構えるじゃない……本当、厚かましい性格よ、あなたは。厚焼き卵って呼んであげたくなる。ただ、それこそが、今の四国を生き残る資格であるとも言える——さっきも言ったけれど、あたしは現在、魔法少女『コラーゲン』の、監視下にあってね。あんまり自由な行動がとれないのよ」

「そんな生意気言う奴はぶん殴ってやればいいじゃないですか」

「過激ねえ……いや、それができれば苦労はないって話で。前に情報、流してあげなかったっけ？　『コラーゲン』のマルチステッキ『ナッシングバット』が持つ万能性——あの子は対魔法少女という意味じゃあ、最強に近いのよ」

「へえ。どうしてでしたっけ」

「……そこは省略するわ、時間がないって言ったでしょ？　あなたの記憶力に付き合ってられないのよ。要は、現在香川県は、魔法少女『コラーゲン』の絶対王政が敷かれているって話——まあ、『パトス』がうまく回してくれているから、状況がそう深刻ってわけでもないんだけれどね。あたしが平時ほど、奔放に活動できなくなったってだけで」

「それはまあ、普段の行いが悪いがゆえの自業自得というわけですね」

「その通りだけれど、あなたに言われると腹が立つわね……、あなたくらいの素行不良はいないでしょうに。よく、チーム『ウインター』の魔法少女達は、あなたみたいな軽挙妄動の危険人物を、単独行動させているわね」

「まあ、軽挙妄動な私だからこそ、近くにいたらルール違反の爆発の巻き添えを食らうかもしれないと思われて、こうして距離を置かれているのかもしれませんね」

「自分の置かれている状況をシビアに分析してるんじゃないわよ。だとすればチーム『ウインター』のリーダー、魔法少女『キスアンドクライ』は、正しい判断をしているとも言えるけれど……、ま、あたしと違って単独行動が許されているというなら、好都合よ」

「好都合ですか。ふふふ、よかったですね、私が嫌われ者で」

「そんなことをよかったと思うほどに、あたしの精神はねじくれてはいないわ。むちゃくちゃ言ってるわね、あなた」

「察するに、私に頼みたい極秘任務があるということですか？　単独行動が禁じられた『パンプキン』に代わって、私に成し遂げて欲しい何かが。チーム『ウインター』の、他の面々には知られたくない、こっそりと遂行して欲しいお仕事が」

「ご名答」

「てへへ」

「照れないで、それくらい誰でも当てられるんだから――細かい事情を説明している暇はないから、できればなにも聞かずに引き受けてくれたら助かるんだけど」

「細かいですか。二乗したら、ふつう数は大きくなってくはずですけどね」

「そういう冗談も、できれば挟まずに引き受けてくれたら助かるんだけど」

「わかりました。助けましょう！」

「…………」

「どうしました、『パンプキン』。あなたが黙っていたら、話が進みませんよ。私はテレパシーなんて使えないんですから、口に出してくれなければ、頼みごとは伝わりません」

「……念のために聞くけども、あたし、本当に、あなたを頼っていいのよね？」

「もちろんです。お任せください。ここで私を頼らず誰を頼ると言うのですか。私はやればできるけれどやっていないだけだということを見せてさしあげましょう！」

「そんな余計なものを見せないで。できることなら、やればできるということだけを見せて。……あのね、『ジャイアントインパクト』。あなたにはこれから、四国ゲームのルールではなく、『魔女』を捜して欲しいのよ」

「『魔女』？」

「わからなくていい——戸籍名は酒々井かんづめ。あたしの読みが間違っていなければ、きっと彼女こそが、四国ゲームをクリアするための、キーになるはずなのよ」

……その後ふたりは、待ち合わせを数日後に定めて、それぞれの仕事に戻った——が、四国ゲームはそこから更に深刻化し、結局、その待ち合わせは果たされることがなかった。

チーム『サマー』は、空々空という、地球撲滅軍から、頼まれもしないのにやってきた英雄によって壊滅に追い込まれ、結果として魔法少女『パンプキン』は自由行動が可能になったのだが、一方で魔法少女『ジャイアントインパクト』は、そんな頼みごとをされたことによって、チーム『白夜』の魔法少女『スペース』に目を付けられ、あちこちを這々(ほうほう)の体(てい)で逃げ回る羽目になった——そんなことをしているうちに、彼女を仲間外れにしていたチーム『ウインター』の他の魔法少女達は、順当にゲームオーバーを迎えた。

魔法少女『キスアンドクライ』、都度井浮世(つどいうきよ)。

魔法少女『マゴットセラピー』、白臼討議。

魔法少女『スピログラフ』、魚鳥木つづり。

魔法少女『ゲストハウス』、パドドゥ・ミュール。

魔法少女『ジャイアントインパクト』、地濃鑿を除く、チーム『ウインター』の魔法少女達四人は、四国ゲームの中核に食い込むこともできず、要するに一般人とそう変わらない認識のまま、死んでいったのだった。

ゲームオーバーである。

……途中参加で乱入した英雄、空々空と出会うことなく死んでいくことができた彼女達は、ひょっとすると、チーム『サマー』やチーム『オータム』やチーム『スプリング』の魔法少女達よりは、穏やかに死ぬことができたという言い方もできなくはないが、そんな慰めをかけようにも、彼女達は現世に肉片ひとつ残していない。

皮肉にも、チームから外れて、四国ゲームの本来のプレイスタイルからは大きく外れた『人探し』をしていたからこそ、魔法少女『ジャイアントインパクト』は徳島県を生き延びることができたと言うこともできるが——もっとも、黒衣の魔法少女『スペース』から逃げ回ることのみに躍起になっていた彼女は、当然ながら、魔法少女『パンプキン』から頼まれていた極秘任務を、達成できはしなかった。と言うより、途中からほとんど投げ出していた——絶対平和リーグの魔法少女として、とても誉められた姿勢ではなかったし、『パンプキン』もまさか、こういうときのために温存してきたパイプがここまで頼りにならないとは思ってもみなかっただろうが、世の中、なにが幸いするかわからない。

そして更につけ加えるならば、そんな不真面目な彼女だからこそ、徳島県のデパ地下で、空々空と、そして酒々井かんづめと、偶然出会うことができたのだとも言える。

下手をすれば、イレギュラー要素である空々空以上に、ゲームのバグを利用するような、管理者の予想の斜め上を行くプレイスタイルでここまで生き残ってきた魔法少女『ジャイアントインパクト』だったが——そんな真っ当に生きていくのが馬鹿馬鹿しくなりかねない経緯で、結果として、あくまで結果としてのみだが、彼女は魔法少女『パンプキン』から任されていた通り、酒々井かんづめを発見することに成功したのだった。

成功したのちも、地濃はかんづめが、探している相手だと、しばらくは気付かなかったのだけれど、それはそれとして——

2

ちなみに。

チーム空々が現在、四国ゲームの最終局面に臨むにあたってミーティングをしている場所は、高知県に広がる一面の焼け野原である。

座標的には、四国のど真ん中あたり。

黒衣の魔法少女『スパート』と改造人間氷上竝生との戦闘跡、と言ってもいいし、チーム空々を構成する八人の合流地点、と言ってもいい——要は彼らは、命からがら合流した場所から移動することなく、その場で、今後の傾向と対策を話し合っているのだった。

焼け野原というのは、焼け野原という言葉からイメージされる以上の焼け野原であり、見渡す限り、なにもない。

身を隠す場所がないという意味では、いざというときに危険ではあったが、しかしその条件は相手方にとっても同様であり、そして今日現在、四国のどこもかしこも隈なく危険地帯だと見なすならば、こうした広場で話すというのは、いつだって空に逃げられるという条件がある分、屋根の下よりは安全かもしれない。

『土使い』の魔法少女、黒衣の魔法少女『スクラップ』のように、地中から来られてしまえば、見晴らしなどいっさい関係なくなるけれど、そこはもう人造人間『悲恋』の対敵センサーに期待するしかなかろう——

「まずは」

そんな中。

四国の真ん中に立って、酒々井かんづめは、空々空と対峙した。

「おにいちゃん。ここまでかんづめを——しすいかんづめをつれてきてくれて、ほんま、おおきに。もしもおにいちゃんがあのとき、しすいかんづめをみすてていたら——」

「い、いや、そんなことはいいんだけど」

空々はいきなりお礼を言われて、照れたようにそう言う——照れるというのは、彼らしからぬ人間らしい動作だったが、実際のところ、この英雄は『人から感謝される』という、たったそれだけのことにまったく不慣れなのである。

そんな風に感謝されると、先ほど掲げた努力目標『誰も死なせない』と相まって、まるで空々が人情味あふれる正義漢であるかのようだけれど、実際、あのとき——黒衣の魔法少女『スペース』に追われて、遥か上空から落下した先で出会った幼児、酒々井かんづめを、その後、見捨てず連れ歩いたのは、『世間的には、常識に基づいて、そうするものだから』という約束事に従っただけ、プラス、あるとするなら、そのまま見捨ててしまえば、更に追ってくるかもしれなかった黒衣の魔法少女『スペース』に、手がかりを残すことになるかもしれないからという、手前勝手な自己都合があっただけだ——遠慮でも謙遜でもなく、掛け値なく感謝には値しない。

値しないのだが、しかし幼児はそんな彼のシャイなリアクションには委細構わず、

「おにいちゃんがあのとき、しすいかんづめをみすてていたら」と続けた。

「——じんるいはちきゅうにまけて、ほろんどった」

あまりにも呆気(あっけ)なく、しかも舌足らずに、その上方言で言われたので、その意味を取り損なう空々——他のみんなの反応も、似たり寄ったりだった。唯一、反応らしい反応を示さなかったのは、機械である人造人間『悲恋』くらいのものだった。

もっとも、装備されている音声認識機能だって絶対ではないだろうから、彼女も、聞き返したい気分になっていなかったとは断言できない——機械に気分なんてものがあればだが。

「人類は地球に負けて、滅んでいた、なんて……、ずいぶんと吹くわね、『魔女』。……今の肉体にあわせて、かんづめちゃんと呼び続けたほうがいいのかしら？」

生じた沈黙で、場が重くならないようにだろうが、MCを務める鋼矢が、おちょくるような口調で、そんな風に言う——かんづめはそれに対して肩を竦め（幼児らしからぬ動作だ）、

「べつに、おおげさにいうとるわけやない」

と応える。

気持ち、冷たい口調だ。

「よびかたは、かんづめちゃんのままでええわ――まだ、かんぜんにじぶんをとりもどせたわけでもないけん。それに……、わかっとうやろけど、まえにこうやとおうたときとは、いまの『まじょ』は、きりかわっとう」

「……その辺も含めて、みんなに説明してもらえると助かるわね。みんなに、それに、あたしに。こんな風に場を回しちゃあいるけれど、あたしだって別に、すべてあますところなく事情を知っているってわけじゃあないんだから」

鋼矢がそう言うと、

「杵槻さん。実際のところ、きみは、どれくらい知ってるわけ？　ことと次第って奴を」

と、氷上が横合いから口を挟んだ――『魔女』や『魔法』に対する見識を、この中で一番持っていない立場である彼女としては、どうしても酒々井かんづめよりも、杵槻鋼矢のほうを警戒対象としてしまうのだ。

「あたしは、知っていて二十パーセントくらいよ。その知識に頼って騙し騙し、なんとかここまで四国ゲームを生き抜いてきたけれども――知ったかぶりもさすがに限界。……はっきり言っちゃうけれども、こんなゲーム、真っ当にプレイしてクリアできる種類のプログラムじゃあないわ。今風に言うなら、無理ゲーって奴……『魔女』の力でも借りない限りは、爆死は免れない」

「……あまり、きたいされてもこまる」

鋼矢が氷上に答えるのを、今度はかんづめが割り込んだ——その口調は、本当に困っているようでもあった。

「そうやな。いろいろとせつめいするまえに、それだけはいっとかなあかんわ——ちょっと、はーどるをさげときたい」

酒々井かんづめはそう言って、元の位置に戻り、体育座りをする——その様子は、まるっきりただの幼児である。

「たしかに、かんづめは——しすいかんづめは、まじょで、まほうしょうじょよりもこういにおる。しっとることもわかっとることも、それなりにおおいんかもしれん。おにいちゃんにひろわれたときから、だいぶんじぶんをとりもどした——おしえてあげられることは、ぎょうさんある。けれど、そのたいはんは、おにいちゃんらがいうところのしこくげーむとは、むかんけいや」

「無関係……四国ゲームと？」

空々は訊き返す。

訊き返すと言うのであれば、今の台詞の中だけでも、訊き返したいことは山ほどあったけれど、舌足らずながらも流れるようにしゃべるかんづめに、思考の速度が追いつかず、最後の部分を繰り返すだけにとどまってしまった。

　かんづめは「そう」と頷く。

「かんづめはまじょとして、『うまれたて』やから――おにいちゃんらにんげんの、『じっけんしっぱい』や『しこうさくご』とは、かんけいあらへん――かんけいあらへんはいいすぎか。しっぱいやさくごが、こうしてまじょをうまれかわらせたともいえるんやから」

「……やっぱり、一から説明したほうがいいんじゃない？」

　かんづめの口調から、なにも読みとれずにいる空々や氷上、それに手袋や地濃を見かねたのか、鋼矢が助け船を出すように言った。

「でないと、あなたの言っていることの大半は、意味不明よ。これぱっかりは、あたしが代弁してあげるってわけにもいかない――あなたしか知らないことがあまりに多過ぎる」

「……やから、そのたいはんは、いまはかんけいないことやねんて、きねつきこうや」

　かんづめはやれやれとばかりに首を傾げる。

「じんるいがいざちきゅうとたたかうときには、ひつようになるかもしれへんけれど、とうざ、おにいちゃんらのもくひょうは、このげーむのくりあやろ？」

「まあ、それはそうだけれど」

「やったら——なごうなるはなしをきくことに、どれほどのいみがあるか、かんづめにはようわからん。ひつようなことだけせつめいするんやったら、おまえがやったほうが、てっとりばやい——と、おもうけん」

「何が無駄かなんて、案外、わからないものよ——むしろすべてを無駄にしないよう、立ち振る舞いたいわ。四国ゲームのクリアと、打倒地球は、究極的には繋がっているしねえ」

と、右左危博士が言った。

科学者の彼女からしてみれば、役に立つ役に立たないにかかわらず、『魔女』なんて得体の知れない存在について、知らないままではいられないだろうから、これは当然の発言である。

好奇心と知識欲は科学者の看板だ。

「ながいはなしにになるで。しかも、むだにながいはなしに」

「あはは。これが本当にゲームだったら、『スキップして読み飛ばす』場面かしら？気にしないで、私はチュートリアルは、がっつりプレイするタイプなのよ」

そりゃああんたはそうかもしれないけれど、と氷上は突っ込みを入れかける——が、そこをぐっとこらえる。

先述の通り、氷上にとっては、魔女云々(うんぬん)の話は、それほどの好奇心をそそられないというのが正直なところだった——どちらかと言えば、当事者であるかんづめが促している通りに、さっさとチームの総意をまとめて、一刻も早く、ここからクリアに向けて出発したほうがいいんじゃないかと思うくらいだった。

　幸い、と言うのか、絶対平和リーグの香川本部をフィールドワークしたことによって（無人の本部に忍び込んだ、と言ったほうが正しいかもしれないが）、氷上と右左危博士は、『次なる目的地』を、既にほぼほぼ定めている。

　彼女としては、早くそちらに向かいたい。

　せっかちと言われようと、そう思う。

　自他共に認めるクールビューティーではあるけれど、先の右左危博士の揺さぶりではないが、上司である空々少年と念願の合流ができたことで、ぶっちゃけさっさと帰りたくなっている氷上だった。

　ただ、まさかそんなわけにはいかないし。

　ここから酒々井かんづめが語る内容は、現時点ではほとんど興味を持っていない部外者である氷上をして、惹きつけるに足るものだった。

　氷上の心中を見透かしたように、

「どうせ、もうこんな夜半なんだから——このチームで行動を起こすとしても、今晩はゆっくりやすんで、明日、夜が明けてからでしょう？　だったら魔女の夜伽話なんて、粋でいいじゃない――長いと言っても、まさか明後日までかかるってわけでもないでしょうに」

と、右左危博士は言った。

この人は私に嫌がらせをするために生きているんじゃないかと、内心苛立ちを隠せない氷上だった――が、その一方、戦略的に、ここで魔女、酒々井かんづめに腹のうちをさらけ出して欲しいはずの杵槻鋼矢は、つまり、右左危博士から思わぬ援護を受けたはずの杵槻鋼矢は、しかしこのとき、苛立ちではないものの、内心にほんのわずか、

（…………？）

と、疑念が生じた。

疑念と言えば、やや言葉が過ぎるかもしれないが――それは彼女の、苦い経験に根ざしているので、ここは過ぎた言葉を使わざるを得ない。

過ぎざるを得ない――気にし過ぎざるを。

今日の昼間まで行われていた、チーム『オータム』とチーム『スプリング』の春秋戦争において、鋼矢はチーム『オータム』の側に、軍略家として荷担した。

だが、鋼矢は策を練るにあたって、彼女は決定的かつ致命的なミスを犯した――いや、それをミスと責めることができるのは、鋼矢自身だけだ。他の誰にも、責めよう

がない——どう考えても、それは鋼矢の責任ではない。

　地球撲滅軍から、四国ゲームを強制中断するためにやってくる『新兵器』の到着に水準を合わせて策を練るのは、むしろあの場合、極めて正当なことだった——『新兵器』、即ち人造人間『悲恋』が、不明室の不手際によって、予定よりも早く、しかし具体的な命令をプログラムされる前に四国へ（泳いで）到着していたことなど、彼女にとっては知るすべのないことだったのだから。

　知らないことは前提にはできない。

　結果、チーム『オータム』とチーム『スプリング』は引き分け——と言えば聞こえがいいけれど、要するにどちらのチームも全滅するという、想定する限りもっとも無惨な結末を迎えてしまった。

　情報が足りなかった。

　タイムリミットを読み違えた。

　この二点は、ともかく知恵を絞ることで、ここまでしたたかに生き延びてきた杵槻鋼矢にとって、悔やんでも悔やみきれない過ちであり、二度と繰り返したくない、平凡極まるケアレスミスなのだ。

　それゆえに、彼女はここで、本人があまり気乗りしていない風なのをおしてまで、酒々井かんづめに『情報』を公開させようとしているのだが——だが、どうやら同じ気持ちであるらしい、左右左危の発言の、ほんの一部が気になった。

疑念が生じた。

どうせ出発は明日の朝になるのだから——と、右左危博士は言った、それはいい。あえてクリアを急がず、じっくりと構えるその姿勢には、鋼矢のほうこそ賛同する。

だが、そのあとに何気なく、ついでのように続けられた、右左危博士の台詞——それが鋼矢の心に刺さった、棘のように。

まさか明後日までかかるってわけでもないでしょうに——まさか明後日までかかるってわけでもないでしょうに。

それはただ、場を茶化すために大袈裟に言っただけの台詞のようでもあるが——大袈裟に言うのならば、一週間とか、一ヵ月とか、いっそ一年とか言うのならともかく、明後日というのは、冗談めかすにはなんだか中途半端だ。

中途半端に——具体的だ。

まるでそこが、四国ゲームのタイムリミットであるかのような——明日までならかかってもいいけれど、明後日までその話が長引いたらまずいとでも言うような。

馬鹿な。

空々や鋼矢を脅かしたタイムリミットそのものと言えた『悲恋』が、今、このチームにいることで、そんな外部からの制限は、圧力は、四国ゲームにはもう働いていないはずだ――タイムリミットなんて、もう考えなくてもいいはずだ。

だが、仮に右左危博士が、『明後日まで長引いたらまずい』と本当に思っているのだとすれば実のところ、しっくり来てしまったりもするのだった――なぜなら、それがしっくり来てしまうのは、それが空々や鋼矢が危惧し続けていた（と言うか、そもそもはその数字は空々がなんとなく勝手に設定した制限なのだが）、『一週間』というタイムリミットと、ちょうど一致するからなのだ。

空々空が、四国に来て。

明日――十月三十一日で、ちょうど一週間。

「…………」

いや。

一瞬、右左危博士を、衝動的に問いつめたくなった鋼矢だったが――いくらなんでもこれは神経質過ぎると、こらえた。

失敗から学ぶのは大切だが、失敗から学び過ぎてはならない――それこそ、学んだ結果、失敗を繰り返すことになりかねない。

それはあまりに無意味で、悲し過ぎる。

もしも右左危博士を詰問するとしても、今じゃあない、いくらなんでも話題が散る――今、追及すべきは、左右左危ではなく、酒々井かんづめ。

科学者ではなく、魔女なのだ。

「ってことだから……」

平静を装って――さながら『自然体』の魔法を使っているかのごとく、平静を装って、鋼矢はうすら笑いを浮かべ、かんづめに言う。

「時間のことは気にしなくていいわ、存分に説明して頂戴――絶対平和リーグと魔女、それに魔法との関係を」

……ここで鋼矢が、右左危博士を問い詰めなかったことが、生じた疑問を突き詰めなかったことが、正しかったのか間違っていたのかは、その結果を見たところで、定かではない。

問い詰めたところでどうせ右左危博士はとぼけただろうし、白状させることに成功していたとしても、それでどうにかできるという種類のものでも、なかったからだ――左右左危が今、会議の傍らで熟考している事実は。

だからそちらの問題は、この八人の中で、知能においては群を抜いている右左危博士一人に考えさせておくのが、正解と言えば正解だった――鋼矢は何も、失策していない。

春秋戦争のときと、同じく。

「おーけい。まあ、なにかのひんとにはなるかもしれん――おにいちゃんはそうやって、ここまでいきのこってきたことやしな」

酒々井かんづめは大仰に嘆息してから、空々を一瞥し——そして語り出す。

まずさいしょに、と。

「まじょはかせいからやってきた」

3

火星。

太陽系第四惑星、火星。

夜空に興味のない者でも知っている、説明不要の惑星だが——どうしていきなり、そんな天体の名前が出てくるのか。

そんな疑問を差し挟むまでもなく、幼児、魔女、酒々井かんづめは続けた——舌足らずな口調で、しかし立て板に水のように、当然のことを当然のように説明する。

「まじょはかせいからやってきた——ちきゅうをたおすために。ぶっころすために——はるかむかしのはなしや。かせいとちきゅうは、むかしむかし、せんそうをしとった」

魔女は火星からやってきた——地球を倒すために。

火星と地球は、戦争をしていた。

文面にすれば、まったく荒唐無稽で、シリアスな話をするにあたって、まずは軽い冗談から入ったのかと思わせるくらいだったけれど――しかし、それを言い出したら、空々が半年前から参加を強要されている戦いも、つまり地球と人類との戦争なんて戦いも、相当に荒唐無稽で、冗談めいている。

重い冗談だ。

「つ、つまり――」

と、空々は、かんづめと鋼矢を交互に見ながら訊く――二十パーセントと言っていたけれど、鋼矢はどこまで知っていたのだろう？　あるいは、絶対平和リーグは、どこから――いつから。

何までを知っていた？

「――魔女って、火星人ってことなの？」

「火星陣、と言うべきなのでしょうね」

そう答えたのは右左危博士だった。

口で言われてもわかりづらいが、しかし、この場にいる八人の中に、わざわざその真意を問い直す者はいなかった。

問い直すまでもなかった。

地球撲滅軍の所属にしても、絶対平和リーグの所属にしても、その単語は、地球との戦闘という通常業務を行う上で、決して避けては通れないものだからだ――『地球陣』。

人類の中に紛れ込んだ、地球からの刺客。

人類そっくりの、しかし人類を滅亡へと導く、自覚なき戦闘員――空々や『悲恋』、魔法少女達の本来の役割は、こんなわけのわからないゲームをクリアすることではなく、そんな『地球陣』を、地道に倒していくことなのだ。

人類からのバグ取り。

気分の悪い犯人捜し。

そんな風にたとえる者もいる――実際のところ、空々空という心なき少年が、弱冠十三歳にして地球撲滅軍から英雄扱いされ、ＶＩＰ待遇で（それはあくまでも、地球撲滅軍からしたＶＩＰ待遇だが）迎え入れられたのは、感情が死んでいるがゆえに、『地球人』と『地球陣』を区別できるという、希有な資質を持っているからなのだ。

その『目』を取引材料に、かつて空々空は、地球撲滅軍から絶対平和リーグにコンバートされかけたこともあったくらいだが――それはさておき、『地球陣』ならぬ『火星陣』？

「はっ！　ま、まさか――」

と、そこで地濃が口に手を当てる。

「——か、火星のことを英語で『マーズ』と言いますけれど、あれは魔女、『マジョ』が変化して、『マーズ』なのでしょうか!?」

「いや、それはかんけいあらへん」

極めて冷たく、幼児は馬鹿を切り捨てた。

が、地濃のそんな発言は、にわかに緊迫した場を和ます役目は果たしたようで、一同は衝撃から立ち直る——現時点でももう、何から衝撃を受けて、どう驚けばいいのか、相当にわかりづらい話なのだが、しかし幼児が言っていること自体は、とてもシンプルである。

本人が前振りのようにさんざん言っていた通り、魔女のそんな出自が、四国ゲームと絡んでくる気配はないけれど——

「えっと……質問はあとで、まとめて受け付けてもらえるのかしら」

氷上がおずおずと、かんづめに訊く。

幼児でありながら魔女という、謎めいた存在に対して、どういう風に接すればいいのか決めかねているのだが、かつて彼女が戦士だった頃、さんざんに戦った『地球陣』が話に絡んでくるとなれば、黙って聞いてもいられない。

『科学』に反する『魔法』のことなんて、どちらかと言うと知りたくないくらいだったけれど――知りたくない情報でも、知れるとなれば、求めてしまうのが人類の性ではある。

「それとも、適宜、その都度その都度、質疑応答してくれるの？」

「どっちでも……、どっちにしても、おねえちゃんみたいなにんげんにとっては、らちのあかんはなしかもしれんし――わからんかったからっていって、とくにもんだいもないけん」

「…………」

なんだか本当にどうでもいい、みたいな風なので、逆に質問しづらい――し、また、いざ訊いてもいいと言われると、何をどう質問したらいいのか、それがわからなかった。

「まあまあ、竝生ちゃん」

右左危博士が、取りなすように言う。

彼女に取りなされることが、氷上にとっては挑発なのだが。

「まずはもうちょっとかんづめちゃんの話を聞きましょうよ。『魔女』が『火星陣』――なるほど、いいじゃない。つまり、『地球陣』と『火星陣』が、人類をさしおいて戦っていた時代が、かつてあったということよね？」

「まあ、そういうことや――いわゆるしんりゃくせんそうちゅうやつやな」

侵略戦争――それ以前に、宇宙戦争である。

映画にも、ＳＦ小説にも造詣がない空々には、まったくぴんとこない話である――そもそも、地球と火星が戦う理由がわからない。

惑星同士の闘争。

いや、しかし、地球に意志があるとするなら、火星にもまた、意志があってもおかしくはないのか――むしろ、地球が人類を憎み、人類が地球を憎むという戦争の構造よりは、惑星同士が憎み合い、戦っていると言われたほうが、構図としては釣り合っているのかもしれない。

「火星人って言えば、例のタコ型の姿をイメージしやすいですけれど、『火星陣』は見たところ、そういう形状じゃあないんですね――ふうん」

どこまで理解しているのか、それとも全部冗談だと思っているのか、地濃はそんな風に言って、かんづめをじろじろと見た。

無遠慮な視線である。

鋼矢に頼まれて、魔女を発見したのは自分だという自負があるからか、それとも彼女なりの責任感なのか、先ほどまでより積極的に発言する。質問は最後にまとめようと言った、右左危博士の言葉は、あまり聞いていなかったらしい。

「『火星陣』も、人類に寄せて作られているんですか？」

「『まじょ』は、かせいにすむせいぶつというよりも、ちきゅうにおくりこまれたせんしやからな……、ちきゅうじんとも、ちきゅうじんとも、くべつはつかへん」

違いは、と。

かんづめは左手首に巻いた黒い時計をみなに示す――そして各々が同じように巻いている、腕時計を見遣る。

「まほうをつかえるかどうか――や」

「…………」

なんのことはない、『魔法』とは。

地球を滅ぼすための武器であり、兵器であり、ただの方法――夢でも希望でも、ファンタジーでもない。

そういうことか。

地球撲滅軍が現在、地球と戦うにあたって、最新鋭の科学技術を惜しみなく使用しているように、かつて『魔女』――『火星陣』は、『魔法』を使用し、『地球陣』、ひいては地球そのものを、容赦なく攻撃していた。

地球を破壊せんとしていた。

「その話を聞くと……、侵略戦争というのは、火星から地球に向けた侵略戦争だったってことになるんですか？」

「いや、もちろん、ちきゅうからかせいにむけたしんりゃくもあった——それはまたべつのはなしや。ちきゅうとかせいは、おたがいがおたがいに、しんりゃくしようとりょうどあらそいをしとった……、みにくいあらそいやった」

地濃の、空気を読まない質問に、かんづめはすらすらと答える——はらはらするやり取りではあるけれど、思い出してみれば、徳島でも高知でも、かんづめに対して地濃は、最初から打ち解けている風でもあった。

意思の疎通という意味では、人付き合いの苦手な空々よりもよっぽど、かんづめと通じ合っていた——実はコミュニケーション能力は、地濃のほうが空々より高いのかもしれない。

ただ、それでも地濃は地濃なので、「なるほど、そうですかー、わかりましたー」と、他の誰にも理解不能なタイミングで、魔女の話に彼女なりに納得してしまったらしく、そこでいったん、満足げに口を閉ざしてしまった。

かんづめが火星出身なら、彼女は金星出身じゃないのかと思わせる、抜群のわけのわからなさである——が、今は別に、地濃鑿というキャラクターを掘り下げる場面ではない。

どんな暇なときでも、そんな無益なことをしたがる者はいない——まして今は、過酷な四国ゲームの真っ最中である。

「きたいはずれなことをいわせてもらえれば、ちきゅうとかせいが、かつてなんでそうやって、おたがいにしんりゃくしようとしとったか……、おたがいにころしあおうとしとったかは、かんづめにはわからへん」

そう言って、首を振る幼児。

幼児にあるまじき、気怠げな動作だ。

「なにせ、『まじょ』としてのせだいが、とうじとちがいすぎる」

世代？　時代、ではなく？

「うけついでるきおくにもげんかいはあるし――かんづめもまだ、ぜんぶをおもいだしとるわけやない。よんぶんのさん、くらいや」

白秋の刻や、と、かんづめは言った――自嘲気味でさえある。

地濃と違って、場の雰囲気には（あくまでも彼なりにだが）対応してしまう空々なので、右左危博士の発言を受け、質問はしにくくなってしまったけれど……、彼なりに、そんなかんづめの文言を理解してみれば、つまり徳島県の酒々井家で、たまたま出会ったときの酒々井かんづめは、まだ『魔女』ではなかったと言うことだろうか？

記憶喪失。

いや、記憶、じゃあないのか？

自分を取り戻す、とか、そんなことを言っていたけれど――空々と共に四国ゲームをプレイする中で、徐々に『魔女』としての自分に、酒々井かんづめは変化した――そんな理解でいいのか？

仮説というにはあまりに雑だけれど、大きくは外していないように、空々は思った――そう考えれば、しっくり来ることが多いのだ。

そもそも最初から、四国ゲームを一人で生き抜いていたり、尋常な幼児ではなかったが、その特異さは、時を経るごとにエスカレートしていた――さっきかんづめは、空々に感謝するようなことを言ったけれど、公平に見て、かんづめと出会ってなければ、生き残っていないのは空々のほうである。空々がかんづめに、助けられていたようなものだ。

言葉には出さなかったが、空々のそんな思考を見透かしたように、かんづめは更に、「そして、あまりきたいされてもこまる」と言った。

「ぎゃくにいうと、『かせいじん』は、『まほう』をつかえるというだけで、ほかはただのにんげんや――かんづめも、ただのこどもや」

じっさい、かせいはちきゅうとのあらそいにやぶれとう――と、そう続けた。

「かせいは、ちきゅうにかんぱいした――『まじょ』は、ちきゅうにほろぼされた。そういうことや」

「そういうことや、って、えらく簡単にまとめてくれるじゃないの――結構、重大なんじゃないの、それ？」

　鋼矢が皮肉な調子で、合いの手を入れた——そこは彼女なので、合いの手というより茶々みたいな口調でもあったが。

「少なくとも——あたし達、絶対平和リーグにとっては。魔法を武器に地球と戦う、あたし達魔法少女にとっては」

「せやな……ただ、じじつはじじつとして、うけいれといたほうがええ。それは、そのてんはたしかに、このふざけたげーむをくりあするうえで、やくにたつちしき、やくにたつじょうほうかもしれへん——はっきりゆうて、『まほう』では、『ちきゅう』はたおせへん」

『まじょ』はすでにはいぼくしとう。

　かんづめもたんなるはいざん……、いや。

　そう言って、幼児はちらりと、『悲恋』のほうを見た——科学の粋を集めた、対地球の最新兵器を見た。

「それでいうなら、まだ、かがくのほうがめがあるやろ……これはあくまで、しけんやけどな」

「そう言ってもらえると、科学者冥利に尽きるけれど——にわかには信じにくくもあるわね。永久機関とも言うべき魔法の力が、地球に通じなかったというのは」

『悲恋』の製作責任者である右左危博士が、そんな風に言って、辺り一面の焼け野原を示す――確かに、何の代償も代価もなく、これだけのことができる、これだけの被害を地球に与えることもできる『魔法』が、地球の前に無力だったとは、想像力に欠ける空々にも、思いにくいものがある。

いや、想像でものを言っているわけではなく、四国に来てからいったい何度、その『魔法』によって、生命を脅かされたかわからない。四国ゲームそのものにしたって、地球を打倒するための切り札、『究極魔法』とやらを得るために行われている壮大な実験なのだ。

それがまるっきり役に立たないみたいな言い方をされると、曲がりなりにも四国ゲームのプレイヤーとしては当惑せざるを得ない――求めている技術が、とっくの昔に敗北していると言われては、絶対平和リーグとしても受け入れがたいだろう。

もっとも、今、ここにいる絶対平和リーグの魔法少女達に、どれくらい組織に対する帰属意識があるのかは、微妙なところだ――何も知らされずに実験に巻き込まれ、強制的に死と隣り合わせの状況に置かれたという意味では、鋼矢も手袋も地濃も、空々と大して変わらない。

鋼矢だけは、この状況をある程度、事前に想定してはいたようだけれど――それだって、完全に予想できていたなら、彼女はこんな会合に参加せずに済んでいるだろう。

「えいきゅうきかん、か」

かんづめはつぶやく。白秋どころか、老成した風に。

「そんなもんがあったら、どんだけええか」

「…………」

「いや、せつめいをつづけよか。『まほう』がえいきゅうきかんやちゅうにんしきそのものが、そこまでまとをはずしとるわけやないし——まじょがちきゅうにまけたんは、まほうにけってんがあったからでもない」

「…………」

右左危博士は様子を見るように、かんづめの言葉の続きを待つ——彼女は、地球撲滅軍の身でありながら、絶対平和リーグにもつながりを持っていたので（それも、現状四国ゲームの支配人と言ってもいい、魔法少女製造課の課長と、先輩後輩の間柄なので）、空々や鋼矢よりは、かんづめの言うことを理解する下地はあるはずだが——それにしても用心深く、一言一句聞き逃すまいという姿勢だ。

「むしろ——まほうがべんりすぎたからこそ、まじょははいぼくした。なんのことはない、『かせいじん』は、まほうをつかいこなせせんかったんや——なんのすぺっくもあたえられてなかった『ちきゅうじん』のほうが、せいぶつとしてはうえやった」

そこでまたも、かんづめは空々を見た。

「おにいちゃんが、まほうをつかわんと、まほうしょうじょをつぎつぎだはしていったように——よけいなのうりょくなんて、じゃまになるだけやったんや。もっとるもんより、もってないもんのほうがつよい」

かんづめが空々のことを、どこまで理解しているのかわからない——少なくとも空々は、幼児相手に、身の上話などしたことがなかったけれど、彼女が言う『持ってない』というのは単に、『武器や魔法を持っていない』という意味ではなく、ともすれば『感情や心を持っていない』と言っているようにも聞こえた。

感情を持たず、心を持たない彼だから、魔法少女や、絶対平和リーグ相手に、ここまで、勝利とは言えないにしても、すんでのところで生き残ってこられたのだと——それは慧眼で、新しい視点ではあるけれど、空々からすれば、なんだか侮蔑されたにも近い評価だった。

少なくとも『あの人』は。

空々がそんな風に評論されることを、望んではいなかっただろう——人の心のわからない空々には、『あの人』が、だったら何を望んでいたのかなんて、不明極まるけれど。

「よく、わからないわね……」

氷上はそう言わざるを得なかった――あまり、上司の前で、不理解を晒したくはなかったけれども、どう言葉を選んだところで、わからないものはわからないとしか言いようがない。

なんだか、これでは絵面通り、子供のするでたらめな空想話に、根気強くつきあっているような気分だ。

「強過ぎる能力を持て余すって気持ちは、竝生ちゃんにはわかりやすいものなんじゃないの？」

右左危博士が、フォローするように言う――フォローしてくれるのはありがたいけれども、そのフォローの仕方は、いささか業腹なそれだった。

明らかにそれは、放火魔の弟のことを暗示した助言だったからだ――氷上よりも強い『炎血』の肉体改造を施され、天候さえも左右できる炎を操りながら、空々空という英雄に大敗北を喫し、再起不能となった不肖の弟を。

まあ、確かに、わかりやすくはある。

右左危博士としては、その上に、『炎血』を用い、『火達磨』のコードネームで呼ばれた弟よりも数ランク落とした改造を施されているはずの『焚き火』こと氷上竝生は、その『弱い力』を、『氷血』という形で――炎ならぬ氷として活かすという才覚を見せたことも暗示していたのだが、しかし残念ながら右左危博士に対する悪感情が強過ぎて、氷上は自分が誉められていたことには気付かなかった。

二人の間のディスコミュニケーションはそうは解決しない。

「もっとも、私としても『地球陣』が、能力を持っていないがゆえに、『火星陣』……『魔女』を圧倒した、なんて言われても、そうそう納得はできないけれどね……、持つ者を持たざる者が打破する、なんてのは、勧善懲悪(かんぜんちょうあく)を通り越して、童話の世界観よねえ」

「そうやな。こどもむけの、ようちなせんそうやった――ただ、それはいまかて、かわらんよ。『まじょ』とおなじしっぱいを、じんるいもくりかえそうとしとる。まほうとかがくでは、ちがうねんけど……、でも」

「……高度に発達した科学は、魔法と区別がつかない――か」

これまで何度も引用している、アーサー・C・クラークの台詞を、右左危博士は口にした。続けて、故人である彼女の元旦那が述べていたように、その言葉をひっくり返して、言う。

「高度に発達していない魔法は、科学と区別がつかない――かもしれないわね」

科学知識も行き着けば、一部の人間にしか使えない、使い勝手の限られた『魔法』になってしまう――スマートフォンの仕組みをちゃんと理解している人間なんて、ほとんどいない。飛行機が飛ぶ理由どころか、自動車が走る理由さえ、自転車が倒れない理由ですら、大抵の人間は説明できないし——説明を求めてさえいない。

だったら、とっくに、魔法と科学の区別はついていないとも言える——その科学を武器に地球撲滅軍は地球と戦っているわけで、ならば『魔女』こと『火星陣』の轍を踏んでいると揶揄されても、反論はしにくい。

わけがわからないまま、『破壊丸』や『グロテスク』、『恋風号』といった科学機器を使ってきた空々にとっては、耳の痛い話だ。

「確認になるけれど、火星と地球との戦争は、もうとっくに終わって、ずうっと昔に終戦しているってことでいいのよね？　その際、魔女は全滅したということで——」

鋼矢の念押しに、「そう」と、かんづめは頷く。

「せんそうはおわった。かんぜんにおわった。かせいはちきゅうにまけた——『まじょ』はぜんめつした——ただし、まじょがぜつめつしたんかゆうたら、そうでもない」

「？　まあ、そりゃあ……、かんづめちゃんがこうして、ここにいるんだから」

絶滅と全滅に、文言上、どれくらいの差を見るかは、人によるだろうが——ここで『魔女』が一人いる以上、確かに絶滅はしていないということになるだろう。

だが、かんづめが言ったのはそういう意味ではなかったようで、

「『かせいじん』は、しなへん」

と続けた。

「じんるいがいうところの、しぬというがいねんを、まほうでなくしとる」

「……それは不老不死って意味？」

「ちゃう。うまれかわるといういみ——もっとも、そのまほうも、じだいをへて、だいぶんがたがきとる。かんづめも、いちばんさいしょのじぶんをとりもどすんは、たぶんむり」

『不死』、といえば、その魔法を使うのが、魔法少女『ジャイアントインパクト』で、彼女は死んだ人間を生き返らせることができるわけだが——生まれ変わる、となれば、魔法の種類が違うというより、魔法のレベルが違うようにも、自己評価が異様に高い地濃をして、思われた。

聞いていると、その魔法にも欠点はあるようだが——地球に敗北し、滅ぼされながら、それでも脈々と現代まで『魔女』が続いているのは、『火星陣』の、そんな生態ゆえなのか。

「いや、どうやろな。そんなせいたいをもっとったがゆえに、『かせいじん』は『ちきゅうじん』にはいぼくしたというみかたも、やっぱりできる。『しなない』ちゅう、ききかんのなさが、せんじょうにおいてはまいなすにさようした——そういうこととちゃうん？」

「……迂闊な発言は、できそうもないわね」

右左危博士はそう言って、かんづめからの質問をかわした。

「でも、あなたの言うことを鵜呑みにするなら、かんづめちゃん――『地球陣』が、私達人類の中に静かに、虎視眈々と息づいているように、『魔女』こと『火星陣』もまた、あなたみたいに人類に混じって、息を潜めているということなの？」

「なにをしんぱいしとんのかわからんけども、『ちきゅうじん』ほど、かずがおるわけやないよ。『ちきゅうじん』は、しつよりかずでしょうぶしとう――『まじょ』はそのぎゃくや。もっとも、それはいいんやねんけど――」

量より質を重んじることは、通例、質より量を重んじることより、高位の考えかたとされるはずだが――戦争という現実の前では、そうはいかないというわけか。

「うまれかわりつづけようううちに、じぶんが『かせいじん』であることも『まじょ』であることも、わすれてしもうたやつも、そうとうすうおるしな――かんづめも、こんかいはほんまに、あぶないところやったけん」

「…………」

かんづめは、『地球陣』と『火星陣』との違いは、魔法を使えるかどうかだけ、というように説明していたが、聞いていると、どうもそう単純な理解では済まなそうでもある。

『火星陣』は、生まれ変わり続けるうちに、自分を失うようだが、それを言うなら『地球陣』には、最初から自覚症状がない——自分達が地球の先兵であると、思ってもいない。

戦闘員としてのありかたが、『火星陣』と『地球陣』では、まるで違うようだ。

戦略として、どちらがより正しいのかは、惑星間戦争なんて、あまりにスケールが大き過ぎて、空々には見当もつかないし、検討する気にもならないが——生物として生き残るために、そして勝つために、必要な生態なんて、ばらばらだということはわかった。

「そんなわけで」

と、かんづめは切り替えるように言う——地球と火星との間で行われた、『昔の戦争』のことについては、これくらいでお開きらしい。

話題は現代へと移る。

「かんづめら、『かせいじん』からすれば、『まほう』なんて、ただのおーばーすぺっくで、もっとるだけ、せんそうのじゃまになるくらいのつーるやねんけど……、でも、そのせんそうをわすれたまっとうなじんるいからみたら、みりょくてきにうつるみたいでな。いちぶのじんるいが、そのふっこうにつとめはじめた。それがたとえば、こうやたち、ぜったいへいわりーぐや」

「あたしと上層部をひとくくりにされても、困るわね――」

　相当に不本意なのだろう、鋼矢が本当に困った風に唇をとがらせる。

「――あなたの前世をサンプルとして実験室に閉じこめていたのは、あたしじゃあないわよ。むしろあたしは、できる限り精一杯、あなたを助けようとしてたつもりなんだけど」

「それはわかっとるし、かんしゃしとう――から、こんなふうに、したくもないおもいでばなしをしとうんや」

　感謝してる、と言いながら、空々に対するのとは違い、鋼矢に対してはとことん、刺々しく接するかんづめ。

　かんづめ――の前世か――と、鋼矢の間にどのような因縁があるのかは、まだほとんど語られていないが、旧知でこそあれ、あまりいい仲だったわけではなさそうだ。

「『サンプル……ってことは、絶対平和リーグは、『火星陣』であるあなたを研究して、そして結果、魔法少女のコスチュームやマルチステッキを、創造したということなの？」

　これもまた、確認するように言う右左危博士――もっとも、たとえそれが新しい情報であっても、この場合は『そんなの、地球撲滅軍でもそうする』という話でもあるので、あらかじめ当たりをつけていた情報なのかどうかは不明である。

「さんぷるにされたんは、かんづめだけや、ないけどな」

そう言って幼児は首を振る。

「かんづめも、ぜんせでのできごとをぜんぶおぼえとるわけやないけれど——そのあつかいをおもいだすと、じんるいよりは、ちきゅうのみかたをしとうなるわ」

ダウナーな風にそんなことを言われて、返す言葉を持つ者がいるわけもない——いるとしたら、この場では地濃鑿（なか）くらいだったが、彼女はもう相当話についていけなくなっていて、かんづめの話を半ば聞き流していた。

まあ、地濃は極端な例であるにしろ——成り行き上、成り行き任せでここに同席している手袋鵬喜も、酒々井かんづめの語りについていくのが精一杯だし、人造人間である『悲恋』にしてみれば、自分（本体？）には関係のない話だと、一定の距離を置いて話を聞き取っているところもあるので、地濃だけを不真面目と責めるわけにもいくまい。

ただ、これがこの先、どのように役立つ知識となるのかは定かでないにしろ（話し手であるかんづめ本人の言う通り、まったく役に立たないかもしれない）、絶対平和リーグと魔女との関係それ自体は、地球撲滅軍側の人間は、クローズアップしたいところだった。

「人類を代表してあなたに謝罪するべき場面かもしれないけれど、その資格が私にあるとは思えないわね——だからシビアに、話を進めさせてもらうけれども」

ややあって、右左危博士が切り出した。

「要はかんづめちゃん、あなたを含む複数の魔女を、絶対平和リーグは実験材料にしていたのよね？　だとすると、気にかかるのは、その再現度ということになるのだけれど——いったい、絶対平和リーグは、遥か昔に滅びていた『魔法』を、どのくらいまで蘇らせることに成功していたのかしら？　彼らはどこまで進んでいた？」

「よういわんな。どのくらいまでしっぱいしとったか、やったら、わからんでもないけど……とくに、こんかいのじっけんは、だいしっぱいやった。とりかえしがほんまにつかん。かんづめのぜんせもふくむふくすうの『かせいじん』さえも、まきぞえにしてしもうたんやけん」

四国ゲームは、地球を打倒しうる究極魔法を得るために、絶対平和リーグが行った実験——それはもう、共通認識である。その実験が失敗したということも。

それが、古き時代の魔女が行使した魔法を復活させるという意味だったとしても、大してその認識を変える必要はなかろう——ただ、既に火星、つまり『魔女』が、地球に敗北しているという大前提をその手前に置くならば、その実験は徒労という風にも見えてくる。

この時代に地道な計算を繰り返して、素数がいくつあるかを数え続けるようなものんな感じだ。

で――そんなものは、理論上無限であると、とっくの昔に証明されているとか、そ

負けるためのツールを、絶対平和リーグは蘇らせようとして、その上失敗までした

というのであれば、愚かを通り越して、滑稽も通り越し、惨めでさえある。

「……巻き添えにしたっていうのは、どういうこと？　サンプルである魔女を、実験失敗に際して殺してしまったという意味に取れるけれども、でも、魔女は不死身なんでしょ？」

氷上が言うと、「ふじみ、いうてもうまれかわりやから」とかんづめは説明する。

「しぬことはあるし、ころすことじたいはできる。そのご、うまれかわるんや――げんみつにいえば、ほんにんやないけん。かんづめのぜんせのばあいは、しこくげーむのすたーとともに、かんづめに『なった』。しすいかんづめに」

「…………」

実験失敗に際して、サンプルとしてとらえていた――『捕らえていた』、でいいだろう――魔女を殺してしまったというのは、絶対平和リーグ側の認識としては、『魔女を逃がしてしまった』ということになるのだろう。

それを理解していた鋼矢は、四国ゲームのクリアに向けて、逃げた魔女の捜索から始めたということのようだが――ただ、そうなると、別の疑問も出てくる。

どうして鋼矢は、生まれ変わった魔女が『酒々井かんづめ』だと、特定することができたのか――それに、酒々井かんづめは、なるほど見た目幼児ではあるけれど、四国ゲームが開始された一ヵ月前に生まれたばかりと見るのは、いくらなんでも無理がある。

六歳という自称に、大きな嘘があるとは思えない――質問は最後にまとめて、という取り決めなので、その疑問は抱えるしかない氷上だったが、彼女なりにその点を推理してみるなら、それは『器』の問題なのだろうか？

『火星陣』は生まれ変わる先を、あらかじめ『器』として用意している――『人間』として育っていた『器』に、死んだ『魔女』が、入り込む。

その理解でいいのなら、生まれ変わりというより、幽霊の憑依と見たほうが正しそうでもあるが――土台、魔法や魔女なんて、氷上からすれば空想上の概念を、理屈で読み解いて納得しようというほうが無茶なのかもしれないけれど。

ただ、無茶を承知で推理を押し進めれば――それが、酒々井かんづめが大きく『自分』を失っていた理由だと考えることもできそうだ。

六歳。

という、まだ未成熟な肉体に、期せずして『生まれ変わる』ことになったから――魔女としての自分を、取り戻しきれなかった。

ごっそりと失った。

空々空との（と、地濃鑿との）、徳島県から高知県に至るまでの冒険の最中において、酒々井かんづめは別に、魔女でありながら幼児の振りをして、人目を欺いていたわけではなく――まだ育っていなかった器の中で、必死で自分を組み立てていた、ということなのかもしれない。

「……あなたは、酒々井かんづめに『なった』として――捕らえられていた他の魔女は、どうなったのかしら？　彼女達は、どこの誰に、生まれ変わったの？　鋼矢さんは、かんづめちゃん以外を、探してはいなかったみたいだけれど……」

右左危博士が話の先を促したが、これについては、かんづめは「さあな、しらへん」と、そっけなく応じるだけだった。

「『かせいじん』どうしやゆうても、べつにともだちちゅうわけやないんやし――むしろ、『まじょ』どうしがけったくせんように、あいつらはさいしんのちゅういをはらっとった」

まあ、それは、氷上が実験する立場でもそうするだろう。スペックが人類とほぼ同じである『地球陣』とはわけが違う、『魔女』は、『魔法』を使うのだ――徒党を組まれては、管理し続けることなど、できるはずもない。

各個分断は基本だ。

ただ、かんづめの言うことより、この場合は、右左危博士の言ったことのほうが、氷上は気にかかった――絶対平和リーグに捕らえられていた『魔女』達のことを、右左危博士は何気に『彼女』達と言ったけれど、『魔女』は『女性』に限られるのだろうか？　『魔法』を再現するに際し、『魔法少女』に、それを使わせるのは、必然性よりは必要性によるものだと思っていたし、実際、男子である空々空も、コスチュームを着れば、魔法は使えているわけで……。

一緒に四国にやってきた、いわば身内のはずなのに、そして目の前にはあろうことか『魔女』を名乗る疑わしい幼児がいるというのに、相変わらず、一番信用ならないのは、氷上にとって、右左危博士だった――この人はいったい、何をどこまで把握しているのだろう？

「その点については、あたしが説明したほうがよさそうね」

と、そこで鋼矢が名乗りをあげた。

「あたしがどうして酒々井かんづめが、次の『魔女』だと知っていたか、なんて、別にもったいつけるような話でもないしね。単に、絶対平和リーグも、それくらいには、魔女という存在を解析していたということよ――さっきから、絶対平和リーグ絶対平和リーグと、ひとくくりにして語ってきているけれど、正確には、その中の一部署ね。魔法少女製造課だか、魔法少女製作課だか、そういう部署――そこに新しく就任した課長っていうのが、なんていうか、優秀でね。抱えている魔女の、次の生まれ変わり先を、おおむね特定していたの」

私はそのデータに触れただけ――と、こともなげに言うが、それは組織の機密に、無許可で触れたという意味でもあって、彼女が『こういうときのために』日常的に冒していたリスクの高さを、如実に感じさせた。

一番それを感じるのは、同じチームに所属していた手袋鵬喜である――私が変人揃いのチーム『サマー』に配属されて、それだけのことで無邪気に喜んでいる間に、このはぐれ者はそんなことをしてたのかと、手袋は、そこら辺に八つ当たりしたいような気分になる。変人気取りと、真の変人との違いを教えられたようだ――いや、真の変人とは、そんな魔法少女『パンプキン』と、チームを越えて同盟を結んでいた、魔法少女『ジャイアントインパクト』――地濃鑿なのかもしれないが。

手袋はそう思って、地濃を横目で見たが、地濃はまったくの無反応だった――やっぱりこの女、私のことをぜんぜん覚えてない。思い出そうともしていない。

果たしてこういう人間には、どういう気持ちを抱くのが正しいのか……。

「生まれ変わり先を特定していたから、仮に、実験中の事故で『魔女』が死んでしまうようなことがあっても、すぐに、再度捕獲できる態勢を、しっかり整えていたはずなのよ――当然、酒々井かんづめの周囲、酒々井家の周囲にも、監視の目は張り巡らされていた」

ただ。

あまりにも『実験中の事故』の規模が大き過ぎた――と、鋼矢は言った。

「四国そのものが、ひっくり返されたようなものだからね、この場合――予備に対する管理体制なんて、機能するはずもない。怪我の功名というには、被害が多過ぎるけれど――ゆえに、酒々井かんづめは、絶対平和リーグから自由になれた」

「……チーム『白夜』の、たとえば魔法少女『スペース』は、見失った『魔女』を探したりはしなかったんでしょうか？」

自由になったかんづめの拾い主である空々が、鋼矢に訊いた――今の四国で、ただ生き残りと遭遇できただけでも相当の低確率だと思っていたけれど、今の話も含めて考えると、あれは本当に奇跡的な『出会い』だったのかと、痛感する。

それだけ、チーム『白夜』にとっては、不都合な『出会い』だったと思われるのだが――酒々井かんづめが特定できていたなら、空々が彼女と出会う前に、『魔女』を回収することだって、できていたのでは？

「さてね。私はチーム『白夜』についてはよく知らなかったから――だから、あのとき不覚を取ったりもしたわけで――あの課長がそんなものを本当に組織していたとはね――彼女達の、『魔女』に対するスタンスは、想像することしかできないんだけれど」

と、鋼矢は空々に答える。『あのとき』というのは当然ながら、空々と鋼矢が、黒衣の魔法少女『スペース』に追われて、遥か上空で別れ別れになったときのことである――その落下した先で、空々はかんづめと出会ったのだ。

「でも、想像することはできるんですよね？」

「ま、想像だけならね……察するにチーム『白夜』、黒衣の魔法少女は、通常の魔法少女よりも、『魔女』、つまり『火星陣』に近い位置にいて――それだけに、その脅威を知っている。だから、接点を持つのが、彼女達にとっては高リスクだった――そういうことじゃない？　四国ゲームを管理しなければならない、上層部が犯してしまった大失敗を取り戻さなければならない中で、そんな危なっかしいことはできなかった」

そもそも、四国ゲームの中、『魔女』もルール違反で爆死しているはず、とシビアに判断していたのかもしれないわ――と、鋼矢は、かんづめを窺いながら言う。

実際のところ、その可能性はあっただろう。

酒々井家から一歩も出ずに、ずっと身を潜めていた酒々井かんづめの判断がなければ――きっと、他の四国民同様に、爆死していたはずだ。

そのあたりは、自分を失っていても、『魔女』の才覚ということか――子供にしては異様なほどに利発過ぎると、空々は自分のことを棚上げにして、思っていたけれど。

「……他の『魔女』は、そんな風に爆死して、死んでいったんでしょうか？」

　空々が更に訊くと、

「いや、それはそうじゃなくって」

　と、鋼矢は手を振った。

「単純に、四国内に生まれ変わった『魔女』が、酒々井かんづめただ一人だったってだけよ——他の『魔女』は、世界中にてんでばらばらに、生まれ変わっていったはず。四国の外だから、その辺の管理体制は麻痺していないだろうけれど、絶対平和リーグの本体が半壊状態だから、その魔女達は野放しでしょうね」

「……はあ」

『魔女』が野放しと聞くと、どうしても悪い印象を持ってしまうけれど、この場合は、絶対平和リーグという組織に理不尽にとらわれていた者達が解放されたという話なのだから、言祝ぐべきなのかもしれない。

　地球と戦う組織にしてみれば、『地球陣』が自由になったというなら大問題だろうが、『火星陣』ならば——まあ、その『魔女』達も、自由になった先で、また対地球の組織に、とらわれることになるのかもしれないが。

案外、間近の四国内に『生まれ変わった』かんづめこそが、現状、地球上で、もっとも自由な『火星陣』なのかもしれない。

「そんな風に、他人事みたいに構えてていいものかどうか、わかんないけどね——その『魔女』は、当たり前みたいに人類を恨んでいて、今後、人類に仕返しを仕掛けてくるかもしれない。人類は今後、『地球陣』と『火星陣』の、挟み撃ちに遭うのかも——あはは」

他人事のように構えていた空々に、斜に構えたことを言ったのは右左危博士だったけれど、しかしながら、そんな冗談では済まされない可能性を、今は考慮している場合ではなかった。

世界中に散った『魔女』の行く末を、両面からふたつの意味で慮るような心の余裕は、よくも悪くもないのだった。

魔法によって閉じ込められた四国で、幼児の身体に閉じ込められた『魔女』の話を聞くしかないのが、チーム空々の現状である。

「そう、まあ、この広い世界で、ゲームフィールドである四国の中に生まれ変わってくれる『魔女』が、一人いただけでも、僥倖と言うべきなのよ——生まれ変わる先が完全にランダムというわけではないから、決して奇跡的な確率とまでは言わないけれど、しかしラッキーと言っていいくらいの出来事ではある」

もちろん、杵槻鋼矢は、あえてそこまでは言わなかったけれども、『魔女』が生まれ変わった先が、六歳の幼児であったこともまた、僥倖だっただろう――『魔女』が、『器』が未成熟であるがゆえに、その『魔性』を喪失していることは、それを御したいと思う人間にとっては、シチュエーションとして絶好だった。

そうでなければ鋼矢もまた、『白夜』と同じように、君子危うきに近寄らずと、魔女探しをしなかったかもしれない――うがった見方をすれば、彼女が『魔女探し』を自分ではせず、同盟相手の魔法少女『ジャイアントインパクト』に委ねたのは、リスク管理の身代わりを立てたと、言えないこともない。

「きもちはわかるけども、きねつきこうや。なんどでもいうけれど、かんづめにできることなんて、かぎられとるで――こんなじょうきょうなんや、じぶんがたすかるためにも、きょうりょくはおしまへんけども、このみにできることはかぎられとう。いや……もっといえば、かんづめにできることは、おまえやおにいちゃんにできることより、もっとすくないかもしれへん」

「……どういうこと？」

鋼矢が訊き返すも、それには答えないかんづめ――そして、鋼矢に任せていた主導権を取り戻して、本筋に戻す。その対応を見ていると、やはりかんづめは、あるいはかんづめの前世は、杵槻鋼矢と、そんなにいい関係ではなかったようだ、と空々は判断する——まあ、人と『いい関係』なんてものを築けたことがほとんどない空々に、鋼矢も言われたくはないだろうが。

「ぜったいへいわりーぐのれんちゅうは、かんづめたちをじっけんだいに、あるいはじつれいにして、『まほう』をよみがえらせようとしとった——そのけっかがこのありさまやけれど、やけど、しっぱいはべつに、こんかいにかぎらへん。この『こすちゅーむ』も、まほうしょうじょのおんなのこたちがいうところの『まるちすてっき』も、しっぱいのさんぶつでしかない」

「失敗……？　これが？」

空々は自分の着ているコスチューム、魔法少女『カーテンコール』の衣装を確認する——いくら感情の死んでいる少年といえど、最初は抵抗のあったドレッシーな女装姿だったが、しかし四国に来てから六日が過ぎ、完全に慣れてしまって、今やなんとも思わない。

むしろ、この服を『失敗作』みたいに言われると、違和感さえ感じてしまうくらいだ——さっきからとみにかんづめは、絶対平和リーグの実験を低く評価しているようだが。

実験材料にされていた身としては、そりゃあ誉めたくはないだろうけれども、しかし実際に『魔法』を再現できている以上、これは『成功』と言うべきではないのだろうか――それとも『魔女』が言う『魔法』とは、こんなものではないのだろうか？

合流してからこっち、まったく空々と目を合わせようともしないチーム『サマー』の残党、魔法少女『ストローク』こと手袋鵬喜が使っていた固有魔法『ビーム砲』なんて、素人で初心者の空々から見れば、これぞまさしく『魔法』だという感じだったのだが……。

「いわゆる『かがく』でさいげんできるもの……それに、『かがく』でかいひできるもんを、『かせいじん』は、『まはう』とはいわん。せやな……、『まほう』をさいげんしようやなんて、ちきゅうのはなった『おおいなるひめい』を、さいげんしようい うみたいなもんや」

「……『大いなる悲鳴』まで至って、ようやく『魔法』だと言うのであれば、確かに、絶対平和リーグはまだ、『魔法』を再現できてはいないんでしょうね、まったく」

鋼矢は自嘲的に言う。

絶対平和リーグの一員としての自嘲でもあり、魔法少女としての、それは自嘲でもあっただろう――『魔女』から見れば、この四国ゲームさえ、それこそ幼児の、『ごっこ遊び』みたいなものなのかもしれない。

もっとも、それは地球撲滅軍側だって同じだ――『大いなる悲鳴』を引き合いに出されれば、どんな科学も、どんな英雄も、平たく均される。

そんな規格で、そんな規格外。

『大いなる悲鳴』。

今からちょうど一年前の十月、地球が人類に向けて発した『攻撃』――その悲鳴を浴びた人類は、その数を三分の二まで削られた。

防ぎようもなく、反撃のしようもない、ただただ一方的な攻撃だった――当時、まだただの一般人であった空々空も、例外にはならず、なすすべもない二十三秒間を過ごすことになった。

あれから一年が過ぎても、まだその悲鳴がなんだったのか、まったく分析されていない――地球撲滅軍も絶対平和リーグも、その他、世界中の対地球組織が、ほとんど理解を放棄して、しかしはっきりと、こう考えている。

『次の「悲鳴」が響くまでに地球を倒さないと、人類はおしまいだ――』

と。

……余談ではあるが、いや、本来それ以上の本題はないのだけれど、十三歳の少年・空々空は、おそらくこの世界で唯一、次の『大いなる悲鳴』が、いつ響くのか、知っている人間なのだった。

なにせ地球本人から聞いたのだから、間違いない――もっとも、幸いというのか、不幸中の幸いというのか、それはまだ半年以上先の話なので、この四国ゲームを生き残らなければ、空々少年には関わりのないことなのだが。

とは言え、生き残っても、次の危機があることが目に見えている状況に身を置くというのは、かなりストレスフルなものである。そうでなくとも、空々少年でもなければ、二回目の『大いなる悲鳴』が、いつ響くかを、自分だけが知っているという状況に、耐えられるものではなかろう。

そう言えば、この四国ゲーム……四国民の全員失踪というニュースは、当初、地球からの攻撃だと思われていて、空々もそういう要請を受けてここにやってきたのだが、そのとき確かに空々は、来るまでもなく、『地球からの攻撃っぽくない』と思ったものだ。思えなかった理由はいくつもあるが、仮に地球から人類に向けた攻撃の規模を、『魔法』の基準とするなら、四国ゲームをそう捉えられなかった事実は、絶対平和リーグが魔法を再現できていない証左となるのかもしれない。

あくまでもそれはプロフェッショナルというか、『本物』から見た、厳しめの意見ではあるのだろうが――

「そこまで言うからには、かんづめちゃんは、よっぽど強力な魔法が使えるってことよね？　たとえば、この状況を一気に解決できるような……、そうね、タイムスリップとか、テレポーテーションとか、そういうの」

どこまで本気なのか、挑発的に言う右左危博士だったが、「あいにく、まだはくしゆうのとき、でな」と、かんづめは乗ってこない。

「かんづめの『まりょく』は、きわめてせいげんされとう——まあ、このままけんこうにそだっていけたら、はたちすぎるころには、あるていどの『まほう』はつかえるかもしれん」

「あっそう」

と、右左危博士は肩を揺らす。

「まさか幼児の成長を、じっくりとほほえましく見守るわけにはいかないでしょうね——本当に何の魔法も使えないの？」

「いや、きわめてかぎられた『まほう』なら、もうすでになんども、つこうとる——おにいちゃんがしっとるわ」

話を振られて、空々は慌てる——も、心当たりがないわけではない。ここまでの道中、かんづめのアドバイスに従って、何度救われたかわからないのだ——もっとも、そのアドバイスを当てにし過ぎて、痛い目を見たこともあった。

あれが、『力』に頼り、自滅したという典型例なのだとすれば、かんづめが繰り返し苦言を呈するのも、わからなくはない。

ともかく、

「今更だけど、きみのあの先見性は、魔法に基づくものだったたっていうこと……かな？」

　空々がおずおずと確認すると、

「そう。よちのうりょく、いうやつやな」

　かんづめは、どうでもいいことのように頷いた。

「べつに、つかえるまほうがそれだけやった、ゆうわけやないけど……いまはそれだけや」

「予知能力――絶対平和リーグがまったく再現できなかった魔法の、代表例ね」

　鋼矢がそれを受けて、言う――彼女はもちろん、かんづめの『魔女』としての特性は、知っていたのだろう。

「たとえ不完全であっても、もしも未成熟であっても、あなたがそんな魔法を使ってくれたら、四国ゲームのクリアは、容易になるとは言わないまでも、かなり難易度が下がる……と、思うんだけど？」

「やから、いいたないねん。そんなきたいをされても、こたえられん――いじわるでいうとんちゃうで。よちは、しょせんよちでしかない――むしろ、できることがへる。おにいちゃんには、それがわかるんちゃうん？」

「……まあね」

　あの先見性が予知だったというのなら、『避けられない悲劇は避けられない』ことを、空々は知っている——下手にここで、かんづめがその『魔法』を使って、『空々達は四国ゲームをクリアできない』という予知をしてしまったら、その瞬間、すべてが終わってしまう。

まあ、察するにかんづめが言う『予知』とは、そんな明確なものではないのだろうが……。

「さて」

そこでかんづめは、ぱちんと手を打った。

わかりやすい、終了のサインだった。

「『まじょ』とはなにか、『まほう』とはなにかちゅうぎだいについて、かんづめができるはなしは、これであがりや——いちおう、やくそくどおり、しつぎおうとうたいむにはいろか？　まだなにか、ききたいことがあればやけど」

「…………」

訊きたいこと。

あると言えばある——空々にも、氷上にも、右左危にも。手袋や地濃だって、ひょっとすると『悲恋』にさえ、まだ収集したいデータはあるかもしれない。

しかし、いざそう言われてしまうと、何を訊けばいいのかわからないというのも、全員に共通する感想でもあった。

数々の疑問が解消されたような気もするが、振り返ってみれば結局、現状は何も変わっていないようにも思える——まさしく最初にかんづめが言っていた通りに。

もちろん、幼児の外見をしていようとも、酒々井かんづめは『魔女』だ——思惑はあるはずで、鋼矢に促されるがままに、すべてを語ってはいないだろうし、また、それゆえに、ここで質疑をしたところで、すべての質問に、正直に答えてくれるとは限らない。

皆が様子見をするように黙ってしまった中、最初に空々が切り出した——したのは凡庸（ぼんよう）な質問だったが、しかし四国ゲームをプレイしている現状を思い出せば、凡庸であろうと手を挙げて訊くべきだと思った。

「究極魔法って、結局、何なの？　今の話だと、それも——きみから見たら、幼稚な、出来損ないの魔法ってことになるのかな？」

「……いや」

と。

その質問に対して、酒々井かんづめは、やや熟慮した末に——首を振った。空々としてはてっきり、『あたりまえや』と、にべもなく返されると思っていたのだが。

「『きゅうきょくまほう』だけは……、ゆいいつ、『まほう』にあたいするかもしれん——それがどういうものなんかは、いまのかんづめはようしらんけども、そんなきはする。げんしのまほうにもっともちかいんは、げんじょうは、こくいのまほうしょうじょがつかうごだいまほうやけども、『きゅうきょくまほう』が、もしもその上をいくんやとしたら。じっけんはしっぱいでも、そのけっかがせいこう、ゆうことはありうる。そうなれば、『きゅうきょくまほう』は、じんるいにとって、さいしょのせいこうれいになるかもしれん……そのいみで、しこくげーむをくりあした『まほうしょうじょ』は、じんるいはつの」

『まじょ』になれるんかもしれん。

火星発の『魔女』はそう言った。

4

彼らの軍議はまだ続く。

否、時代遅れの魔女についての雑学の雑談がようやく終わり――ここから始まるのが、八名が意見を戦わすべき、四国の本題なのである。

（第2話）

（終）

第3話「編み出せ、攻略法！四国ゲームの抜け穴」

0

夢を追うことは、夢を背負うことである。
夢は思いで、当然、重い。

1

『魔女』、酒々井かんづめの語りを聞き終えて、四国ゲームのバックグラウンドがおおむね明らかになったところで——実は、彼らはそんなに前進していない。たとえるなら、野球の歴史を勉強し、バットの作り方、使い方をじっくり学んだかもしれないけれど、しかしその知識は、そのバットでぼこぼこにぶん殴られている現状において、そんなに役には立たない——みたいなものだ。

地球と火星との戦争。

『地球陣』と『火星陣』。

そして『魔法』。

これまでぼんやりとしていた、正体不明のそれとしてふわっと理解されていたあれこれに、一応の——あくまでも一応の——説明がついたところで、ここから先、論じなくてはならないのは、『頭がおかしい奴が振り回すバットからの身の守りかた』であり、あるいは、『バットを奪って反撃する方法』なのである。

もちろん、ここに集った八人は、それぞれがそれぞれの理解で、個々が各々のプレイスタイルで、四国ゲームを数日から一ヵ月近くにわたって、『遊んで』いる。

説明書のないこのゲームに、誰もが一家言持っている——こういう場合、下手に話し合えば、逆に混乱を招くことにもなりかねない。

ただでさえ、曲者揃いの八人だ。

全員で妥協点を探るうちに、百点ではなく八十点の解答を求めることになり、まったく合理的ではない儀式めいた攻略法を実行することにもなりかねない——ゆえに、絶対的なリーダーの設定と、気の利いたMCの回しかたが不可欠になるわけだ。

杵槻鋼矢はそれを熟知していて、だから空々空を擁立し、自身は副将となって、場を取り仕切って来た。

必要なのは、と彼女は思う。

（必要なのは、意識の統一なのよね——立場も違えば、気持ちも違う以上、思惑がそれぞれあることは致し方ないけれど、チームが持つ力を最大限に活用するためには、少なくともひとつ、共通の認識がいる）

共通の認識。

それが、おそらくは全員にとって目新しい事実である『魔女』であってくれたらいいと、鋼矢はさっきまで思っていたのだが、その目論見は、残念ながら結構外れてしまった感がある。

鋼矢が思っていたよりも——鋼矢が期待していたよりも、やや、酒々井かんづめは『魔女』としての己を取り戻しきっていなかったし、鋼矢自身も、それは戦略抜きで知りたいと思っていた、これまで漠然としか把握できていなかった『魔女』についての来歴と言うか、そのあらましも、こうして詳しく聞くことによって、ある意味更に漠然とするような種類のものだった。

知識や情報は増え、それは決して無駄にはならないだろうけれど、変にスケールの大きな学習をしてしまったために、相対化されて、四国ゲームの攻略に身を入れづらくなってしまった感もある——鋼矢の目に狂いはなかったと言うべきなのだろう、リーダーに据えた空々がタイミング良く『究極魔法』の話題を出したのをいい潮に、一度、場をリセットすることにした。

「席替えしよっか」

と、大した意味もなく、立ち上がって彼女は動く――壮大な話を聞き、場が重くなっていることは全員が肌で感じていたようで、特に反対する声もなく、ある者は機敏に、ある者はのろのろと、ともかく『フルーツバスケット』のごとく、動き出す。

そして適当に座り直したところで、

「今からは前向きに、そして具体的に、四国ゲームのクリアに向けての話し合いをすることになるけれど――基本的な戦力の確認をさせてもらって、いいかしら？」

と、鋼矢はプレイの根本に立ち返るようなことを言う。

「コンピューターゲーム的に言うなら、いったん全員のステータスを確認したい――プロフィールと装備を、ね」

鋼矢自身は、本来ならば『究極魔法』に続けて、四国ゲームの意義や、管理者である魔法少女製造課についての考察に入りたくもあったが、今の空気のままその議題を論じれば、更に空気が重くなりそうだ。

話す上で、明るい材料も必要である。

四国ゲームそのものが、絶望的であることはどんな局面でも変わらないけれど、ここに揃っているメンバーが、どれほど強力なのかを見つめ直し、それを自信とするという作業を、いっそサンドイッチしてみよう。

『魔女』がどういう存在なのかわかった次は。

人間がどういう存在なのか、語らおう——人間でない機械も一体混じっているけれど、まあ、人造人間という意味では、『悲恋』も人間と数えていいだろう。

「そうね。機会があるごとに自陣のパラメーターを調べておくことは、ゲームをプレイする上では必須だものね——それをサボっていたら、気がついたら、あるいは気を抜いたら、全滅ってことになりかねないわ」

考え方はやっぱり似ているようで、右左危博士がすぐに鋼矢の意図を察し、そんな風に同意する。これから四国ゲームを攻略するにあたり、自分には何ができて、何ができないか、そんなステータスを、一同に向けて公開する。

「私が着ているコスチュームの『魔法』は『自然体』——自身の振る舞いを当たり前に見せて、見る者に疑問を感じさせなくする魔法……、って理解でいいのかしら、魔法少女『パンプキン』？」

「ええ……、応用や派生はいろいろあるけれど、基本的には、そういう魔法よ」

元の持ち主の確認を受けたところで、「じゃ、次、竝生ちゃん」と、右左危博士は氷上に話を振ってきた。

ゲーム慣れしていない、そしてMCである鋼矢と合わない氷上としては、こんな形式ばった、どうせ腹を割ることもないであろうステータスの確認なんてしなくていいのでは、と感じていた――というか、コスチュームの機能についてはともかく、初対面の人間もいる中で、改造された自分の肉体の能力、そして機能を、あまり細かく説明したくない。

ただ、四国ゲームをクリアするキーになるのが、ゲームのベースとなる『魔法』ではなく、横入りのイレギュラーである『科学』であることはなんとなく察しがつくので、個人的な感情で、己の能力を伏せておくわけにもいかない。

こんなことなら空々と、平時のうちにもっと打ち解けて、『炎血』のバリエーション、『氷血』について知っておいてもらえばよかった――明かしたくない秘密を、意に反して語っていると思われたくなかったので、氷上はできる限りの平静を装って、自身のステータスを一同に語った。

右左危と氷上の公開を皮切りに、チーム全員の、改めての自己紹介が始まり――結果、以下のような情報が出揃った。

『切断』（空々空・なんでも斬る魔法）。

『写し取り』（手袋鵬喜・魔法をコピーする魔法）。

『融解』（杵槻鋼矢・どろどろに溶かす魔法）。

『予知』（酒々井かんづめ・先見性の魔法）。

『水』（酒々井かんづめ・水を操る魔法）。

『不死』(地濃鑿・死人を生き返らせる魔法)。

『ビーム砲』(氷上竝生・光線の魔法)。

『自然体』(左右左危・振る舞いの魔法)。

『炎血・氷血』(氷上竝生・炎と氷を操る科学)。

『強力』(『悲恋』・パワーとスピードの科学)。

ちなみに、科学の産物である人造人間『悲恋』は、『爆破』の魔法少女『メタファー』のコスチュームを着てこそいるが、機械なので、その魔法は使えない(固有魔法が使えないのみならず、『悲恋』は空も飛べない)――

まあ、『悲恋』がこのコスチュームを着ているのはあくまでただの成り行きなのだが、その上、マルチステッキもちぐはぐに『砂使い』の魔法少女『ベリファイ』のものだったりするので、このコスチュームを『悲恋』が着用するというのは、実に適切な判断だろう。

地濃に訊いてみれば、チーム『ウインター』の、他の四名の魔法少女は、アイテムごと爆死したとのことで、つまりこれ以上、魔法少女のコスチュームやマルチステッキを入手できる見込みはない――今からどんな戦略を立てるにしろ、四国ゲームはこういった装備で、クリアしなくてはならない。

ともあれ。

みんな、薄々と感じてはいたことだけれど、改めて振り返ってみると、かなりバリエーションに富んでいるというか、『炎血』や『強力』という二つの科学まで含めて考えれば、相当に行き届いた軍勢である。

メンバーと、その関係性が曲者過ぎて、どうしても楽観的にはなりづらいけれども、しかし遠目に、公平に判断するならば、ここまでの勢力を有しながらゲームをクリアできなければ、リーダーは相当の無能ということになりかねない。

そういう意味では空々にかかるプレッシャーが増したけれど、なのでこのステータスの確認は、場の空気の軽量化には成功した。

別段、誰も魔法の種類を散らそうと思ってここまでプレイしていたわけではないのだけれど、このラインナップはただし、実のところ、これはある種の必然でもあると言うか、そもそもの、絶対平和リーグのチーム編成のほうがおかしかったのだ。かの組織は魔法少女の四つのチーム……チーム『スプリング』、チーム『サマー』、チーム『オータム』、チーム『ウインター』という四つのチームを作るにあたって、故意に偏った編成を行っていた。

『同一の魔法』というのはさすがになかったけれど、分類上似たような系統の魔法を使う魔法少女が、それぞれのチームには目立っていた。

それゆえに、四国四県のあちこちから（あるいは、外部から）魔法を、そして魔法少女を集めてチームを編成すれば、そりゃあ無作為にそうしたところで、自然とバリエーションには富もうというものだ。

「絶対平和リーグが、バリエーションを持たせずに魔法少女を地区ごとに偏らせていたのは、それが実際的だったからではなく、実験的だったから——なんでしょうね」

と、分野は違えど、研究者としての見解を右左危博士が述べた——まあ、おおむねそんなところだろう。絶対平和リーグに属する者も、もうそれに反論はしなかった。酒々井かんづめという『魔女』の前世、つまり前身が、魔法を蘇らせるためのサンプルとして実験台にされていたという事実は重苦しいものではあったが、考えてみればこの場にいるほとんどの者は、彼女とその立場が、そんなに変わるわけでもないのだった。

実験サンプルにさめざめと同情できるほど、誰も高い位置に立っているわけではない——そもそも四国ゲームにプレイヤーとして参加してしまっている時点で、全員がモルモットなのである。

「さすがに管理者サイドの魔法少女チームなだけあって、チーム『白夜』の魔法は、偏ってはないみたいでしたけれど……」

と、その半分以上と戦った経験を持つ氷上が、空々に報告する。

『風』・『火』・『水』・『木』・『土』。

うち、『水』のコスチュームは現在、こちらの陣営にあるわけだが――

「まあ、偏りとか、そういう以前に、チーム『白夜』の使う魔法は、ちょっとレベルが違うって気がするよね。五大魔法って、さっき言ってたけど……、できれば衝突せずに済ませたい――誰も死なせないという努力目標を達成するためにも」

空々は考える――考えるポーズを取る。

反論のすべなく、鋼矢にうまく祭り上げられてしまったような形ではあるが、一応、リーダーらしく振る舞ってみようという気持ちはあるのだ。

「こうしてみると、能力とか特性とか言っても、結局はパワーゲームという風にも思える……、春秋戦争しかり、いろんな種類の魔法を目にしてきたけれど、つまるところ、僕が一番危機感をもった魔法って、チーム『白夜』の、黒衣の魔法少女の『水』なわけだし……」

一級河川吉野川を氾濫させ、大歩危峡まで逆流させた、あのスケールの魔法を、たとえば今空々が手にしている『切断』の魔法やなんかで、どうにかできたとも思えない。

原始の魔法。

そこはさすがは『魔女』に相当近い位置にいる『魔法少女』と言うべきなのだろうが……、豊富なラインナップをもって、空々や鋼矢が、奇抜な策略を練って挑んだところで、それがどこまで通用するのか、実際のところ、かなり心許ない。

「その点について、せめてもの救いは、別に四国ゲームをクリアするにあたって、決してチーム『白夜』や魔法少女製造課と対決することは、必須条件でも必要条件でもないということかな……、むしろ、管理者サイドも僕達に、ゲームをクリアして欲しいと望んでいる」

もう少し具体的に言うと、管理者サイドが四国ゲームをクリアして、『究極魔法』を手に入れて欲しいと考えているのは、当然ながら、絶対平和リーグに属する『魔法少女』である——空々や氷上、右左危博士といった地球撲滅軍からの勢力に『究極魔法』を横取りされるような展開は、まるで望むところではないだろう。

特に、チーム『白夜』の、黒衣の魔法少女『スペース』は、魔法少女『パンプキン』——即ち杵槻鋼矢が四国ゲームのクリアプレイヤーになることを望んでいるようだった。

ただ、氷上に聞いた話では、チーム『白夜』の上司である魔法少女製造課の課長は、魔法少女『ストローク』——即ち手袋鵬喜が『究極魔法』を入手することを希望しているようだったらしいので、向こう側も決して一枚岩ではないのだろう。

空々の個人的な気持ちとしては、四国ゲームが終結するのであれば、最早誰がクリアしようと構わないというのが正直なところだが、ゲームのその後の都合を考えると、そういうわけにもいかない——これから議論すべきは、むしろそういう点なのかもしれなかった。

奔放に遊んだゲームの後始末。

戦後の処理。

一日一時間と言われるゲームが、既に一ヵ月近く続けられているのだ——その閉じかたを誤るわけにはいかない。ここまでのすべてが失敗でも、最後の最後、閉じかただけは、失敗するわけにはいかないのだ。

「ここでもう一度強調しておくけれど、そらからくん。チーム『白夜』との衝突を避けたほうがいいというアイディアには、私も進んで一票を投じるけれど、でも、四国ゲームはマニュアル通りにまともにプレイしてクリアできるようなシステムにはなってないと思うわよ——まるっきりユーザーフレンドリーじゃないっていうか。そもそも、現状が絶対平和リーグの実験失敗の結果なんだから、私達プレイヤーは、バグがわんさかある不完全なゲームを、ひたすらデバッグしているようなものじゃない」

「ええ、それはわかります……最悪の可能性を考えれば、クリアの景品である『究極魔法』だって、本当に入手できるとも限らない」

それは最悪の可能性というより、絶望の可能性でもあった——四国民三百万人の犠牲が、空々達のここまでの頑張りが、ただの無意味だったということになるのだから。

ただ、十分にありえる可能性だ。

失敗から始まるゲームが、失敗で終わるのはむしろ当然の帰結とも言える。

『魔女』いわく、唯一『魔法』の名に値するであろう『究極魔法』が、それこそただのファンタジーだったとなると、今後の方針の立てようもないので、そこには目をつぶって、目を逸らして、前に進むしかないのだが……それともすべてが徒労だったときの対処も、考えておくべきなのだろうか？

どんな捨て台詞を言うべきか。

ちゃんと考えておくべきなのだろうか。

「それに、これは僕が部外者だからそう思うだけかもしれませんけれど、管理者サイドの思惑通りにプレイするというのも、なんだか危険な香りもしますしね……、そうしたいってことじゃなくて、すべての戦略を網羅するために、まず、鋼矢さんに訊いてみたいんですけれど」

そんな釈明めいた前置きをしてから、空々は提案した――そんなところから、戦略会議に入った。

「ゲームをここでやめるっていうのは、どれくらいありなんですかね？」

2

　ありかなしかで言えば、もちろんなしで。

　どれくらいありかと訊かれれば、まったくなしに決まっている――と、質問を受けた鋼矢のみならず、ミーティングに参列していた者のほとんどが、そう考えた。考えなかったのは、人間と同じ意味では『考える』ということができない兵器、『悲恋』くらいのものだけれど、彼女にしたって、もしも音声に出してのレスポンスを要求されていたなら、同じように答えただろう。

「何を言ってるんですか、空々さん」

　ここぞとばかりに空々を責め立ててるようなことを言ってくるのは、もちろん地濃だった――彼女は別に、手袋少女のように空々少年に反発心を持っているわけではなく、人を強く攻撃できる機会があれば損得抜きでとりあえず攻撃しておくという、そんなキュートな性格の持ち主なのである。

「ここまでみんなで一生懸命プレイしてきたゲームを、投げだそうだなんて、無責任過ぎますよ。考えてからものを言ってください」

「いや、きみにそこまで言われる覚えはないんだけれど……」

不条理なほどの地濃からの因縁には、もうすっかり慣れたもので、今回はむしろ彼女がそんな風にかみついてくれて助かったくらいに、空々は思っている――説明しやすくなった。

「覚えてないかな、地濃さん。これは、きみの意見を採用したようなものなんだけれど」

「この私が何かを覚えていると思うんですか？」

「…………」

それもすごい反論だ。

空々と地濃のそんなやり取りは、同世代同士のそれということもあって、氷上と鋼矢がするような、あるいは鋼矢とかんづめがしていたようなぴりぴりしたものではなく、むしろ場にそぐわないくらい微笑ましいものとして映ったようで、割り込んでくる者はいない――二人の両方を好ましく思っていない手袋でさえ、失笑している。

場の空気を軽くしたかったのなら、そうか、地濃を活用すればよかったのだと、鋼矢に至っては反省さえしたけれど、むろん空々は、雰囲気をなごますために、こんな提案を、冗談でしたというわけではない。

「絶対平和リーグの高知本部がどこにあるのかわからなくなって、桂浜で立ち往生してしまったとき、きみは言ったじゃないか。このまま海に向かって飛んでいって、リタイアするわけにはいかないのかって——今僕がしているのは、それとだいたい同じ提案だよ」

実際には『同じ』ではない。

それは、空々もわかってはいるけれども、一緒くたにしてしまったほうが通りやすいだろうと思って、そんな言い方を選ぶ。

「言いましたっけね、私、そんなこと」

本当に覚えていなかった。

大した記憶力で、大した心臓である。

感心してはいけないとわかっているのに、感心してしまう。

しかしこの分では、少なくとも地濃に限っては、四国に蔓延する八十八のルールをすべて集めて、ゲームをクリアし、『究極魔法』を手にするなんてことは、できっこなさそうだった。まあ、八十八のルールを丸暗記するなんて、空々にだって、決して簡単なことではないけれど……。

「私は常に真摯に、真面目に、ゲームをクリアしようと集中したプレイスタイルを、一心不乱に貫いていたと自覚しておりますが」

記憶の捏造まで始めれば、いよいよ末期である——空々は「そうだったかもしれないね」と、適当に話を合わせるという、心無き少年としてはあんまりやらないことをして、話を先に進める。

鋼矢に向き直る。

「まあ、だから……、鋼矢さんには、徳島県の段階で、僕から提案したことがありましたよね。一旦リタイアしようって」

「……そらからくん、わざとそれを、大した提案じゃないみたいに言ってない？　前例があって、自分はあくまでもそれに従ってるだけ、みたいな……、でも、そのふたつの例とは、この場合、ぜんぜん違うよね？」

さすがに鋼矢は誤魔化せなかった。

意図は測りかねているようだけれど、空々がなあなあのうちに議論を進めようとしているのには、ストップをかけた——厳しい副将である。

イエスマンとは言わないにしても、直属の部下である氷上だったら許してしまった、あるいは甘やかしてしまったかもしれない局面だったので、彼女はここでは、鋼矢に感謝した——もっとも、鋼矢があまりに厳しいことを言い続けるようだったら、無条件に空々の味方をするつもりの氷上である。

「違い、ますかね？」

一応、とぼけようとしてみる空々。

悪あがきだとはわかっている。

「違うでしょう。何が違うって、状況がぜんぜん違うわ——大きく分けて、ふたつ。ひとつには、これまでに二度の前例があると主張するのであれば、それは二度の、失敗例だってこと。あたし達が大鳴門橋から一時的にリタイアしようとしたときには、黒衣の魔法少女『スペース』の妨害にあったし……、そらからくんと地濃が、桂浜からリタイアしようとしたときにだって、『土使い』だったかしら、黒衣の魔法少女『スクラップ』が、妨害してきたんでしょう？　一般人ならまだしも、あたし達クラスのプレイヤーが四国から出て行こうとしたら、管理者であるチーム『白夜』がそれを妨げに来る——チーム『白夜』との衝突を避けるどころか、あの連中を自ら呼び込むようなものでしょ」

　前例と言うなら、とんでもない前例だ。

　厳密には、黒衣の魔法少女『スクラップ』は、必ずしも空々や地濃の脱出を阻むために、あの場に現れたわけではなく、土佐弁の彼女が見張っていたのは、あくまでも春秋戦争の行く末だったのだが——それでも前例は前例だ。

「もうひとつには？」

「徳島県のときにしろ、高知県のときにしろ、それはゲームがハマっちゃったときの対処としてのリタイアだったでしょ？　徳島の場合は、『ジャイアントインパクト』との待ち合わせに失敗して、次に取るべき行動がわからなくなったとき——高知の場合は、さっきもそらからくんが言っていたけれど、目的地が見つからずに、立ち往生しちゃったとき……、つまりどちらのケースも、次善の策としての脱出案だったんじゃない。今は、もうそれからゲームの状況も進んで、強力なパーティもこの通り組めて、だいぶんクリアが見えてきた——」

「見えてきてますかね、そんなに」

その点について、状況がそんなに変わっているとは思えませんけれど——と、空々は、会話が苦手なこの少年にしては珍しく、正面から反論した。

確かにこれまで、何度も『無理ゲー』だという話は出ている——鋼矢自身もそう言ったし、全体評価としてはそう思っている。ゲームの進行度が増すにつれて、明らかになってきているのは難易度の高さだ。

まだ具体的に照らし合わせてはいないけれども——この場にいる全員が、収集しているルールを総計したところで、まだ八十八のルールのうち、半分も集まってはいないだろう。

「競争相手の数が減っているので……、と言うか、たぶん、今現在、四国ゲームをプレイしているのは僕達だけになっているから、なんとなく、簡単ではないけれども、やりかたさえ考えればクリアがもう手が届くところにあるかもしれないって気持ちにもなりますけれど、どうなんでしょう、実際はゲームをスタートしたときと、そんなに変わっていないという気もします」

「………………」

「加えて言うなら、たとえゲームをクリアしたところで、それは絶対平和リーグの上層部、四国ゲームの管理者サイドの手のひらの上みたいなもので——どうなんだろうなって気持ちもあります」

あやふやな言い方にとどめてはいるけれど、それは空々独自の見解と言うよりは、やはり、地球撲滅軍の人間ならではの視点だった。

氷上も、思い出してみれば、絶対平和リーグの香川本部で、ゲームの進行が行き詰まってしまったとき、四国から出ていくという発想自体は持った——やっぱり、どうして自分達が同業他社の尻拭い(しりぬぐい)をしなくてはならないのかという気持ちが生じるのだった。

地球との戦争に際して、『究極魔法』の有用性を認めるにしても、他の組織が力を持つことに、積極的にはなれない——そもそも、目的がまったく違うのだ。

空々は起きた異変の調査という名目で来たのだし、氷上はその空々を助けに、右左危博士は『愛娘(まなむすめ)』の兵器『悲恋』を探しに、四国に来ている——その目的が達成されたからと言って手ぶらで帰るわけにはいかないけれど、絶対平和リーグの面子(メンツ)を立ててあげようと親切心を発揮する理由は、積極的にはないのだ。

地球撲滅軍と絶対平和リーグは、敵対しているわけではなく、むしろ協定を結んではいたけれども——それでも業界ナンバーワンとナンバーツーで、にらみ合い、さぐり合いをしていた同士であったことは、紛れもない事実である。

極論、地球撲滅軍の上層部としては、ここで絶対平和リーグに潰れてもらったほうが嬉しくさえあるだろう——現場レベルでは、今しているように協調できても、組織とは、それ自体が意識を持つ全体なのである。

「……別に、あたしはこの四国ゲームが終わるんであれば、『究極魔法』なんて、地球撲滅軍に持っていってもらって構わないと思ってるけれど？」

鋼矢がそう言うのは、本音である。

チーム『白夜』の魔法少女をひとり、その手にかけているという私的な事情もあるが、彼女はもう、絶対平和リーグは立て直せないと考えているからだ——ついでに、彼女の身上も地球撲滅軍が引き取ってくれれば、言うことはない。

「ああ、いや、鋼矢さん。手のひらの上っていうのは、もうひとつ意味合いがありまして……、結構不思議だと思いません？」

「不思議？　何が？」

「えーっと……」

説明しにくい。

そちらは本当に、空々個人の、独特な感覚的な問題かもしれない――感情があるかどうかもわからない自分の『感覚』なんてものが、どれくらいあてになるのか、この世で一番自信がないのが、他ならぬ空々なのだ。

「つまり、どうしてチーム『白夜』の五人は……、四人ですか、チーム『白夜』の四人は、自分でその『究極魔法』を、手にしようとしないのかってことが、です」

「？　それは……」

鋼矢は考えて、とりあえず、真っ当に答える。質問に対して、あまりこういう模範解答を返すことのないひねくれた少女なので、自分でもやや疑念を抱えつつ。

「彼女達は管理者サイドの魔法少女であるがゆえ、四国ゲームへの参加資格がないから……よね？」

「はい、僕もそう聞いています……、まあ、言うなら、クイズ問題を作った制作者が、回答者になることはできない、みたいなものなのでしょうか……、それだと、ゲームが出来レースになっちゃいますからね」

でも、と空々は続ける。

人の注目を浴びながら喋ることに慣れていないので、喋っているうちに、首の角度がだんだん俯いていく。

「ゲームが出来レースになって、駄目な理由というのも、考えてみればよくわかりません。いえ、むしろ、そのほうが容易にゲームをクリアできるって言うんだったら、そうしない理由がないように思える——さっき、黒衣の魔法少女が使う魔法は、通常の魔法少女が使う魔法とは規模が違うという話をしましたけれど、実際、鋼矢さんや、チーム『オータム』やチーム『スプリング』のリーダー級の魔法少女が、ゲーム開始時点から『風』『火』『水』『木』『土』の魔法を使っていたなら、四国ゲームをもっと順調に、進められていたんじゃないでしょうか——そのすべを持っているのに、どうして、黒衣の魔法少女達は、管理者サイドに留まっているんでしょう？」

「……私だったら」

と、右左危博士が、やや込み入ってきた空々の台詞を、わかりやすく整理する——空々のためというわけではないだろうが、しかし、誤解されやすい英雄の口下手がたたって、四国ゲームに関する新しい視点が、このまま埋もれていくのは見てられなかったのだろう。

「つまり、私が黒衣の魔法少女の立場だったら——管理者の立場なんてかなぐり捨てて、ひょっとしたら潰れかけの絶対平和リーグの命令なんてガン無視して、四人の仲間をあざやかに裏切って、特権的な立ち位置を最大限に利用し、四国ゲームを単身でクリアして、『究極魔法』を独り占めしちゃう——かもしれないわね」

かもしれない、なんて柔らかく言い換えたところで、その邪知暴虐なヴィジョンはまったく軽減されず、センシティブな手袋などは青ざめているほどだったが、まあ、極論、そういうことになる——空々がまともに会話したと言える黒衣の魔法少女は、『スクラップ』一人だけれど、少なくとも彼女に限って言えば、あまり組織に対して強い忠誠心を持っているというタイプには見えなかった。

どころか、管理者としての自分の任務さえ、プレイヤーの空々に押しつけてくるほどだった——決して真面目で、裏切りやいいとこ取りが生理的に許せないタイプの魔法少女だとは思えない。

「どうして黒衣の魔法少女達が、この混乱に乗じて、『究極魔法』を手にしようとしないのか——手持ちの魔法でもう満足しているから、ってのも、考えられなくはないけれど」

右左危博士が誰にともなく、独り言のように、空々が提出した新しい視点を、面白がるように言葉を繋ぐ。

「でも、大きな力を手にした者は、より大きな力を欲するものだからねえ——まして、思春期の女の子が、降ってわいたように手にした、無制限の力となれば、尚更(なおさら)よ」

「……混乱に乗じて、というだけでなく、最初から、なんですけれど」

右左危博士との距離感を計りかねながら、今はとりあえず、空々は付け加える。まったく、他人との距離を精密に計れる測距儀があればいいのに。

「まだ詳しく聞いたわけじゃあ、ありませんけれど……、元々、四国ゲームという実験は、四国全体なんて規模じゃなく、瀬戸内海の無人島で、チーム『オータム』の魔法少女とチーム『スプリング』の魔法少女の、合計十人で行われるはずだった、まあサバイバルゲームみたいなもので……だから、チーム『オータム』とチーム『スプリング』の魔法少女達は、チーム『サマー』やチーム『ウインター』の魔法少女達よりも四国ゲームの深い事情に通じていたところがあるそうなんですけれど、……それはともかく」

言っているうちに、取り留めがなくなってくるのは、空々の頭の中でも、まだうまく意見がまとまっていないからだ——言葉に詰まってしまうことを恐れて、無理矢理言葉を繋いでいるところもある。根気強くみんなが結論を待ってくれている間に、結論に辿り着かなければ。

「そんな少人数で行われる実験だったなら、尚更、最初の時点から、チーム『白夜』は、プレイヤーとして参加していたらよかったと思うんです。四国ゲームがこの規模になってしまって、参加人数も被害人数も不明になってしまえば、どんな紛れが起こるかわからないから、プレイに慎重になるという感覚は、あるかもしれないですけれど——最初の時点から、チーム『白夜』は、参加しようとしていない。組織として、

『究極魔法』を欲しがっている割に、自分達以外の魔法少女に、それを委ねようとしている――これをどう思います？」

「どう思うって言われても……」

鋼矢は苦笑いをする。

自分も相当考え方がねじくれていて、何につけうがった見方をするほうだけれど、空々はそれに輪がかかっている。

いや、うがった見方――ではないのかもしれない。

感情が死んでいる少年は、感情が死んでいるからこそ、先入観も偏見もなく、フラットに物事を見ているだけなのかもしれない――様々な思い入れや思い込みを、つまり人間的な感情を排除して考慮すれば、確かに、チーム『白夜』の動きには、やや不審なところがある。

とは言え、答には窮する。

先ほど、右左危博士が『もしも私だったら』と、チーム『白夜』の少女達の心理を憶測するようなことを言ったけれど、実際にその立場に立ったなら、大抵の人間は、唯々諾々と、管理者に徹して、自分の仕事だけをするものではないかと、鋼矢は思うのだ。

死亡率の高い魔法少女という仕事を担当しながら、それでも組織で生き残るため、色んな人間を見てきた鋼矢は——人間がいかに億劫がりで、裏切りや独走を、倫理的なハードル抜きでも、したがらないということを知っている。

『あとが大変そうだな』という理由で、人は人を裏切らない——チーム『白夜』の魔法少女は、もう組織の上層部に属しているわけで、今更現役で、リスクを冒して働きたくないと思っていたとしても、不思議はない。

大人が考えるより、少女は老成している。

「強いて言うなら……リスキーなゲームのプレイは、下っ端の魔法少女に任せておいて、『究極魔法』を入手させたあとに、その魔法と手柄を横取りすればいいと考えているんじゃないかしら」

「はい。それがありえるひとつ目の可能性だとしたら、ふたつ目の可能性は——景品である『究極魔法』っていうのが、入手するためのリスクが高いのはもちろんのこと、所有するリスクもそれと同様に、あるいは同様以上に高いんじゃないか、ということなんですけれど」

「…………？」

そこまで言われても、鋼矢にはぴんと来ない——これは鋼矢が鈍いわけではなく、空々の表現がわかりにくいのである。空々自身、探り探りで喋っているので、あと一歩、踏み込んでの発言ができないのだ。

そんなデリケートさとはまるっきり無縁の、見切り発車が基本の右左危博士が、

「要するに、空々室長はこう言いたいわけ？」

と、ここでも彼の意見を代弁する——代弁すると言うには、彼女の表現はあまりにドラスティックで、空々の言いたいことからは、若干逸脱してしまうところもあるのだが。

ただ、この場合は、逸脱なく、適切だった。

「たとえば、このゲームをクリアして、見事『究極魔法』をゲットしたプレイヤーは、寿命が半分になるとか、視力を失うとか、魂が奪われるとか、死後、地獄に堕ちるとか、そういう、取り返しのつかない代償を支払うことになる——とか？」

取り返しのつかない代償。

それこそまさしく——空々の言いたいことだった。

3

魔法とは、代償の必要ない、無尽蔵のエネルギーに基づく永久機関——右左危博士はさきほどそんな風に表現し、『魔女』である酒々井かんづめは、それに対して否定的な反応を示した。

かんづめの真意は読めないにしても、確かに、『究極魔法』を入手するために、これだけの苦労をしている──強いられている現状、『魔法』には代償がないという考え方は、あまり正しくないのかもしれない。

四国の魔法少女達は、都合のいいファンタジーや空想のような『魔法』を、特訓も努力もなく入手していると、そんなやっかむような言い方をすることもできるけれど──考えてみれば、魔法少女達のほとんどが、その若さで落命している現状を考えれば、別に彼女達は、不当に得をしていたわけではないとも言える。

『火星陣』でも『魔女』でもない、ただの人類が、『魔法』を扱うことには、やはり相応のリスクが伴うのか──だとすれば、強力な魔法を使用することによって既に大きなリスクを冒しているかもしれない黒衣の魔法少女グループ、チーム『白夜』が、それ以上高いリスクを冒さず、それ以上強い魔法を欲しないのも、それはむべなるかなということにはなる。

節度、というのか。

極論、入手することが死に直結しかねないのが『究極魔法』であるなら、魔法に通じている絶対平和リーグの上層部ほど、それを所有することを避けようと思うだろう──そんな危なっかしいジョーカーを、下っ端に押しつけようとするだろう。たとえそのジョーカー自体が、どれほど有用なワイルドカードでも。

空々が提議した、四国ゲームの景品、『究極魔法』に対するそんな見解は、右左危博士のサポートも手伝って、一同にはそれなりに、受け入れられたようだった——ただし別段、空々は、チーム『白夜』の魔法少女達の心中をみんなで慮って分かち合おうというために、そんな見解を示したのではない。そんな共感能力は彼には皆無である——あくまでも本筋の傍証として、そんな仮説を唱えたのだった。

「つまり……、このまま、このチームで四国ゲームを首尾良くクリアできたところで、あんまり状況は改善しないかもしれないんです。むしろ、そこから更なる地獄が始まりかねない」

更なる地獄が始まるというのは、空々の実年齢に相応しい、いささか子供っぽい表現だったが、ただ、彼にしてみれば、それは比喩とは言えない、実感のこもった言葉である。

知恵を絞って窮地をくぐり抜けるたびに、それが次なる窮地の入り口だったという展開を繰り返してここまで来た彼には、この四国ゲームが、『クリアして終わり、めでたしめでたし』というものには思えないのだ。

もしも、魔法少女『パンプキン』なり、魔法少女『ストローク』なりが、四国ゲームのクリアプレイヤーとなり、念願の『究極魔法』を手に入れたとしても——それはただの、悲劇の始まりなのかもしれない。

新たなるゲームのスタートボタンなのかも。

黒衣の魔法少女達や、魔法少女製造課の課長辺りが、鋼矢や手袋に押しつけようとしているジョーカーなのだとすれば――それを放棄するというのは、選択肢として、それなりに成立するのではないかと、空々は思ったのだ。

それが、『ゲームをここでやめるっていうのは、どれくらいありなんですかね？』という、いささか唐突だった、鋼矢への質問の真意である。

だったら最初から、順を追ってそう言えと言いたくなる空々少年の話運びだが、まあ、彼は口のうまさで英雄扱いされているわけではない。その点、鋼矢や右左危博士とは、決定的に違う。

「つまり……、ゲームをやめると言っても、単純に四国から出て、リタイアしようってことじゃあなく、もう少し考え方の幅は広いわけね？　たとえばこの焼け野原でぼんやりと、永遠に四方山話（よもやまばなし）に花を咲かせながら、野宿を続けるとか、そういうのもありってことね？」

またも右左危博士は極論を言う――極論ではあるが、わかりやすいたとえ話だった。

「私達がここでキャンプをしている間に、しびれを切らしたチーム『白夜』が、やむをえず、自らゲームのプレイに乗り出してくれるのを待つ――そんな感じ？」

「……そこまで具体的にプランニングしていたわけじゃありませんし、そんな簡単にいかないだろうってことは、さすがにわかりますけれど」

　空々は頷きつつ、答える。

「ただ、クリアするのは難しくても、これだけの人数――これだけの人材が揃って、その上、さっき確認したみたいな、数々の『魔法』があれば、チーム『白夜』に見つからないように身を潜めて、チーム『白夜』から身を守ることくらいは、簡単にできるんじゃないかって……」

　その上、そんなプレイスタイル――非プレイスタイルか――は、最初に掲げた努力目標、『誰も死なせない』とも、矛盾しない。

　戦いを避け、防御に徹し、ゲームを放棄したならば――死人は出る恐れはない。

　もちろんこれは、なんというか、『ただそれだけ』というか、身もふたもなければ、恥も外聞もない戦法であり――その上に、その割に『あとが大変そう』な案である。

　目の覚めるような妙案とは言いにくい――チームリーダーが口にするには、いささか弱腰とも取れよう。

　実際、というか案の定、人の考えに文句をつけることを至上の喜びとする魔法少女、『ジャイアントインパクト』こと地濃鑿が、

「まあ、まあまあで、悪くはないですけれど」

と、まったく上からな調子で反応する。

「でもなんだか消極的防衛策みたいで、どうにもやる気が起きませんねえ」

「やる気は起きなくていいんだよ。だって、何もやらないんだから。むしろやる気なんて、あればあっただけ余計だ——必要なのは、どちらかと言えば、根気だろうね」

さすがに数日間寝食を共にしただけあって、空々はそんな地濃の言い草を予想していたように、そう返す。

「何もしないことに耐えられる忍耐力を発揮できるかどうか……、ここまで来て、ここまでプレイしたゲームを、やめられるかどうか」

「はあ。あるかどうかも不明なリスクを恐れて『究極魔法』を諦めるなんて、あとで臆病者のそしりを免れませんからねえ。忍耐力よりも、己を信じ、貫く力こそが必要になりそうです」

もっともらしいことを言って、もっともらしく頷く地濃——単に文句を言いたいだけの少女なので、きちんと反論を受ければ、それで退いてくれるわかりやすさもある。

「実際にどうなのか判断できない以上、これはもう気持ちの問題になってくるんじゃないでしょうか、室長」

氷上が空々に言う――彼女としては、空々の提案であれば、基本それを否定するつもりはないのだけれど、しかしそれでも、言うべきことは言っておかなければならない。

「うん。気持ちの問題っていうのは？」

空々から促されて、氷上は続ける。

「現状、このチームでの四国ゲームのプレイは、行き詰まっているわけではありませんから――先ほど杵槻さんがおっしゃっていたような、ゲームの進行がハマっているという状態ではありません。端的に言えば、今やめるのは、キリが悪い――という気持ちになります」

「キリが悪い。そうだね」

空々は頷く。

年齢差とは逆転しているけれど、あくまでも上司部下の関係なので、氷上は空々に敬語で喋るし、空々は氷上に敬語を使わない――年功序列の体育会系社会で育った空々にとっては、これはやや窮屈なやり取りなのだが、氷上の頑なな堅物さが、そこは貫かれている。

ちなみにそんな二人の関係を、右左危博士は『こじらせ女子の特殊なプレイ』だと思っているのだが、さすがにそれは口に出さない――フリーダムに見える右左危博士にも、一応、言っていいこととそうではないことのラインはあるのだ。

意に添わぬ誤解（理解？）をされているとはつゆ知らず、氷上は上司に、業務報告をするように続ける――やや鋼矢の目を意識しながら。

「キリの良さを求める必要がどこにあるのかと思われるかもしれませんが、ただ、その後の潜伏期間の長さを考えれば、かなり重要になります。八十八のルールをかわしつつ、チーム『白夜』から身を潜めている最中に、八人のうち誰かが『もうちょっとゲームを続けていればよかった』と考え出してしまえば、企（くわだ）ては台無しになります」

チームが分裂する――氷上に言わせれば、人材が豊富で、装備が強力なチームだからこそ、恐れなければならないのは『仲間割れ』である。

それは放火魔の弟、血を分けた弟と、延々姉弟喧嘩（げんか）をし続けていた氷上にとっては、身にしみた教訓である――チームと言っても、所詮この八人は、寄せ集めみたいな烏合の衆である。

地球撲滅軍の勢力だけを考えてみても、歩調が合っているとは、まるで言えない――かろうじて氷上が、空々の歩みに合わせているだけだ。

絶対平和リーグの魔法少女、及び『魔女』の四名にしたって、なんだか見ていて不協和音というか、それぞれが必要以上に、間合いを取り合っている、打っても響かない関係性が見て取れる。

まあ、『魔女』については判断できないとして、三人の魔法少女だ——女子が三人寄っているのに、まったくかしましくない。

二十七歳である氷上竝生の、つまり大人の視点で年頃の少女達を分析してみれば——鋼矢は手袋を警戒していて、地濃を扱いかねている。手袋は鋼矢を嫌っていて、地濃を苦手としている。地濃は……、強いて言うなら、鋼矢を意識していて、手袋を意識していない。

三竦みにもなっていないすれ違いの応酬だが、これはこれで、女子の社会の縮図というようにも見える——子供の頃に見たアニメのような、仲良しの魔法少女グループなんて、そうそうは成立しないということだろうか。

言うまでもなく、そんな地球撲滅軍側と、絶対平和リーグ側の同盟も、成立しているのだかしていないのだか、あやふやだ。上司の悪口を言うつもりはない氷上だけれど、しかし軸となっているのが空々少年であるというのは、普通に考えれば、危うさだろう。

短期的に行動を共にするのならばまだしも、他に選択肢がないというのならまだしも、こんな寄せ集めのグループが長期的に、チーム『白夜』がしびれを切らすまで、トラブルなく仲良くやっていけるとは、氷上にはどうしても思えないのだった。

「じゃあ、氷上さん……、じゃなくて、『焚き火』の意見としては、せめてもう少し、キリのいいところまで四国ゲームをプレイして、それでもどこかで行き詰まったら、そのときゲームをやめればいいって感じなのかな」

「はい。次善の策、と言いますか……」

元々、苦肉の策みたいな性質を帯びてはいたけれども、せっかく、空々をリーダーに据えた、こんなチームがあるのだから、リスクがあるにしても、多少のチャレンジをするべきだと、氷上は考えるのだった。

「せめて、『究極魔法』を所有することに、どんなリスクがあるのか、本当にリスクはあるのかを、確認してからでも、ゲームをやめるのは遅くないのではないでしょうか」

「早い遅いの話をするなら」

と、氷上の提案に空々が返答するよりも先に、杵槻鋼矢が割り込んできた——途端、場の空気がぴりっとするが、鋼矢自身は、それを意に介する様子もない。

「もうとっくに遅い、という言い方もできるけれどね——氷上さん、真面目そうだし、あんまりゲームとかしないわよね？」

「……人と話を合わせられる程度にはするけれど、それが何か？」

「いえ、さっき『ゲームにハマる』って表現を使ったけれど、これには、『進行が行き詰まる』って他にも、もうひとつ意味があるのよね——つまり、ゲームに『没頭（ぼっとう）する』」

もっと言うなら、ゲームの中毒になる、という意味が――と、鋼矢は言う。説明されるまでもなく、そんな用語の使い分けは、氷上にだってできる。

「前者の場合は『罠にハマる』とか『どつぼにハマる』とかそんな意味で、まあ、四国ゲームでそうなったら、ほぼお終いなんだけれど――後者の意味でハマった場合も、それはそれでお終いよね」

「？　どういう意味？　四国ゲームに中毒になるとか、ないと思うけど――このゲームを楽しんでやってるプレイヤーなんて、まさか一人だっていないわよね？」

「中毒になる理由が、必ずしも『楽しいから』だとは限らないでしょ。むしろ、中毒症状ってレベルになれば、みんな、嫌々ながら、やめたい、地獄だって思いながら、ゲームに没頭し続けるものよ――そして生活が破綻しても、人生が破滅しても、やめられない」

「…………」

言うことはわかるが、教えられるみたいに言われると、受け入れにくい――氷上は敵愾心が表に出ないよう、表情に気を配りながら、

「それで？」

と、とりあえずは先を訊く。

「何が言いたいのかしら、杵槻さん？」

「そんな大したことを言おうとはしていないわ。ただ、『キリのいいところまでいったらやめよう』なんてのは、ゲーム中毒の、典型的な初期症状だって、忠告してさしあげようかと思って」

「……へえ」

つまり、さっき氷上が空々に提案した、言うならば妥協案に、はっきりと反対してきたわけだ――しかも、スパイスにたっぷり、皮肉を交えながら。

私がクールでなければ取っ組み合いになっている、と、氷上は思ったけれど、そんなことを思う時点で、思っているほどクールではない。そもそも、やむを得ない理由があるにしても、魔法少女のコスチュームを着ている時点で、彼女はクールビューティーの肩書きを事実上返上してしまっている。

付け加えて言うなら、鋼矢のほうは別に、氷上に対して意地の悪い気持ちで、皮肉を交えたわけではなく――これは単なる、彼女の根っからの性格である。反対意見を述べるにあたって、多少は茶化して言ったほうが、場が重くならないだろうという彼女なりの配慮があったのだが、それを受け止める度量が、氷上のほうに足りなかったという形である。

当然ながら、鋼矢もまだ十七歳の少女であり、それにしてはがんばってはいるものの、MCとして完全ではない。

ただ、なんとなく地雷を踏んだということには気付いたので、鋼矢は緩衝材(かんしょうざい)として、「そらからくんは、どう思う？」と、彼女の上司に救助を求めた。

「って、まあ、そらからくんも、あんまりゲームなんてやらないと思うけれど」

「うん……、そうですね。でも、ゲームを中途半端なところでやめると、気持ちが悪いって感覚は、わかりますよ。筋トレだって、野球の素振りだって、キリのいい回数で終えたくなるものですから」

空々にはそんな、バランスを取るような意識はなかったけれど、彼がどちらかと言えば氷上寄りの意見を述べたことで、氷上の機嫌は、少し直る——が、それで問題が消えてなくなったわけでもない。

落ち着いて考えてみれば、ゲームでこそないが、確かに氷上にも本を読んでいるときとかに、『キリのいいところまで』『キリのいい時間まで』と思っているうちに、いつまでもやめられないこと、いつまで経っても続けてしまうこと、というのはある。

往々にして『キリ』なんて概念が、まったく主観的だから、いくらでも延長できてしまう——迂闊に『進めるところまでは進めてみよう』なんて気持ちで四国ゲームを続けていれば、その『キリ』とは、最終的に『チームの全滅』ということになりかねない。

さながら、有り金がゼロになるまでやめられないギャンブラーみたいなものだ——それはまったく、氷上の提案する妥協案の、本意とするところではなかった。

「ゲームのやめどきっていうのはね、やめると思った、そのときなのよ。セーブもせず、バックアップも取らず、やめようと思ったときに電源を切る、それに限るわ」

案外、ゲームに限った話じゃあないけれどね——と、やや教訓じみた物言いをする鋼矢だった。そんな言い方に、氷上がまた苛立ったかと言えば、このときはそうではなかった——急に大人の余裕が生まれたというわけではもちろんなく、なんだか、その口調は、自らの失敗談を語っているような風でもあったからだ。

鋼矢にも、やめたいときにやめられなかった何かがあるのかもしれない——そう思った。

まあ、それを言い出したら、彼女達が参戦している人類と地球との、脈々と続く戦争自体、『やめたくともやめられない何か』なのだが。

「じゃあ」

と、氷上は鋼矢に訊く。

さっきよりは心なし、言葉から棘を抜いて。

「色々言ってたけれど、杵槻さんとしては、空々室長の提案に賛成ということなのね？　四国ゲームのプレイをここで放棄して、『究極魔法』を含む後始末を、管理者サイドに任せる、というスタンスを取るべきだと考えるのね？」

「賛成も何も、リーダーの意見は絶対よ。そらからくんがそうするというのであれば、私は反対しない——案を整えるためのアドバイスくらいはするけれど」

「そう……」

だったら、氷上と立場はほぼ同じだ。

対立する理由はない。ないはずである。

「むろん、『キリ』云々はさて置くとして、タイミングは、悪くないのも確かなのよ。管理者サイドから見ればこの案って、四国ゲームの最終局面に至ったにもかかわらず、生き残ったプレイヤーが一致団結して、ゲームをボイコットしようって動きだから。春秋戦争も終結し、さあいよいよ『クリア』だ、『究極魔法』だ、と考えたタイミングでそんなちゃぶ台返しがあったら、さすがに焦るはず……、だったら、痺れを切らすまで、そんなに長くはかからないかもしれない」

「長くはかからないかもしれない」

と、そこで鋼矢の台詞を復唱したのは、左右左危だった。

空々が本案を提起する際にサポートもしていたし、氷上はてっきり、右左危博士もこの考えかたには賛同しているのだと思い込んでいたけれど、この場面で彼女がした質問は、やや厳しめのそれだった。

「長くはかからないかもしれない――って言うと、具体的にはどれくらいかしら、杵槻さん？　私達は実際的な目算としては、どのくらいの間、身を潜める公算になる？」

「……いえ、漠然とそう予想しただけで、実際にどれくらい短縮されるかは、わからないわ。短くなることはあっても、長くなることはないだろう、くらいの感覚よ」

鋼矢は慎重な答え方をした。

まあ、明らかに頭脳派で、見るからに曲者っぽい右左危博士を相手に、あとで足を掬われかねない適当な返答はできないだろう。

「ふむ。そうなんだ」

右左危博士は、しかしそんな答を、それでも熟慮するようにひとりごちる。

「でも、少なくとも、明日中にすべてが決着するなんて、そんなことはないと思っていいのよね？」

「？　そりゃあ、まあ……」

いくらなんでも、チーム『白夜』を含む四国ゲームも管理者も、そんな短気ではないだろう。四国ゲームも開催されてから一ヵ月近くが経過している――一日や二日、プレイヤーに動きがなくっとも、そんなのは誤差の範囲内だと思われるだけだ。行動に向けて休息を取っているのだと、それは鋼矢が管理者サイドでもそう考える――現実的には、チーム『白夜』が、プレイヤーの動きのなさに反応を示すタイミングがあるとしたら、せめて一週間か、二週間の経過は、必須なのではないだろうか。

「あまり時間が経過してしまうと、チーム『白夜』どころか、外部からの干渉があるかもしれないですけれど……、少なくとも、左博士と『悲恋』がここにいる以上、地球撲滅軍が、しばらくそれを抑えてはくれると思います」

氷上が空々にそう言った——改めて言うことではないかもしれないが、念のためだ。

チーム『白夜』が痺れを切らすのが先か、地球撲滅軍が痺れを切らすのが先か、そんな話になってくるのだろうか？　いや、ことが長引き過ぎると、海外の対地球組織も嚙んできかねない……それはまったく嬉しくない可能性だ。

氷上が四国に向かって出立するに際して、最後に当たったところでは、未だ海外の組織は今回の騒動を静観している——それらのすべてが、まだ四国の異変を、地球からの攻撃と考えていると思うのは、いささか楽観的というものだろう。『魔女』の正体が、もともと世界中、地球中に散っている『火星陣』だというのなら、絶対平和リーグのように、『魔法』の存在を知りながら、それを企業秘密にして、独占しようと窺っていた組織もまた、世界中にあるはずだ。

そんな集団は、四国ゲームの動向は、強い興味を持って『静観』しているはずで

——その動向がまったく静止してしまったとしたら、関与してくる可能性は、極めて高い。

地球撲滅軍が国内の対地球組織と結んでいる協定にしたって、無期限に、そして無限に有効なそれではないだろうし——土台、情報が遮断されている以上、こうしている今も、外部がどう動いているのかは想像に任せるしかないのだが。

「ま、情報が遮断されているのは、お互い様だからね……、双方向性ならぬ、喪方向性って感じかしら。地球撲滅軍を含む外部も海外も、しばらくは動かないでしょうよ」

と、右左危博士。

「むしろそっちのほうは、時間が経過すればするほどに、『どうやら騒動は四国の中だけで収まっているようだ』と判断するでしょう——だったら、様子見の姿勢を、そう簡単には変えないでしょう。地球の攻撃と見ているにしろ、魔法の実験と見ているにしろ、四国ゲームが貴重な現象であることには違いないでしょうから」

「それはそうですね」

そこは言いようと言うか、どうとでも言える部分ではあるだろうけれど、不明室の室長である彼女がそう言えば、一応一定の説得力はあったので、氷上はそう頷いた。

ただ、氷上と違って鋼矢は、それを聞いても、胸をなで下ろすというわけにはいかなかった——むしろ、無理矢理抑え込んでいたざわつきが、せり上がってくるのを感じていた。

やっぱり、と。

杵槻鋼矢はそう思ったのだ。

（やっぱり、この博士は、『時間』を気にしている……？）

それも——また、『明日』だった。

普通に考えれば、いくらなんでもチーム『白夜』が、たったの一日で痺れを切らしはしないだろうということは、わかるはずだ——そんなことを、わざわざ質問する意味はない。

にもかかわらず、右左危博士が鋼矢に、ついそう訊いてしまったのは、彼女が『明日』を、ひとつの基準にしているからではないだろうか？

タイムリミット。

そんなものは、もうないはずなのに。

……それとも、なんだかんだ言いながら彼女も、『キリのよさ』みたいなものを求めているのだろうか——明日は十月三十一日で、十月最後の日だ。

そこで四国ゲームが終われば、『キリがいい』と、それは誰しも、そう感じるだろう。

空々空は異変を調査する四国に旅立つ際、タイムリミットとして、『一週間』と区切った——なんとなくそう言っただけで、その締め切りが一週間後だった必然的な理由はなかったそうだが、つまりそれだって、七日という『キリの良さ』を基準にしたのか、そうでなければ、カレンダーの最後の日、十月三十一日を基準にしたに違いない。

それがたまたま一致しているだけ……。

そう考えれば、合理的な説明がつくのだけれど、しかし、これは無理矢理自分を納得させようとしているだけのようにも思えた。

こんな考え方は、本来、自分の考え方じゃない——慣れない考え方をすることが、すごく気持ち悪くて、吐き気さえ覚える。

いっそ、直截的に右左危博士に確認してみるか？

あなたはどうも、時間を、それも日時を気にしているようだが、何か理由はあるのか——と。

……ただ、素直に答えてくれるとは思えない。性格的に答えてくれないだろうと予測できるというのもあるが、それを差し引いても、右左危博士が意図的に伏せていることがあるのだとすれば、別組織の鋼矢が正面から訊いたところで、教えてはくれないだろうと予想できてしまう。

ならばここで、勝算なく、そして証拠もなく質問を投げかけてしまえば、なあなあにはぐらかされて、いたずらに場を混乱させただけという結果を招きかねない――場を取り仕切るＭＣとして、それだけはやってはならない。

たとえ、春秋戦争のことを思いだし。

心がどれほどざわついても――ざわつくからこそ杵槻鋼矢は、理性的であらねばならない。

「まあ、空々くんの……、空々リーダーの提案はわかったわ。ただ、比較対照する意味でも、違う方向からのアプローチも検証してみない？」

と、右左危博士が言うのを聞いても、今や鋼矢は、彼女がさりげなく話を逸らそうとしているようにしか思えない――空々の奇抜なアイディアについて『実現に時間がかかるなら、それは採用できない』と、別案を提案しているようにしか。

なまじ、同類だと思う分だけ、鋼矢には右左危博士が、どんな考え方をしているのか、イメージできてしまうのだ――むろん、今の段階では、ただの疑いなのだが。

実際に、どんな案でも検証が必要なのは事実だし、どんな状況にも対応できるように、第二第三の案も考えておかねばならないのは、そりゃあそうなのだが。

「参考までに、私と竝生ちゃん――それに、手袋ちゃんが、みんなと合流する前まで、取ろうとしていた、四国ゲームに対するアプローチを発表するわね。竝生ちゃん、手袋ちゃん、いいわよね？」

「え？　あ、はい」

訊かれて、氷上は頷く。

まだ言っていなかったが、しかし取り立てて隠していたわけでもないので、右左危博士が言うタイミングだと思ったのであれば、それを止める理由は氷上にはない。手袋鵬喜も——彼女の心理状態は、氷上からは読みにくいが——同様のようで、反対はしなかった。

「そ。じゃ、手短に」

右左危博士は言う——誰にともなくだが、強いて言うなら、身体の方向は鋼矢を向いていた。

「さっきのそらからくんと、似たような論理を辿ってさ。まあ、私達の場合は、相手の思惑通りに動くのはなんだか癪っていう、単なる気分の問題だったんだけど。真っ当にプレイするのは嫌、だけど、管理者サイドの意に逆らうプレイをするほど、尖るのもどうかなーって、そんな気分だった」

あえて砕けた言い方を選んでいるのだろうが、そんな風に表現されると、自分達がすごく頭の悪い適当なプレイヤーだったみたいだ、と氷上は少し嫌な気分になる——上司である空々に、そんな風に思われるのは嫌だ。

「で、考えた案が……、それは、そこにいる手袋鵬喜ちゃんが考えた、隙間を通すような精密な案なんだけど」

いきなり手袋にスポットライトを当てる右左危博士――少女はびっくりしたように、集まった視線をかわすように、下を向く。まあ、これは単なる、博士からのよくある悪意だろう。

「元々、四国ゲームの原型である実験が行われるはずだった、瀬戸内海の無人島に行こうって話になったの――四国ゲームのフィールドからは外に出るけれども、それでも、完全にリタイアはしないという折衷案……これなら、管理者サイドの機嫌を損ねることもないんじゃないかという、ぎりぎりのラインを攻めようとしていたのよ」

結局、その案を実行に移す前に、氷上達はチーム『白夜』との、偶発的な戦闘へと流れ込んでしまったのだが……、案自体が死んだわけではない。

氷上としては、空々がその奇想を発表するまでは、結成されたこのチームで改めて、その『始まりの無人島』を目指すことになるのだろうと予想していたくらいだ。

「まあ、あくまでもそこは実験の予定地であって、予定地でしかないんだから、行ってみたら、何もない、誰もいない無人島である可能性も高いっちゃ高いんだけれど……、でも、無駄足を覚悟して行く価値のある島だとは思えたから」

「……『焚き火』」

右左危博士の発言を受けて、空々が、思案顔で氷上に訊く。

「確か……、同じことを、僕は四国に出発する前に訊いたと思うんだけど、四国ゲームの影響っていうのは、瀬戸内海の島々までには、及んでいないんだよね？」

「はい、そうです」

予想された質問だったので、きびきびと答える氷上——右左危博士が発言中に与えたかもしれない適当なイメージを払拭（ふっしょく）するような、折り目正しい物言いである。

「四国民の失踪——現在の認識で言えば、四国ゲームへの強制参加、ですが——は、四国島本島の内部に限られた話であり、本州と四国との狭間、瀬戸内海にある数千の島々、代表的なところで言うと小豆島（しょうどしま）や伯方島（はかたじま）といった島の島民の無事は、確認されております」

もっとも、何があるかわからないので、それらの島々の住人は、適当な理由をつけて避難させられるか、レベルの高い監視下に置かれているかのどちらかで、そういう意味ではあまり『無事』とは言えないかもしれないが。

「つまり……、その際、無人島の調査までは、行われていないんだね」

「……まあ、失踪する人が、元々、無人島にはいないわけですから。それに、数が多いですからね。数千に及ぶ島をひとつひとつ調べるには、間近の四国で起きている異変が、大き過ぎました」

瀬戸内海の、どこかの無人島で魔法少女製造課の実験が行われる予定だった、なんて情報を得たのだって、四国に入ってからだったのだ。あの時点で瀬戸内海の島々を精査していた組織は、少なくとも日本にはなかっただろう。

「…………」

と、空々は考えるようにする。

無人島で『究極魔法』の実験が行われる予定だったという情報は、あらかじめ知っていたようだが、その無人島を訪ねるという発想は、彼をしてまだ持っていなかったようだ。

まあ、提案者である手袋だって、具体的な展望を持って、そんなことを言い出したわけではない――そんなプランが成立したのは、ほとんど偶然の産物である。

だからこそ、管理者サイド――あの場合は、チーム『白夜』ではなく、魔法少女製造課課長の酸ヶ湯原作である――の盲点を突ける発想であり、その利点は今も変わっていない。

捨てるには惜しいプランである。

だから氷上が先ほど、空々に言い掛けたのは、こちらの計画をプランAに据えて、空々の計画をプランBにするというような、いいとこどりの現実的な案だったのだ――むろん、いいこと尽くめのプランAとは、ならない。

右左危博士の言う通り、その島には何もないかもしれないのだし——空々達から聞いて新しく入ってきた情報として、島から外に出ようとすれば、チーム『白夜』が、妨害してくるらしいし。

無人島に行くだけだとしても、四国から外に出ることには変わりなく、氷上と右左危博士だけなら——せめて手袋鵬喜までだったらともかく、実際に妨害された前歴を持つ魔法少女『パンプキン』が一緒だとなると、歴史が繰り返す可能性はそう低くはない。

そうなると考えどころだ。

プランAとして、あるいはプランB、Cとしてもだが、この旧案をこのチームで採用するとすれば、変更は余儀なくされるだろう。

「仮に……」

と、空々。

「その無人島を目指すとするなら、この八人を、実働部隊と待機部隊にわけなくちゃならないだろうね——具体的には、魔法少女のグループと、そうでないグループに」

まっとうな見解だった——むろん、空々少年だって、まっとうな見解を口にすることはある。というより、九割九分までまっとうだ——残りの一分が群を抜いて、常軌を逸しているだけである。印象としてはいつも変なことを言い、変な行動を取っているように見えても、本当にそうだったなら、ここまで生き残れるわけもない。

たとえゲームの自由度が高かろうと、誰が考えたってそうするしかない正着手というものはあり、そしてそれがほとんどなのだ。

魔法少女が四国から外に出ようとすれば、チーム『白夜』が妨害してくる蓋然性が高いのであれば、その『始まりの無人島』を目指すのは、魔法少女以外の面子に限るべきである。

ただ、それが『そうするしかない正着手』であったとしても、悩みどころではあった――これもまた、空々でなくとも悩むところだろうが、八人しかいないこのチームの戦力を、分散したくはない。

携帯電話どころか、電話自体が使用できない今の四国において、何が難しいかと言って、『一度別れた相手との合流』くらい難しいものはないのである――空々も、鋼矢も、あるいは地濃でさえも、実感している。

ちまたで囁かれる『携帯電話とかメールとかがなかった時代は、みんなどうやって待ち合わせとかしてたんだろうね？』という素朴な疑問に対する答は、『よく待ち合わせに失敗していた』である。昔はよかった、なんて言っても、大抵のことについては、現代のほうがいいのだ。

こうしてここに、この八人が揃っているのは大袈裟でなく、針の穴を通すような確率である――それを捨ててまで、チームをふたつにわけなければならない作戦を、取らなければならないのだろうか？

「更に言うなら、魔法少女じゃなければ、四国から外に出してもらえる――四国ゲームからのリタイアを、一旦にしろ永久にしろ、見逃してもらえるというのも、希望的観測なんですよね……、確かに、鋼矢さんと大鳴門橋を渡ろうとしたとき、チーム『白夜』の、黒衣の魔法少女『スペース』は、鋼矢……魔法少女『パンプキン』だけを制止していた、僕のことは、地球撲滅軍の調査員だと知った上で、『どうでもいい』と思っている風でしたけれど」

どころか、あの『風使い』は、空々を個人特定した上で――地球撲滅軍第九機動室室長空々空だとわかった上で、『二の次』に置いていた。

そこから判断すれば、地球撲滅軍の勢力が、四国から出ようとしても、チーム『白夜』は反応しないかもしれない――けれど、ただ、あのときと今とでは、状況が変わっている。

空々空は四国において数々のことをやらかしたし、チーム『白夜』に言われるがまま、春秋戦争を終わらせたりもした――少なくとも空々空という個人は、チーム『白夜』の彼女達にとって、意味のあるプレイヤーになっているかもしれない。チーム『白夜』のうち三人と一戦交えている氷上や右左危博士も、その点は同じだ。

「……つまり、プランだけ取り上げれば、元々の実験予定地だった無人島を調査するというのは、今後のためにも、やっておきたい作戦に思えるんですけれど、その計画を実行するには、このチームには存在感があり過ぎるように思えます。鋼矢さん……は、どう思います？」

空々はここで鋼矢の意見を伺う。

自分の判断に自信が持てないから、というのもあるにはあるが、無人島を目指すという計画が手袋鵬喜の発案だから、完全には否定しづらいのだった――手袋とこれ以上険悪になるのは避けたかったのだ。

いわば彼なりに気を遣ったつもりだったのだが、しかしそこで、手袋と関係が悪いということでは彼の上を行く鋼矢に助けを求めてしまうあたりが、とことん人の心に共感できない空々少年である――ついでに言えば、空々が自分ではなく鋼矢に助けを求めたことについて、直属の部下である氷上が密かに気分を害している。

「これは、堂々巡りになっちゃうし……、自分で言うのは面はゆいところもあるんだけれど」

さておき、そう前置きしてから、鋼矢は一見、関係のない話から切り出した。

「優秀な魔法少女ほど、ショボい魔法のマルチステッキが授与されて、そうでない魔法少女ほど、強力なマルチステッキが授与される傾向って、あったじゃない？　あくまでも傾向だけれど」

「ありましたね」

地濃が頷く。

ちなみに、超強力な魔法である『不死』のマルチステッキ『リビングデッド』を授与されている彼女は、自分はその傾向の例外だと思っている——鋼矢や空々に言わせれば、代表例もいいところだが。

「それは、下っ端の魔法少女が力を持ち過ぎないようにするため——という見方をするのが普通だけれど、違う解釈もあるのかもしれないわ。そんな悪平等のためではなく、強力な魔法はリスクも高く、だから、できれば死なせたくない優秀な魔法少女には、リスクの低い魔法を与えていた……、そんな考えかたもできる」

「はあ……」

それはそれで確かに見識だけれど、空々の質問の答にはなっていない。そんなことを言えば、地濃はともかく、『ビーム砲』という、ぶっちぎりで強力で、危険極まる魔法を授与されていた、魔法少女『ストローク』を刺激してしまうんじゃないかと、自分のことは棚に上げて思うくらいだ——もちろん、空々と違って、他者の心理には敏感な鋼矢である。関係のない、ともすれば自慢話とも取れるおしゃべりをしてそれで終わるわけもなく、そこから、「何が言いたいかって言うと」と、話は更に続く。

「このチームに存在感があると言うのなら……、チーム『白夜』がその存在感を『もったいない』、あるいは『殺すのは惜しい』と思ってくれるのであれば……、そういう考えかたを、彼女達が持っているのであれば、チームを分割するよりも、まとまったまま行動するのも、ギャンブルとしては成立するかもしれないわ。チーム『白夜』と遭遇しても、必ずしも戦闘になだれ込むとは限らない……、イエローカードが、あと何枚か、残されているかもしれない」

なるほど、それはそれで、考えかただ。

自己評価の低い空々には、これはない発想ではある——実際に一度、愛媛県で因縁のある黒衣の魔法少女『スペース』に見逃されている鋼矢ならではの発想とも言える。

ただ、それにしたって、黒衣の魔法少女を一人手に掛けている鋼矢に限って言えば、イエローカードが出尽くしているというようにも、空々には思えた。

そういう意味では、相手の良心に期待するような穴の多い考えかたで、ギャンブルとしては成立しても、戦略として成立するかどうかは微妙だ——意見を求めた空々としては、なんだか、消化不良みたいな気持ちになった。

もっとも、鋼矢としては、ここまで含めて、まだ本題の前の前提だった。

「左博士」

と、彼女はここで、不明室室長に訊いた。

「その目指すべき無人島というのは、どれくらい特定できているのかしら？　それによって、手分けして探すべきか、八人、固まって探すべきか、変わってくると思うんだけれど」

「結構、絞り込めているわよ。確実とまでは言わないけれど、まあ、これだろうなって島が、二、三……」

「ふむ。その数なら、みんなで回るべきなのかしら」

「かもね」

そんなやり取りを聞いて、氷上は『ん？』と思う——今朝、右左危博士から聞いたときには、候補の無人島は、十数個まで絞った、というようなニュアンスだったはずだが？

あれから更に候補を絞ったのだろうか——それとも、故意に少なく言ったのだろうか？　更に絞るような余裕があったとは思えないけれど、後者だとしたら、何のために……？

考えられるとすれば、ゲームをここでやめるという空々案よりも、『始まりの無人島』を目指すというプランのほうを推したいから、だろうか？　まあ、候補の島が多いよりは少ないほうが、作戦の効率は上がる……。

鋼矢の狙いはまさにそこにあって、彼女は右左危博士が、候補の島を何個と答えるか、それを知りたかったのだ——そこから、右左危博士が、何を考えているか。

何を隠しているかを、探ろうとした。

……もっとも、こんなのは状況証拠にしかならない。疑念が増しただけで、確信には至らない——右左危博士が本当に、候補の島を二、三に絞れているというだけのことかもしれない。氷上や手袋と違って、『十数個に絞った』という右左危博士の発言を、鋼矢は聞いていない。

むろん、もしも数を偽ったのだとすれば、鋼矢と氷上、鋼矢と手袋の間にある関係性の溝みたいなものを把握した上で、右左危博士は、堂々と偽っているのだろうが……、なにせ、他称天才の頭の中のことだ。数十島を数島に、本当に絞れただけかもしれない。

心の読み合いというより、空気の読み合い。

結局、その勝負に関して言えば、鋼矢よりも右左危博士のほうに、一日の長があると言えた——場の主導権を握ることには成功した鋼矢だったが、司会進行をなさねばならないというその立場が今は枷となって、右左危博士の胸の内に踏み込むことができないのだった。穿った見方をすれば——いや、十中八九間違いなく、右左危博士はわざと、そのポジションを取ったのだろう。

チームを組み、仲間となったからこそ、腹を探ることを許さない——秘密組織である地球撲滅軍の中でも更に暗部、不明室の長を務めるだけのことはあった。

ただ。

心の読み合いは、人の心がわからない空々空のような相手とはどうしたって成立しないのと同じように、空気の読み合いは、空気が読めない相手とは、まったく成立しない。

「あのー」

そしてこの場には。

生まれてこのかた一度も空気を読んだことのない少女がいた——魔法少女がいた。

空気?

何それ。

「さっきからおばさん、やけに時間を気にしているみたいですけれど、ひょっとして何か急いでらっしゃるんですか?」

空気が読めず、かつ動きの読めない女子・地濃鑿は——地球撲滅軍の二大才女の一人である右左危博士を、おばさんと呼んだ。

4

左右左危は、機械ではない。

非道だし、非情だし、非常識だし、非人情だし、性格的にも人格的にも、大いに問題のある、まっとうな社会生活など送りようもない破綻者ではあるが――それでも、人間である。

地球と戦っている人類の一人だ。

すべてには準備できないし、すべてには対処できない――念を押して断っておくが、地濃に、そんな策略があったわけではない。むしろ彼女は、右左危博士くらいの年齢の女性をそんな風に呼ぶのは、親しみの表現だとさえ考えていた。

質問にしても、ちょっと不思議だったから訊いただけであって、深い意味はなかった――鋼矢のような熟慮も、氷上のような疑念もなかった。

それゆえに。

右左危博士の心の柔らかい部分を打った。

だから、言うなら、素直でいたいけな子供の、純真なる一言が、すれた大人の心を打った、みたいな図なのだが……、もちろん、それは相当にいい言い方をしたらの話であって、当然のように場は凍りついた。

決裂寸前みたいな雰囲気が生じた。

この空気を恐れて、どれほど疑心暗鬼に陥ろうと、鋼矢は右左危博士に質問できなかったのだが――。

まあ、鋼矢が訊いていても、右左危博士はただ、とぼけていただけかもしれない。

海千山千の左右左危が、ただただ反射的に、配慮なく答を返してしまったのは――即答で返してしまったのは、地濃の企みなき質問のしかたゆえだっただろうから。

何か急いでらっしゃるんですか？

「ええ。だって」

と、右左危博士は、反射的に答えた。

答えてしまった。

「明日の晩には、私の愛娘である『悲恋』ちゃんが爆発して――四国が海に沈むから」


（第3話）

（終）

第4話「爆弾発言！人造人間『悲恋』の秘密」

0

ぼくたちは偉人伝を読んで、『ろくでなしでも、運が良ければひとかどの人物になれる』ことを学ぶ。

1

白雪姫という童話がある。

あるもないも、まさか知らない者はいないだろう童話だから、その梗概を詳細にわたって述べはしないけれども、この物語を白雪姫ではなく、その母親を主人公として読み解いてみると、様相が少し変わってくる。童話の原型においては継母ではなく実の母だとか、そういう変遷はさておくとして——彼女は魔法を使う。

魔法の鏡に向かって、『鏡よ鏡よ鏡さん』から始まる有名な呪文を唱えて、この世界で一番美しいのは誰かを、はっきりさせる。その結果、自分ではなく、自分の娘が世界一の美貌の持ち主であることが判明して、彼女は妄執にとらわれることになる――母親は娘の殺害を計画する。

鏡に向かっていたときと、娘を殺そうと決意したとき、お母さんは、果たしてどちらのときのほうがより『魔女』だったのかはさておくとして――クローズアップしたいのは、彼女が娘に毒林檎を食べさせるために、『魔法使いのおばあさん』に変装するくだりだ。

美しさを追求し、若い娘を殺したいほど憎んだあげくに、お母さんが取った行動が、怪しく年老いた老婆に化けることだった――というのは、分析すれば、なんらかの示唆に富んだ事実を引き出すことができそうである。

本末転倒。

よりも、もっと酷い四字熟語で表現されそうなお母さんの行動から、読者はいったい、何を学ぶべきなのか――もちろん、ただの勧善懲悪でも構わないのだけれど、それ以前にはっきりしている事実は、童話は幼い子供を寝かしつけるために語られる魔法のお話であって、別段、大人がそこから教訓を得る義務があるわけではないということだ。

ちなみに、童話としての白雪姫のエピローグも、時代によってあれこれ変遷するけれど、彼女が王子様との間に娘をもうけて母親となった、というエピソードは、今のところ語られてない――白雪姫が魔法を使えたとしたら、それはどんな魔法だったのだろう？

2

地濃鑿。

絶対平和リーグの、徳島本部に属する魔法少女で、魔法少女名は『ジャイアントインパクト』――彼女が四国ゲームを、図々しくもふてぶてしく、この局面まで生き残ることを、魔法少女製造課の人間が、一人も予想していなかったかと言えば、実のところ、そんなことはない。

いや、彼女が魔法少女として落ちこぼれで、問題児で、とても扱いにくい女の子であることは間違いなかったし、上層部の中には、露骨に『あの子、早く「殉職」しないかな』と思う者さえいたけれど、たとえば新しく課長に就任した酸ヶ湯原作は、彼女のことを、それなりに評価していた――あくまでも『それなりに』ではあるが。

その証拠として、彼との面談を終えてから、地濃はもう、新人に混じっての研修を受けさせられることはなくなった。チーム『ウインター』では、その現象を『新人の教育に悪いから』だと囁かれたけれども、実際には酸ヶ湯原作が彼女を、いわゆる特異点と見たのかもしれない。

地濃が何らかの何かだと、判断したのかも。

手袋鵬喜がいなければ、変人揃いのチーム『サマー』に送られていたのは地濃だったろうことも、検討材料にはなる——だから、皮肉というより、順当である。

極めて当たり前だ。

ここで地濃が、チーム空々の会議のキーパーソン、つまり四国ゲームのキーパーソンとなり、酸ヶ湯原作の旧友であるところの左右左危に切り込み、天才と呼ばれる彼女から、軽率な発言を引き出したことは——鋼矢や空々からすれば、地濃鑿と結んでいた同盟関係は、ゲームをプレイする上で爆弾を抱えているようなものだったけれど、それが奏功したというわけだ。

もっとも、真の爆弾は、地濃ではなく。

人造人間『悲恋』だったようだが——

「ば——ばくはつ？」

思わず素になって、鋼矢は右左危博士を、そして『悲恋』を交互に見た——ＭＣとしてはいい仕事ができなかったという場面だけれど、他の者も、『魔女』である酒々井かんづめを除けば、反応は似たようなものだった。

それ以前に、場の空気が緊迫してしまっていたから、皆、展開に頭がついていかない——さっきまで何を議論していたかを忘れてしまう衝撃があったし、そして、今、何の話をしているのかも、鋼矢は見失っていた。

爆発？

「『悲恋』が爆発って……、え、それって、どういうこと？　左博士。まさか彼女が、ルール違反を犯したということ？　四国に蔓延する八十八のルールの、どれかを……」

とりあえず——爆発と言えば、それだ。

四国ゲームの根幹を支えるシステム。

定められたルールに反した者は、問答無用の爆撃に見舞われる——本人だけに限らず、ルール違反の際に使用した道具が、爆裂するパターンもある。たとえば、電話をかけようとしたら、その電話が爆発する。

そういうことか？　『悲恋』は、思春期の少女を模して製作されているけれど、それでも機械であることには違いなく、その機械の使用が、ルールで禁じられていて——いや、それだったら、『悲恋』はとっくの昔に爆発し、木っ端微塵ならぬ鉄っ端微塵に、破壊されていないとおかしい。

春秋戦争における大活躍を見る限り、『悲恋』はもう、十分以上に四国ゲームに関与している――今更ルール違反も何も、ないだろう。もしも彼女の存在が四国のレギュレーションに反していたならば、春秋戦争はチーム『オータム』の勝利で終わっていたはずだ。

鋼矢は苦々しく、そう思う。

もうひとつ、爆発ということで言えば、チーム『サマー』に属していた魔法少女で、比較的、鋼矢とも友好的な関係を結べていた女の子――空々少年が四国で初めて会った魔法少女『メタファー』こと、登澱證（のぼりおりしょう）が使用していた固有魔法が、まさしく『爆破』だった。

ただ、『悲恋』が今着ているコスチュームが、魔法少女『メタファー』のものだからと言って、マルチステッキの有無以前に、人造人間である『悲恋』は、どんなコスチュームを着たところで、魔法を使えない。空を飛ぶことさえできない。

だから、『悲恋』を指して、いきなり爆発するなんて言われても、まったく理屈がつかない――少なくとも、四国ゲームや、絶対平和リーグの理屈では、説明できない。

説明がつくとすれば、それは不明室や、地球撲滅軍の理屈を使わねばならないだろう――だから、鋼矢は言葉を選びながら、『悲恋』の製作責任者である左右左危博士に、再度問う。

自然、詰問するような口調になる——あるいはすがるような口調に。

「ねえ、爆発って、どういうことなのかしら、左博士。しかも、四国が沈むって——」

地濃から浴びせられた暴言が、彼女にどこまでのダメージを与えたのか、魔法少女の中ではとうが立っているとは言っても、まだ十代の鋼矢にはまるで計りかねる。

思わず、地濃の問いには答えてしまった右左危博士だが、その先は貝のように口を閉ざしてしまうかもしれない——そんな不安もあったが、果たして、

「はは——」

と、彼女はそんな、飄々とした笑みで、鋼矢に応えた。

「——自分で言う分には平気でも、人に言われると結構堪えるものね。私としたことがびっくりしちゃったわ」

「はい？」

地濃がそんな言葉に、首を傾げる。

自分の発言の、何が問題だったのかわかっていない——問題があったとも思っていない。

年長者として、あるいはMCとして、鋼矢は地濃を窘めねばならないが、それをすべきは今ではない——とりあえず笑顔が見られたところで（笑うしかなかったのかも

しれないが）、鋼矢は右左危博士に、畳みかける。

「あの、左博士――」

「わかってるわよ、言っちゃった以上は、撤回はしないわ。しかし、私みたいな奴でも、実際にあるのね。『言えて楽になれた』みたいな感覚って――とは言え、隠せるものなら隠し通したかったものだけれど」

右左危博士は肩をすくめ、そして『愛娘』である『悲恋』を見遣る――『悲恋』のほうは、感情をうかがわせない、無反応だった。

だが、自己分析機能を持つ『悲恋』こそが、一番わかっているのだった――これから右左危博士が、一同に説明しようとしている事実を。

ゲームをやめて、静かに身を潜めるという、ある種の籠城戦、もっと言うなら消耗戦のような作戦は、絶対に成立しないことを、この場の誰よりも知っていたのが他ならぬ『悲恋』だった――ただし、彼女は上官への服従を誓っているので、もしも空々がリーダーとしてその作戦を採用していたら、それに殉じていただろうが。

可能な範囲で、できる限り。

「いや、大した話じゃないのよ、すぐに終わるわ。えーっと……、一応は地球撲滅軍の機密に該当する情報なんだけれども、まあ、もう公然の秘密みたいなものだし、それにそちらからは『魔女』の話を聞かせてもらったわけだから、腹を割って話しておくわね」

今更腹を割ると言われても手遅れ感は満載だったが、わざわざそれを突っ込む者もいない。

「一応、最初に言っておくと、この件は、竝生ちゃんも、空々くんも知らないことだった――責めるなら私だけにしておいてね」

そんな殊勝めいたことを言う右左危博士だが、しかし氷上は、それを嬉しいとは思えない。むしろ何を言っているんだと思う。

感謝なんてできるわけもない。自分一人が罪を被ったようなことを言われても、それは今の今まで隠し事をされていたという意味である。

ただ、空々のほうは、氷上よりも冷静に、今の状況を受け入れていた。それは彼の、現実適応能力の高さゆえでもあるのだが、それを差し引いても、彼は既に、最初の驚きから脱しつつあった。

どころか、『やっぱりか、そうでなければおかしい』とさえ考え始めていた――桂浜で合流して以来、人造人間『悲恋』の恩恵に、頼りっぱなしだった空々である。

彼女の『強力』な科学力は、四国の魔法少女を三名、問答無用のゲームオーバーに導いている――『悲恋』が四国にやってきていなければ、空々の冒険は、桂浜で終わっていた公算が強い。

そんな都合のいい——いいだけの偶然が、自分の人生に起きるわけがないと、漠然とそんな風に、空々空は思ったのだ。

四国にやってきた『悲恋』が、何らかのハードプロブレムを抱えているのだとすれば、それは空々からすると、そんなに納得できる話でもないのだ——未来ある少年にはあるまじき、ネガティブなものの見方だが、しかし、この少年には基本的には未来がないし、また、その考え方が現実に沿っているというのであれば、なにをかいわんやである。

もっとも、まだそのハードプロブレムが具体的に何なのかは、空々には見当もついていないのだが……。

「その私にしたって、これは予想外の展開だったのよ。このパターンをはっきりと想定して、四国に来たわけじゃない——今日の今日、やっとのことで『悲恋』ちゃんと合流して、彼女の機体を点検したからわかったことなの」

「点検……してましたね」

氷上は頷く。右左危博士を睨みながら。

しかし、話の展開によっては絶対平和リーグ側からの暴動が起こりかねない状況なので、さりげなく、自分の血管の中を流れる『炎血』を、いつでも起動できるよう、準備は怠らない。

文字通り、戦士としての血をたぎらせる。

「でもあのときは、異常なしって仰ってませんでした？　どこも一切、マルファンクションは起こしていないって——」

「それ自体は嘘じゃないわよ。だって『悲恋』ちゃんにとって、四国を沈めることは、そもそも通常任務でしょう？」

それはその通りである。

人造人間『悲恋』は、四国の異変を、異変ごと消し飛ばしてしまえという、乱暴な任務を帯びていたのだ。

地球撲滅軍の上層部に、どういった思惑があったのか、今となってはもう推し量ることは難しくなってしまったが、四国の異変に乗じて、不明室が開発していた『新兵器』の実験をしようという企みもあったはずだ。

当初の予定では、空々空が単身四国に乗り込み、そして、それでも成果が上がらなかった場合、『新兵器』を発動させる——と、そんなスケジューリングだったのだ。

そのタイムリミットが『一週間』。

これは基準があったほうが動きやすい空々空が適当に決めたタイムリミットで、深い意味はない——こうして四国の広さを知ったところで、今、タイムリミットを設定しろと言われたら、空々少年は一ヵ月か、せめて半月と言っただろう。

まあ、地球撲滅軍の上層部としては、これを機に、組織が抱える厄介な英雄であるところの空々空を、四国と共に始末してしまおうという腹積もりだけは確実にあったはずだから、空々があまり余裕のある優雅なタイムリミットを示していたら、すげなく却下されていただけかもしれない。

そのあたりは駆け引きだ。

ただ、不明室に属する全員が、一刻も早く『新兵器』の実験をしたがっていたかと言えば、そんなことはなかった——特に、四国での異変が地球からの攻撃ではなく、絶対平和リーグの実験失敗だと最初からあたりをつけていた、室長の右左危博士にしてみれば、『新兵器』は、まだ外部に晒すべきカードではないと考えた。

しかし彼女はあまり尊敬されてないタイプの上司だったので、『新兵器』の威力を試したい部下達を抑えきることができなかった——それで、肉体改造を施したという縁のある氷上に声をかけてきたという流れなのだ。氷上は氷上で、四国に行ったきり連絡が取れなくなった上司を心配していたので、仇敵とも言える右左危博士と渋々ながら手を結んだわけだけれど——結果として彼女達は、『新兵器』、人造人間『悲恋』の、四国へ向けた発射を止められなかった。

発射と言っても、厳密には彼女は泳いで四国に向かったわけだが、そのあたりのくだりは省略するとして、ともかく——

「竝生ちゃんには、四国に向かう前にさわりだけ説明したけれど、『新兵器』の起動は、決してたやすくはない——時間がかかるものだった。大きなエネルギーを生産するエンジンは、動かすのも大変って理屈ね。まあそれは同時に、兵器の安易な利用を避けるための安全弁でもあった。一週間かけて、七つの手順を踏まなければ、四国に向けて動くことはないはずだった——にもかかわらず、『暴走』という形で、『悲恋』ちゃんは、なんと三日目に起動してしまった」

右左危博士のそんな説明は、おおむね空々が予想していた通りではあった——『悲恋』の、前倒しでの投入は、地球撲滅軍の意に反してのものだろうとは思っていた。

事件——というには生温い、災害のようなトラブルがあったのだろうとは。

『一週間』という偶然の一致には驚いたが、しかしまあ、結局、そのステップは飛ばされたわけだ——飛ばされた？

「これは、ここだけの話にしておいて欲しいんだけれども」

と、右左危博士は今更なことを言った——これは冗談のたぐいだろう。自白に追い込まれたこの状況でも、彼女は茶目っ気を失わないらしい。

「『悲恋』ちゃんをまだ動かしたくなかった私は、七つある手順のうち、最後のふたつ、ステップ6とステップ7を狂わせておいたの。時間稼ぎというか、タイムリミットの延長を目論んだ。不明室のみんなが、その修復にあくせく手間取っている間に、竝生ちゃんと協力して、四国の異変を解決しようという、机上の空論を練っていたの」

　机上の空論と言ってしまえば言葉が悪いが、しかし、現実問題、実行に際してそのプランは破綻したのだから、氷上としても、その自虐をフォローできない。

どころか、氷上の記憶が正しければ――飢皿木診療所（跡）で右左危博士から聞いた話によれば、『悲恋』はステップ６とかステップ７とか以前の、ステップ３の段階で、四国に向けて動き出したという話だった。

　事実上、後半のステップはすべて省略された形になる。

　タイムリミットは延長されるどころか、繰り上げられた形だった――ただし。

　逆に言えば、正式な手順は踏まれることなく、具体的な命令まではインプットされないままに発射された『悲恋』は、四国に到着したのちも、自ら破壊行動には移らなかった。

　破壊兵器として不完全だった。

　春秋戦争に参加し、絶対平和リーグの魔法少女達を何人も亡き者にしたものの、それはあくまで、地球撲滅軍の『上官』である、第九機動室室長、空々空の命令に従っただけである。

　つまり、空々を追い立てる装置であったはずの『悲恋』は、彼の心強い味方、まさかの増援物資となったわけだが——ただ、ステップを半分も飛ばして現れる効果が、そんな好都合なものばかりであるわけもない。

空々はこの話を聞いてそう思ったたし、氷上も今となっては、それについてもっと右左危博士を問いつめておくべきだったと後悔した。

何分、機械は専門外過ぎて、実行されたステップや、飛ばされたステップがそれぞれ何だったのかとか、そういう細かい事情の確認を怠ったのは致命的なミスだ——その省略が生んだトラブルが、四国を沈めかねない『爆発』だと言うのであれば、尚更である。

いくら時間がなかったとは言え……。

いや、でも、トラブルではない、機能不全ではないと、さっき右左危博士は言ったか？　合流してすぐに、右左危博士は『悲恋』のメンテナンスをおこなっていた。

あの時点で、彼女は『悲恋』の異常に気付いていたのだろうが——新たに設定されたタイムリミットに気付いていたのだろうが、いったいそれは、何に基づくものなのだろう？

元々、人造人間『悲恋』が、戦闘兵器であり、破壊兵器であることを判断材料に入れれば、ロボットである彼女に内蔵された『爆弾』が存在するということか？　氷上が不明室に籍をおく『友人』から仕入れた情報によれば、かの部署が開発する『新兵器』は、四国を沈めるに足る破壊力を持つと、最初から言われていた。

　だから右左危博士から、可愛らしい十代の女の子を模したロボットだと、その『新兵器』の正体を明かされたときには、強烈な違和感を覚えたものだった。

　もちろん、ロボットはロボットで、それはもうすさまじい科学技術の結晶ではあるわけで、その衝撃によって情報が上塗りされたというか、事実は小説より奇なりと、その違和感を無理矢理押し込めてはいたけれど……、しかし、それだと、氷上が聞いていた情報が、まるっきりの誤報だったことになってしまう。

　だから、『悲恋』がそんな破壊力（爆弾？）を、キュートな外見の中に秘めていると言われれば、氷上は納得するべきだ――ステップを飛ばしたことにより、その破壊力が、予定外に暴走するという展開は、大いにあり得る。

　飛ばされたステップは四つ。

　ステップ４、ステップ５、ステップ６、ステップ７――それぞれ、どういう手順で、どういう内容だったのだろうか？

「ま、それを一から説明してたら、夜が明けちゃうからね。それこそばさっと、ステップを飛ばさせてもらうわ」

　と、右左危博士は、反省の色が見えないことを言った――これは冗談ではなく、素の言いぐさだろう。左右左危は反省しない大人なのだ。

「ひとつだけ言っておくと、『悲恋』ちゃんは、暴走の結果、つまりマシントラブルの結果で、タイムリミットを再設定してしまったわけじゃあないの。なんだろうな、だからあくまでもそれは通常の機能っていうか……、本来は機能しないはずの、通常の機能って言うか」

だから私はその点、楽観していたんだけれどね——と、右左危博士は『悲恋』を見たが、『悲恋』のほうは、自分が議題になっているというのに、ほとんど無反応だった。

俎板（まないた）の鯉（こい）のような潔い態度とも取れ、取りようによっては、我関せずの無責任な振る舞いとも言えた。見る者によって見え方が違うという意味では、まさしく人形である。

人の形をしているだけで——中身は知れない。

「楽観していた……というのは、この事態は左博士にとっても、まったく想定外だったわけなのかしら？」

鋼矢は慎重に問う。

彼女からすればこの展開は、抱えていた危惧が的中した形なのだけれども、それではしゃいでもいられない——ただ、一方で、空々少年とは違う意味で、新たに設定されたタイムリミットを、もう既に受け入れていた。

杵槻鋼矢の場合は、心の中にそのタイムリミットを受け入れる土壌があったというより、そのタイムリミットの存在が、傷ついた心の、ある種の慰めにもなったからだ——春秋戦争に参加したとき、空々から聞いていた『一週間』のタイムリミットを基準に策を練ってしまった失策が、それで取り戻せるというわけではないし、まして失われたチーム『オータム』の魔法少女達の命が還ってくるわけでもないけれども、結果として、あのとき、戦争の終結を急いだ自分の判断が、大局的な現実に即していなかったわけではなかったというのは、いやに心地いい、慰めだった。

所詮結果論だし、そんなものにいつまでも甘んじてはいられないが——そして、失策であろうがなかろうが、結局明日、四国が沈むというのであれば、何もかもが、どうでもこうでも同じだったということになる。

それこそ、死んだ魔法少女達が浮かばれない。

「先刻のメンテナンスで、初めて判明した思いもよらないトラブル……そういうことですか？」

「だからトラブルじゃないんだって。想定外ではあるんだけれどね——うーん、私としては、それを嘆くべきか喜ぶべきかは、率直に言って、迷うところなんだけれど」

「よ……喜ぶ？」

その言葉に鋼矢は戸惑う。誰がどう考えても、この状況は喜ぶべきものではないはずだが——まさか右左危博士も鋼矢みたいに、誤ったタイムリミットを基準に策を練ってしまったというわけでもないだろうに。

「いえいえ、どんなシチュエーションであれ、部下の成長は、上司としては喜ぶべきでしょう——空々くんが、いい年をして魔法少女のコスチュームを着るくらいまで砕けた竝生ちゃんを評価するように」

思わぬ流れ弾を食らった氷上だった。

これはどちらかと言うと、地濃の発言を受けてからの、右左危博士の八つ当たりだろう——幸い、この高度な皮肉は空々には意味がわからなかったようで「え？」とぽかんとしていたが。

それはともかく、

「部下というのは、不明室の構成員……のことを言っているのかしら？」

鋼矢が確認すると、右左危博士は頷く。

「もっとも、『悲恋』を巡ってクーデターを起こされた私を、彼らはもう上司とは思っていないかもしれないけれど——どうもあの子達、私の所行を、看破(かんぱ)していたらしいのよね」

「しょ……所行を看破？」

「そう。具体的には、私が『悲恋』の発射を阻止、妨害せんと、その手順に細工を施したことを、見抜いていた」

らしいのよ、と右左危博士。

「私としては忸怩たる思いだけれどね——あの子達は、私の上を行ったというわけ」

裏をかかれたわ。

そう言う彼女の口調は、いつも通りさばさばしていて、悔しさや屈辱を滲ませてはいない——科学者というのは、数学者と違って、必ず後進に追い抜かれる定めにあるわけで、だから『来るべきときが来た』と、そんな風にしみじみと、時代をかみしめているのかもしれない。

ただ、そんな陶酔に浸られても困る——科学者ならぬ身で、そんな感覚には付き合っていられない。氷上は若干、身を乗り出して訊く。

「う、上を行ったというのは、つまり……、部下の人達はあなたがステップ6とステップ7に施した細工に気付いていたということですか？」

「当然、遠からず、手順がそこに至れば露見する仕掛けではあったのだけれど、問題なのは彼らが、私がそんな仕掛けを打つ前から、そんな仕掛けを打ってくるだろうと、予測していたこと——予測すれば対策が打てる。こっちが稼いだつもりの時間を、一秒も失うことなく無効化できる」

「……えっと、つまり」

言いながら、頭の中を整理する。

つまり、不明室のクーデター派（事実上、右左危博士以外の全員ということだが）は、上司の妨害を想定した上で『悲恋』の起動作業に入っていたということになるようだが……、だったら、どういうことになる？

だからと言ってこの現状が、左右左危が、部下達によって鮮やかに欺かれた結果というようには、どうしても氷上には思えない——なぜなら、その、評価されるべき不明室のメンバーは、『悲恋』が暴走して四国に向かう際、その大半が命を落としているからだ。

殉職——である。

いくらマッドサイエンティスト揃いの不明室と言えど、その命を捨ててまで、『悲恋』を起動させようとはすまい——やはりクーデター派にはクーデター派で、ミスはあったはずなのだ。

でなければ、こんな今にはならない。

「実際にどうだったのかは、確認のしようがないから、ただの予想になっちゃうわよ」

と、前置きしてから、右左危博士は言う。

「あの子達は、私が細工したステップ6とステップ7を、逆の手順で、解除にかかった。通常通りに、ステップ1から作業を進める一方、流れ作業ならぬながら作業で、最初から、私の悪戯の修正作業をも行おうとした」

「……それだけ聞くと、ごくまっとうなやりかたという気もしますけれど」

特に変わったことはしていない、マニュアル通りの故障修理という風にも思える。不明室とは思えない正着手だ。ステップ6に辿り着くまでに、修繕が終わっていれば、滞りなく作業に入れるということなのだから。

「うん、だからあの子達もそう思って、そういう対策を打ったんだろうけれど、やっぱり横着は横着だからね。そんな手分けしての二重作業が、おそらくミスを生んだ……、意地悪な上司を出し抜いたという高揚感もあったのかもしれないけれど、結果、あの子達はステップ3の時点で、『悲恋』を暴走させてしまった」

「…………」

それが——『新兵器』、暴走の真相。

だとすれば、なんと報われない。

言い方が難しいところだけれど、シビアに表現すれば要するに、『悲恋』の発射を遅らせようとした右左危博士の仕掛けを解除するために、不明室のメンバーが行った手順こそが、『悲恋』を暴走させてしまったというのだから。

これでは、クーデター派の事故死の遠因は、他ならぬ右左危博士にあるということになる——先程、喜ぶべきか嘆くべきかと言っていたのは、部下の成長についてではなく、成長を遂げた結果、部下が命を落としてしまったことについてなのかもしれなかった。

「ただ、それはあんまり重要じゃなくって」

もっとも、そんな感情を引きずる右左危博士でもない——そんな風にあっさりと切り替えて、あるいは切り捨てて、彼女は続ける。

「問題なのは、飛ばされたと思っていた……私が妨害したと思っていたステップの、六番目と七番目は、飛ばされることなく実行されていたということなのよ。飛ばされていた手順は、実際にはステップ4とステップ5だけだった」

「はあ……でも、それの何がまずいんですか？」

質問したのは氷上だが、これは皆を代表しての質問みたいなものだろう。

むしろ、ステップが、予想よりも多く、きちんと踏まれていたというのであれば、それは基本的にはいいニュースとも思える——不確定要素は少ないに限る。

どんなブラックボックスに従って人造人間『悲恋』が動いているのかは、ある意味魔法よりも謎めいているけれど、規定通りのステップを踏まずに起動したとなれば、普通に考えて、安全性に問題がありそうだ。

不安は否めない。

四国に辿り着いた『悲恋』が、しかし、暴走した結果という割には基本的には空々に従順で、言うなら迷惑をかけることなく、一兵卒として、『安全』に機能していたのは、氷上や右左危博士が想定していたよりも多く、正規の手順が踏まれていたからということなのかもしれない。

『新兵器』投入までのタイムリミットに追われていたはずの空々にとっては、それは極めて都合のいい展開であり――だからこそ、『そんなわけがない』と、彼は強く思うのだった。

都合が悪いことならいくらでも起こるだろうが、都合のいいことなんて。

「どちらにしても飛ばされた、ステップ4とステップ5に、何らかの不具合がある――ことが、先程のメンテナンスの結果、わかったということでしょうか」

「じゃなくて。実行されていないと思っていたステップ6とステップ7が、思惑に反して実行されていたことが、具合が悪いのよ」

「………………」

「細かく言えば、実行されたことが問題なのは、六番目。最後から数えて二番目のステップ。ステップ7のことは、とりあえず今は脇(わき)に置いておいて――つまり、ステップ6」

と、右左危博士は答えた。

「私としては、妨害に成功したと思っていたステップ6の、実行されていなかったはずのコマンドが、逆手順とは言え、成立していたことが問題なのよ——大問題なのよ。なぜならそれこそが、最終兵器『悲恋』の本質なのだから」

「本質……つまりは、いわゆる対地球兵器、ということですよね？」

「ええ」

頷いてから右左危博士は、ステップ6の内容を——地球撲滅軍不明室が抱える機密中の機密を、一同に発表した。

オフにしていたつもりがオンになっていた『悲恋』ちゃんの機能は、と。

「自爆機能よ。あるいは機能ではなく、本能というべきかしら」

3

思っていた感じと違う。

と、空々空が桂浜で『悲恋』と遭遇したときに考えたのは、彼女の印象である——四国への出発前、氷上から聞いていた情報は、まだあやふやで、漠然としたものだったけれども、それでもなんとなく、いざというときに投入されるという不明室開発の『新兵器』は、ミサイルのような破壊兵器のような印象だった。

四国を沈めるという言葉や、投入、投下という言い方から、そういうイメージをしたのだろうし、実物がアンドロイドだったというのであれば、自分のイメージのほうがステロタイプというか、想像力が貧困だったというか、間違っていたのだろうと、認識を修正した……その辺りの思考の流れは、氷上とそんなに変わらない。

彼の場合は、その後の『悲恋』の、戦士としての活躍も目の当たりにしているし——ただ、人間と人間とが戦う、国家間の戦争であれば、魔法少女をものともしない『悲恋』の白兵戦能力は、現代でも未だ有効だろうが、しかし、対地球の戦闘で、その力をどう発揮するのかを推し量ろうとすれば、そこで思考が止まってしまう。

とは言え、その点は、戦闘力はあくまでもオマケの機能だったと考えれば、腑に落ちる——人造人間『悲恋』の、本来の機能を、空々がまだ知らない、使いこなせていないだけなのだとすれば。

だが——爆弾？

自爆機能？

「だから、機能というより本能ね——なぜなら、アンドロイドに爆弾を搭載したわけではなく、爆弾をアンドロイドに改造したって順番だから」

空力自転車『恋風号』のパーツを継ぎ足したりもしたわね、と右左危博士は、細かい情報も足してくれたが、今はそんなことは、誰にとっても、どうでもよかった。

氷上はうわずりそうな口調を抑えて、

「ば、爆弾をアンドロイドに改造した？」

と、相手の言葉を繰り返す――万が一にも聞き違いという可能性があるのなら、それにすがりたくもなる。

しかし、当然、聞き違いなのではない。

右左危博士は一言一句違わず、そう言ったのだ。

「で、でも話が違うじゃないですか――『新兵器』はそういう種類の兵器じゃないと、明に暗におっしゃっていたでしょう？」

「それはまあ、明に暗に嘘をついていただけだし」

開き直りやがった。

空々も『悲恋』に、機能の確認をした際、明に暗にどころか、はっきり騙されていたことになるけれど――しかし実情が、そのレベルの機密だったのだとすれば、訊いて教えてもらえるわけもない。

ともかく、右左危博士は四国に来た目的なんて、まったく果たせていなかったのだ。

「爆弾が内蔵されているのではなく、全身全霊が爆弾――身体髪膚（しんたいはっぷ）、爆弾でない部分が一ヵ所もない。すべてが爆発するためにできている。爆弾に手足が生えて歩いているようなものよ——当然、手足も爆弾だけどね」

「…………」

氷上は凍りついたように、絶句する。

もちろん、大袈裟に言っているのだろう——家電の売り文句みたいなものだ、主張したい機能を前面に押し出しているだけだ。

と、思いたい……それでも氷上には、気の利いた反論文句も言えず、右左危博士の商品説明の続きを、待つことしかできなかった。

「さて、爆弾の定義は、おおむねふたつ。ひとつは、爆発すること。もうひとつは、爆発しないこと」

禅問答のようなことを言う。

が、まあ、これは少し考えてみればわかる——いつどこで爆発するかわからないものを、戦略的な爆弾としては扱えない。それはただの火薬の塊みたいなものだ。

意図しないところでは決して爆発しない安定性、つまり安全性は、爆弾の必要条件どころか、絶対条件である。

「そのオンオフを、完全に制御できるのが、人造人間『悲恋』ちゃんってわけ——海水の中を高速で泳ごうと、魔法少女からの攻撃を浴びようと、誤作動で爆発はしなかったでしょう？」

それは空々へ向けられた問いかけだったが、そもそも爆発していたら、『悲恋』と行動を共にしていた空々はここにはいないので、この質問には答えるまでもない。

だから空々は、

「人間業とは思えない格闘能力や、でたらめな速度は、本来の……爆弾という役割を隠すための、フェイクだったということですか？」

と訊き返した。

もしもそうだとすれば、空々はそのフェイクに、完全に騙されていたことになる――疑いもしなかった。

「フェイクとまでは言いにくいわね。それはそれで、私の考える爆弾には必要な機能だし……、爆弾の、いわば着弾地点まで、歩いて行かなきゃいけない都合上、『悲恋』ちゃんには軍隊をも圧倒できるパワーが不可欠なのよ」

「…………」

「加えて言うと、人間の身体を模して作ることには、地球撲滅軍としての意味があった。重大で重篤な意味があった。それは、『悲恋』の開発に限らない話なんだけれど……」

右左危博士はそこで『魔女』のほうに、含みのある視線を送る――『魔女』、つまり酒々井かんづめは、さっきから泰然として、人間達の右往左往を眺めているだけだ。

幼児に見えても、幼児ではない、『火星陣』。

彼女がかつて戦った相手である『地球』は——『地球陣』は、人類と区別する方法が、事実上、ない。

ある人間がいて、その人間が、人類なのか、『地球陣』なのかを見分ける手段は、現在、確立されていない——道具を使い、空々のような人材を使えば、かろうじて真贋を見分けることはできるものの、その答が正しいのかどうかを立証する手立てまでは、今のところ、ないのだ。

下手を打てば、『地球陣』を倒そうとするあまりに、人類は人類同士で、狩り合ってしまう——そんな構造さえ生まれかねない。

「……だから、同士討ちを避けるために、絶対に『地球陣』ではないと保証できる『人間』の存在は、地球撲滅軍にとって、とてもありがたいのよ。ありがたいって言うか、ありえないんだけど。だから——人を模した機械を、人を模した爆弾を、私達は作らなければならなかった」

議論が一周も二周もしているようで、空々にはもう、途方もなく感じるような話だった——乱暴にまとめてしまえば、人間はニセモノが混じっているかもしれなくて信用できないから、人間のニセモノを作ってしまえ、みたいな理屈である。

最初から人間以外だとわかっている機械のほうが、人間以外かもしれない人間よりも信用できる――エスプリが利き過ぎて、もはや何がなんだかわからない。

疑心暗鬼もこれ極まれりだ。

それでも無理矢理理解するなら、爆弾のスイッチや、投下のタイミングを信用の置けない人間に委ねるよりは、機械に任せたほうがいい――少なくとも対地球という戦争の中ではマッチベターだ、ということなのだろう。

もちろん、そうは言っても、『悲恋』の起動までにかかるステップ1からステップ7のように、完全に人の手が入らないというわけにはいかないのだろうが……。

ステップ6。

六番目の手順が、その自爆機能をオンにするスイッチだったのだとしたら――

「確か……、『悲恋』は、四国を跡形もなく破壊するという命令自体は、ちゃんと受け付けているんだよね……」

空々は本人に――『悲恋』本体に、確認するように言った。しかし答えたのは『悲恋』ではなく、右左危博士だった。

「ええ。それは踏むべきステップの第二段階で、既に組み込まれているわ。だから彼女は、泳いで四国に来たのだし」

「……その命令自体は生きていて、しかも、爆弾としての機能も生きている」

だとすると、人造人間『悲恋』の動きは、発射のタイミングこそフライングがあったものの、本来の予定と、そんなに変わらなくなってくる。ほとんど予定通りだ。

四国に来て、四国を破壊する。四国で起きている異変ごと――つまり、四国ゲームごと、跡形もなく、海に沈める。

「こうなるとタイムリミットは、むしろ巻かれちゃったようなものね。四国に前乗りすることで、不明室のラボからここまで来るタイムラグがなくなったから」

悪びれずに言うけれど、そのタイムラグは、右左危博士の仕掛けが不成功に終わったせいで、起こってしまったものである――まあ、それはここに至っては、誤差の範囲内だろうが。

空々空が四国に到着して、一週間後の十月三十一日――四国を跡形もなく破壊するために送り込まれる『新兵器』。

本来は、到着と同時に爆発する予定だったのだろうか――いわゆる爆弾が、着弾と同時に爆発するように。

予定外に、タイムリミットよりも先に四国についてしまった『悲恋』は、今は時限爆弾のように、刻一刻と――まさしく刻一刻と、爆発のタイミングを待っているということか。

自爆のタイミングを――計っている。

「……て、停止はできないですか？　管理者コードっていうのが、あるって言ってませんでしたっけ……」

氷上がおずおずと訊く。それが有効ならば、こんなシリアスな話にはなってはいないだろうと思いながら、駄目元で。

「んー。ステップ６は、踏まれていないものだと思って、私は四国に、『悲恋』ちゃんを回収に来たんだからねえ」

右左危博士は予想通り、首を振った。

「管理者コードで、『悲恋』ちゃんの、ロボットとしての機能を止めることはできるんだけれど、爆弾としての本能を止めることはできないのよ」

「…………」

裏を返せば、もしもステップ６が有効になっていることを知っていれば、右左危博士はリスクを冒して四国まで、『愛娘』と呼んだ『悲恋』を回収には来なかったということなのだろう。

自ら前線に乗り出すなんてこの人らしくない、と思ったところもあったが、なるほど、そういう事情もあったようだ——だとすれば、思い切り裏目に出ているが。

ざまあみろ、自業自得だ、と喜んでいる場合では、もちろんなく——そうなると、管理者コードは（暴走した機体にもそれが有効だったとして）、むしろ打ち込まないほうがいいだろう。その瞬間、人造人間『悲恋』は、『戦わない爆弾』になってしまうし、そして、先の話を容れるなら、事故が起きる確率も増える。

爆弾の定義。

ひとつ、爆発する。ひとつ、爆発しない。

戦闘兵器としての機能を停止させることで、爆発を制御する機能が失われれば、タイムリミットが更に繰り上げられる恐れさえあるではないか——だとすれば、かなりの八方ふさがりだ。

「……そんな大事なことを、どうして黙っていたんですか」

ずっと我慢していたけれど、ついに責めるようなことを、氷上は言ってしまった——しかしながら、氷上の立場からすれば、騙されて、隠し事をされた上で危険地帯につれて来られたようなものなので、これは言う資格がある。

「ごめんごめん。怒られるかと思って」

右左危博士の答は端的だった。

……怒られるかと思ったのなら仕方がない。

どこまで隠し通せると思っていたのかは定かではないし、仮に最初からそれがわかっていたとしても、氷上にとっては空々を助ける動機がひとつ増えていただけなので（右左危博士が四国に来なくとも、きっと一人で来ただろう）、彼女のスタンスに変わりはないのだが、だけど今、このタイミングで明らかになった事実は、戦略の幅を大きく狭めた。

　プランの変更を余儀なくされる。

　どうまかり間違っても、明日までに成果があがるとは思えない『ゲームをやめて、身を潜める』という、時間のかかる戦法が取れないのはもちろんのこと、当初実験が行われる予定だった無人島に向かうというプランすらも、実行が難しくなる。

　どこの誰が、どんな命知らずが、爆弾そのものである人造人間と、行動を共にしたいと思うだろう？　ゲームのプレイ全体に関してそうだが、移動に際して、その問題は骨まで見えるほど、露骨に露わになる——なにせ、元々あった『魔法と科学の相性の悪さ』で、『悲恋』は、魔法少女のコスチュームを着ても、防御力こそ発揮できるものの、空を飛ぶことはできないのだった。

　必然、全員にコスチュームが行き届いている現状、四国内の移動手段には飛行が採用されるわけで、だから誰かが、『悲恋』の機体を、抱えて飛ぶことになる。

　爆弾を抱え、密着し、行動どころか生死を共にすることになる——そんな運搬を引き受けたがる向こう見ずが、果たしてこの世に、この世にいるのだろうか？

「その点は、言うほど心配しなくってもいいわよ——タイムリミットになれば、密着してようがしてなかろうが、関係のない規模の爆発が起こるから。それに、タイムリミットになるまでは、どんな刺激を与えようと、『悲恋』ちゃんが爆発することはないから」

右左危博士はそう言ったけれど、別段それは、安心材料にはならない――気休めにさえならない。

隠されていた真実は暴（あば）かれたけれども、しかし、空気を読んで右左危博士を問いたださなかった鋼矢の見立ては、それはそれで、MCとしては正しかったのかもしれず、場の雰囲気は最悪と言ってもいいほど、落ち込んだ。話を振った地濃も、さすがに困っているようだった――もっとも彼女のことだから、『こんな空気を生んだ責任を取るよう迫られたらどうしよう』と、自分勝手な焦りを覚えているだけかもしれないが。

地濃は極端にしても、いきなり突きつけられたこの命題は、どう対処すべきか、簡単には答の出ないもので――だが、それにしては考える時間が、あまりに足りなかった。これまでいったい、どんな余裕のあることを話し合っていたのか、振り返りたくもない。

どんな状況なのだ。

四国ゲームは四国ゲームで、そこかしこに魔法に基づく爆死の危機があり、その一方で、科学に基づく爆死の危機が、チーム内にあるだなんて。前門の虎後門の狼もいいところだ。

「他に、何か質問はある？　今なら、おばさんが何でも答えてあげるわよ」

右左危博士が、おどけるように言う。

言って楽になったというのは、たぶん、本当なのだろう——こんな秘密を抱えて、ここ数時間ほどを過ごしていたというのは、いかにふてぶてしいマッドサイエンティストといえども、ダメージがあるものだっただろう。

逆に言えば、黙り続けていた場合、彼女が最終的にどんな行動を取っていたのか……、それはそれで、考えるのが恐い。

「爆発の規模はどれくらいのものなんでしょうか？　四国を沈めるというのは比喩なのでしょうか、それとも、実際的な表現なのでしょうか」

「さっき、『とりあえず脇に置いて』おかれた、ステップ7の工程は、なんだったの？　無効になっているはずのそれが有効になっていたことは、左博士の想定していない事態を、呼び起こしてはいないのかしら」

氷上と鋼矢が、それぞれそう訊いたのは、ほとんど同時だった——同時だったから、台詞が混じって聞き取りにくくなり、互いにもう一度、質問をし直すことになった。

気は合わないが、タイミングは合った——空気が落ち込もうと、ナンバーツーを自負（ふ）する身に落ち込んでいる暇なんてないと、双方思ったのだ。

「ふむ」

と、右左危博士は頷く。

本筋とは関係のないところで、右左危博士が氷上と鋼矢、どちらの質問から先に答えるのかにも注目が集まったけれど、そこはどちらかを贔屓（ひいき）するということはなく、彼女は彼女で同時に、ひとつの答で、ふたつの質問に答えた。

つまり、同時に答えられる質問だったということだ。

「ステップ6が実行されていた以上、『悲恋』ちゃん起動の工程のステップ7がきちんと実行されていたのは、この場合は、幸運だったと見たいものだわ。少なくとも、人類にとっては——なぜなら、ステップ7は、爆発の規模を調整するつまみみたいなものだから」

「爆発の……規模を、調整？」

規模について質問したのは氷上だったが、そこには一種、救いを求めようとする気持ちも含まれていた。

そうは言っても、『悲恋』のサイズは、思春期の女の子の平均的なそれである——爆弾として、小型ではないにしても、決して大きいとは言えない。現代の科学を結集させて作られているとしても、そのスケールがこの大きさなら、発揮される破壊力はていた。

ただ、これは甘い見立てであり、不明室、ひいては地球撲滅軍の科学力を見くびっていた。

「そう、調整。いわばコントロール——実はそこが、この『新兵器』の一番の肝でね。話がブレちゃうし、腕自慢をしている場合じゃないから、どうしても解説を手短に済ませなければならないのが残念だけれど——要するに『悲恋』ちゃんは、小さな爆発から大きな爆発まで、どんな規模の爆発でも自在に起こせるの」

それは——なるほど、自慢したくなるのもわかる成果である。爆発のためのエネルギーの量が決まっていれば、爆発の規模は本来不変のはずだが、それを操れるなら、本来は単なる破壊力である爆弾の、応用が幅広くなる。

時間があれば、詳しくその仕組みを訊いてあげたいところだが、しかし、その時間が、今は一番ない——今、訊かなければならないのは、『悲恋』という爆弾の、マックスの破壊力と、そして今回設定された、爆破のレンジである。

「マックスは、地球という惑星の完全粉砕」

と。

当たり前みたいに右左危博士は答えた。

「…………」

「対地球兵器だからね、そりゃ。『ドラえもん』に登場した、地球破壊爆弾を想像してもらえればわかりやすいわ」

ま、あくまでもこれは、理論値としてのマックスだけれどね――と、肩をすくめる開発者の弁に、とりあえず、今回はそこまでの規模ではないことを察する。

が、地球を破壊することが本当に可能ならば、当然、そのほんの一部である日本列島、その島のうちのひとつを破壊することは、容易だろう――しかも、コントロールできるというのであれば。

「そう。だから、四国を沈めるというのは比喩ではないわ。ハッタリでもない。十月三十一日の午後十二時――というのか、十一月一日の午前零時というのか、まあどっちでもいいんだけれど、ともかく十月の終わりと共に、四国は終わりってことよ」

終わり、と。

ずいぶん簡単に言ってくれるが、しかし、簡単に言ってくれなければ、受け止められなかったかもしれない。

「四国がなくなっちゃったら、領海権とか、二百海里とか、どうなっちゃうんでしょう」

ことの発端である地濃が的外れな心配をする――漁の盛んな高知県の出身である彼女なので、ひょっとすると、案外真剣に心配しているのかもしれないけれど、実際にそんな爆発が起これば、そんなことを気にする必要はなくなることには、まだ思い至れないようだ。

「ステップ7が実行されていたのが、人類にとって幸運だったというのは……、つまり、今更四国が、跡形もなく消滅したところで、既に四国民のほとんどは、四国ゲームで命を落としているから――という意味だったのかしら？　爆発の規模はどれほど大きかろうと、人的被害は最小限で収まるという……」

それは、救いと言えば救いだ――その『最小限の被害』の中に、ここにいるメンバーが全員含まれるという点を除けば。

「それもあるけれど、ステップ7の設定がもしも狂っていたら、被害範囲がどこまで広がっていたかわからないから。目標の四国を越えて、日本が消えてなくなるとか、アジア一帯が消えてなくなるとか、北半球が消えてなくなるとか、そんなくらいまでリスクは想定できた。それを思うと、今や無人島とも言える四国四県だけで被害が済むのは、私達の普段の行いがよかったとしか言えないわ」

いや、もっと他に言いようはある。

それだったらいっそのこと、地球の半分を巻き添えにしてもよかったくらいだ――と、氷上はやや、危険な思想を抱く。

自分が死ぬときに、一緒に世界も終わってしまえというのは、大人が持つべき発想ではない――格好こそ魔法少女でも、氷上は二十七歳の大人として、そこは己を律する。

問題は、そんな話を聞かされた、この場のメンバー達の胸中である――ほとんどが十代の子供で、中には六歳の幼児までいる。まあ、幼児は『魔女』なので、例外に数えるにしても……。

絶対平和リーグは魔法少女を、基本的に『スポイルする』方策を採用していたようなので、地球撲滅軍の責任でもたらされたこの状況が、彼女達に与えるプレッシャーは、相当のものだろう――鋼矢だって、大人びてはいても、十七歳である。まごうことなきティーンエイジャーだ。

ならば。

ならば地球撲滅軍の中、『甘やかし』とは無縁の世界で生きている、過酷と無情がお友達の、氷上の上司――空々空に期待したくなる。

わけがわからないゲームを、わけがわからないままに生き延びてきた空々少年は、新たにもたらされたこの危機を、どう乗り越えようとするのだろう――こうなるともう、氷上は純粋に、楽しみでさえあった。

部下からの、そんな熱い期待を感じているのかいないのか、空々は、

「僕からも質問、いいですか？」

と、右左危博士に向けて手を挙げた。

「どうぞ。何なりと」

「『悲恋』にモデルっているんですか?」

「は?」

想定外の質問だったらしく、きょとんとする右左危博士――いや、その質問は、誰もが想定外だっただろう。

「つまり、コンセプト上、人間を模すにあたって、モデルとした女の子が、いたのかいなかったのかって……、桂浜で初めて『悲恋』と会ったとき、以前にもどこかで会ったような共感を、覚えなくもなかったものですから」

「…………」

右左危博士は即答しなかった。想定外の質問ではあっても、モデルがいるかいないかという二択の質問なら、答えること自体は簡単だろうに、迷うようなそぶりを見せる。

ただ、それは氷上も同じ気持ちだった。

空々が使った言葉が、彼女達を戸惑わせていた。

『共感』?

空々空が、『共感』、だって?

「……モデルはいないわ。爆弾を特定の誰かに似せる意味なんてないからね。複数のサンプルから、ランダムに平均を取ったデザインって感じかしら──もちろん、全体のバランスが可愛らしい女の子になるよう、アンケートを採って、コーディネートはしたけども」

「そうですか……」

「何？　ひょっとして私が、実の娘をモデルにしたとでも思ったの？」

少しだけ、空々に対して踏み込んだことを、右左危博士は言った──左在存の存在に触れた。しかし空々は、

「いえ、そういうわけじゃあないんですけれど、なんとなく」

と、ぼかした答を返すのだった。

「目的地としての四国は、『悲恋』の中に強くインプットされているんですよね？　つまり、仮に『悲恋』を四国の外に連れ出しても、タイムリミットになれば、彼女は四国に戻ってきて、自爆する……そう考えていいんですよね？」

「ええ……そういうことになるわね」

次の質問は、比較的まともなものだった。

もしかすると空々は、いきなり本題に入るのもアレなんで、くらいのつもりで、まずはどうでもいい質問をしただけだったのかもしれない──それにしても、共感と

は。

「繰り返しになるけれど、機能ではなく本能だから——帰巣本能みたいなものかしらね。もちろん、エネルギー切れになったらその限りではないけれど、スマホでもあるまいし、マックスで地球を破壊するだけのエネルギーを持つロボットに、充電切れなんて期待しないでね」

そして、四国に戻ってこようとする『悲恋』を、止めることもまた、不可能に近い——そのための、あの馬鹿げた白兵戦能力だし、こうなると『泳げる』という、シュールなギャグみたいだった『悲恋』の特性が、ある種の恐ろしさと共に、四国の地にのしかかってくる。

「『悲恋』の……、その自爆本能について知っている人間は、地球撲滅軍の中に、どのくらいいるんですか？」

「不明室の人間は、ほとんど知っていたわ——裏を返すと、そのほとんどは、『悲恋』ちゃんの暴走に伴い、死ぬか、意識不明の重体になっているってことだけれど。……ん？　それは、チーム『白夜』の魔法少女達が、『悲恋』ちゃんが爆弾だって、知っている可能性がどれくらいあるかって質問につながっていくのかしら？」

空々の質問を先回りするようなことをする右左危博士——この辺りは、さすがの貫禄である。口下手な空々としても、話の進みが早くていい。

「黒衣の魔法少女『スクラップ』に、『悲恋』自体は見られていますけれど、ロボットだとまではバレていないと思うんです……つまり、僕達も知らなかった『悲恋』のそんな自爆本能が、管理者サイドに対する隠し玉に使えるかどうかを、考えてみたかったんですけれど……」

「……取引に持ち込もうってこと？　四国を人質に？」

これは更に、ラリーを二、三回飛ばすようなレスポンスだったが、空々の思惑を見事に言い当てていた。

『悲恋』の兵器としてのありかたが、きちんとインプットされていたという事実は、確かにタイムリミットを復活させたが、しかし、すべてが元の木阿弥（もくあみ）となったかと言えば、そうでもない。

いつ、どういう形で訪れるのか、まったくわからなかった『新兵器』の詳細が、今は判明しているという点で、あの頃とはまったく違う——それに、タイムリミットは、こちらの戦略を大幅に制限するけれど、向こうの都合にだって、同じくらい大きく影響を及ぼすはずなのだ。

現に、戦略家としては余裕で空々の上を行くはずの鋼矢だって、タイムリミットに踊らされて、チーム『オータム』を勝利に導けなかったりもした——そんな失敗を判断材料にするあたり、シビアというか、まったく人の心がわからない少年である。

そんな少年が、機械に共感したというのは、だから、とてもおかしなことなのだ。

異常事態である。

「残念ながら、そんな取引が成立するとは、思いにくいわね。絶対平和リーグは四国に根ざした組織だけれど、別に地元愛にあふれる慈善団体ってわけじゃないんだから——実験失敗で、自ら破壊して、無人の地にしてしまった四国になんて、あっさり見切りをつけるでしょう。むしろ、地球撲滅軍肝煎りの『新兵器』の威力を、これを機会に確認したいと思うかもしれない」

それは右左危博士が防ぎたい展開のひとつである——機密の流出、技術の流出。四国の異変が地球からの攻撃でないことがわかっていた右左危博士は、だから、『悲恋』の起動を、まだ時期尚早(しょうそう)だと思っていたのだ——絶対平和リーグはもちろん、世界中の対地球組織に対して、まだ明かしたくない手の内だった。

その気持ちは今も変わらないのだが、しかし、爆発自体はもう止められない——天才と呼ばれる右左危博士をしても、止められない。

「そうですか……、ということは、四国ゲームで『究極魔法』を入手して、かつ、地球撲滅軍の機密の一端を観察することもできるというチャンスを、今、チーム『白夜』は持ち得るということになりますよね……」

空々少年は、これは独り言のように言った——ゆえに聞き逃しそうにもなるが、かなり独特な視点である。

『悲恋』という爆弾に、現実的に対応している。

これがあの元旦那が高く評価していた、空々空の適応力か――と、右左危博士は内心で、そんな風に思う。

危機的状況から脱しようとするのではなく、その状況そのものを武器にしようとする――空々少年がそうやって生き延びてきた英雄であることは、もちろん資料を読んで知っていたけれど、ただ、実際にその生き様を目の当たりにすると、そんな綱渡りみたいなことをしながら、よくここまで生き延びてきたものだと、逆の感想を持ってしまう。

むしろ、その生き方は、普通に生きるよりもよっぽど簡単に死んでしまいそうなのだが……。

普通、人造人間『悲恋』が、爆弾人形だと聞かされれば、その脅威からどう逃避するかを考えそうなものだけれど――たとえば、『悲恋』をここに残して、四国を脱出するなんて案を思いつきそうなものなのに、そんな真っ当な案は、この英雄少年は考慮すらしないらしい。

「…………」

と、空々少年は、そこで不意に立ち上がる。

立ち上がると、座っているときはそんなに目立っていなかった、スカート姿が際立つが、本人はもう、そんなことは気にしていないようだ――そのまま、車座に座る一同の後ろを、ゆっくりと歩くようにする。

まるでハンカチ落としでもしているかのような動作だ――必然、全員が空々のそんな動きに注目することになる。

どこまでわざとやっているのかわからないけれど、間の取りかたといい、人の視線を集めるテクニックといい、この子には一応以上に、リーダーの資質はあるらしい、と、右左危博士は感じた。

一周して戻ってきて、元の位置に座る。

そして空々少年は言った。

「タイムリミットが再び設定された、と考えるのではなく、『悲恋』という高性能の爆弾を、手に入れたのだと考えましょう。それは、チーム『白夜』の魔法にも匹敵する破壊力であるはずです――話し合いまで持ち込めば、和解は無理でも、交渉は可能なんじゃないでしょうか」

「……四国ゲームのクリアについては、どうするの？　誰かがクリアしなければ、四国ゲームは終わらないんでしょう？」

鋼矢が訊くと、

「誰かがクリアしなければ、あるいは、四国そのものがなくならなければ――です」

　と、空々は答えた。

「爆弾としての『悲恋』を止める方法がないのだとすれば、四国のことは、基本、諦めるしかないと思います。ある意味、タイムリミットの再設定は、四国ゲームの強制終了時間が決まったとも言えて……、そこまでに、僕達が、あるいはチーム『白夜』が、何をどこまで得られるかという勝負になったわけです」

「どこまで……、『究極魔法』の情報とか、チーム『白夜』からすれば、地球撲滅軍のマル秘兵器の情報とか、そういうことね？」

「ええ……、こうなると、互いにジョーカーを持っている状態での、ババ抜きみたいなものですね。強力過ぎるカードを、双方が持っていて……、だけどそのジョーカーは、使いこなせるってたぐいのものじゃない」

　そう言って、空々は「だから」と続ける。

「さっきは否定的なことを言いましたけれど……、状況が変わりました。だから、基本的な戦略としては、当初四国ゲームが行われる予定だった、始まりの無人島を目指すという、例の案を採りましょう。ただし、その無人島に何か得るべき情報があると思ってのことじゃあなく……、その意味合いはふたつあって、ひとつには、まずはいったん、四国の内地から、爆弾である『悲恋』を持ち出したいということです」

「ふむ」

と、右左危博士は頷く。

タイムリミットになれば、結局四国に戻って、自爆する『悲恋』ではあるけれど、それでも外に持ち出すことで、時間を少しでも稼ごうという算段だろうか？　あるいは、チーム『白夜』との交渉が、そのほうがうまく行くだろうという読みなのかもしれない。

ということは、ふたつある意味合いのもうひとつというのも見えてくる。

「空々くんとしては、とにかく、チームとして、『四国ゲームのクリアを目指す』以外の動きを見せることによって、むしろチーム『白夜』をおびき寄せようってことかしら？」

瀬戸内海の無人島を目指そうという案の難点は、得られるものがあるかどうかわからない、あっても得るべきかどうかわからない、そしてチーム『白夜』の妨害があるかもしれないという三点だったが——何かを得ることを目的とするのではなく、妨害を受けることを目的としようというのであれば、それらの難点は、綺麗さっぱり、消えてなくなる。

正気の発想ではないが、勝機は生まれる。

「チーム『白夜』が来てくれなかったら来てくれなかったで、そのまま実地調査に入ることもできるでしょうしね……、ただし、それでも僕は、クリア報酬(ほうしゅう)としての『究極魔法』を、迂闊に手に入れてしまうのは危険だと思います。それについて調べることは、交渉になったときのためにも必要でしょうけれども、皮肉にも四国ゲームの強制終了が見えてしまったんだから、クリアを目指す意味はほぼほぼ失われたと言っていいでしょう」

「……まあ、そういうことになるでしょうね」

その通りだと思いつつも、鋼矢がそんな風に曖昧(あいまい)にしか頷けなかったのは、『クリアを目指す意味が失われた』まで言われてしまうと、『じゃあこれまでの戦いはなんだったのか』という疑問を抱かずにはいられないからだ。

春秋戦争も、チーム『サマー』の内紛も。

四国民の死も、魔法少女の死も。

その辺りの葛藤(かっとう)を切り捨てられるところが、空々と鋼矢の違いなのだろうし——だからこそ鋼矢は、空々をリーダーに擁立したのだが。

「ただ、言うまでもないことだけれど、そらからくん。その交渉ってのは、成立したところで、相当難航するわよ——何かと反抗的なあたし達が泳がされているのは、それでも一応は四国ゲームのプレイヤーだから、なのだから」

「そうですね……、問題は誰が交渉役を務めるかですね」

そんな風に難しい顔をするのは地濃だった。

誰もが『少なくともお前ではない』と思った。

「右左危博士は、魔法少女製造課の課長と、旧知なんですよね……？」

と、氷上がさりげなく、いや露骨に、右左危博士に話を振ってみる——むろん、地濃ほどではないにしても、彼女が交渉役に向いているとは思えないのだが、それでも『昔からの知り合い』というポジションは、対等に渡り合う上では有効なはずだ。

どんな世界も、どんな戦いも、最終的には人間関係で成立する——ただ、右左危博士は氷上からのそんな振りに、

「酸ヶ湯くんとはともかく、チーム『白夜』とは、交渉できないでしょうねえ」

と、そんな返事をした。

厄介で責任の重そうな役割を押しつけられるのを避けようとしているわけでは決してなく、それは香川県で遭遇した黒衣の魔法少女、あの『スペース』と、言葉を交わしての、右左危博士の素直な感想だった。

「そりゃあ酸ヶ湯くんは、チーム『白夜』の上司には違いないんだけれど、あんまり部下をコントロールしている感じじゃなかったしね。部下にクーデターを起こされた私と違う意味で」

「……そうですか」

そうなると、交渉の難易度は跳ね上がる。

チーム『白夜』そのものと、いい関係を築いている者など、この中にはいないのだ。強いて言うなら──

「強いて言うなら、僕だろうね」

と、氷上に言われる前に、空々は自ら認めた。

「黒衣の魔法少女『スクラップ』から任されていた春秋戦争の調停を、僕は一応は成し遂げたんだから……、たとえば彼女となら、建設的な交渉ができるかもしれない」

春秋戦争のあの顚末を、果たして『調停を成し遂げた』と言っていいものなのかどうかはわからないけれど、少なくとも、『スクラップ』個人とは敵対していない。

空々も空々で、それが得意技と言ってもいいくらいに誤解されやすい節があり、交渉に向いているわけではないけれども、しかしこの場合、他に適切な手立てはなさそうだった。

突破口がひとつでもあるだけ、ありがたいと見るべきか──むろん、うまく『土使い』の『スクラップ』と交渉できるシチュエーションを作れるとも限らないので、状況に応じて、戦略を切り替えていく必要はあるだろうが。

「でも、問題がもうひとつ」

と、鋼矢は続けた。

『『悲恋』を、どうやってその無人島に持って行くか——『悲恋』が爆弾であることがわかった以上、運搬の手段は考えなくちゃならないわよね」

「ああ、それも僕が」

こちらには空々は即答した。さっきの話だと、タイムリミットになるまでは絶対に爆発しないみたいだし、あまり神経質になる必要はないと思います」

それは理屈だが、あくまで理屈だった。しかもあっさりと。

人のやることだし、誤爆の可能性がまったくないとは言い切れない——かつ、地球撲滅軍の機密を抱えるということは、敵から狙われやすくなるというリスクもはらむことに繋がりかねない。

「そうとも限りません。逆に、身体中にダイナマイトを巻いているみたいなもので、チーム『白夜』としても、迂闊に手を出せなくなるかもしれない……『悲恋』についての詳細がバレたとしても、爆弾を抱えて飛んでいる奴って、結構、静観せざるを得ないんじゃないでしょうか？」

言っていることはその通りだ。

それに、どう議論したところで、最終的には、『悲恋』の運搬は、空々が担当することにはなるだろう——絶対平和リーグ所属の魔法少女や、『魔女』である酒々井かんづめに、地球撲滅軍の機密兵器を委ねるわけには、色んな意味でいかない。

ならば、空々か、氷上か、右左危博士ということになるけれど、『炎血』の氷上は、両手を自由にしておく必要がある。となると、保護者としての責任というのか、一見、開発責任者である右左危博士が相応(ふさわ)しいようにも思えるけれど、頭脳派の彼女には、ある意味氷上よりも、臨機応変に動いてもらわねばならない。特に、『始まりの無人島』を特定できるのは、この中では彼女だけなのだ。ならば、どれだけ責任が大きかろうと、人間大の爆弾を抱えさせて、自由度を下げるべきではない――特段の理由がない限り、人間を抱えて飛ぶことに慣れている空々に、『悲恋』の機体を委ねるのが適当なのだ。

ただ、このとき氷上が違和感を覚えたのも事実だった――先程の空々の『共感』という言葉から連結されている違和感だ。

強力な爆弾であることが判明した『悲恋』を置いて、一目散に逃げようという、誰もがまずは思いつくだろう案を、提出さえしないことといい、空々少年はひょっとして、『悲恋』というロボットに、こだわっているのだろうか？

人間に感情移入しない彼が、機械に感情移入するなんてことは、ないだろうという以前に、あってはならないこと、という風にさえ思えるのだけれど……。

もっとも、それで言うなら、機械相手に嫉妬(しっと)している風でもある氷上だって、似たり寄ったりという気もするので、これが指摘するべき問題なのかどうか、よくわからなかった。

確かな事実として、地球撲滅軍の機密である人造人間『悲恋』は、明日には自爆する定めにあるとしても、ぎりぎりまで丁重(ていちょう)に扱わねばならないのだ——だから、対応は、空々の提案するそれで適切なのだ。

「最終的には……どういう落としどころになるんでしょうか？」

考えた末、氷上はそんな訊きかたをした。

本質的に、したかった質問とはズレてしまった感もあるが。

「チーム『白夜』と交渉して、どんな結論になれば、理想的なんでしょう。『究極魔法』と『悲恋』が、互いの持つ交渉材料だとして……どんな取引が成立すれば、私達の勝ちになるんでしょう」

「この状況から、勝ちも負けもない気もするけどねえ」

と、右左危博士が斜に構えるのをよそに、空々は氷上の質問に答えた。

最初に決めた通り、と。

「誰も死ななければ、僕達の勝ちでいいんじゃないかな」

「…………」

上司が平然と言う、その『誰も』の中に、人造人間『悲恋』が含まれているのかどうか——氷上にはまったく、判断できなかった。

4

「おにいちゃん」

そこで、酒々井かんづめが、空々に訊いた——思えば、『魔女』がこの会議において、自発的に発言するのは、これが初めてだったかもしれない。

「やりようは、だいたいきまったみたいやけど——ええんか？」

「？　ええんかって……何が？」

「かんづめにきかんで、や。そのやりようで、ええんかどうか。おにいちゃんにやったら、おしえたってもええんやで」

あっさりと言われたその言葉に、場がざわつく——幼児は、『魔女』としての、彼女の能力のことを言っているのだ。

『先見性』——先を見通す魔法。

絶対平和リーグが再現できない魔法——少なくとも今のところは、再現できていない魔法。思えばそれも、こちらがあちらに対して持っている、アドバンテージのひとつである。

ただ、かんづめの態度は、あまり協力的ではなかったので——四国ゲーム以前に彼女が、絶対平和リーグから受けていた扱いを思えばそれは当然で、そして『火星陣』である彼女からしてみれば、絶対平和リーグも地球撲滅軍も、人類も『地球陣』も、究極的には大差あるまい——自然、鋼矢も氷上も右左危博士も、あえてその魔法に頼ろうとはしていなかった。

申し出て、断られて、空気が悪くなるくらいだったら、次に繋げるためにも、じっくりと関係を築くべきだろう、というような考え方を、三者三様にしていたのだ。

なので、どういう気まぐれなのか、かんづめのほうからそう切り出してくれたのは、まさしく願ってもないことだったが、しかしながらそれを受けた肝心の空々が、

「いや、それは次の機会にしよう」

と、丁重に断ったのだった。

「ここまで、既に十分頼ってるしね。きみの言う通り、強力過ぎる力に、頼り過ぎるのは、危険だ……そうでなくとも、立てた作戦が、正しいか間違っているかがわかってしまえば、緊張感がなくなるって気もする」

『魔女』からの助力を遠慮する理由としては、空々が語ったのはえらく漠然としたものだったが、しかしその答に、気分を害するどころか、満足げにかんづめは、

「せやな」

と頷くのだった——まるで、空々を試したかのような態度である。

「『せんけんせい』は『せいとうせい』でもある——ただしいこたえがわかる。やけど、ただしいことこそ、むつかしい。なんいどのたかいめそっどやけん、ただしいことがただしいからゆうりゆうで、できるわけやない——むしろ、ただがわからんかったから、『かせいじん』は『ちきゅうじん』にまけた」

「……そこまで考えているわけじゃないけどね」

かんづめの、教訓を含めたような言葉に、空々はそんな風に応じた——まあ、確かに空々は、戦略の正しさを追求するというタイプではないし、正解を追い求めるというタイプでもない。

四国ゲーム。

ゲーム、という言葉からついつい、なるだけ確実な攻略法を探そうとしてしまうけれど、ぶっちゃけた話、これは娯楽ではなく、実験なのだ。

氷上達が考えなくてはならないのは、実験に使用されるマウスが、どうすれば脱走できるかということで、実験の成果を上げることではない。

だとすれば、戦略が正しい正しくないは、わからないほうが、賢明ではなくとも、懸命になれる——正しいと言われれば油断するし、正しくないと言われれば及び腰になる。

それよりは。

「なら、そのせんりゃくひょうかはせえへん……、かんづめは、おにいちゃんにいのちをあずけるわ。あたるもはっけ、あたらぬもはっけが、よげんちゅうもんや」

幼児は悟ったようなことを言ってから、

「ほな、ひとつだけ、ちきゅうじんとしてのしすいかんづめからのあどばいすや」

と、付け足した。

それは、『先見性』とは関係のない、『魔女』ではなく、地球人、地球に生まれた幼児としての、チームメンバーとしてのアドバイスということらしい。

「つかうまほうがはでやから、なんとなく、ちーむ『びゃくや』のまほうしょうじょばっかしにめがいくけれど……、しこくからだっしゅつするにあたっては、もうひとり、まほうしょうじょのめをかいくぐらなあかんことを、わすれんほうがええ」

言われて、氷上ははっとする。

いや、別に忘れていたわけではない——むしろ、ずっと意識している。

そもそも、この四国全体にバリアーを張り、外部からの干渉を防いでいるのが、その魔法少女なのだから——

「……魔法少女『キャメルスピン』よね？」

右左危博士がその名をあげる。

「始まりの魔法少女――絶対平和リーグ、最初の魔法少女。ただ、どういう立ち位置の魔法少女で、今、どこでどうしているのかは、わからないのよね。本人はもう死んでいて、魔法のバリアーだけが有効のまま残っているのかもしれないし」

「生きているはずよ、確実に」

妙に確信的に言ったのは、もちろん鋼矢である。

「あいつが死んだりするものですか。魔法少女『キャメルスピン』は――そうね、わかっちゃあいたけれど、確かに、あんまり考えないようにしていたわね」

あいつはすべての魔法少女の雛形みたいなものだから――と、鋼矢は続けて、物案じするような顔をする。

「……交渉は可能ですか？」

空々が鋼矢に訊く。

今の彼の立場からすれば、どんな魔法少女であれ、重要なのは『どんな魔法を使うか』よりも、『話し合えるかどうか』なのだった。

「それは諦めたほうがいいと思う……、人格的には、ほとんど破綻している奴だから。交渉どころか、会話が成立しないと思う。あの子と会話ができるのは、魔法少女製造課の課長くらいのものよ」

「……ふうん」

よくわからないなりに、空々は頷いた。

無人島を目指すのであれば、そのバリアーから外に出なくてはならないわけで、となると、避けては通れない相手なのだろうが……。

バリアーといっても、その役割はチャフみたいなもので、外部からの観察を妨害するものであって、出入りを制限するものではない。

無人島を目指すにあたって、そのバリアーを破壊する——というような手順は不要なはずだから、計画を変更する必要はないはずだ。

だが、それゆえに、そのバリアー自体を、思考の外に置いてしまっていた感はある——魔法少女『キャメルスピン』。

その魔法少女名を聞くのは、空々にとっては初めてだったが——思えば、空々が最初に体験した魔法は、厳密には登澱證が見せてくれたそれではなく、ヘリコプターの上から見下ろした、観察できない、そのバリアーだったのかもしれない。

始まりの魔法少女。

そして、始まりの無人島……。

終わりに到って、始まりに届くというのは、なんだか酷い遠回りをしてしまった気分だが——

「確かに、チーム『白夜』ばかりに注視していましたけれど……、鋼矢さん、管理者サイドには、『キャメルスピン』の他にも、いわゆる『魔法少女』は、いるんですか？」

「いるかもしれないし、いないかもしれない——くらいにとらえておいたほうがいいかもね。極論、まあさすがに絶対平和リーグの上層部も、そんなことはしないとは思うけれど、余っているコスチュームを一般人に提供して、促成の魔法少女を作ることも、やろうと思えばできるでしょうし——これもまた、正しい答なんてないし、あっても、相手がそれを選択しているとは限らないわ。むしろ、とんでもない間違いをしているのかもしれない——間違いを繰り返しているかもしれない」

「ですね」

空々はそこで言葉を切って、最後に改めて、一同を見渡した。

右から順繰りに、杵槻鋼矢を、氷上竝生を、手袋鵬喜を、左右左危を、地濃鑿を、酒々井かんづめを、そして『悲恋』を、それぞれ見渡した。

「じゃあ、最後にまとめさせてもらいます。僕達はこれから、たっぷり食べて、ぐっすりと眠って、できる限り、体力を回復します。そして朝になったら、瀬戸内海の無人島を目指す——『悲恋』は、僕が抱えて飛びます。たぶん、いくつかの島を巡ることになるでしょう。候補は絞られているということなので、『悲恋』が自爆する深夜零時のタイムリミットまでに、できるだけ多くの島を巡る——そして、そうしているうちに接触してきたチーム『白夜』、あるいは管理者サイドの魔法少女と、破壊爆弾である『悲恋』や、『魔女』の存在を背景に、交渉する——可能なら、彼女達自身に『究極魔法』をタイムリミットまでに獲得してもらうことを目指したいですけれど、そこまでは望みません。目標は、とにかく全員、生き残ること。誰も死なせないこと。これでいいですか？」

丁寧な口調で、細大漏らさず説明されたその作戦に、もう反論する者はいなかった——意見は出尽くしたのだ。いや、もちろんリーダーの空々や、機械生命の『悲恋』を含めて、それぞれ、思うところはある——しかし、たとえ『魔女』が太鼓判を押してくれていたとしても、百パーセント確実な戦法なんてない。どこかで、思い切らなければならないのだ——チームというにはてんでばらばらな八人だったが、思い切るタイミングがここ、今ここだということについては、奇跡的に、その思惑は一致したのだった。

こうして、長い、議事録が。

文字数にして十二万文字を越える、文庫本にして三百ページに迫る——チーム空々の最初で最後のミーティングが、遂に終了したのだった。

5

一方、その頃、絶対平和リーグ香川本部の灯台の中に集まった、チーム『白夜』の残存メンバー四人と、彼女達の指揮官である魔法少女製造課の課長、酸ヶ湯原作もまた、翌日以降の、四国ゲームの管理に向けた、ミーティングを行っていた。

酸ヶ湯課長は、黒衣の魔法少女達に言う。

それじゃあきみ達、今まで通り――と。

「好きにしなさい」

彼らの会議は、それで終わった。

（第４話）
（終）

悲録伝

DENSETSU SERIES ∅6

HIROKUDEN

NISIOISIN

第5話「それぞれの夜！ 対決前の対話」

今の子供達に必要なものは、努力と、諦めない心と、その他と、その他と、その他と、その他とその他とその他とその他とその他とその他とその他とその他とその他だ。

0

1

人類に絶大なダメージを与えた『大いなる悲鳴』の影響もあって、中学一年時の前半までしか、まともに社会科を勉強していない空々少年は、まだ習っていないことだし、また、たとえ学んでいたところで、今後の人生で役に立つことはおよそないのだが――いわゆる大学受験の頻出問題に、『ソクラテスは奴隷制に反対していた。◯か×か』というような、正誤の二択がある。

答案用紙を離れてみれば、『こんなことをわざわざ問題にするくらいなんだから×なんだろう』という知恵も働くけれど、まあまともに考えたら、これは『歴史に残る賢人であるソクラテスなら、奴隷制になんて反対していたに決まっている』と、つい○をつけたくなってしまう引っかけ問題で、つまり答は×である。

賢人は奴隷制には反対していなかった。

一度間違えたら、二度と間違えることのないだろう問題だけれど、ただし、これを丸暗記して終わりではあまりにも味気ない。

勉学が身についていない。

受験勉強にはしっかりとした意味づけがあったほうがいいのだ。

その時代にはその時代の常識や文化があって、それを現代の価値観でとやかく言うべきではない――なんて、もっともらしく、つまりは当たり前の理解をするのでも、しかしそれはそれで、つまらないと言えばつまらない。

なぜなら、その時代においても、奴隷制に反対していたソフィストはたくさんいたからだ――主勢力にこそなり得なかったけれど、彼らはソクラテスと違って、数千年先を見据えた価値観を持っていたという言いかたもできる。

現在よりも未来に生きていた。

いわゆる。

『先見性』を持っていたとも言える。

逆に言うと、少なくともソクラテスは、奴隷制の問題については、『無知の知』を知っていたわけではなかった――奴隷制に反対するソフィストを、どころか例によって論破したことさえあるだろう。

歴史に名を残す天才だからと言って、すべてのことに正しい答を出せるわけじゃないし、出せるわけがない。

それがその時代、もっとも賢かった彼の功績を否定するわけではまったくない――のだが、そうなると、『先見性』を持っていたソフィストよりも、その時代に適応していた、言うなら『現代性』を持っていたソクラテスのほうが、後世に名を残したという点において、『未来を見据える力』や『予知』の空しさを、このエピソードは示しているのかもしれない。

早過ぎる技術が、時代に適応しないように――遥か未来を行く考えかたは、過去においてはまるっきり普及しない。『この時代に、もうこんなことを考えている人がいたんだよ』という面白味は、どんな時代にも転がっているけれど、しかし、転がっているということは、拾ってもらえなかったということなのだ――しかしながら。

『先見性』を持っていようといまいと、未来を見据えていようといまいと、ソクラテスはその後、『当時』の価値観に基づく裁判で断罪され、毒杯をあおることになったわけで、『世の中は不条理で、賢かろうと知っていようと、死ぬときは死ぬ』が、ならばこの頻出問題から、受験生が学ぶべきことなのかもしれない。

2

会議を終えて八人は――四国ゲームの最後のプレイヤー同盟八人は、一面に広がる焼け野原から北方、愛媛県の方向へと、目立たないよう徒歩で移動して、比較的無傷で残っていた、最寄りというにはやや遠い位置の町に到着した。

明日、活動するための寝床探しである。

話し合う分にはいいポジショニングだったが、しかし、さすがに焼け野原で野宿というのは、体力回復の観点から見て、相応しくない――そうでなくとも、十月下旬の四国となれば、夜中の気温低下は、なまなかではない。

堅牢とも言っていい魔法少女のコスチュームは、しかし残念ながら、腕や足はむき出しで、防寒性には難があるのだった。

そうでなくとも明日、泣いても笑っても最後のプレイをすることになるというのならば、できる限り寝心地のいい、柔らかいベッドで、心地よく眠りたいものだった。

環境を整えないと、とても眠れそうにないというのもある。

というわけで、町にまで行けば、空き家がいくらでもあるはずと見据えて移動したのだが、運良く、なんらかの観光業で成り立っていたとおぼしきその町には、大きなホテルが林立していた。

もちろん従業員は一人もおらず、宿泊施設としてはまったく機能はしていないのだけれど、しかし、どの部屋にも、バスルームと寝台があることには違いない。

なるべく八人、固まって行動したほうがいざというときに動きやすいだろうということで、そのホテル内の好きな部屋で、それぞれ夜を過ごすことに決まった。

チームでありながら、全員、同じ部屋で過ごそうというアイディアが出てこなかったあたり、チーム内個々人の距離、お互いを信頼しきれていない様子を感じさせるが――まあ、この場合、個室のほうが過ごしやすいのも事実である。

というわけで、十三歳の少年・空々空は、十月三十日の夜を愛媛県内のホテルの一室――1312号室で眠ることになったのだった。

思えば、香川県の中学校で杵槻鋼矢と同盟を組んで以来、ずっと誰かと行動を共にしていた空々なので、久し振りに一人になった、一人になれた夜だったのだが――しかし、明日のことを思うと、もちろんそれで伸び伸びできるようなシチュエーションではなかったし、また、一人になった三十分後には来客があったので、孤独を謳歌することはできなかった。

もっとも、どういう状況においても、彼は孤独を謳歌できるような性格でもないのだが――

「失礼します、上官」

と言って、１３１２号室の扉を開けたのは、果たして人造人間『悲恋』だった――なんとなく、誰かが来るんじゃないかと予感していた空々は、眠気を押して待っていたのだけれど、その相手が『悲恋』だったというのは意外だった。

まあ、ホテルのドアを八人分、拳（こぶし）で壊して回ったのは『悲恋』なので、彼女が空々の部屋の位置を把握していることに疑問はないのだが――

「うん、どうぞ……と言っても、もてなしようもないけれど」

そんな風に空々は『悲恋』を室内に招き入れた。レストランは営業していないし、ルームサービスも取れるわけがない――一応、冷蔵庫の中にあるジュースくらいは出せるけれど、人造人間である『悲恋』は、通常の飲食なんてしないだろう。

まさかガソリンを飲むわけでもあるまいが……。

「座ってもよろしいでしょうか」

「いいよ。もちろん、好きなところに」

そう応じつつ、座ってするような話がなにかあったっけ、と思う――明日以降に向けた打ち合わせは、もう十分過ぎるほどしたはずだが。

あるいは、リーダーである空々にだけ告げておきたい、人造人間『悲恋』の更なる機能でもあるのだろうか——いや、もしもそんなものがあるなら、その機能はイコールで機密であるはずだ。ずっと話していなかった自爆本能以上の機密があるなら、それを開示するわけもない。

それに現在、戦地で上官に位置する者こそ空々空だが、あくまでも彼女は不明室の所属であり、左右左危の『愛娘』なのだ——もしも何か報告があるなら、空々ではなく、生みの親である右左危博士のほうに行くはずなのだ。

ならば、彼女は何をしに——

「質問をしにきました」

と、『悲恋』は言う。

機械とは思えない、はきはきしたしゃべり方は相変わらずだ。

ともすると相手がロボットだと言うことを忘れそうになる。

「質問？　いいけど……でも、手短にしようね。『悲恋』は眠らなくていいのかもしれないけれど、僕はさすがに限界だよ」

「限界ですか」

そんな風に繰り返されると、『お前に限界なんてあるのか』と、辛辣に揶揄されたみたいな気分になる——機械相手にそんなねじくれたことを思い始めたら、それこそ疲れている証拠だと、少年は思い直す。

「では、手短に。……参考までに申し上げますと、機械は眠らなくてもいいですが、休む必要はあります」

それはそうか。

休止モードもメンテナンスタイムも、機械にはつきものだ――そう考えると、機械と人間の違いというのも、曖昧である。人間と『地球陣』との違いが曖昧であるように。

「で、何」

「上官の意図を確認したいのです。どうして、私を放棄しないのですか？」

「…………」

まっすぐに訊かれて、言葉に窮する空々――そんな彼に、『悲恋』は畳みかける。機械ゆえにか、表情には乏しいけれど、空々を正面から見据える彼女は、強いて言うなら、不思議がっているというより、怒っているようでもあった。

これもまた、見る側、受ける側の気分の問題なのかもしれないけれど、しかしそれを言い出したら、気分の問題でない問題なんて、そうそうあるものではなかろう。

「私が爆弾であることが明らかになった以上、私と行動を共にするのが適切な軍事行動だとは思えません――しかし上官はあのとき、わざとそれについては議論をしませんでした」

「議論はしたつもりだけれど……」

なんとなく、言い訳っぽい口調になる。

言い訳だからだろうか。

事実、そういう案が議題に上る前に、空々が作戦を立ててしまった感はあった——放棄すべきだと思った者がいたとしても、リーダーの立場にある者がそう仕切ってしまえば、言い出せなくはなるだろう。リーダーが絶対だということは、最初に決めたことである。

「放棄するも何も、きみを止める手段はないんだろう？　たとえ別行動を取ることにしても、四国にいる限り、きみの自爆の脅威からは逃れられない……だったらむしろ、きみと行動を共にして、チーム『白夜』に対する切り札、交渉材料としたほうがいいと思ったんだ。……ひょっとすると、僕がきみを庇ったみたいに思っているのかもしれないけれど、そういうことじゃない」

どころか、誰よりも『悲恋』を道具扱いしているのは、空々なのかもしれない——それは、桂浜で出会ってからこっち、ずっとである。

「左博士の言うことは、あくまでも私という爆弾の、製作上のコンセプトであり、必ずしも絶対的な定義ではありません——私を安全に解体し、破壊することは、できるかもしれませんよ？　魔法を使えば、あるいは」

「………………」

それは、まったく考えていなかったけれど……、言われてみれば、確かに可能性はあるのかもしれない。たとえば魔法少女『ストローク』の固有魔法『ビーム砲』で、爆発する暇も与えずに消し飛ばすということは可能なのだろうか？　……いや、『悲恋』は、魔法少女『ベリファイ』のコスチュームを、その防御力をものともせず、その拳で貫いていた――ならば大なり小なりの関係で、コスチュームを破壊できない『ビーム砲』では、『悲恋』の機体を破壊はできまい。

人造人間『悲恋』は、守りも堅いのだ。

それでも、『ビーム砲』よりも強力な魔法――チーム『白夜』の黒衣の魔法少女が使うような魔法ならば、『悲恋』を破壊しうるのだろうか？

彼女をチーム『白夜』との交渉に使おうと思っている空々からすれば、もしもそうだったらむしろ困るのだけれど……、たとえその可能性があると思っていても、開発者である右左危博士は、それを言いはしなかっただろう。

仮に右左危博士がそれを伏せていたのだとすれば、『悲恋』は、どうして今、そんな自己申告をしてくるのだろう？

どうして――今更。

「……もしもその可能性があるとしても、試すつもりはないよ。それで、予定よりも早く爆発させちゃう可能性もあるしね。解体失敗って奴……、ああ、でも、そういうときでも『爆発しない』のが、爆弾の定義なんだっけ？」

「そう。そして『爆発する』も、定義です。それが私の使命です」

はっきりと、『悲恋』は言った。

自らの使命を語った。

「だから、もしも上官が、爆発する運命にある私を『かわいそう』に思って、私を放棄しない、あるいは破壊しない案を選んだのだとすれば、それは的外れだと言いたいのです——よりよい案を考え直すべきです」

私はむしろ。

爆発したいのです——と、『悲恋』は言った。

質問しにきたと、さっき『悲恋』は言ったけれど、どうやら本当は、それを言いたくてきたようだ——とことん、機械らしくない。

人間を模している——外見も、中身も。

人間の振りをしている——かつての空々空のように。

さて、この直訴を、どう受け取ったものなのか。

「誰かを『かわいそう』に思ったことなんて、たぶん僕は、一度もないよ……僕はきっと、今ある状況を、最大限に利用しようとしているだけだ」

「『たぶん』とか『きっと』とか……、自分のことなのに、自信がなさそうですね」

「自信があったことなんて、絶対に僕は、一度もないよ」

逆説的に、それは確信を持って言えた。

信頼関係がまったくないと言っていい、寄せ集めの八人だけれど、そんな中でも、リーダーとして空々が一番信用できないと思っているのが、空々空である。

リーダーが一番——手袋よりも地濃よりも——リーダーのことを支持していない。

「そうですか。では、上官の自己認識とは違って、あなたは本当は私に同情しているだけなのかもしれませんね」

ん、と思う。

鋭い指摘——とも言えるけれど、なんだか、単に感情的な揚げ足を取られているだけのようでもあった。

まさか、本当に怒っているのだろうか？

人間の振りではなく？

いや、どれほど正確に、どれだけ精密に人間を模していようと、機械は機械、爆弾は爆弾——あくまでも人間の怒りという感情を、プログラムで再現しているに過ぎない。

プログラム通りに怒っているだけだ。

「心配しなくとも」

と、空々は言う。

『悲恋』からの指摘には応じずに、ただただこの会話を終わらすためだけのことを言う――それはリーダーとしては相当に不誠実な応答ではあったけれど、仕方ない、彼はどれほど逸脱していても人間であり、十三歳であり、夜になると眠くなる生き物なのだ。

「きみの望みを邪魔したりはしない――きみが使命通りに爆死しようというのを、止めようとは思わない。僕が設定した『誰も死なせない』という目標の、きみは例外ということにする――きみはロボットだしね、生きるも死ぬも、最初からないという解釈は可能だ」

「………………」

「ただし、明日の夜中まで……今から、約二十四時間後までの時間を、無駄にして欲しくはない。機能をフルに発揮して欲しい。タイムリミットまでの『遊び』を最大限に活用させてもらう」

そんな宣言に、『悲恋』はやや考えるようにする――情報を処理するのに時間が要するほど、複雑なことを言ったつもりはないのだけれど。

「了解しました」

やがて、『悲恋』はそう言った。

「予定通りに自爆させていただけるというのであれば、是非もありません――それまでの期間は、私はあなたに服従します。いいように使っていただければ結構です。私はあなたに逆らうことなく、戦いましょう」

「そうしてくれたら助かる……、でも、『悲恋』、この際、ひとつ訊いてみたいんだけれど」

「なんでしょう」

「明日の夜、きみが自爆することもまた、僕は最大限に活用する――露骨に言えば、利用する。話半分に聞いたとしても、きみの爆破力はそれだけの脅威だと思う」

「恐縮です」

謙遜するようなことを言う『悲恋』。

忠実なる部下の振る舞いだ。

だがまあ、フェイクとしての白兵戦であれほどの活躍を見せた彼女の爆破力に、フェイクはないだろうと空々は考える――地球を粉々に破壊するという最終目標がある以上、今の段階でも、十分に四国を沈めることはできるのだろう。

四国を訪れるのはこれが初めてである空々には、それ自体にはそこまでの感慨はないのだが——もっとも感情の死んでいる彼の場合、故郷や地元が沈むとなっても、同じくそれほどの感慨はないけれども——しかし、『悲恋』にとってはどうなのだろうと思ったのだ。

爆死することが使命であり、望むところだという彼女——だが、そうは言っても、だ。

「きみにその命令をプログラムした人達……つまり不明室の人達だけれど、彼らがきみにそれを入力したときには、確かにきみが爆発する意味はあった。四国の異変を強引に解決する、なかったことにするという意味が——だけど、今となっては、その意味がない」

「……意味」

「むしろ意味が生じることを、妨害しようとしている——きみの製作者である右左危博士が言っていたけれど、四国ゲーム自体は、もう終わったも同然で、どんな終わりを選ぶかというような段階なんだ。僕達は、どういう形であれ、四国の異変を解決できる算段を持っていて——ひょっとすると、『究極魔法』という、地球に対する大きな切り札を手に入れることができるかもしれない」

片目をつぶって見た場合、だが。

しかし、それにどんなデメリットが伴うかはさておいても、時間さえあれば、人類はこの四国から、得るものはあるのだ。

「きみが爆破しようとしているのは、その時間だ――きみは時間を吹っ飛ばそうとしている。犠牲となった四国の住人や、魔法少女達の死を、無駄にしてしまうし、そうなるときみの自爆は、四国にとってマイナスの意味を持つとさえ言える。きみもまた、実験中の『新兵器』ではあるけれど、きみを研究していた不明室は、もう半壊状態だ……次に繋がっていくかどうかわからないよ」

「……重々承知しております。ただし、爆破自体は、私の意志でどうこうなるものではありません――私にとって爆発は、望むところではありますが、たとえどんなに嫌だったとしても、タイムリミットは墨守することになります」

意味なんてありませんし。

意味なんていりません。

ぴしゃりとそう言って席を立つ――話は終わりらしい。

ぴしゃりとそう言われてしまえば、空々のほうからする話もなくなるし、引き留める理由もなくなる――空々は「では、失礼いたしました」と、部屋から出ていこうとする『悲恋』の背中を、そのまま黙って見送ろうとした。

だが、ドアを開け、一歩廊下に踏み出したところで、『悲恋』は動きを止めた――

そして、

「空々上官」

と、少年に呼びかける。

背中を向けて話すその姿は、部下にはあるまじきものだったけれど、そのまま上官に向けて、彼女は続けた。

「あなたは先の会議の最中、私に共感していると仰いましたね。初めて会ったとき、私に共感したと。それは事実ですか？」

「ん……」

実のところ、空々は、あれを失言だったと思っていた。あのとき、明らかに右左危博士は、それに氷上が、露骨に反応を示していたからだ——言ってはならないことを言ったのではないかと、不安に思っていた。

失言の気配を感じた——いつもの失言の。

この部屋で一人になって、誰かが訪ねてくるんじゃないかと思っていた予感というのは、要するに、右左危博士や氷上が、その件で空々を追及しにくるんじゃないかと不安だったからだ。

だから、そのときのための言い訳は、空々なりに用意していたのだが、ただ、まさか本人から、張本人から訊かれることになるとはまったく予想していなかったので、考えていた言い訳が、頭の中からすこーんとなくなってしまった。

なので正直に、

「事実だよ」

と、相手の言うことに、そのまま答えるしかなかった——言い方までなぞってしまったので、なんだか、こっちも機械になってしまったかのような返答だ。

「そうですか」

『悲恋』は言う——無感情だ。

後ろを向いているけれど、仮にこっちを向いていたとしても、ロボットである彼女の表情は別に変わらないだろう。

「私もあなたに共感していました」

意外な言葉だった。

機械に、共感する機能なんてあるのかという疑問がまず前面に出るし——それはさておいても、よりにもよって、空々に共感するなど。

空々に共感するなど、空々が共感するよりも、世界においてありえないことなのでは？

「それだけに、今回の判断に疑念を持ちました——ただ、お話を聞かせてもらい、納得しました。機械である私の目に狂いはありませんでした。やはりあなたは、私が思った通りの人です」

機械のような人だ、と言われた気分になった。

まあそれはその通りなのだろうと思った。

だが、人造人間『悲恋』の言わんとすることは、少しそれとはズレていた——彼女は最後に、こう言ったのだった。

「——あなたは、爆弾のような人です」

タイムリミットのある。

時限爆弾のような。

3

空々の読み、あるいは構えに反して、この夜、左右左危や氷上竝生が、彼の部屋を訪ねることはなかった——それでは、彼女達が何をしていたのかと言えば、彼女達は彼女達同士で、話し込んでいたのだった。

大人同士。

チームに属する、二人だけの大人同士。

……格好は子供みたいだし、また、二人とも、大人にしては、人格が成熟しているとは言いにくいけれど。

　空々少年は、広過ぎる部屋では落ち着かないと、迷うことなくホテル内のスタンダードルームに入ったけれど、右左危博士は、「折角タダで泊まれるんだから」と、最上階のスイートルームを、自分の寝床に選んだ。

　一ヵ月近く、管理も清掃もなされていない部屋なので、空気が淀んでいる感こそあったけれど、換気をすれば使用にあたって問題はなかった。

　その換気を終えたところで、氷上がそのスイートルームを訪ねてきたのである――ちなみに氷上は、上から三番目くらいのランクの部屋を、己の寝床に選んでいた。

　そのチョイスもなんだか彼女らしい、と、右左危博士は思ったものだったが。

「何かしら？　竝生ちゃん。私はこれから、『悲恋』についてのレポートを書かなくちゃいけないんだけれど――」

「レポート、ですか」

　言いながら氷上は、ベッドさながらのサイズのソファに腰を下ろす――右左危博士は、書き物机に向かっている。

　なにぶん、スイートルームが広過ぎるので、ソファと書き物机はやや離れていて、話がしづらい位置関係だったが、氷上は『まあいいか』と思った――これくらいが、自分と右左危博士の距離感だと思った。

　なれ合うつもりはない、ここに到っても。

「あの子について、またもや、新しく判明したことでもあったんですか？」

「棘のある言い方ね——隠し事はもうないわよ。本当にない。少なくとも、『悲恋』ちゃんが爆弾だっていう以上の情報は持っていないわ」

「……そうですか」

右左危博士の言うことだから、どう聞いても疑わしくはあるのだけれど——まあ、そうなのだろうと、氷上は納得した。

あんなトップシークレットがほいほい出て来ても困る。

「何？　責めにきたのかしら？　よくも騙して連れてきたなって、怒りにきた？　ごめんごめん、だったら重ねて謝るわよ——私にとってもこの事態は想定外だってことを、だけどお忘れなく」

「別に、責めにきたわけではありませんよ……、怒っても、今更、仕方のないことですしね」

氷上は肩を竦めて言う。

本当はその件についても、言いたいことは色々あるのだけれど、この人に何か責めるようなことを言うのは、とっくの昔に——己の肉体を無断で改造されたときに、やめている。

諦めている。

世の中にはこういう人間もいるのだと、そう理解するしかないのだ――だから、氷上が今夜、こうして右左危博士の部屋を訪れたことは、彼女が隠し事をしていたこととは、まったく用件を別にするのだった。

「空々室長のことなんですけれど」

手早く本題に切り込む氷上。

たとえ相手が右左危博士であれ、人の仕事を邪魔するのは本意ではないので、前置きは省く――そうでなくとも、右左危博士と世間話をしたいとは思えない。

「もちろん、右左危博士も気付かれたこととは思いますが……、室長が『悲恋』に共感すると仰っていたのを、どう思います？」

「そうねえ」

さして驚いた風もなく、むしろその話をしにきたのは最初からわかっていたとばかりに、右左危博士は応じる。

「あの発言は、意外だったわよねえ――だから、てっきり竝生ちゃんは、今晩、空々くんにそれを問いただしにいくのかと思っていたわ」

「そうしたいのは山々なのですが、その前に、右左危博士に相談を、と思いまして」

ちなみに、もしも氷上がこのタイミングで空々の部屋を訪ねていたら、まさしく彼と『悲恋』が話している場面に遭遇していたわけで、そんな対面が実現しなかったことが、いいことなのか悪いことなのかは、神のみぞ知ると言ったところだ。

「そう。そうね、私も、その件について、竝生ちゃんと意見を戦わせたいと思っていたのよ——地球撲滅軍の人間なら、誰もが耳を疑う発言だったものね、あれは」

「……言葉の綾、でもあるんでしょうが」

と、氷上は早速、自分なりの見解を述べる。

自分なり、と言うか、自分のため、と言うか。

それはまるで、無理矢理自分を納得させようとしているみたいな意見で、奇しくも、空々が彼女達に対して用意していた言い訳と、似たようなものだったが。

「機械である『悲恋』には、人間らしい個性がないからこそ、見る者はそこから、自分を見いだしてしまうことがある、みたいな——鏡面に自分を投影してしまっているだけで、必ずしもそれは、共感ではなく、ただ自分を見ているだけ、とか……うまく言えませんけれど」

「いや、言いたいことはわかるわよ。ロボットや、あるいは人工知能を前にしたとき、人間が感じる同調意識の正体ってのは、おおむねそんなところだわ……でも、『悲恋』の場合は、個性がないわけじゃないからねえ」

「……そうですね」

むしろ個性的だとさえ感じた。人間に化けた潜入スパイとして見るなら、やや不適格なくらいにユニークな人格だった――爆弾として見るなら、人格なんて、別にどうでもよかったのだということが、今ならわかるが。

まあ、それにしたって、あの個性は……何ともコメントしづらい。

「モデルがいない、というのは本当なのですか？　空々室長は、その点を強く気にしていたようですが……」

「嘘じゃないわよ。私の娘をモデルになんてしていない――実際に娘をモデルにしていたとしても、英雄少年がそれに共感していたかどうかは、怪しいしね」

それはそうだろう。

氷上の知るところ、確かに空々と、右左危博士の娘である左在存には接触があり、彼女は空々に大きな影響を与えたようではあるけれど、しかし、実際にコミュニケーションを取ったと言えるのは、ほんの一夜限りのはずだ。

付き合いは非常に短い。

性格的にも全然違ったらしいし、仮に空々空から左在存に向けて何らかの感情が生まれるとしても、それは共感とは違うものだろう――だとすると。

「まあ言った通り、厳密には、モデルはいないわけじゃなく、無数のモデルから、ランダムサンプリングの結果、作り上げられた人格、設定された個性ということだから――大量の人格からの平均値を取っていることを思うと、ひょっとすると一般人よりは、共感を得やすい人格はできあがるのかもしれないけれど」

もっとも、それ以前に『悲恋』は、ロボットだという大前提があるので、多くの人は共感以前にまず、底が見えないほど深い、不気味の谷を感じてしまうはずなのだが。

「……それに、あの室長が、『平均値』に共感するとは、思いにくいですよね」

「まあねえ。作戦を立てている姿を見ると、あの子、考え方はともかく、戦い方は、私と似ているって気もする——その辺が、元旦那の琴線に触れたのかもしれない」

「それはないと思います」

「必要以上に強く否定するじゃない」

「失礼しました……」

素直に謝る。

氷上が右左危博士に悪感情を持っているからと言って、『元旦那』の飢皿木医師と右左危博士の間に、若い頃、まったくロマンスがなかったと考えるのは、越権行為だ。

変なことを思いつく、という点において、空々と右左危博士に共通点があるのも、まあ間違いではない——かと言って、共感し合う、気が合うということはないだろうが。

それは飢皿木医師や、実の娘の存在を差し引いてもだ——氷上は話を本筋に戻す。

「あのう、左博士。再確認になりますけれど、『悲恋』にインプットされている人格は、あの何とも言えない人格は、無数の人格を合計して、できあがったものなんですよね？」

「合計して、母数で割って——だけど、それがどうかした？」

「では、母数で割る前の無数の人格モデルの中に、室長自身のモデルが混ざっているということはないんでしょうか？」

「…………」

ん？

と首を傾げる右左危博士に、氷上は臆せず続ける——専門家相手に、無茶な仮説を立てているのはわかっているけれども、しかしそれだけ、彼女の上司が、誰か（何か）に共感するというのは、イレギュラーな事態なのだ。

全力で対処したい。

「ランダムに人格を選んだ、と言っても、地球撲滅軍の兵器として『悲恋』を使う以上、地球撲滅軍の思想や方針に反抗的な人格を、わざわざ『悲恋』にインプットしたりはしないでしょう——まかり間違って、『地球陣』の人格をインプットしてしまったら、大惨事ですしね。極論、地球撲滅軍の職員、構成員の人格を集めて、平均値を取るのが、人格形成の上で的確なように思えます。職員の個人情報には、事欠きませんしね……もっとも、それだとあまりに融通が利かなくなってしまうかもしれませんので、自己批判の精神も導入する上で、多からず少なからず、他のサンプルも混ぜたほうがいいかもしれませんが……」

「……いい線いってるわよ。そのままどうぞ」

促され、氷上は結論を言う。

いや、結論ではなく、あくまで仮説だが。

「で、ピックアップされたデータの中に、空々室長の人格や、行動の傾向が混ざっていたのであれば——そして母数で割っても、その片鱗(へんりん)が『悲恋』の中に、わずかにでも残っているのだとすれば、室長がそれに共感するということも、ありえるんじゃないでしょうか」

我ながら無茶なことを言っていると思う。

だが、空々少年が共感する相手なんて、鏡に映った本人くらいしかいないんじゃないかと思うわけで——ならば、『悲恋』に、空々空の要素が混ざっているんじゃないかという考え方には、一定の理がある気がするのだ。

というか、それ以外、納得できない。

人間にも共感しないあの子が、機械に共感するなんて——

「……素人ってのは、ごくまれに、とんでもない発想をするものね。ぐっちゃぐちゃに混ぜた大量のモデルを取り分けて、サンプルの個性なんて残るわけがないのに」

「で、でも、ほら。空々室長は、あの通り、強烈な人格をなさっていますから……他のモデルを圧迫してしまうかも」

「そんな押しの強い人格には思えないけれどねえ――ふふ。泥の詰まった樽にワインを一滴入れてもそれはワインのままだが、ワインの詰まった樽に泥を一滴入れたら、それは泥になる……、竝生ちゃんは空々くんが、泥だって言いたいわけだ」

「ど、泥だなんて、そんなことは」

「ないわ」

と、右左危博士は、きっぱりと言った。

必要以上に強いともとれる、断言だった。

「その可能性はありえない――あなたの仮説は、エンターテインメントの素材としちゃあ面白いけれども、でも、ありえない」

「…………」

「そんな顔をしないでよ、何も頭ごなしに、奇抜な仮説を否定しようってわけじゃないわ。そんなに頭が固いことじゃあ、この摩訶不思議な四国を、生き抜くなんて無理だしね――その仮説を面白いと思う気持ちはあるし、なんだったら、生きて帰れたなら、そういう実験をしてみたいものよ」

さらりと怖いことを言う。

背筋が冷える。

自分の思慮の浅い発言が、後世の少年少女に、不要な実験を受けさせてしまうのかもしれないと思うと、心が痛むでは済まなかった——が、今は、博士の話の続きを聞かなければならない。

「私の仮説を、確実に否定できる根拠があるんですか？」

「うん、それも、とっても簡単に——だって、『悲恋』は、見ての通り、女の子として作ったのよ？　モデルとするサンプルに、空々くんが混ざってるわけないじゃない」

「あ」

盲点だった。

いや、こんな見え見えの穴はない——仮説を立てるにあたって、氷上の目が節穴だったとしか言えない。

考え過ぎて、前提が見えなくなっていた。

今の室長が、ふりふりのワンピースの女装姿だから、そこが考えからすっぽり抜け落ちていたなんて、言い訳にもならない——『悲恋』に『女の子』のモデルしか使われていないのであれば、当然、男子である空々が、そのサンプルの内に含まれるわけがない。

サンプルは女子に限られる。

なんということだろう、氷上が考えた仮説が——必死でこじつけた仮説が、あっさり否定されてしまった。

別に、そんな氷上に同情したわけではなかったけれど——強いて言うなら面白かった——右左危博士は、「使用したモデルのサンプルには、地球撲滅軍の関係者が多いってとこは見事に正解よ」と、フォローするようなことを言った。優しくされると余計につらいだろうと、もちろんわかった上でだが。

「まあ、実際にはそんな簡単な話じゃないんだけれども、確かに『悲恋』くらい強力な兵器に自我を与えて、それで組織に反乱でも起こされたら大変だからねえ。少なくとも地球に対する敵意くらいは、共有できないと——だから、ひょっとすると『悲恋』の中には、竝生ちゃん、あなたのデータも、含まれているかもしれないわよ」

「へ、へえ？」

氷上は驚いて、変な声を出してしまった。

ショックも吹っ飛ぶ。

「じゃ、じゃあ、空々室長が共感した対象は、『悲恋』の中にいる、私だったかもしれないと言うんですか？」

「いや、そこまでは言わないけれど……、それに、あくまでも『含まれているかもしれない』よ。必ず含まれているとは限らないわ——ビッグデータの採用は、プライバシーへの配慮が基本だから。どんなモデルが『悲恋』の中に入っているのかは、私も全体像は把握できていないのよ」

「…………」

不明室がプライバシーに配慮するとは思えないので、本当に『悲恋』に使われているパーソナルデータを把握していないのだとすれば、それは、機械への感情移入を避けるためだろう。実の娘を実験台にしていた右左危博士は除くとしても、不明室の研究者とて人間だ——知り合いのデータが含まれているかもしれないと思うと、『悲恋』に対して、非情にはなりにくいかもしれない。友達のデータが入っているロボットを、爆破したくはない——と、心理が働かないよう、使われたモデルを、個人特定できなくしたわけだ。

「……ということは、右左危博士が把握できていないだけで、ひょっとすると、『悲恋』のデザインの中には、細切れになってはいても、右左危博士の娘さんのデータが含まれているかもしれないのでしょうか？」

「ん？　ああ、いや、それはないわ。それも、ありえない——だって、あの子は不明室の秘中の秘だったから。つまり、個人データが組織に登録されていないのよ。言うなら鑑札(かんさつ)をつけてない野良犬ってわけ――」

「そうですか……」

ならば、結局空々少年が、『悲恋』の『何』に共感しているのかは、謎のままということか――別に今解決しなければならない、特段の理由があるわけではないのだが、しかし、こんな不安定な気持ちのまま、明日、四国ゲームを滞りなくプレイできるのだろうか。

空々に対する氷上の、部下としての思い入れを差し引いても、爆弾に共感している人間がいれば心配になるのは当然である――もちろん、氷上はそんな空々を、できる限りフォローしようとは思っているけれど。

「じゃあ、右左危博士……」

と。

明日の動きについて、氷上は右左危博士に、具体的な質問を投げかけようとした――『始まりの無人島』の捜索を行うにあたり、ナビゲーションをつとめることになるのは右左危博士なので、同じ組織に属している特権を利用して、細かい予定を、先に訊いてしまおうと思ったのだ。

しかし、その右左危博士は、いったいどういう心境なのか、天井を向いていた――

天を仰いでいた。首が痛いからそうしているのでなければ、かなり異様な姿勢である。

「あ、あの？　どうされましたか？」

「ん？　いや、考えごと」

声をかけられて、ゆっくりと元の姿勢に戻る右左危博士。

「というか、ひらめきごと。竝生ちゃんの仮説について、検証しているうちに……あれ？　ひょっとして？　って思っちゃって」

「はあ……、でも、『悲恋』の中には、空々室長のパーソナルデータも、娘さんのパーソナルデータも、含まれてないんですよね？」

氷上のデータは含まれているかもしれないけれど、それに空々が反応したのだと、本気で思うほどに、彼女も舞い上がってはいない——そこまでの関係性を、あの室長と築けているとは思えない。

「あ、でも、ということは、右左危博士のパーソナルデータは、『悲恋』の中には含まれているかもしれないんですよね？　もしかして、それに反応したとか……」

さっき、空々と右左危博士には共通点がある、みたいなことを思ったが——いや、それならば、あの発言をしたとき、空々は本人を目の前にしていたのだ。

『悲恋』に共感するのであれば、右左危博士に、それ以上に強く共感していなければおかしい――同じ理由で、『悲恋』の中にある氷上のデータに反応したわけでもないことも、明らかになったが。

「私のデータは含まれてないわ」

駄目押しをするように右左危博士は言った。

「私に限らず、不明室の人間のデータはね」

「それは、不明室の研究者が、万が一にも、『悲恋』に共感してしまったら、実験にならないからですか？」

「いや、共感するしないって仮説は、今、竝生ちゃんから聞いて初めて認識したものよ――不明室の人間が外されているのは、私の娘が含まれていないのと同じ。秘密の部署だから、データが公表されていないのよ」

「はあ……そうですか」

そうなのか。

弟と揃ってその部署の実験台であった氷上にしてみれば、不明室の存在は、公然の秘密みたいなものだったけれど。

不明室の闇は、思ったよりも深い。

「じゃあ」

「空々くんのデータも、娘のデータも、私のデータも含まれていないけれど――でも、『悲恋』の中には、あの二人の個人データは、含まれているかもしれない」

「あの二人？」

「あの二人」

右左危博士は言った。

真顔だった。

「剣藤犬个と――花屋瀟」

4

同時刻。

空々空の部屋を人造人間『悲恋』が訪ねたのと同時刻、また、左右左危の部屋を氷上竝生が訪ねたのと同時刻。

手袋鵬喜の部屋を杵槻鋼矢が訪ねていた。

香川県で活動していたチーム『サマー』においてメンバー同士だった、魔法少女『ストローク』と魔法少女『パンプキン』が、再会以来初めて、二人きりになったのだった。

それは。

手袋がなるべく避けようとしていたシチュエーションだった――てっきり、向こうもそうだと、思い込んでいたけれど。

対話を拒絶しようにも、部屋（手袋は空々と同じく、スタンダードルームを選んだ――それでも広過ぎると、彼女は思ったけれど）の扉は、『悲恋』の拳によって破壊されていて、鋼矢の来入を防げなかった――こんなことなら、バリケードでも作っておけばよかったと、心底思った。

「な、な……何の用？　『パンプキン』」

「いや、女子会……つーか、パジャマパーティでもしようと思ってさあ」

言いながら鋼矢は、ベッドに向かってダイブした――スプリングの利いたベッドなので、思いの外、彼女の身体は跳ね上がる。

そんなことをされても、手袋の気分は沈みゆくばかりなのだが……。

だいたい、パジャマパーティなどとはしゃがれても、二人とも、魔法少女のコスチュームから着替えていない――シャワーくらいは浴びたけれども、いつなんどき、何が起こるかわからない四国ゲームの最中、基本的には寝るときだって、このコスチュームは脱げないのだ。

こんなかさばるパジャマがあるか。

「何してたの？　『ストローク』」

気さくに聞いている鋼矢——チーム『サマー』が存在していたときと同じように、魔法少女名で呼んでくる。

それを無視するだけの強さもない。

鋼矢や空々と二人きりになったら、自分が何をするかわからない——と思って怯えていたけれど、しかしなんのことはない、何もできないだけだったようだ。

こんなものか、私は。

鋼矢はそれがわかっていたから、こんな風に堂々と、踏み入ってきたのだろうか？　手袋の部屋の中に、そして手袋の心の中に。

「何……って言うか」

手袋は書き物をしていたのだった——右左危博士が宿泊しているスイートルームとは違って、ライティングデスクなど設置されていない部屋だったので、パウダールームを利用して、ホテルの部屋に常設のメモ帳とペンで、書いていた。

「こういうのを……」

「んん？」

あまり見せたいものではなかったけれど、隠し通すのも面倒臭くなって、やけみたいな気分で、手袋は数枚のメモをまとめて、鋼矢に渡す。

そこに書かれていたのは、こんな内容である。

①チーム『サマー』（香川県）
・早岐（はいき）すみか『コラーゲン』（写し取り）
・登澱證『メタファー』（爆破）
・秘々木まばら『パトス』（ぴったり）
・杵槻鋼矢『パンプキン』（自然体）
・手袋鵬喜『ストローク』（ビーム砲）
②チーム『ウインター』（徳島県）
・都度井浮世『キスアンドクライ』（情緒）
・白臼討議『マゴットセラピー』（治癒）
・魚鳥木つづり『スピログラフ』（無痛）
・パドドゥ・ミュール『ゲストハウス』（無傷）
・地濃鑿『ジャイアントインパクト』（不死）
③チーム『スプリング』（高知県）
・忘野塞（わすれのふさぎ）『アスファルト』（伝令）
・鈴賀井縁度『ベリファイ』（砂）
・花綵（はなづな）まなこ『フローズン』（融解）

・矢庭ゆべし『ベリーロール』（摩擦）
・禾幟『デシメーション』（振動）
④チーム『オータム』（愛媛県）
・忘野阻『クリーンナップ』（透過）
・品切しめす『カーテンレール』（反射）
・品切ころも『カーテンコール』（切断）
・竿沢芸来『ワイヤーストリッパー』（消滅）
・五里恤『ロビー』（絶命）

「……何これ？」

「見ればわかるでしょ……」

苛つきながら答えた手袋だったが、しかし鋼矢のほうも、別にからかうつもりで訊いたわけではなく、本当に、これが何だかわからなかったのだ——いや、あくまで、一瞬のこと。

そりゃあ、見ればわかる——これが、四国に点在した魔法少女達のリストで、少女達の名前と、魔法少女名と、使用していた固有魔法を記した一覧表であることくらい、絶対平和リーグの所属でなくともわかる。

だが……。

「こんな詳細に、みんなの魔法と本名を、よく知ってたわね……」

いや、魔法少女名にしたってだ。

二十人近いプロフィールを全部覚えるなんて、簡単なことではない——同じチームに属する魔法少女ならともかく、滅多に会うこともない他県の魔法少女となれば。

実際鋼矢でさえ、チーム『オータム』に参加するまで、彼女達の詳細を知ってはいなかった——鋼矢がそうだったように、自分の使う魔法を、明かしたがらない者も多い。

「事前に知っていたわけじゃないわ……、あなたとか……、空々空とかの話を聞いたし、それに、『ジャイアントインパクト』からも、聞いた情報を、まとめただけ」

どこまであってるかもしらないわ。

責められたみたいな気分になって、手袋はそんな風に答える。

「わかってるわよ、こんなの、意味なんかないって……本名なんて、魔法少女にとっては無意味だし、それに……、そのリストのほとんどの子は、もう死んじゃってるんだから」

「…………」

「ただ……誰かが覚えておいてあげないといけないと、思ったのよ」

嘘だ。

そんな殊勝な気持ちじゃあない——無念のうちに死んでいったであろう魔法少女達に同情するのであれば、何もわからないままに実験の巻き添えを食った、四国の一般市民のほうにこそ、より強く同情すべきだし、それ以前に絶対平和リーグの一員として、謝罪すべきだ。

だけど、それをわかった上で、重々承知した上で、手袋はいたたまれなかったのである——先の会議の最中、犠牲になった魔法少女達が、まるで『取るに足りなかった』みたいに語られる様子が。

いや、実際にはそんなことはないのだろう——あの会議で、主に発言していた、鋼矢にも右左危にも氷上にも、あるいは空々にも、そんなつもりはなかっただろう。魔法少女を本当に見下していたのは、その根っことしての『魔女』である酒々井かんづめくらいで——それでも。

それでも、手袋がかつて憧れ、そうなれたことが心の底から嬉しかった『魔法少女』という存在が、ただの実験台で、ただのプレイヤーで、ただのテストパイロットで、言うなら理想の出来損ないだったと、前提のように語られるのが——耐えられなかった。

だからといって、声を荒らげて反論するだけの自己主張もなく、ただ黙り込んでいるしかなかった――実際、あの会議に、手袋は参加していなかったようなものだ。自分の運命が勝手に決められていくのを、ほとんど黙って見ていた――人造人間だ、魔女だ、爆弾だと、議題が展開していく中、どこか他人事のように構えていた。

集団に入ると埋没する。

その点において、手袋鵬喜は空々空と同じだったけれど、彼女の場合は空々と違って、埋没状態から手をかけて掘り起こし、抜擢してリーダーに据えてしまおうという副将が、存在しなかったわけだ――もっとも埋没しているほうが、楽でよかったのも確かなのだが。

でも、それについて何も考えずにいられるほど、彼女の心は死んでない。

「私も……、どっちかって言えば、そりゃあ、あっち側だから……今、生き残って、こんなチームに組み込まれてるのって、ただの成り行きだから。……『パンプキン』には、大した意味もなく、四国ゲームの中でゲームオーバーになっていった魔法少女の、気持ちなんてわからないでしょう？」

思い切って、嫌味みたいなことを言ってみたものの、卑屈な自虐を口にしたような、惨めな気分にしかならなかった――こんな言葉じゃあ、鋼矢にダメージを与えることなんてできないだろう。

手袋はそう思ったのだが、しかしそれに反して、鋼矢はその皮肉に、結構傷ついていた——ざっくりと。

魔法少女の気持ちがわからない。

その通りだ。

だから——結局、チーム『オータム』に、自分はなじむことができなかった。作戦立案担当として、メンバーを全員戦死させた挙句（あげく）、自分だけは生き残った。

生き残ったことを責められるのは。

今の鋼矢には、一番しんどかった。

……ただ、そうは言っても杵槻鋼矢である。

どれほど深く傷つこうと、ここでそれを表情に出したりはしない——むしろ余裕の振りをして、「でもまあ、こういうのって、有意義だと思うわよ」と、手袋にメモを返した。

「だってほら、言ってたじゃない。左博士が、人造人間『悲恋』について語るとき——出し抜いたと思っていた部下にしてやられたって」

「言ってたけど……それが？」

「いや、なんかさ……、世の中って結局、そんなもんなんじゃないかって思ってさ。派手で名のある人が、華やかに脚光を浴びながら活躍してても、名もなき民達が、こっそり絞っていた知恵にしてやられる、とか……、世の中を動かしているのは英雄でも、動いているのは大衆なんだってこと」

「……？　よくわからないけど」

手袋は怪訝に思いつつ、応える——馬鹿にされているのかもしれないと警戒しつつ。

「要するに、一般人のほうが、英雄よりも怖いってこと？」

「圧政は革命にしてやられる——まあ、そんな格好いい話でもないのかな？　不明室の部下の人達がやったことって、私達にしてみたら……、それに、人類全体にしてみても、すっげー迷惑なわけだし。してやられたと言うより、やらかしやがってって感じだし。そうね、こんな風に言ってみようかしら。自分のことを『取るに足らない』と思っている人の、『取るに足らない』と思う行為にこそ、世界は揺らぐ——そんな、『風が吹けば桶屋が儲かる』理論」

「『風が吹けば桶屋が儲かる』……強い風が吹いたら桶が倒れて壊れるから、桶屋さんが儲かるって諺だっけ……」

「いや、まあ、もうちょっと過程は経ると思うわ。それに……」

と、手袋の思い違いをさらりと訂正しつつ、鋼矢は言った。

「強い風である必要もない。始まりはもっと弱い風でもいい——四国ゲームを生き残ってる私達は、ゲームがうまかったわけでも、プレイが秀でていたわけでもない。ただ、風に背中を押されただけ——なのかも」

たとえば、このホテルを建ててくれた誰かがいなければ、こうして身体を休めてはいられなかったわけだしねえ——と言う鋼矢に、なんだか手袋は、落ち着かない。

慰められているのかもしれないと思うとむかつきもするけれど、そんな風に言われたら、魔法少女『コラーゲン』の死にも、意味があったのかもしれないと、思えなくもない。

少なくとも彼女が——仲間であるはずの手袋を殺そうとした彼女が——残してくれた、このコスチュームがあるからこそ、手袋は、その後、四国ゲームを生き残れているのだ。

魔法少女『コラーゲン』が、四国ゲームのプレッシャーに耐えられない、メンタルの弱い少女だったからこそ——こうして手袋は生き残ってる、そんな言いかたもできる。

賢さも、愚かさも、成功も、失敗も、理解も、誤解も——すべてが今に繋がっている。

「『ストローク』……ねえ、手袋さんって呼んでいい？」

「え？」

いきなり言われて、びっくりする。承諾の返事を待たずに、

「手袋さん」

と、鋼矢はベッドの上で身体を起こした。

「あなたがあたしのことを恨んでいるのは、わかる――その件に関して、あたしは上手な言い訳を思いつかない。あたしがあなたを見捨てようとしたことは事実だし、チーム『サマー』のみんなに、四国ゲームの詳細を、知りながら黙っていたことも認める。その結果、チーム『サマー』を崩壊に導いてしまったこともね――まあ、チームの崩壊については、正直、そらからくんのせいなんじゃないかとは思うけれど、できる言い訳はそのくらいね」

「…………」

そんな風に罪状認否をされたところで、手袋からすれば今更でしかないし、なんだか開き直られているような気分にもなる――あれらは正しいことではなくとも、私の信念があってやったことなのだと、むしろ、信念のない我が身を言外に非難されているかのようだ。

「私に」

と。

ようやくのこと、手袋は声を絞り出す――目を合わせることはできず、どころか、こちらをじっと見る鋼矢の視線を避けるようにしながらだったが、ともかく、発声できた。

「恨んで欲しくない、ってこと……？　そんなことを言いにきたの、『パンプキン』」

「鋼矢でいいわよ、手袋さん」

そうじゃないわ、と鋼矢は首を振った。

「そんなふてぶてしいことは言わない——悪く思うな、なんて言えっこないわよ。むしろ、あたしはあなたに……、あなた達に、あたしのしてきたことを、ちゃんとしっかり、恨んで欲しい」

「…………」

「恨まれることで、ぎりぎり、精神の均衡(きんこう)を保っていられるのよ、今のあたしは——少なくとも、あなたがあたしを恨んでくれているから、自暴自棄になって死のうって気には、ならずに済んでいる。……手袋さん。あたし達にとって、明日という日が、どれくらい大事な日になるか、わかっているわよね？」

わかっている——とは、言いにくい。

四国ゲームの大義も、究極魔法の必要性も、人造人間『悲恋』の脅威も、手袋は、ちゃんとは理解できていない——どうしてこんなことになっているのか、本当にわからないのだ。

いろんな人に様々な説明をされても、四国に異変が起こった当初と、手袋の認識はそんなに変わっていない——ただ、それでも、明日が四国ゲームの最終日で、それゆえに、ワンミスが死に繋がる重要な日だということだけは、わかっている。

「それだけわかっていればいいわ——だから、あたしとあなたが、あるいはあなたとそらからくんが、いがみ合っている場合じゃあないの。そんなトラブルを、明日のプレイに持ち込むべきじゃない——あたしのことは一生恨んでくれていいから、でも、明日一日だけは、それを忘れてくれないかしら」

「……勝手なお願いね」

手袋はすぐにそう応えた。

「今だって私は、相当、あなたへの殺意を我慢しているというのに」

これも——嘘だ。

大嘘だ。

あるのは、『自分には何もできない』という諦めのみだ——明日だって、自分には何もできないだろう。

ただ、みんなの動きについていくだけだ——運が良ければ、それで四国ゲームを生き残ることができるだろうけれど、それだけだ。

その後の展望なんて、何もない。

一生恨んでくれていいと言われても、そんなに長い間、自分の気持ちが持つとは思えない。早く晴らさないと、恨みなんて忘れてしまう——手袋鵬喜はそういう人間だ。

そういう魔法少女だ。

「なんだったら、明後日には、あたしを殺してもいいわ——だから、明日だけは、我慢して」

対する杵槻鋼矢は、そこまで言える魔法少女だった——その謂に、相当利かせたはったりが入っているのは、さすがにわかっている。四国ゲームを経験し、惨憺たる数週間を過ごし、そこまで素直な心は残っていない。

鋼矢はホテルの部屋で一人になったところで、そこで一休みせずに考え続け、計算して、策略として、明日、チームプレイをする上で一番足を引っ張りかねない、手袋鵬喜に関する憂いを取り除いておこうと思って、こんな風に自分を訪ねてきただけに過ぎないことくらいは、わかる——だけど、それをわかった上で。

結局、優れた人間には敵わないんだな。

と、思わされる。

悪感情を持っていようと、憎んでいようと、恨んでいようと、嫌っていようと——説得されれば、説得されてしまう。

心を打たれたのではない。

こんなの、ただのパワーゲームだ——誠意と実直さで、全身をぼこぼこに、殴る蹴るされているようなものだ。

絶対に敵いっこない。

「……心配しなくとも、『パンプキン』」

手袋は言う。

相手を本名で呼ばないことが、あくまでも魔法少女としての名前で呼ぶことが、せめてもの抵抗みたいなものだった。

「こんな空気の中で復讐をしようってほど、私は自我が強くはないわ——強くないわ。……私は弱い、あなたより、空々空より、誰より」

明日もせいぜい、おとなしくしてるだけよ。

吐き捨てるように言った。

「私は私を守るだけで、精一杯」

「……そういうことを言ってる奴が、案外、世界を救っちゃったりするって話を、あたしはしているつもりなんだけれど」

鋼矢は肩をすくめて笑う——冷笑である。

「あるいは、世界を滅ぼしちゃったりね」

何を言っているんだ、この人は。

と、思うけれども、その一方で手袋は、昔、自分が言った言葉を思い出した。

滅ぼす——対象は、世界ではなかったけれど。

「『究極魔法』……」

「ん？」

「『究極魔法』って、結局、なんなのかしら……みんな、わけのわからない、正体不明なものを求めて、こんなゲームを続けてるなんて……、馬鹿みたいって思わない？」

「……だから、その正体をはっきりと見極めるために、明日、調査に出ようって話なんじゃなかったっけ？」

「そうだけど……、みんなの予想を聞いていると、正体が明かされたところで、そんなの、そんなにいいものじゃなさそうだし……」

議論になると、鋼矢に勝てるわけがないので、結論だけを言う。

「そんなものは実際にはなかった、みたいなオチになったらどうしようって思って。『究極魔法』なんて架空の存在で、みんな——強い魔法少女も弱い魔法少女も、全員、意味なく死んでいって、四国も意味なく、沈められる——そんな終わりかただったらどうしよう」

「まるでそれを望んでいるような口振りね」

鋼矢は呆れたように言った。

そして、さすがに、手袋のそんな言い分を本気にしてはいないのだろう、ここは彼女らしく、「そんなことを言い出したら」と、ひねくれた答を返すだけである――それならしさを出すことでは、手袋と分かり合えたことにはならないとわかっているけれど、まあ、夜を押して、元チームメイトにして現チームメイトを訪ねた甲斐はあったかと思った。

そんなことを言い出したら。

「既にあたし達は、とっくにいつの間にか、『究極魔法』を手に入れてるかもしれないって線だって、あるじゃないのよ」

5

そして同じく、同時刻。

団体行動が本当にできない奴というのはいるもので、地濃鑿はみんなで宿泊すると決めたホテルの部屋から移動して、ロビーのソファでぐっすりと寝ていた――私はベッド派じゃなくてお布団派ですからと、従業員用の仮眠室から引っ張り出してきた敷布団と掛布団を、大理石の床の上にふたつ並べて、高い天井とシャンデリアを眺めながら、すやすや睡眠についたのだった。

お布団派はともかく、どうしてわざわざ、部屋ではなくロビーで寝ようと思ったのかと言えば、彼女が自由だからと言うしかない──そんな思考を論理的に追うことは難しい。

ともかく彼女は、チームメイトがそれぞれ、眠れぬ夜を過ごす中、堂々と、夢の中にいた──しかし、蹴り起こされた。

「うひゃう!?」

びっくりして転がりつつ、自分の背中を、結構強めに蹴った相手を確認すると、そこにいたのは幼児──酒々井かんづめだった。

幼児にして『魔女』。

『火星陣』──酒々井かんづめ。

彼女は冷めた目で、まだ目の覚めきらない地濃を見下ろしている。

「な……なんですか、私の命を狙う刺客ですか!? はっ!? かんづめちゃん!? まさかその『魔女』ゆえの『先見性』で、私が並々ならぬ重要人物であることに気付いて、始末しにきたのですか!?」

「おまえなんか、ぜんぜんじゅうようちゃうわ」

必要以上に辛辣(しんらつ)に否定された。

が、それに気付かずに、気付いていてもまるで気にせずに、「そうですかー」と、へらへら笑いながら、地濃はぐいっと伸びをした。

「で、何か用ですか？　私の類推するところ、まだ朝ではありませんよね？」

「そとのけしきみたらわかるようなことに、るいすいなんてことばをつかうな。いちもくりょうぜん、や」

「はあ。難しい言葉を知っていますねえ、かんづめちゃん」

相手がただの幼児ではなく、ただならぬ幼児だと判明した今も、しかしそうと知らなかったときと、さして対応を変えない地濃――大物ゆえではなく、むしろことの重大さをほぼほぼ認識していないだけなのだが。

「記憶を更に取り戻した、とかですか？」

「いや……、この『しすいかんづめ』は、もともと、りはつなこどももやったからな。いちもくりょうぜん、くらいのことばは、さいしょからしっとった」

「へー。おりこうさんだったんですね。昔の私みたいです。こう見えても私、神童と呼ばれていたんですよ」

「…………」

「で、何か用ですか？」

同じ質問を繰り返す――用がないんだったらすぐに寝直そうという腹積もりが透け

て見える。この重要な夜に——最後の夜に、『魔女』が自分のもとを訪ねてきたという、それこそ重要性について、まったく思案するつもりがないらしい。

「よう、ちゅうか」

と、かんづめは思案しつつ、言う。

地濃に対してそう言うというよりも、自分の考えを確認するように。

「おまえをしまつしとこか、おもてんけど」

「はあ」

地濃は抜けた返事を返す。

うまく聞き取れなかったのかもしれない——あるいは、この魔法少女には都合の悪いことは聞こえないのかもしれない。

「じゅうようさゆえではなく、むしろわいしょうさゆえに——おまえみたいなふかくていようそは、せわになったおにいちゃんのために、はいじょしといたろかと。……でも、おまえのまぬけなねがおみとったら、そのきもそがれたわ」

かんづめはそう言って、近場の柱にもたれかかるようにした——生まれ変わりを繰り返した『魔女』と言えど、肉体はあくまでも六歳児、夜中の眠さは、地濃の比ではないようだ。

それを押してわざわざ地濃のところに——地濃を殺しにやってきて、そしてその決意を撤回した、というのだから、地濃が寝ている間に、彼女の中では相当のドラマがあったことが予想できる。

しかし、その、できる予想をしないのが地濃であり、『まあなんだかよくわからないけれど助かったらしいぞ』くらいの認識で、ぼんやりと、

「はあ。それは何よりです」

と返す。

「でも、不確定要素って、何です？　『魔女』の『先見性』をもってしたら、私の動きなんて見え見えになるんじゃないんですか？」

「そうたんじゅんなもんでもない。……でぱーとのちかで、あんなふうにおまえとであったんは、それがこうやにつながるみちやったからやけど——しょうじき、ここまでおまえがいきのこるゆうんは、かんづめのよそうがいやった。おおきながれはよめても、こまかいとこまではめがいきとどかん——そういうことや」

もしもそんな話を、かんづめが鋼矢にしていたなら——このとき、似たような話を手袋鵬喜相手にしている杵槻鋼矢にしたなら、更に先に発展したかもしれないそんなテーマは、残念ながら地濃には届かない。

地濃はただ、

「なるほど。『先見性』って言っても、決して万能ではないんですねえ」

と、驚くほど浅い理解をする。

気分を害した風もなく、苛ついた風もなく、かんづめはそんな地濃を観察するように見て、

「けっきょく、おまえみたいな、『よくわかってへん』、『よくわからんやつ』に、『よくわからんまま』にまけたんやろな――かんづめら、『かせいじん』は」

と言った。

「？　どういう意味です？」

「あほはつよいし、こわいちゅういみや。……ま、『まじょ』のはいいんなんか、どないでもええんや。ちのうのみ」

「はい、なんでしょう」

名前を呼ばれて、返事をする。

特に緊張を感じさせない態度である。

「おまえはぜんぜんじゅうようやないけれど……、おにいちゃんのもくひょうにたいして、おまえの『まほう』は、けっこうじゅうようや」

「私の魔法。周囲を魅了してやまないチャーミングな人格とかでしたっけ？」

「………………」

「てへへ、嘘嘘。さすがにわかってますよ――マルチステッキ『リビングデッド』に

よる固有魔法の『不死』ですよね？」

なぜか照れ笑いを浮かべながら、地濃は自分の腕時計を見遣る。

「ええ。『誰も死なせない』という空々さんの目標に、この固有魔法は結構、貢献度が高そうです――ですから私は、明日に向けてぱんぱかぱーんと張り切っておりますよ。ついに私が空々さんのお役に立てるときが来た、と」

「おまえはこれまでのどうちゅうも、じゅうぶんやくにたっとったわ」

辛辣に言うようで、実は評価しているそんな台詞も、地濃は聞き逃した――叱り甲斐もなければ、誉め甲斐もない魔法少女である。

「そう。だれかはしらんけれど、おまえみたいなやつに、そんなどをこしたまほうをわたしたやつは、『まじょ』にもおとらん『せんけんせい』をもっとるわ……、まるで、このじょうきょうをそうていしとったがごとく」

「私にこの魔法を渡した奴。誰でしたっけ」

「やから、しらんゆうねん」

「はー。『先見性』があると言っても、別に過去が見えるわけじゃあないんですね」

さらりと『魔女』を批判しながら、地濃は記憶を探った――どうして自分は、この魔法を授与されたのだっけ？　どんな経緯があったのだっけ？

しかし、思い出せなかったので、すぐに諦めた。

「つまり、かんづめちゃんは、明日の戦いにおいて重要な役目を担うであろう私を激励するために、やってきたということですか?」

「ちゃうわ。おまえのでばんがないほうがええとおもただけや——『しんでもどうせいきかえれる』なんてきもちでいどんだら、うまくいくもんも、うまくいかんけん」

「でしょうね。気が緩んじゃうでしょうからね」

意外なことに、ここではあっさり、地濃はかんづめの言うことに同意した。

「チーム『ウインター』の皆さんは、そうやって死んでいきましたよ。ほら、私の『不死』の他にも、『治癒』とか、回復系の魔法を使える魔法少女がいましたしねえ』痛みを感じなくなる『無痛』の魔法とかもありましたねえ——と、地濃は今は亡きチームメイトのことを回想する。

そこはまあ、それなりにしみじみと。

「私はお世話になりませんでしたけれど、『情緒』の魔法少女は、恐怖や不安を感じなくさせることができました——それで、結構、みんな四国ゲームを、楽しくプレイしてたところがあるんです。でも、あっさり全滅しました——なんでしょうね。四国に四つあるチームの中で、守りに一番秀でていたはずのチーム『ウインター』が、一番最初に崩壊したっていうのは、何か色々と考えさせられるものがありますねえ」

「……おまえがのこっとるやろ。まだ、ぜんめつやない」

「ええ、そうですね。チーム『ウインター』の志は、私が伝承します」

チーム『ウインター』の魔法少女達も、別に地濃に伝承されたくないだろう——むしろ、そんな彼女達から一定の距離を取っていたからこそ（仲間外れにされていたからこそ？）、地濃はこうして、生き残っているとも言えるのだが。

「ぼうぎょがかたすぎると、むしろいのちを、あらくつかいだす——ざつにつかいだす。やからほんまに、おまえみたいなやつがもっとうくらいで、ちょうどええんやろ」

おにいちゃんみたいないのちしらずがもっとったら、いったいどないなることか——と、かんづめは言った。

確かに、この『不死』の魔法を、空々空が持っていたらとんでもないことになりそうだ、と、それは理屈ではなく、地濃にも直感できた。

「さいのうなんて、あほがもっとうほうがええんやろ——ぜったいへいわりーぐが、それをどれだけ、わかっとったんかはしらんけど」

「はあ。その通りですねえ」

ここは明らかに適当に頷く地濃。

と言うか、大抵の場合、彼女は適当だ。

だからもちろん、彼女のほうから持ち出したこんな話題も、適当にセレクトしたものだ——強いて言えば、かんづめとのトークが盛り上がればいいと思って、つまりよかれと思って、提出したものだ。

「そう言えば、かんづめちゃん、知ってます？　去年の『大いなる悲鳴』で、人類の三分の一が、地球にぶっ殺されたじゃないですか——地球と人類との戦争が、そのときから、激化したという言い方もできますけれど、以来、地球上で行われていた、人類同士の戦争は、激減したそうなんですよ」

「……ふうん？　そうなんか？」

知らなかったようだ。

さして不思議ではない、『魔女』と言えど全能ではないし、また酒々井かんづめは——彼女の中にある『魔女』はついこの間まで、絶対平和リーグに捕らわれていたのである。

世間の狭さはシャーレ級だ。

あるいは知っていても、その記憶を思い出せずにいるだけかもしれないけれど。

「国同士の戦争とか、内紛とか、革命とかもそうなんですけれど……」

「ま、そら、にんげんのかずがぶつりてきにへってんからな。しょうとつのかずもへるやろ——あらそいがおこるりゆうはたいがいのばあい、とちやらたべものやらえねるぎーやら、『かぎられたしげん』のとりあいがげんいんやから」

かんづめは自分なりの見解を述べる。

「それに、きょうつうのてきがあらわれたら、いがみあっとるもんどうしでも、だんけつするもんや」

「んー、でも、『大いなる悲鳴』が、地球からの攻撃だって知っている人は、ごく限られているわけじゃないですか――共通の敵が現れたから団結したってわけでもないんですよ。なのに争いが減った理由って、危機感が生まれたからなんじゃないかなあって思いました」

まるで小学生の読書感想文のような言い方で、地濃は語る。いや、語るというほど重いものではなく、それは明らかに、思いついたことを言っているだけだ。

「ききかん」

「いつなんどき、二回目の『大いなる悲鳴』が響いて、死ぬかもしれないって思ったら、戦争とかやってる場合じゃないじゃないですか。よりよく生きよう、思い残しがないようにしようと、あのときから人類は、前向きになったのでは」

よりよく生きようとしているとは、とても思えない地濃がそんなことを言っても説得力はなかった――かんづめもまったく、その説に感銘を受けた風ではなかった。

「いつしぬかわからん、おもたら、ぼうそうしてやりたいほうだいするあほも、おるんちゃうんか？」

「あー、そうですねー。そうかもしれません」

論破されてもノーダメージである。

ある意味、最強とも言えるメンタルだ。

「さっきと同じ話になりますけれど、『不死』とか『治癒』とか『無痛』とか、そんな魔法を使えたら、危機感、どうしたってなくなりますよね——もしも今、二回目の『大いなる悲鳴』があったとしても、私には皆さんを、生き返らせることができるわけですし。それがいいことなのか、わるいことなのか、私にはわかりません」

哲学的な意味での『わかりません』ではなく、単にわからないという意味での『わかりません』だったが、しかしどちらにしても『魔女』にも、それに対して返す言葉はなかった。

実際、彼女が属する『火星陣』も、現代の言葉では『魔法』と形容するしかない、そんな力を持ちながら——『地球陣』に大敗を喫したのだった。

退廃したのだった。

危機感……。

「……まあ、いちばん、ききかんがないのは、おまえかもしれんけどな」

「はい？」

「わかっとるんか、おもって」

そこまで言うつもりはなかった『魔女』だったが、打てども響かぬ、あまりの地濃の受け答えに、つい、そんなことを言ってしまう――それを言うと、彼女が恐れをなしてチームから離脱してしまうリスクすらある指摘なのだが、まあ、それならそれでいいだろうという投げやりな気持ちもあった。

いいだろう。

場合によっては、地濃を始末するつもりで彼女を訪ねてきたという言には、嘘偽りはないのである。

「あした、もしもちーむ『びゃくや』とたたかいになってしもて――はいぼくしたとき、たしかにみんなはいきかえれるけれども、おまえは、いきかえられへんねんで？　そせいまほうをつかえるおまえが、しんでもうとうねんから」

厳密に言えば、死んだ地濃からコスチュームを剥いで、他の誰かがそれを着た上で、マルチステッキ『リビングデッド』を、彼女の死体に振るえば、蘇生はする――かもしれないけれど、その方法では、よっぽど急がないと、間に合うとは限らない。

他の人間よりも、『死』のリスクが高い。

そのことにこの馬鹿は思い至ってないんじゃないかというような、酒々井かんづめからの指摘だったけれど――果たして、地濃鑿は。

魔法少女『ジャイアントインパクト』は、

「やだなあ、わかってますよ、それくらい」

と。

へらへら、はにかみながら答えたのだった。

6

そんな風に、それぞれがそれぞれそれなりの、最後の一晩を過ごして——翌朝、二〇一三年、十月三十一日。

空々空が率いるチーム一行は、瀬戸内海に向けて出立した——離陸して編隊を組み、空を飛んで、一路、『始まりの無人島』を目指す。

もっとも、構成メンバーが構成メンバーなので、集合してから出発するまでの手順が、スムーズに進んだとは言いにくく、そこは先行きを不安にさせる出だしではあった。

具体的には、編隊を組むにあたっての並び方で、少し揉めた——飛ぶにあたってエネルギーを必要としない、いくら飛んでも、それ自体では疲れはしない『魔法飛行』ではあるけれども、前進するにあたっても向かい風は、やっぱり如何ともしがたいわけで、人数がいるならば、渡り鳥がそうするように、三角形か一列かに、隊列を組むのが合理的なのだが、しかし、問題は魔法少女のコスチュームだ。

スカートである。

驚異の防御力を誇る鉄壁のコスチュームではあっても、スカートはスカートだった——そういう意味での防御力は低い。真下から見れば、中身は丸見えになる。同じく、水平に飛行すれば、真後ろから中身が丸見えだ——女子同士ならばそう気にすることでもないけれど、チーム空々には一人、男子がいた。

言うまでもなく空々少年である。

それでも、これまで彼が道中を共にしていた地濃鑿や杵槻鋼矢は、その点、『まあいいや』『もういいや』と開き直ることのできる性格だったのだが（ちなみに登澱證は、気付いていなかった）、昨日新たに合流した三人のうち二人、個人名をあげると氷上竝生と手袋鵬喜が、『それだけは』と、空々の前を飛ぶことを拒絶した。

意外なことに、特に強く拒絶したのは、ここまで何一つ、強く主張してこなかった手袋鵬喜だった——昨夜、鋼矢と話したことが彼女の弱気な心に何らかの影響を及ぼしたのかもしれないけれど、それを知らない空々の認識としては、たぶん、香川県の中学校で手袋と対決した際、彼が彼女を下着姿に剝いたことが、トラウマになっているのかもしれないという印象だった。

だとすると一言もない。

少なくとも『今日の下着、可愛いのじゃないから』的な、わけのわからないことを言っている氷上よりは、配慮をしなければという気にもなる――本来、昨夜の会議で決定した通り、人造人間『悲恋』という爆弾を抱えて飛ぶことになる空々に最前列を飛ばせるのは、ややリスキーでもあるのだが、ここは思春期の女子の意見が勝った。

そもそも空々が最前列を飛べば、今度は隊列後方者が、空々のスカートの中を見ることになるという別の問題も生じるのだが――それに空々を含めたメンバーが気付かなかったわけでもないのだが――議論している時間が惜しかったので、あえて誰も、それを問題化しなかった。

そんなわけで隊列は、空々と、彼が抱える人造人間『悲恋』を先頭に、二列目に、鋼矢と右左危博士、三列目に氷上と地濃とかんづめと手袋という並びに決まった。

決して飛び慣れていない空々の飛行を、背後から鋼矢がサポートし、右左危博士が島の位置をナビゲートするという形だ。

異様な飛行集団ではあるけれど、元々、人が何人も空を飛んでいる光景が異様だし、地上からそれを見上げる者も存在しない――紆余曲折あったが、出発してしまえば、あとはスピーディーだった。

「で……左博士。どの島から巡るのかしら？」

「んー。まあ結局、候補の島を四つまで絞ったんだけれど」

飛行中、空々の背後で交わされる、鋼矢と右左危博士の会話である――『究極魔法』を得るための実験を行う予定だった島を、二、三個まで絞っているという昨日の言は、そこまで大きなはったりではなかったらしい。いや、事実を言葉に合わせるために、昨晩、レポートを書く振りをして、数十あった島の候補を、徹夜でできるところまで絞ったのかもしれない――と氷上は思った。

「近くの島から手当たり次第に行くか、それとも最初から網羅するつもりで、最短コースを描くかは、まだ迷っててね――鋼矢ちゃんは、どっちがいいと思う？」

「……あたしだったら、一番可能性の高そうな島から巡るけれど。リーダー？」

誰が呼ばれているのかと思ったが、それは自分で、びっくりする空々――根本的にリーダーとしての自覚（あるいは資質）に欠けているので、向かい合ってないときにいきなりそう呼ばれると、すぐに反応できない。

「あ、は、はい。なんでしょう、鋼矢さん」

「どうするのがいいかって話――これはもう、どれでもいいと思うから、適当にぱっと決めちゃってよ」

「はあ……じゃあ、えーっと、近くの島から、手当たり次第に」

絶対的な答などない以上、どれでもいいというのは鋼矢の言う通りだったけれど、しかし空々が選んだのは、一番不合理な巡りかただった――それもそのはず、彼としては、四国ゲームに対するこのプレイスタイルの主題をチーム『白夜』との交渉に置いているので、訪れる島の当たり外れは、そんなに重要でもないのだ。

四国から外に出ようという行為そのもの、四国ゲームのシステムを探ろうという行為そのものに、チーム『白夜』の誰かが、反応してくれればいい——そういう考え方をしていて、そしてその狙い自体は、見事に当たる。

的中する。

それが管理者サイドの魔法少女達の仕事なので、『魔女』の先見性に頼るまでもなく、当然と言えば当然なのだが——しかしながら。

空々空は昨日の会議の最中で、もう一歩踏み込んで考えておくべきだった——そこまでは人智の及ぶ範囲ではないと割り切らずに、考えておくべきだった。

チーム『白夜』に属する、黒衣の魔法少女のうち、誰が、自分達のプレイを妨害に現れるのか、もっと掘り下げて考えておくべきだった。考えて考えて考え尽くす彼のスタイルが、集団の中で潰れてしまった形だが——

『風使い』の『スペース』か。

『土使い』の『スクラップ』か。

『木使い』の『スタンバイ』か。

『火使い』の『スパート』か。

もちろん、複数人かもしれないけれど――それを考えておくべきだった。春秋戦争の調停を任された相手である『スクラップ』だったらいいのに、なんて淡い期待をするでもなく、運任せにするでもなく――だって、確実な答は出せなくとも、起こりやすい状況を推理することはできたのだから。

氷上達の話を聞く限り、黒衣の魔法少女達は、昨日の段階で、香川本部に集まりつつあるようだった――そして、今、自分達がいるのは、愛媛県あたり。

つまり、歴然である四国の広大さを思えば、チーム空々の現在位置と、チーム『白夜』の現在位置にはそこそこの距離があって――百数十キロにも及ぶ距離があって。

いくら、魔法少女は全員、障害物も回り道もショートカットできる飛行能力を持っていると言っても、やはり個人差はあり――ならば、現在の四国で、もっとも速く飛べる魔法少女。

鋼矢と空々が、最初に四国を脱出しようとしたときにも、そのスピードによって、進路に立ちふさがった、あの魔法少女こそが、もっとも速く、空々達の動きに反応するだろうことは――十分に、予測できたことなのに。

「あっ……！」

と。

鋼矢が声をあげたときには、もう遅かった。

びゅん。

そう、一陣の風が強く吹いたかと思うと――『風』が強く吹いたかと思うと、編隊の先頭を飛んでいた空々少年と、彼が抱えていた人造人間『悲恋』の姿が、綺麗さっぱり、かき消えていた。

7

大気を自在に操る『風使い』。

黒衣の魔法少女『スペース』。

チーム『白夜』においては、相対的に穏健派とも言える彼女は、しかしながら、空々空が交渉しなければならない相手としては――これ以上なく最悪で、それ以下もなく最悪なのだった。

（第5話）

（終）

第6話「変わる風向き！難航する交渉術」

勘よりは感覚のほうが当てになる。

10

『火』『水』『風』『木』『土』。

実際のところ、チームとしてはほとんど機能していないチーム『白夜』ではあるけれど、それは何も、彼女達メンバーの我の強さや協調性のなさ、相性の悪さや反りの合わなさにのみ由来するものでは、実はない。

それもあるが、それだけではない。

『魔女』をして、『原始の魔法にもっとも近い』と言わしめる五大魔法を使用することに代表される、それぞれのスキルの高さ、魔法少女としての能力の膨大さがあまりにも突き抜けていて、いざ共に行動しようというとき、お互いにかち合ってしまい、動きにくくなるのだ。

だから、むしろ離れて行動しなければ、互いの身が危険なのだ——仲間の魔法の巻き添えで、命を落としかねない。

そもそも、彼女達でもなければ——絶対平和リーグに集められた、わけありの少女達の中でも選りすぐりの『天才児』達でもなければ——まず、その魔法を使いこなすことができず、自らの身を滅ぼしてしまうことだろう。

空々達が『水使い』である黒衣の魔法少女『シャトル』のコスチュームとマルチステッキを、酒々井かんづめに着させたのは単にサイズの問題だったけれど、それは実に幸運な選択と言えて、もしも『魔女』以外がその魔法を使おうとしていたら、仲間全員を巻き込む、どんな悲劇が起きていたか想像もつかない。

力がないことよりも、力があり過ぎることのほうが危険——強力な魔法を、不出来な魔法少女に与えるという基本姿勢を持つ絶対平和リーグの魔法少女製造課をして、それでも優秀な魔法少女達に渡すしかなかった魔法。

例外的な五大魔法。

それが『火』であり、『水』であり、『風』であり、『木』であり、『土』である——空々達にしてみれば、チーム『白夜』の魔法少女を、複数同時に相手取らなければならない展開には、そうはなり得ないということは、一応有利な条件ではあるのだけれど、それを補ってあまりある魔法を、彼女達は、手足のように使うのだった。

そのあまりに大きな管理者権限に、果たして空々空は、太刀打ちすることができるのか――四国ゲームの最終日は、そんな風に始まった。

そんな『風』に。

2

「わかってると思うけれど……、今、きみをさらうときに、きみを殺すこともできた」

彼女は言う。

黒衣の魔法少女『スペース』……『風使い』の彼女は、空々に対して冷徹に、言い聞かせるように言う。

噛んで含めるように言う。

「と、言うより……、きみだけじゃなく、あの場にいた全員を、殺すことができた。私の『風』にはそれだけの力がある――魔法力がある」

「…………」

それに対して空々は反応しない――正確に言うと、反応できないのだ。あまりに急激な速度で、急激な移動を強いられたため、脳ががんがんに揺れている――それこそ、死んでいてもおかしくないダメージを受けていた。

危うく、『誰も死なせない』という目標を立てておきながら、自分が真っ先に、一番最初の死者になるところだった――だが、とにもかくにも、生きている。

生きて、考えている。

例によって、紐でぐるぐるに胴体に縛ってあった人造人間『悲恋』も、どうやら取り落としていない――彼女のほうは機械なので、空々のように脳震盪も高山病も起こしていないようだけれど、『そうするべき』と判断したのか、空々と同じく、ぐったりした風を装っている。

本当、よくできた部下だ――よくできた機械だ。

よくできた爆弾だ。

壁にもたれかかっている――いや、地面の上に倒れている。空の上を飛んでいるのではなく、土の上に突っ伏している――どこだここは？

いったい、あの一瞬で、自分はどこまで連行されたのだ――周りの風景も頭の中には入ってこない。かろうじて、どうやら険しい山の中だと、わかる程度だ。

四国の大半は山なので、それではまったく特定できない――愛媛県内から瀬戸内海を目指していたはずが、今や高知県や徳島県にいるのかもしれなかった。

「……たぶん」

と、空々が人事不省に陥っているのに構わずに、もちろん、その背中をさすって介抱などしようともせず、淡々と続ける。

「魔法少女『パンプキン』が単身で、私達の後を追ってくるでしょう——あの子が一番、飛ぶのが得意だからね。彼女がここに到着するまで、おそらく、五分ってところ……、まあ、これはかなり短く見積もった予想だけれど、私は『パンプキン』には一度、痛い目を見せられているからね。用心に越したことはないわ——でもあのとき、『パンプキン』が私を出し抜いたのは、きみの入れ知恵があったんだったっけ？　地球撲滅軍の空々空くん——」

「…………」

ほとんど、相手の言っていることは頭に入ってこない——自分の名前を呼ばれたことを、ぎりぎり、把握できたくらいだ。

ふらふらのまま、空々はとにかく、『悲恋』と自分とを固定している紐を、ほどこうとする——『悲恋』の自由な駆動を可能にすれば、どんな状況からでも、勝負に持ち込めるはず。

いや、どうなのだろう？

確かに『悲恋』の駆動は、魔法少女の、魔法の発動よりも速い――マルチステッキを振るう前に、その間合いに入り込み、破壊力抜群の拳を振るうことができる。

だが、それは魔法少女が、普通の魔法少女だった場合だ――チーム『白夜』の黒衣の魔法少女、それも『風使い』の『スペース』が相手でも、そんなロジックは通用するのだろうか？

飛行速度に、風速を乗せることができる、おそらくは最速の魔法少女――そして、魔法少女『ワイヤーストリッパー』を相手にしたときと違って、管理者サイドの魔法少女である彼女は、たとえコスチュームを着ていようとも、人造人間『悲恋』が絶対平和リーグの所属でないことは、既に見抜いているに違いない。

「そんなわけで、五分――それがきみの、残りの寿命よ、空々空くん。だから一秒でも速く、回復したほうがいいんじゃないかしら――私は、『パンプキン』と戦うつもりはないから、たとえ五分たたなくとも、彼女の姿が見えたら、あなたを殺して颯爽と飛び立つわよ」

「……そう、かい」

空々は、かろうじてそう返事をしながら――紐はとうとうほどけなかった――ほどけないように結んだのだから当然だ――ので諦めた――、強引に立ち上がる。

「ありがたいね……なぶってくれるんだ」

そんな風に、挑発するように言ってみる。ちゃんと発音できているかどうか、自信はない――けれども、とにかく会話をすることだ、と、己の脳を強く鞭打つ。

「男子をいじめていい気になるとは、いい趣味だ」

「それはこっちの台詞でしょ。私達から見れば、きみ達は火事場泥棒みたいなものよ――余所様の組織の混乱に乗じて、乗り込んできて。こっちは必死こいて、事態を収拾しようと躍起になってるってのにさ」

きみこそいったい、何人の魔法少女をいじめ殺してくれたってのよ――と、あながち、売り言葉に買い言葉でもなさそうに、黒衣の魔法少女『スペース』は、空々を詰るように言う。

そう返されると、それを更に返せる言葉はなかった――空々も別に、望んでこんな状態の四国に来たわけではないし、数々の魔法少女とも、決して望んで戦ったわけではないのだが、それはまったく言い訳にはなるまい。

「……まあ、恨み言を言いたくて、きみをさらったわけじゃあないのよ。もしも、こんなののしり合いで、貴重な時間を消費したいと言うのであれば、付き合ってあげないでもないけれど」

「………………」

「大丈夫？　もうちょっと待とうか？」

「いや……」

もういい、と、空々は強がった。

この、突如(とつじょ)舞い降りた絶体絶命の状況下で、虚勢を張ることにどれくらいの意味があるのかはわからないけれど、できることは全部やるというのが、空々空の、窮地(きゅうち)におけるスタンスである。

根付いてしまって、もう本能と言ってもいい。

「何か……、話があるのかな。僕に」

「さてねえ。話があるのは、そっちだと思うけれど――」

言って、ちらりと、斜め上をうかがう黒衣の魔法少女『スペース』――どうやら、鋼矢の姿が見えたら、そこで会話を打ち切って、空々の命も打ち切るつもりだというのは、脅しやはったりではないらしい。

こうなると空々としては、鋼矢が助けに来ないことを祈らざるを得なかった――そもそも、仮に彼女が助けに来てくれたところで、それが単身であれば、あまり状況が、劇的に変わるとは言えない。

彼女が今着ているコスチュームは、チーム『スプリング』の魔法少女『フローズン』のもので、マルチステッキ『コモディティ』によって振るわれる魔法は『融解』――応用の利く、それなりに強力な魔法ではあるけれど、それは黒衣の魔法少女『スペース』の使う『颪』の比ではないし、また、鋼矢自身、使い慣れていない魔法だ。

ならばいっそ、自分が『スペース』を引きつけている間に、先に進んで欲しいと、空々は願う――先に進んだところで、何があるのかはわからないし、他のチーム『白夜』が立ちはだかるだけかもしれないけれど。

「一応、確認しておくけれど……空々空くん。その子が、地球撲滅軍が四国に送り込んできた『新兵器』よね？」

出し抜けに、そう訊いてくる『スペース』。

とぼけたり、のらりくらりとかわしたりするような余裕はない――時間的余裕も、精神的余裕も。

空々は、

「よくご存知で」

と、似合いもしないのに皮肉な調子で、彼女に応える。

ご存知も何も、『悲恋』を探して四国に来た右左危博士と、魔法少女製造課の課長、酸ケ湯原作は、香川県の中学校で遭遇している――その際、別段、お互いに組織の内情を赤裸々(せきらら)に語りあってはいないだろうけれども、しかし旧知の間柄である彼女は、語らずとも察し合うものはあったはずだ――『悲恋』のことが、既に伝わっていても、不思議ではない。

とは言え、彼女が人造人間——ロボットであることは伝わっているようだけれど、その正体が、そしてその実体が、自爆本能を持つ『爆弾』であることまでは、さしものチーム『白夜』といえどもまだ、把握できていないらしく、

「四国の異変を解決できるほどの機能があるようには見えないけれどねえ——それとも、あくまでもその子は、異変を分析する調査機なのかしら？」

と、探りを入れるようなことを言う。

つまり、『悲恋』の正体を知っているという点においてのみ、この場の情報のアドバンテージを、空々が握っているということになる——けれど、それが何の役に立つのかは、よくわからなかった。

爆弾と言っても、それは今日の真夜中までは爆発しないことが保証されている爆弾である——それをもって、脅しに使うことは難しい。なにせ相手は、その気になれば、四国どころか北海道までも、あっという間に距離を取れる飛行能力を持つ『スペース』である。今日の夜中なんて、タイムリミットでさえないだろう——余裕で南極まで避難できる。

ただ、それでも。

四国ゲームを台無しにできる破壊力を、こちら側が所有しているという事実は揺るがない——そう思うと、それが少しだけ、励みになった。

「そうやって、紐で固定しているところを見ると、よっぽど大切みたいだけれど……、ロボットはコスチュームを着ても空を飛べないのね。それは新発見だわ」

「そうだね……魔法と科学は相性が悪い――」

「ということは、当然その子は、固有魔法も使えないのよね――もっとも、それ以前に、その子が装備している腕時計――マルチステッキは、魔法少女『メタファー』の『ダウングレード』じゃなく、魔法少女『ベリファイ』の『マッドサンド』みたいだけれど」

短時間の観察で、次々と、人造人間『悲恋』に施されている偽装を見抜いてくる――尋常ではない推理力だ。

やはりこの魔法少女、単に強力な魔法を与えられているだけの女子ではない。『風』を使うとか、管理者サイドで事情に通じているとか、そういう事情を差し引いても、そもそものステータスが図抜けている。

仮に彼女が絶対平和リーグではなく、地球撲滅軍に属していたならば、この年齢でも、あっさりと室長クラスの職についているだろう逸材（いつざい）だ――空々のような成り行きではなく。

ならば当然、今『悲恋』は、ぐったりしている『演技』をしているだけだということも、看破していることだろう――このまま『スペース』に『悲恋』を観察させ続けていると、唯一のアドバンテージである、彼女が四国を沈めうる爆弾であるという情報まで露見してしまいかねないと思い、空々は、

「僕を、こうして殺さずにいてくれるのは——僕の話を聞いてくれるつもりくらいはあるってことかな？」

と、そう切り出す——策も見通しもなく。

見切り発車する。

「殺さずというより、生かさず殺さず——ね。いや、はっきり言ってしまうと、なんとなく、きみ達の考えていることはわかるのよ。ここに至って、私達管理者サイドの思惑通りに四国ゲームをプレイするのは危険な香りがするから、ちょっぴり無茶なプレイをして、私達をおびき寄せようって算段でしょ？　プレイヤーが自分達だけになった今、ゲームのクリアを担保に、交渉の余地があると判断したわけでしょ？」

ずばずば見抜いてくる。

推理力と言うより、こうなってくると、こういった展開もチーム『白夜』にとっては意外なそれではなく、あらかじめ想定していた、危機管理マニュアルに載っている事態なのかもしれない——そんな気持ちにさえさせられる。

根拠もなく、そんな負け犬みたいな気持ちにさせられている時点で、彼我に圧倒的な力量差があることを、認めていることになってしまうが。

更にその思いを後押しするようなことを、『スペース』は言った。

「正直、いい案だとは思うわ——私がプレイヤーでもそうするんじゃないかってくらいに。まあ、誰かの言いなりになってプレイするんじゃ、ゲームのし甲斐がないものね——作り手の意表を突くのがプレイヤーの喜びよ。言われるがままのクリア目標を変更して、管理者サイドに反抗したくなるのもわかる。四国ゲームでは、プレイヤーサイドは——ただし、そんなプランを成立させるには、私達の意表を突きたくなるのと管理者サイドの格差が大き過ぎるんじゃないかと思うのよ。気に食わないからって嚙みつくには、あまりに歯が立たないってくらいに——私から見れば、きみ達は、歯牙ない」

「…………」

「ま、そうでなくとも、穴の大きい、粗い、つーか、雑な戦法でもあるんだけれどね——きっと空々くんには、『パンプキン』と一緒に大鳴門橋から脱しようとしたとき、私があまりにも鮮やかに妨害に入ったものだから、チーム『白夜』のことを、常に四国の端々に目を光らす働き者だと思っているのかもしれないけれど、基本的に私達って、とんでもない怠け者なのよね」

リーダーの『スパート』なんて、年のほとんどを冬眠して過ごしてるような奴よ——と、『スペース』は、そこははっきり、侮蔑するように言う。

「……四国からの脱出者を見張ってるのは、魔法少女『キャメルスピン』ってわけかい？」

当てずっぽうに言った。

『バリアー』を張っているのは彼女というのだから、そこを出入りする者もわかるんじゃないかという、それこそ雑な推測だったけれど、これは案外、まぐれ当たりをしたようで、

「……ま、そんなとこね」

と、黒衣の魔法少女『スペース』は、軽くいなすように、受け流した。

「つまり、その『キャメルスピン』みたいにマメな奴ならばともかく、チーム『白夜』相手に交渉しようなんて、端(はな)から的外れってことよ。それも善し悪しなんだけれどね――あんまり神経質に管理しようとしても、規模の大きなゲームはうまく運営できないわ。どっか抜けてて、いい加減なくらいじゃないとね――遊びがないと、ゲームは成立しない。なんだか皮肉だけれど」

「…………」

まあ、その通りである。

それについては別に空々も、チーム『白夜』が、勤勉きわまる魔法少女集団だと思っていたわけでもない――確かに、四国から一時的にリタイアしようという鋼矢と

空々の行方(ゆくえ)を遮(さえぎ)った黒衣の魔法少女『スペース』の動きは鮮やかだったけれども、しかし、桂浜で遭遇した黒衣の魔法少女『スクラップ』は、あろうことか自分の仕事を空々に押しつけてくる始末だった。

氷上と右左危博士、手袋鵬喜の一行は、空々達と合流する前に、チーム『白夜』の『木』と『土』と『火』と、それぞれバトルになっているけれど、その三連戦を上首尾に切り抜けることができたのは、氷上の元戦士としての機転ゆえというのがまず前提だけれども、徹底した深追いをしようとしない、チーム『白夜』の姿勢もあってのことだ。

では、チーム『白夜』において、『風使い』の『スペース』だけが例外なのかと言えば、実のところ、そうでもない——彼女も、愛媛県で再会した逃亡者である鋼矢や、香川県で遭遇した侵入者である右左危博士を、ほとんど気まぐれのような気持ちで、見逃している。

ちゃんと仕事をしているとは言い難い。

だから、空々達が四国から脱しようとしても、チーム『白夜』の魔法少女が現れないという公算は、十分にあった——交渉したくとも、交渉できないという可能性は。

もちろんそうなったらそうなったで、予定通りに『始まりの無人島』を調査するだけだったが——計画の変更は余儀なくされていただろう。

だからこうして、先頭を飛ぶ空々が『スペース』に拉致(らち)されたという展開は、言うなら現時点で既に出来過ぎみたいなものだ――結果としては、相手の気まぐれに賭けた作戦が、ハマったということになる。

なるはずなのだが――これを『作戦通り』というには、現状、空々はあまりに圧倒的な苦境に立っていた。

いい加減に仕事をしても十分に成り立つ、チーム『白夜』の圧倒的な魔法力に、空々はもう、無力化されているようなもので――頼りにすべきは『悲恋』だけれど、正体を半分以上看破されている以上、魔法少女『ベリファイ』や魔法少女『ワイヤーストリッパー』、それに魔法少女『フローズン』にしたような、油断しているところへの不意打ちは使えないということなのだから。

「まあ、こうして私が来てあげた以上、その乱暴な作戦の是非について問うのはやめときましょう――時間の無駄だしね」

「…………」

「問題は、きみと私とで、交渉が成立するかどうか、よね――その点、どう考えてるわけ？　そちらの手持ちのカードは、そのロボットと、『魔女』である酒々井かんづめかしら――まあ、少なくとも後者は脅威ではあるわ。『水使い』の『シャトル』の水害で、彼女を殺せなかったのはとても痛い――」

ただ、打つ手がないってわけじゃないわ——と『スペース』は言う。

吉野川に起こったあの水害は、大歩危峡で空々達を襲ったポロロッカは、なるほど、やはり鋼矢の言っていた通り、チーム『白夜』の魔法少女の仕業だったらしい——しかも、それは『スペース』の指示に基づくものだったようだ。

ならば間接的に、既に一度、空々は目の前の魔法少女に殺されているのだという言い方もできる——それを認識すると、窮地の窮地度が、ますます増すようだった。

『魔女』である酒々井かんづめに対し、対抗案があるというのも、虚勢ではないのだろう——空々とは違って。

と言うか、既に『スペース』は、かんづめを出し抜いている——空々空というチームリーダーを、彼女の目の前でさらっている。

そういうことだ。

予知能力にも近い『先見性』を持つかんづめだけれど、『先見性』はあくまでも『先見性』——『先を見る能力』だ。

見る力では。

見えない動きは、追いようがない——ゆえに、追い風に乗った全速前進の高速飛行で、黒衣の魔法少女『スペース』は、目にも留まらぬ一瞬の動きで、空々空を拉致したのだ。

実のところ、それを防御する方法が、空々になかったわけでもない――もしもチーム『白夜』が、そういう形で、チーム空々の行軍を妨害してくると予想できていたなら、あらかじめ、自分の身に縛りつけていた人造人間『悲恋』に、周辺への警戒を促していただろう。

得意の白兵戦ではなく、専門ではない空中戦とは言え、警戒していれば、『悲恋』も、たださらわれなかったはずだし、上官が目の前どころか身の前で、誘拐されるのを見逃しはしなかったはずだ。

それは結果論だけれど、これは空々空の、自己評価の低さが裏目に出たパターンとも言える――チーム空々の動きが妨害されることがあっても、自分一人がこんな風に、仲間から隔離される展開というのは、まるっきり予想していなかった。

『悲恋』を抱えることで狙われやすくなるリスクと、逆に避けられるリスクが釣り合うと思っていたことは本当なのだ。

かと言って、今のところ（幸いと言うべきか）、『スペース』はまだ、『悲恋』の真の値打ちに、そして真の脅威に、気付いていないようだし――

「要するに、愚かの極みね――作戦や戦略で対峙するには、私達、チーム『白夜』は、あなた達に対して巨大過ぎる。もしも、それでも交渉したかったのであれば、せめて四国ゲームをクリアして、『究極魔法』を手に入れてからにするべきだったと思うわよ」

「……それはどうかかな。そのほうが、交渉の余地はなかったかもしれないよ」

「？　どういう意味？」

「いや……」

空々は誤魔化すように、曖昧な返事をする。

語っても仕方がない。彼が立てた目標が『誰も死なせない』であることまでは、さすがの『スペース』でも予想の仕様がないだろうし、だからこそ、『究極魔法』というリスクの固まりみたいなクリア賞品を、得るわけにはいかなかったという理屈を、うまく説明できる自信もない。

「『究極魔法』なんて、僕達が望んでいるものとも、きみ達が望んでいるものとも、違うかもしれないって意味さ」

「ふうん……？」

空々がとぼけたことには気付いただろうが、しかしそこは、深入りしてこなかった――ただ、確認するように、もう一度空を見上げただけだ。

時間がないのは、タイムリミットを区切った側である彼女にしたって同じなのだ――気まぐれであろうと嫌がらせであろうと、悪戯心であろうと遊び心であろうと、少なくともこうして、空々を拉致した以上は、拉致しただけの目的があるはずで――

それはまだ、果たされていないはずである。

それだけが、突破口と言うか。

瀕死同然の空々空にとっての、誤解であれなんであれ、もしも『スペース』のほうに縋り先だった。

自己評価の低い彼だけれど、空々から見出しているなにがしかの価値があるのだとすれば——だが、そんなは、空々空の希望を打ち砕くように、黒衣の魔法少女『スペース』は、

「勘違いしないでね、空々空くん」

と、厳しい口調で言った。

「私はきみをなぶるつもりもいたぶるつもりもないけれど——よっぽどのことがない限り、最終的には殺すつもりでいる。四国ゲームの管理者の一人として、きみを評価しているけれど、それは放置できない邪魔者という評価と同義。そのロボットは、地球撲滅軍との今後の関係性を考えて、壊さずにおいてあげてもいいけれど——きみは、ゲームを根っこから壊しかねない危険因子だ」

「…………」

「現に、きみが四国にやってきてから、ゲームは様相を大きく変えてしまったしね——『スクラップ』は、そんなきみを利用しようと考えているみたいだし、実際に利用したみたいだけれど、気弱な私には、そんな度量はないわね。だから——」

と。

そこで黒衣の魔法少女『スペース』は、意外な行動に出た。

左手首に巻いていた腕時計――真っ黒な腕時計を外して、それを地面に置いたのだ。さながらそれは、武士が大小を腰から外し、畳の上に並べるような動作だった。

「――私を説得してみなさいな。私がきみを殺さなくていい理由を、がんばってプレゼンしてみなさい。きみがこの場面を生き残る道は、それしかない」

その申し出を、どういう風に受け取ればいいのか、空々は混乱した――だいぶん、意識も回復してきたが、そのはずなのに、頭の中を、ここで再び、かき回されたみたいな気分だった。

もちろん、鵜呑みにするわけにはいかない。

たとえ腕時計を――マルチステッキを身体から外して、地面に置いたところで、それが黒衣の魔法少女『スペース』が、武装を解除し、話し合いをしようとしているという意味には直結しない。

コスチュームが特別製であることを思えば、必ずしもチーム『白夜』は、魔法を使用する際に、マルチステッキを必要とするとは限らない――そうやって油断させて、空々からの攻撃を誘っているのかもしれない。あるいは、本人は『そのつもりはない』と言うけれど、やっぱり、深い思慮も意図もなく、猫が捕らえた鼠(ねずみ)をいたぶっているだけなのかもしれない――だが。

それでもこれが、チャンスであることには違いがない。

チーム『白夜』の魔法少女がチーム空々に対して持つ、圧倒的な力が――彼我の力量差が、どうしようもない格差が、逆に、この状況を生んだ。

これを活かさない手はない。

と言うより、これを活かさないと死んでしまう――殺されてしまう。

鋼矢が追いついてくる気配はない。

あるいは、鋭敏な彼女は、『自分が追えば、空々が殺される』という理解をし、あえて追わないでいるのだろうか――ならば、その英断を無駄にするべきではない。

言われた通り、プレゼンすべきだ。

交渉すべきだ。

いつも通り、できる限りのことをすべきだ――しかし。

「…………」

なぜか――本当になぜかわからないが、なぜか、言葉が出なかった。

警戒している？　それはそうだ。だが、怪しかろうが罠だろうが、ここで踏み出さないと、どうにもならないことは瞭然である。仮に、ノープランでもノーアイディアでも――ほんのわずかにも希望がなくっても、ここは『スペース』に、泣きわめいて土下座してでも、生き延びねばならないシーンのはずだ。

なのに——何かがそれを許さない。

理性でもない、論理でもない、それでも、空々の中の何かが——そんな空々を、黙って見ている、黒衣の魔法少女。もう何も言う気もないらしい。このままタイムアップになるだろうことを、まるで織り込み済みのように。

そうだ。

そう言えば、前にもこんな状況があった。

そっくりそのままではない——あのとき、交渉を受けていたのは、空々ではなく鋼矢である。鋼矢と空々が、四国から脱しようとするのを妨害した黒衣の魔法少女『スペース』は、杵槻鋼矢——魔法少女『パンプキン』に対して、『リタイアをやめて、今後もリタイアしようとしないのであれば、スペシャルボーナスをあげよう』というような取引を持ちかけた。

その『スペシャルボーナス』とやらがなんだったのかは、今となっては定かではないけれど——その後、もう空々達が入手している情報ということもありえる——それがなんだったとしても、決して悪い取引ではなかったはずである。

今から思えば、ではない。

もしもその取引を蹴っていれば、そのときはまったく正体不明だったチーム『白夜』と、戦闘になだれ込んでいたのだから、誰が判断しても、あそこでは頷いておくべきだった。

実際、賢明な鋼矢は、ほとんどその取引に応じかけていた――それを妨げたのが、彼女にぶら下がっていた形の空々である。

『この子の言うことは信用できない』

と、鋼矢に伝えて――鋼矢はそれに応じてくれた。

そこで『スペース』からの交渉に応じなかったがゆえに、鋼矢は絶対平和リーグの所属でありながら、チーム『白夜』から追われる身になったわけで、空々は彼女に酷い迷惑をかけてしまったのだ――結果論で言えば、空々は、そこで『スペース』と決裂したがために、空中からの落下先に待っていた『魔女』、酒々井かんづめと邂逅することができたわけだが、そんなのは本当に結果論である。

もらえていた『スペシャルボーナス』の内容次第では、自分を取り戻せていない『魔女』と同行するよりももっと、四国ゲームを有利にプレイできていたかもしれないのだ。

なのに。

空々少年は、黒衣の魔法少女の誘いを蹴った。

すげなく門前払いにした。

……何が信用できなかったのだろう？

あのとき、空々は、『スペース』のどういうところが『怪しい』と思い、取引に応じるべきではないと考えたのか――その件については彼は、ちゃんとした理屈をつけていなかった。

魔法飛行に『風』の魔法を重ねて、スピードアップをしているのに、それを隠して鋼矢と対話していた駆け引きが、信用できなかったのか――そもそも正体不明な魔法少女には、警戒して警戒し過ぎるということはなかったからなのか。

どれも牽強付会（けんきょうふかい）という気がした。

理屈じゃあなく、ただなんとなく『嫌な感じ』がしたというのが、一番しっくりくるような気がした――『嫌な予感』ではなく、『嫌な感じ』。

ならば今も、同じである。

むしろあのときよりは相手の正体がはっきりして、そのプロフィールも、使う魔法も、対処できるかどうかはともかく、見えているというのに――そもそも、チーム『白夜』と交渉するという案は、彼が発案したものだというのに。

絶対的な力量差を背景にしているとは言え、黒衣の魔法少女のほうからこうやって、武器を置いて、向かい合って話ができる機会をもうけてくれているというのに――その機会をうまく活かすことができない。

自分で不思議だった。

いったい、何が嫌なんだ？

『スペース』の、何がどう気に入らないんだ？

生理的に受け付けないというにしても、少なくとも、彼女の佇まいに、嫌悪するような要素はないはずだ――四国の仕民を全員犠牲にするような実験の首謀チームの一員であっても、見た目は、空々と同世代くらいの、可愛らしい女の子である。

年頃の普通の男子ならば、むしろ仲良くしたいと思うような女子なのに――いや、空々に普通を求めるほうが間違っているのかもしれないが、それにしたって。

「……上官」

と。

そこで空々と、紐で縛られて密着している『悲恋』が、『スペース』に対してのぐったりとした、疲労困憊の演技を続けながら、そっと彼の耳元で、囁くように言った。

ロボットであることを考慮して言うなら、ボリュームを最小限にまで絞って、空々にだけ聞こえるようにして、言った。

「必要であれば、上官が彼女に対し、心理的抵抗を覚えている理由を論理的に説明することが可能ですが、いかがしましょう」

「……？」

自分でもわけのわからない葛藤を指摘されたようで、どきりとする――いや、しかし、『悲恋』が機械であり、内蔵するセンサーで人間のバイタルを、ある程度把握することができるであろうことを思えば、それはまっとうな申し出なのかもしれないと思った。

空々のバイタルだけでなく、『スペース』のバイタルまで見通せる機能があるとすれば――もしもそんな機能があれば、チーム『スプリング』のリーダー、魔法少女『アスファルト』もさながらだけれど――

「……頼む。説明して頂戴」

空々は小声で返す。

まさか声そのものは聞こえなかっただろうけれど、空々と『悲恋』が何らかのやりとりをしたことは黒衣の魔法少女に伝わってしまったようで、『スペース』は、わずかに眉をひそめた。

機械と会話をする空々に違和感を覚えたのかもしれないし、あるいは、徳島県の空で鋼矢を取り逃してしまったときのことを、思い出したのかもしれない。

実際、そのときの再来にならないよう、空々の動きに更に注視する彼女だったが、あいにく空々は、意識こそ概ね取り戻したものの、まだ肉体機能の全快にはほど遠かった。
一歩二歩でも、まともに動けそうもない。全力を注がなければならないはずなのだが
なればこそ、『スペース』との交渉に、他ならぬ彼自身がそれを許さない。
――それができない、他ならぬ彼自身がそれを許さない。
それに確固たる理由や揺るぎない信念、曲げられない意地のようなものがあるとい
うのならばまだしも、どうして『スペース』と交渉したくないのか、本人にもわから
ないというのだから、まるでそういう魔法にでもかかったみたいだ。
「では、説明します、空々上官」
だが。
『悲恋』の言葉を聞いてみれば、それはまったく腑に落ちるものだった――何の疑問
もなく、胸にすとんと落ちる説明だった。
追加で説明を求めることもなく、質疑応答の時間を設けるまでもなく、『ああ、な
るほど』と思えるものだった――むしろ、それ以外の説明であったならば、きっと
空々は納得できなかっただろう。
無駄にあり過ぎるとも言える空々の行動力、生き延びるためならばまったく手段を
選ばない空々の、行動を封じ得る、それは唯一の理由だった。
どれだけ考えてもわからなかったけれど。

考えるまでもなく、明らかだった。

こういう状況になれば、チーム空々の七人を裏切る振りをしてでも、とにもかくにも生き延びようとする彼が――『振り』どころではなく、本当に裏切り、チーム『白夜』側につくかもしれない――、生き延びることを拒否したくなるほどの理由があるとすれば。

あるとすれば、それは。

すべてを失い、何もなくなった少年に、それでも生き続ける理由を与えてくれた、『あの人』が絡んでいるに決まっていたのに。

人造人間『悲恋』は言った。

あなたが彼女に同調できない理由は、と。

「黒衣の魔法少女『スペース』――絶対平和リーグの中枢近くに属するあの魔法少女が、かつて上官の保護者であった剣藤犬个を殺害した犯人だからです」

3

剣藤犬个を殺害した犯人だからです。

ロボットである『悲恋』のそんな発音は、空々空の耳だけではなく、離れた位置に立つ黒衣の魔法少女『スペース』の耳にも、実は届いていた。囁くような小さな声であっても、彼女は『風使い』である——空々と『悲恋』が小声でやり取りしているのを見て取って、『空気』に乗せて、その音を拾ったのだ。

空々が危惧したように、黒衣の魔法少女は、マルチステッキがなくとも、その固有魔法を使うことができるのだった——厳密に言えば、一般的な魔法少女にだって、コスチュームだけでも魔法を使うことは、理屈の上ではできる。

マルチステッキはあくまでも魔力の増幅装置なのだ——『魔女』が、アイテムが何もなくとも魔法を行使できるように、黒衣の魔法少女はマルチステッキがなくとも、ある程度の魔法を使えるだけの才覚を持つ。

これは絶対平和リーグの上層部でも、全員が知っているわけではない機密の内であり、逆に言うなら、それが空々にバレてしまうリスクを冒してでも、彼女はここで、空々と対話をしようとした、ということになるのだった。

その甲斐はあった。

と、『スペース』は思った。

そもそも彼女が、こんな風に空々を拉致し、仲間から引き離して、話し合いの場を持とうとしたのは、もちろん、酸ヶ湯課長から伝え聞いた人造人間『悲恋』についての事情聴取をしたいという気持ちもあったけれど、それ以前に——彼女は気になっていたからだ。

どうして、空々空は。

あのとき、杵槻鋼矢——魔法少女『パンプキン』に、自分との取引に応じないように促したのか、それがずっと、気にかかっていたからだ。

あのときの取引には、実際、まったく裏がなかった——一般的な魔法少女の中では、群を抜いて優秀な魔法少女『パンプキン』に、四国ゲームをクリアして欲しいと思う気持ちに、嘘偽りはなかった。

だから『スペース』としては彼女を四国から逃がすわけにはいかなかったし、その取引にかこつけて、ゲーム攻略に有利な情報をこっそりと流してあげるつもりだった——気まぐれどころか、彼女の立場からすれば、ほとんど親切心に基づく申し出だったのだ。

なのにああやって断られたことには、驚きを通り越して、このプライドの高い少女を、大いに傷つけさえした——わけがわからなかった。その後、鋼矢を取り逃がしてしまったことも含めて、空々が『魔女』と合流したことも含めて、そんなに思い通りにならないことは、エリート気質の彼女にとって、非常に目新しい出来事だった。

だから。

だから彼女はこうして、空々と二人きりの状況を作ったのだ——『スペース』からすれば人の内に数えないロボットとは言え、できれば『悲恋』も引き離したいところだったけれど、そこで時間をかければ、拉致自体に失敗していたかもしれないし、また、こうして、彼女の口から事実が語られてしまえば、彼女を一緒に連れてきたことは、結果よかったとも言える。

案の定、『スペース』が、もったいぶりつつも、恐らくは空々の思惑通りであろう『交渉』を申し出ても、彼は踏み出してこようとはしなかった。

空々が『スペース』に対して、『なんとなく』では済まされない抵抗を覚えていることは明らかだった——もちろん、性格的にも相当逸脱しているし、特有の天才級の才能の持ち主ではあるけれど、それでもやはり思春期の少女として、わけもなく嫌いな奴や、ノリの違う奴、肌の合わない奴がいるということは、『スペース』も、理解している。

自分のことをそんな風に思う奴もいるだろう——たとえばチーム『白夜』の中でも、『スペース』は『スクラップ』とは、特段の事情もなく、不仲だったりする。

ただ、この状況は命がかかっている。

自分の命だけではなく、仲間の命も。

それなのに空々が、機会が与えられようと交渉を持ちかけてこないばかりか、命乞いをしようともしないことには、確たる理由があるはずで——確たる理由は、あったわけだ。

剣藤犬个。

地球撲滅軍の構成員。

知っている——覚えている。

『あなたはよっぽどのことをしたんでしょう』と、絶対平和リーグ香川本部ですれ違った女——のちに判明したところによると、地球撲滅軍不明室室長左右左危——は言っていたけれど、そういうことだったのか。

納得した。

空々空が納得したように、あるいはそれ以上に、黒衣の魔法少女『スペース』は納得した——と言っても、剣藤犬个という当時十七歳だった少女を、厳密には、彼女は殺してなどいない。

厳密には、『寸刻み（すんきざ）』の名で知られていた彼女の命を奪ったのは、あくまでも彼女の上役であった花屋瀟である——更に正確さを期すならば、直接手を下したのは、他ならぬ空々空である。

彼自身がとどめを刺した。

二重三重に間接的な話であって、むしろ、『スペース』の認識としては、『私もそんなことを、よく覚えていたな』というくらいだ。

よくあることで、よくあることでしかないのに。

念のために、もう少し記憶を探ってみる——そう、確か、こんな経緯だったはずだ。わけあって地球撲滅軍から追われることになった裏切り者・剣藤犬个は、その頃はまだ、期待のルーキーという扱いであった戦士の空々空と共に、伝手を頼って、絶対平和リーグへの亡命を試みたのだ。

剣藤犬个は、『大いなる悲鳴』のバリエーションであると類推されている『小さき悲鳴』の生き残りだし、空々空は、『地球陣』を見分ける精神の持ち主だった——絶対平和リーグとしては、その亡命申請を断る理由などあるはずもないはずだった。

……そう言えばそのとき、直接、剣藤犬个から申告を受けたのが魔法少女『パンプキン』、つまり杵槻鋼矢ではなかったっけ？

あちこちに顔の広い彼女なら、どこにどんな知り合いがいても不思議ではない——そんな風に、よその組織から絶対平和リーグにスカウトされた者も、そこまで珍しいわけではなく、普通に話が進んでいれば、剣藤犬个も空々空も、絶対平和リーグに移籍していたはずだ。

だが、邪魔が入った。

邪魔を入れたのが花屋瀟であると言うより、そもそも、剣藤犬个に無実の罪を着せて、裏切り者の汚名を与えたのが、『蒟蒻（こんにゃく）』の名で知られていた花屋瀟だったのだ。

魔法少女『パンプキン』にも匹敵する、あるいはもっと悪辣で、えげつないネットワークを持っていた彼女は、絶対平和リーグの上層部に手を回して、剣藤犬个の亡命を阻止したのだ。

どころか、亡命を受け入れる振りをして、剣藤犬个の殺害をするよう、絶対平和リーグに持ちかけてきた――それを受諾したのが、チーム『白夜』だった。

もっと言えば、黒衣の魔法少女『スペース』だったのだ。

当然、絶対平和リーグの秘中の秘である魔法関係の情報は外部には伏せられているので、花屋瀟に対しては本名である虎杖浜（こじょうはま）なのかとして応対したのだが――要は花屋瀟の持つ、悪辣でえげつないネットワークの行き着く先のひとつが、黒衣の魔法少女『スペース』だったというわけだ。

地球撲滅軍の若き幹部が、交換条件に差し出してきた数々の内部情報は、引き替えとされる要求――亡命の拒絶――に、十分釣り合うと判断して、『スペース』は剣藤犬个の騙し討ちに協力した。

その結果、剣藤犬个は殺された――花屋瀟も命を落とした。およそ後味の悪い、最悪の結末を迎えた――剣藤犬个はもちろん、花屋瀟とも直に会ったことのない『スペース』だったけれど、さすがに少しだけ嫌な気分になったものだ。
嫌な気分の大半は、もらえるはずだった内部情報をもらい損ねたことに起因してい
るのだけれども――その騒動の中、一人だけ生き残った空々空という名は、奇妙に印
象に残ったものだ。
なるほど。
だったら、さもありなん――だ。
つまり剣藤犬个は、黒衣の魔法少女『スペース』に騙されたから落命したのだ――
そんな前科を持つ彼女が、空々から信用されるわけがない。どんなおいしい条件で交
渉しようとしても、生理的に拒否されるのが当然だ。
ただ、これはこれで、新たなる疑問が生じる。
空々空が、そういう理由で『スペース』との交渉に抵抗を持つことは、なるほど、
そういう事情が前提にあれば、当然である――だけれど、その前提を、彼は知りよう
がなかったはずなのだ。
剣藤犬个の亡命を拒絶する、そんな取引をしたことを、花屋瀟が空々に話したとは
思えない――花屋瀟が『スペース』に提供しようとしていた内部情報は、明らかに彼
女の権限を逸脱したものだった。『スペース』はそれを、気づかない振りをしたけれ
ど、あの取引は、表沙汰になれば花屋瀟の身をも危うくするものだったはずだ――

『スペース』の、つまり虎杖浜なのかの名前を出したとは思えない。

あの時点で空々が、『スペース』との交渉を拒絶する理由があるとは思えない――突如目前に登場した黒衣の魔法少女は、剣藤犬个の死に関わっているどころか、何者かもわからない正体不明の女子でしかなかったはずだ。

「…………」

直感、か……。

それとも本能か、勘なのか。

あまりそういう感覚を信じていない『スペース』だけれど、そう説明をつけるしかない――そういう例も、知らないわけじゃない。

かつての保護者・剣藤犬个の仇だと。

空々空は『スペース』を看破したのだろう。

人間関係は第一印象がすべて――なんて俗説の真意は、見てくれやファッション以上のものも、案外伝わってしまうということだとも聞く。

『スペース』は剣藤犬个や花屋瀟のこと、それに当時の空々空のことを忘れていたわけではない――ただ、重要視していなかっただけだ。

だから、そんな気持ちが伝わったのかもしれない――亡命者である剣藤犬个を騙した上に、それを大して気にしていない様子、そのことについて、空々から恨まれているかもしれないと、ちっとも危ぶんでいない様子が——伝わったのかもしれない。

……恨む？

空々空が？

感情がごっそり死んでいる、この少年が？

なんて現実味のない文章だ。

空々空が誰かを恨むなんて、どんなフィクションよりもフィクションめいて聞こえる嘘八百ではないか——だいたい、恨みつらみ云々で言い出したら、その剣藤犬个という少女は、空々空の親兄弟を殺した女ではなかったか？

空々空を、無慈悲な『こちら側』に引き込んだ張本人ではなかったか——だったら、そんな奴を騙し討ちにしたことを、感謝されてもいいくらいなんじゃないかと思うけれど。

「……もしも」

と。

この場に生じた短くない静寂（せいじゃく）を、『スペース』は破った——沈黙に耐えきれなくなったのが、彼女のほうだったのかもしれない。

「もしも、今だったら——空々空くん。きみを絶対平和リーグに、受け入れていたのかな。いや……、到着してたったの一週間で、これだけ四国をかき回してくれたきみのような奴は、やっぱりあのとき、拒絶していて正解だったのかな」

探りを入れるようなそんな振りに対し、空々は答えない——無言を貫いている。その心中は推し量りにくい——いったい何を考えているのか、いったい何を思うのか。彼にとっても、意味不明な心理的抵抗に、論理的な説明がついたことについて、どんな感想を持っているのか——まあ、少なくとも、疑問が解消されてすっきりした、とはいっていないようだ。

あるいは彼自身、『スペース』と同じく、納得しつつも戸惑っているのかもしれない。

自分が、親しい人の生き死に『くらい』で、誰かを嫌ったり恨んだりする人間ではないことを、誰よりも知っているのが彼だろうし——また、自分にはそんな資格がないことだって、重々熟知しているはずだ。

一週間足らずで、彼にかかわった魔法少女が、いったい何人死んだと思っている——そんな自分を棚に上げて、『よくも僕の大切な人を』なんて、言えるはずがない。『スペース』にしたって、チーム『白夜』の中では、はっきりと唯一、仲がいいと言える相手だった『水使い』、黒衣の魔法少女『シャトル』を殺されたことについて、一時は魔法少女『パンプキン』を憎く思ったけれど、決してその衝動で彼女を、彼女を感情的に始末するようなことはしなかった。

四国ゲームの順調なる管理のためでもあるけれど――そんな恨みつらみを動機とする資格が自分にないことを、ちゃんと理解しているからだ。

四国では三百万人死んだ。

『シャトル』もその中の一人だった。

それだけのことだ――剣藤犬个の死だって、基本的には、意味合いはそれと変わらない。そんなことは、空々もわかっているはずだ。

だからこそ空々空は、今、初めて自覚した――自分の中に生まれた、『誰かを恨む』みたいな気持ちを、整理し切れずにいるのかもしれない。

では、気持ちの整理整頓が終わったら。

あるいは空々は、『スペース』を相手に、交渉をしようという気になるだろうか？

今まで、理屈のつかなかった、『スペース』に対する心理的抵抗に、一応の説明がついて――そんな説明は、戦争の最中には、そして戦場においては、その上、戦士同士の間では、通用しない理不尽なものだと理解できれば、とりあえずそんな『感情らしきもの』はいったん棚上げにして、ビジネスライクに、一時的にでもチーム『白夜』と、建設的に話し合えるのだろうか？

……仮に、そうだとしても、もう遅い。

『スペース』の中でずっとくすぶっていた、『どうしてあのとき、空々は鋼矢と自分との交渉を妨害したのだろう』という謎は、ともあれこれで解消した——これでもう、彼女には空々と交渉するメリットはない。

むしろ、剣藤犬个という故人を間に挟んだ、彼との個人的な因縁がはっきりと浮上した今、空々空という少年は彼女にとって、これまで以上に『殺せる内に殺しておきたい危険因子』と化した。

もちろん、地球撲滅軍から投入された『兵器』であるロボットのことは、放置してはおけないけれど、それについては別に、空々以外の、地球撲滅軍の所属者——開発者である左右左危——に尋問すればいいのだから。

そうだ。

空々空に対する謎がひとつなくなったことで、その身体に縛られているロボットについての謎が、ひとつ増えた。

空々自身が意識していなかった心理的抵抗の正体を、『スペース』自身が重要視していなかった空々との因縁を、いったいどうして、この機械は知っていたのか。

魔法少女『スペース』が、剣藤犬个を殺した犯人だとはっきりと言った、その論拠はいったいなんなのか——ロボットゆえに、人間には備わっていないセンサーを働かせて、こちらの心情を読んだのかとも思ったけれど、感情を見抜くとか、イエスノー診断の嘘発見器程度のセンサーならともかく、そこまで記憶に深入りした読心術など、現代の科学で可能なわけがない。

科学どころか、魔法でだって無理だ。

『テレパシー』は『予知』と並んで、絶対平和リーグの魔法少女製造課をして、再現できていない、『魔女』クラスの魔法なのだ——一説には、『究極魔法』は、憎き地球と対話をするための、『テレパシー』なのではないかと、そんな推論さえあるくらいなのだ。

それが科学で再現できていれば、笑い話にもならない——ならばなぜ、あのロボットは、そんな知識を持っていた？

それは調べなければなるまい。

だけど後回しだ。

今解決しなければならないのは、疑問がなくなり、問題しかなくなった、この少年の始末である——何を考えているのか、未だ無言のままだけれど、もう会話をする必要はない。

もちろん、謝ったりはしない。

剣藤犬个を殺した——とまでは言わないにしても、その一因となったことを、死因となったことを、謝ったりはしない。

「私は謝らない」

黒衣の魔法少女『スペース』は言う。

「だからきみも、許さなくていいよ」

もしも今、少年が葛藤しているのだとすれば——仇である『スペース』を、交渉するために許さなくてはならないと苦しんでいるのだとすれば、それを少しでも楽にしてあげようという気持ちの現れだったが、ただの本音でもあった。

今更許されようとは思わない。

別に、『シャトル』に限らない。

四国ゲームの被害で、『スペース』の友人と言える人間は、ほとんど死に絶えている——地球からの攻撃である『大いなる悲鳴』を三分の二の確率で生き延びた人類を、人類を救うための実験で、むしろ殺した。

言い訳なんかない。

許して欲しくなんかない。

責められて、殊勝に反省するつもりもない。

開き直りも居直りもせず、しかし同情も叱責(しっせき)もはねのけて、あくまでも自分を貫くだけだ——人間性なんて最初から捨てている。

私は魔法少女。

魔女の魔性に、より近い者。

「ちょうど五分だ。ばいばい、空々くん」

彼女は足下のステッキに手を伸ばす。

強力にして強風。

『風』のマルチステッキ『ディナイアル』に――

4

――手を伸ばすさまを、空々少年はただ、なすすべもなく、見ているしかなかったし、実際には見てもいなかった。

では、空々がこのときどうしていたのかと言えば――意外性の男子である彼にしては、まったく意表を突くことなく、黒衣の魔法少女『スペース』が予想した通りに、戸惑っていたのである。

チーム『白夜』に属する魔法少女の優秀さを示すエピソードだが、ただ、彼が戸惑っている理由は、彼女の予想とはちょっと違っていた。

空々空は、説明のつかない、『スペース』に対する心理的抵抗に説明がついたことで、謎は解けたものの、自分が『そんな理由』で、思考と行動をやめてしまうことに戸惑っていた――のではなく、あるいは、どうして空々も『スペース』も気付いていなかったそんな情報を、身体に縛り付けている人造人間『悲恋』が把握しているのかわからずに戸惑っていた——のでもない。

と言うか、それについては、『スペース』と違って彼には、昨日の軍議の中で、右左危博士から聞いた情報があったゆえに、ほぼほぼ解答まで辿り着いていた。

モデルとされた複数の、無数の個性の中に、剣藤犬个や花屋瀟の個性が含まれていたのではないかという解答——解答というより可能性だが、ともかく、会議のその後、右左危博士と氷上竝生が話し合ったような内容に、逆ベクトルからのアプローチではあるけれど、今、到達していた。

そこに戸惑いはない。

あるのは納得だけだ——その点において、空々少年は、大人達や、天才級の魔法少女よりは、頭が柔らかかった。

人造人間『悲恋』に対して、共感すると言ってしまった『失言』にまで説明がついたわけで、そこには迷いはなかった——では、何に迷っているのかと言えば、彼にはわからないのだった。

どちらか、わからないのだった。

桂浜で遭遇して以来、『悲恋』に対して共感しているらしい自分の共感は、剣藤犬个に対するものなのか、花屋瀟に対するものなのか——どちらなのか、わからない。

保護者の彼女なのか、幼馴染の彼女なのか。

わからなかった。

そこで、思考と、行動が、止まってしまった。

さながら大岡裁きのように、両側から引っ張られたように、動けなくなってしまった――そんな自分が信じられず、彼はそこにこそ戸惑っていた。

今、そんなことを考えている場合じゃないのは明らかなのに、そんなことばかりを考えてしまって、『恨み』に縛られているよりも、がんじがらめになっていた。

……どちらにしたところで、戸惑っていることに違いはなかったし、結局、マルチステッキを拾おうとする『スペース』の動きを止められなかったことで、空々空の運命は決まっていた。

戦場において思考を放棄し、行動をとりやめてしまったのだ、これは本来、取り返しのつかないミスである――こういう精神状態になった相手の虚を突くのが、そもそも彼の英雄としてのスタイルであることを思えば、なんとも皮肉な話だが。

もしもの話をしても仕方ないけれども、それでももしもの話をするのであれば、もしもここで、空々少年が通常通りであったならば、少なくともステッキを拾おうとする彼女の動きを、見逃しはしなかっただろう。

信頼できない根拠がはっきりと見えた『スペース』と、交渉に持ち込んでいたかどうかはともかくとして、むざむざ殺されようとはしなかっただろう――紐をほどくことは叶わなくとも、そのまま、自分の胴体に縛りつけられたままの『悲恋』に、攻撃命令を出していたに違いない。

人造人間『悲恋』の駆動に引っ張られて、身体が持つかどうかはわからなくとも、それでも死ぬよりはマシだと、ふらふらの頭でも、あくまで彼らしい判断をしたに違いない――そして、駆動した『悲恋』の拳は、標的である『スペース』に届くことなく、黒衣の操る『風』が、空々の首をかっ切っていただろう。

彼女が足下に置いたマルチステッキに手を伸ばしたのは、万全を期そうとしたというよりは、最大の魔力をもって空々を殺そうと――殺して『あげよう』としたからであって、ただ攻撃するだけであれば、別に、マルチステッキは必要なかった。

コスチュームの持つ魔力だけで、彼女は普通に戦えるのだ――むしろ、人一人と戦うだけだったら、そのほうが『風』が小規模になって、扱いやすいくらいなのだ。

『殺し損ねて、無駄に苦しめてしまうかもしれない』という気持ちが、マルチステッキに手を伸ばすという、不要な手間を、この魔法少女に取らせたのだった。

いわば、らしくないことだった。

らしくないという意味では、敵と向かい合っている最中に戸惑ってしまった空々とどっこいどっこいだったわけだけれど――お互いの『らしくなさ』が生んだ、ほんの数秒の空隙が、数秒にも満たないタイムラグが。

この場合は——空々空に傾いた。

「………？」

マルチステッキの柄をつかんだ、黒衣の魔法少女『スペース』の手が、感じた違和感と共に、止まった——持ち上げて、魔力をふるわなくてはならないはずの手が、その甲に感じた違和感と共に。

と言っても、その違和感の正体が何か、わからなかったわけではなく——最初が『手の甲』だっただけで、続いて次々と、全身でその感覚を感じることになる。『スペース』の身体だけでなく、空々の身体も、そして辺り一面にも——『それ』は『降って』くる。

間断なく、大粒の——雨が。

「…………」

無言のまま、空を見上げる——ほんのちょっと、眼を切っていた間に、その様相は絵の具で塗り潰したような真っ黒と言っていい、曇天だった。

眼を疑っているうちに、あっという間に雨は、激しさを増していく——いわゆるゲリラ豪雨、いや、スコールだった。

「あっ……」

と。

そこで空々は、我に返る。

文字通り冷水を頭に勢いよく、滝行のごとく浴びたことによって、正気に戻った——頭が冷えたというより、ただびっくりしただけなのだけれど、ともかく、チーム『白夜』の魔法少女を前に、考えることを止めてしまっていた自分に気付いて、『はっ』となったのだ。

何をしているんだ、僕は。

あがかなければ。

あがいて——生き延びなければ。

そう思った——そう思い、正面にいる魔法少女を、まずは見据えようとした。何をしようとしたわけでもないが、とにかく相手を見ようとした——それはいつも通りの彼のメンタルだった。

けれど、遅かった。

それでも遅かった——間に合わなかった。

空々が見据えようとした先には、もう誰もいなくなっていた——地面に置かれていたマルチステッキも、持ち主と共に、影も形もなくなっていた。

雨をきっかけに動いたのか。

もう攻撃動作に入ったのか、と周囲をうかがったが、しかしそうではない——そもそも、最速の魔法少女が攻撃するなら、わざわざ後ろに回り込むとか、死角に潜むとか、そんな手間をかける必要はないのだ。

まっすぐ最短距離で突っ込んできて、アタックすればいいし、もっと極端に言えば、まっすぐ『風』を飛ばせばいい——それができるはずの彼女の姿が、空々の前から消えてなくなったということは、その意味するところは明らかだった。

黒衣の魔法少女『スペース』は。

逃げた——のだ。

『この場を離れた』とか『退却した』とか、そんなあやふやな言い方が許される撤退ではなく、掛け値なく明確に逃げたのだ——しかし、だとしたら、何から？

空々でないことは確かだ。

一応、魔法少女『カーテンコール』のコスチュームと、そのマルチステッキ『ロングロングアゴー』で武装している彼ではあるけれど、そんな使い慣れていない魔法で、チーム『白夜』に対抗できるわけもない。

爆弾であることは知らなくとも、春秋戦争の経緯から、人造人間『悲恋』の戦闘能力は伝わっているだろう——だから彼女と、白兵戦になることを恐れた——のでもないだろう、それなら最初から、彼女ごと空々を拉致したりはしない。

ならば、『スペース』は、何から逃げた？

「………………」

空々は手のひらを天に向けて、

「雨か……」

と言った。

豪雨の中、ずぶ濡れになって、重さを増したコスチュームを感じながら——

「そっか……、『雨』は、『大気（かぜ）』の天敵なんだ」

なにせ、重力に従って、真上から真下に落ちてくる水滴なのだ——大気を割るように落下してくる大粒の雨が、『風使い』にとって、障害にならないわけがない。『風』をひとかたまりの物体と見なすなら、真上から連続で、間断なくずたずたに切り裂かれるようなものだ——大気と一体となって風を操る魔法少女の立場で考えるなら、こんな豪雨、全身に絶えず、銃弾を浴び続けるようなものである。

そして、これは空々も、四国二日目の夜に自らの身で体感したことではあるけれど、この魔法少女のコスチュームは、打撃や衝撃に対する防御力は非常に高いけれども、防水性には劣る。

要は、雨の中で活動するには向いていない——それは色の黒いそれでも同じなのだったのだろう。

もちろん、動きにくくはなるけれど、動けなくなるというほどのものではないし——雨の中だろうと、使おうと思えば、『風』を使うことが、まったくできなかったわけではないだろう。

雨天決行、できたはずだ。

それでも黒衣の魔法少女『スペース』は万全を期した——空々空に対してではない、拉致された空々空を追ってくるであろう、杵槻鋼矢に対して、用心した。

豪雨を押し切って、空々を殺すこと自体はできても、彼を殺した直後に、鋼矢と戦うことになるのはまずい。

彼女はそう判断したのだ。

黒衣の魔法少女『スペース』は杵槻鋼矢を——魔法少女『パンプキン』を高く評価している。特に、一昨日までの彼女ならばまだしも、チーム『オータム』に参加し、魔法少女『クリーンナップ』と交流を持ったのちの魔法少女『パンプキン』を、高く高く評価している。

決めてしまえば、速かった。

逃亡の判断も、逃亡のスピードも、速かった。

『風』を切って、全速力で離脱した——眼にも止まらぬ動きで、一気に雨雲の上まで飛び上がったのだった。

空々が我に返ったときには、彼女はもう、数千メートル上空に『避難』していたのだった。

「このタイミングでこんな雨が降ってくるなんて……つくづくラッキーボーイね、空々空くん。だけど、もう次はないわよ」

空の上で、『スペース』はそう呟いた。

事実として彼女は逃げたのだから、どうしても負け惜しみみたいになってしまうことは避けられなかったけれど――それゆえに、強い決意のある言葉だった。

「次は殺す」

5

ラッキーボーイ。

こんなにも都合よく、まるで見計らったかのようににわか雨が降ってくれば、黒衣の魔法少女『スペース』が、そう思ってしまうのは無理もないけれども、もちろん、空々少年は、ラッキーボーイなどではない。

むしろ彼ほど凶運に見舞われる少年もなかなかいない――救いの雨も慈雨も、彼にとっては本来、縁遠いものである。

確かに、数日前にも、四国全体が豪雨に包まれたりもしたし、この季節に突然の強い雨が降ることは珍しくもないので、『スペース』も、そこに疑問を覚えたりはしなかったのだけれど――しかしながら、当然、ここで雨が降ってきたのは、単に空々が『幸運だったから』ではない。

そんな好都合が、彼の身に起こるわけもない。

思い起こしてみれば、黒衣の魔法少女に追われて、遥か上空から落下した先が、他でもない酒々井家だったことだって、決して奇跡ではないのだ――『先見性』を持つ『魔女』の立場から見れば、落ちてくる彼をしたたかに待っていたという言いかたもできるのだから。

『魔女』。

酒々井かんづめ。

そして今現在、彼女は、黒衣の魔法少女『シャトル』のコスチュームを着ている――そう、『水使い』のコスチュームを。

「……ぶじでよかったわ」

と。

茂みの向こうから現れた幼児に、豪雨の中、ひとり佇(たたず)んでいた空々は、すぐさますべてを理解した。

つまり、辺り一面を包む、この突然の雨をもたらしたのが、小さな『魔女』の采配であることを——なるほど、普通の魔法少女ならばもてあますであろう五大魔法だって、『魔女』ならば、問題なく使いこなすだろう。

「まるちすてっき『かすけーど』……、ほんま、ようもまあ、こんなもんつくるわ。あなどれんな、『じんるい』も」

そんな風に言いながら、ステッキをくるくると回しつつ、空々に近づいてくるかんづめ。空々は、その後ろを覗くようにしてみるけれど、誰かがあとをついてくる気配はない——どうやらかんづめ一人のようだ。

ただし、『空から来るのではなく、地面を歩いて来る』——そういう策略は鋼矢のものっぽい。『風使い』にさらわれた以上、自分が追ったら空々が殺されると判断しただけではなく、そこに更なる策を、彼女は重ねてくれたようだ。

「……あっちは大丈夫なの？」

空々はぺたんと、その場に尻餅(しりもち)をつく——安心で腰が抜けたような仕草だけれど、実際には、拉致された際のダメージで、元々立っていることもつらかったのだ。

「僕と『悲恋』が拉致されたあと、チーム『白夜』の、他の黒衣の魔法少女に、襲撃されたりしていない？」

していたら、かんづめが空々を救助に来てくれるとは考えにくいけれど……、たない。

だ、形ばかりとは言え『リーダー』として、空々はそれを確認しないわけにはいかない。

「だいじょうぶやけん。おにいちゃんがいなくなって、みんな、すぐにひなんした──そのへんのしきは、ひがみいう、あのおとながとっとった」

ゆうしゅうやな、あいつ。

と、幼児は才女を、鷹揚に誉めた。

空々は「うん。自慢の部下だよ」と、そんな風に言って、ようやく、『悲恋』と自分とを結ぶ紐をほどくことに成功した──そして、そんな大仕事を成し遂げたことで力尽きたように、大の字になって寝転がる。

自由になった『悲恋』が最初にしたことは、そんな空々の頭を「失礼します、上官」と持ち上げて、太股の上に乗っけることだった。

膝枕である。

「……ありがとう」

空々が口癖を言うと、

「どういたしまして」

と、人造人間は答える。

それを見ていた『魔女』に言わせれば、どちらの言葉からも、感情は感じられなかった——まったく奇妙な風景だった。

「おにいちゃん。ゆっくりやすませてあげたいところやけれど、そんなよゆうはないで——あの『かぜつかい』も、そのうち、この『あめ』が、まほうのさんぶつやと、きづくやろ」

「だろうね……」

もっとも、気付いたところで、彼女がここに戻ってくるとは限らないが——何がもたらした雨であっても、『風』が『水』と、不相性だという事実に違いはないのだ。

そう言えば、『風使い』の『スペース』と『水使い』の『シャトル』は、仲が良かったという情報を、言外に『スクラップ』から聞いたような覚えがあるが——聡い『スペース』からすれば、能力的に相手に苦手意識があったから、仲良くしていたというのもあるのだろうか？

「かもな」

と、かんづめはマルチステッキを振るう——すると、空々と『悲恋』を含むかんづめの周囲に、見えないドームがあるかのごとく、彼らを雨粒が避けていく。

ここが、本当ならば人間が立ち入らないであろう山奥であろうこともあいまって、なんだかとても幻想的な光景だった。

魔法みたいだ、と空々は思う。

いや、事実として魔法なのだが、しかしまあ、四国に来てから彼が経験し、体験してきた魔法は、なんというか、暴力的で、高圧的なものが多かったので、こういうファンタジックな魔力の行使は、目新しかった。

「……黒い魔法少女のコスチュームを着て、『魔女』としての自分を、またひとつ、取り戻したという感じなのかな？」

そんな風に空々は訊いてみたが、

「いや」

と、空々の頭のそばに立ったかんづめは、すぐに首を振る。さして残念そうにでもなく。

「そういうきたいもあってんけどな——どうもあかんわ。ゆうべ、ちのうのみとはしようちにわかってきたけど——しすいかんづめがとりもどせる『じぶん』は、どうやらこのへんがげんどみたいや」

「………」

「このぶんやと、はたちすぎてもしれとるやろ——まあ、むちゃもしたしな。しすいかんづめというこのじんせいを、らょっと『せんけんせい』のある、『かん』のええおんなとしていききって、それでながかったじんせいもおしまいや。『かせいじん』としての『じんせい』も、おしまい——かな？」

またひとり、『かせいじん』は、『ちきゅう』にころされたみたいなもんやな——と、かんづめは、悟ったように言う。

「それがげんとうのときゆうことや」

人生経験という意味では、六歳のようで、六歳であっても、空々の比ではない幼児である、そんな物言いに、できるリアクションはなかった。

ただ、思うだけだ。

『魔女』としての自分を失う——自分を失い、取り戻せないというのは、どんな気持ちなのだろうと、想像するだけだ。

はるか古代に、人類に先んじて、地球と全面戦争をした『魔女』でありながら、今となってはその魔力を行使するのに、変なコスチュームと変なステッキというアイテムに頼らなければならないなんて……。

まあ、この『雨』の操りようを見ると、絶対平和リーグが『魔女』を模して作ったアイテムだけあって、どうやらこのコスチュームを使いこなし——着こなす分には、かんづめには、何の問題もないようだが。

チーム空々において、一番速く飛行できるのは鋼矢——というのが、『スペース』と空々の、あの時点での共通見解ではあったけれど、こうしてみると、魔法少女のコスチュームを着たかんづめが、実はトップスピードなのかもしれない。

当然と言えば当然だけれど……。

「なに、このあめについてもまた、ひがみゆうおとなのこうせきでもあるわ。ほれ、きのうあのおとな、しこくのどまんなかを、ひろくやきつくすような『ほのお』のばとるをしよったやろ？　その『すいじょうき』が、そらにたまっとった──ふくせんははられとったんや」

「伏線ね……なんでも繋がっているもんだ」

適当に答える空々。

ではあったけれど、自分を膝枕する人造人間のことを思うと、その返事は、実に的確だった。

剣藤犬个と花屋瀟。

四国に来るときに、もちろん、思い出さないでもなかったけれど──こんな風に、あの二人の名前と出会うとは思わなかった。

『悲恋』はロボットと言っても、人造人間である──膝枕も、決して無機質な鉄の塊を頭の下に敷いているという風ではなく、柔らかい人肌のようだった。

まあ、剣藤犬个にも、花屋瀟にも、こんな風に、膝枕をさせてもらったことなんて、実際にはないのだけれど──だから、どちらの太股に近いだろうと、妄想することに意味なんてないんだけれど。

「ほんで、よ」

と、かんづめは切り替えて、言う。

「こうしょうはできたん？　おにいちゃん」

「ああ……全然」

タイミングぴったりで雨を降らせてくれたので、ひょっとするとかんづめは、茂みに小さな身を潜めて、空々と『スペース』のやり取りを聞いていたんじゃないかとも思ったが、そういうことはなかったようだ——そこはさすがに『先見性』の魔女とは言え、タイミング自体は、偶然だったらしい。

「話にもならなかったよ——本当に、話にもならなかった」

「ふうん。そうか」

特にがっかりした風もなく、かんづめは頷く。

あるいはその『先見性』で、これは見えていた展開なのかもしれないけれど。

「でもまあ……、『スペース』とは無理でも、チーム『白夜』の、他の黒衣の魔法少女とならば、交渉できるかもしれないという余地は残った。チーム『白夜』はあまり仕事熱心ではない子達みたいだから、話し方によっては、一人くらい、こちらの陣営に引き入れられるかもしれない」

「なるほど。それができたら、ええながれやな。『つちつかい』と、『きつかい』と、

『ひつかい』……、ぐたいてきにいうたら、だれとこうしょうしたいん？」

そこまではまだ考えてなかったけれども、問われてみれば、答は明らかだった。

「やっぱり『土使い』の『スクラップ』だろうね……、僕が面識があるのは、彼女だけだから。言われるがままに春秋戦争を調停した縁もあるし……大雑把な性格みたいだったし、そして、ここが重要だけれど、話している風を聞いていると、『スペース』と『スクラップ』は、不仲なようだった。そこにつけ込みたい」

黒衣の魔法少女『スクラップ』を標的にする理由を、淡々と列挙する空々――もっとも、そうでなくとも、消去法でも、彼は『スクラップ』を選ぶしかなかった。

『木使い』の『スタンバイ』と、『火使い』の『スパート』とは、氷上達が一度、バトルになってしまっている――そういう因縁が、交渉の邪魔をするということは、今回、十分に体験した。特に、チーム『白夜』のリーダーだという『スパート』とのバトルは大規模で、再会したとき、穏やかに話せるかどうかは怪しかろう。

そこへいくと、『土使い』の『スクラップ』とも、氷上達はニアミスして、戦いにこそなってはいるけれど、そのとき彼女達は、何をするでもなく、遭遇直後に逃走している。

昨日の段階では、空々は、王道を外したプレイスタイルを妨害に来るチーム『白夜』が、誰なのかは推測のしようがないし、誰が来ようと交渉するつもりだったけれど、それが餡子の入ったお餅のように、甘い見込みであったことを痛感した。

相手は選ばなければならない。

はるか空の上で『次は殺す』と呟いた、黒衣の魔法少女『スペース』の声が聞こえたわけでは、もちろんないけれども、それでももう一度『スペース』と向き合ったときは、言葉を交わすことなく戦いになることは間違いないと思う——彼女との交渉は、もう不可能だ。

空々の気持ちがどうあれ。

……実際のところ、心理的抵抗の正体がはっきりした今なら、『スペース』と交渉ができるのかどうかは、空々にはやっぱりわからなかったが、その謎に関しては、解けることはないだろう。

「『つちつかい』か……、むつかしいとこやな。『すぺーす』からみをまもるためには、こうやって、『あめ』をふらせとくんがいちばんやねんけど、どうじにこの『あめ』は、『つちつかい』も、とおのけてまうからな」

「そうなの？」

いや、考えてみれば、そりゃあそうだ。

『空気』を切り裂いた雨は、その後、『土』にもしみ入る——『土』に『着弾』する。それは『スクラップ』が操らんとする『土』の重量を増やす——嵩も増やす。

『スクラップ』の武器である『土』を操りにくくする——あくまでも『にくく』であり、決して操れなくなったりはしないだろうけれど。

「かと言って、雨をやませると、『スペース』が、超スピードで襲ってくるかもしれない、か……悩みどころだね」

「ついでにいうと、『あめ』もむげんにふらせつづけることもでけへん……、あくまでも『あめ』やけんな。くもがつきたら、『あめ』はやむ」

「そっか——じゃあ、あんまりゆっくりもしていられないね」

もう少し、ここで休んでいたいというのが本音だったけれど、そんなのんびりしたことは言っていられないらしい——早く鋼矢や氷上達と合流し、情報を共有しなければ。

人造人間『悲恋』のモデルに関する事実を、右左危博士に確認したかった——本当の答を教えてくれるとは限らないし、空々の推測が正しかったとしても、それでどうということはないのだが。

人造人間『悲恋』の中に、かつての知り合いがいたとしても——それがコピーでしかなく、残骸でしかないことくらい、わかっている。

空々はそっと、『悲恋』の太股から頭を起こした——そして、彼女の肩を借りることもなく、立ち上がる。

「行こうか……、かんづめちゃん、『悲恋』。あとは動きながら考えよう」

考えること、そして動くこと。

『スペース』を前に失っていた自分のスタイルを再確認するように言って、一歩目を踏み出す空々――そんな背中に、

「おにいちゃん」

と、かんづめが、トーンを変えて声をかけた。

「れんちゅうとごうりゅうするまえに、いうとくことがある……『せんけんせい』にもとづくあどばいすはいらんゆうことやから、これもまたたんに、ちきゅうじんとしていきていくしかないしすいかんづめからのいけんなんやけど」

「……？　何？」

「その『ろぼっと』のじばくは、どうしてもさけられへん、みたいなことをぜんていに、いまはみんな、うごいとるけども――ばくはつをふせぐほうほうが、いっこだけ、あるかもしれん」

もしも、おにいちゃんにとって。

その『ろぼっと』がたいせつなもんなんやったら、ためしてみたらどないや――

と、酒々井かんづめは言ったのだった。

苦手。

6

『風使い』の『スペース』は雨が苦手で、『土使い』の『スクラップ』もまた、雨が苦手。

そんな話をした空々とかんづめだったけれど、そこまで話したのであれば、チーム『白夜』の残る二名についても、きちんと詰めて話しておくべきだった。

空々はまだ拉致された際のダメージが抜けていなかったし、かんづめは、中身は『魔女』とは言え、脳が六歳なので、そこまで話せるような状況ではなかったとは言え――それは考えたら、すぐに答の出る問題だったのに。

言うまでもなく『火使い』の『スパート』もまた、『雨』を苦手とする――超高温の火炎は、『水』を蒸発させはするけれど、蒸発した『水』は、再び『雨』となって、火炎に向かう。少なくとも相性がいいとは言えない。

そういう意味では、チーム『白夜』で最初に落命した魔法少女『シャトル』は、チーム内において、かなり強度の高い魔法の使い手だったのである――吉野川で彼女を始末した魔法少女『パンプキン』の手柄は、かなり大きい。

だが、唯一。

たったひとり――チーム『白夜』には、豪雨をまったくものともしない、魔法少女がいる。

黒衣の魔法少女『スタンバイ』。

『木使い』。

あらゆる植物は、彼女の奴隷。

もちろん植物は『水』で育つもので――そしてここは、草木が無限に生い茂る、四国の深い山の中だった。

（第6話）

（終）

第7話「緑を大切に！ 子供の心に木を植えよう」

雑草という名の草はない――って言うけれど、じゃああなたは雑草の名をどれだけ知ってるの？

0

この第7話では、人が死んで、生き返らない。つまり、ごく普通のことが起きる。

1

四国ゲームをプレイしていて、誰もが痛感することのひとつは、『いったんはぐれたら、合流するのはすごく難しい』ということで、だからこそチーム空々は四国ゲー

2

ムの最終日、複数ある『始まりの無人島』の候補を探るにあたって、八人いる戦力を分散することなく、手分けせずに固まって、全員で調査に当たるという戦略を選択したわけだが――しかし、のっけからいきなり、そのリーダーがはぐれるという展開になってしまった。

これはまったく予定外の出来事ではあったけれど、しかし、予想外の出来事というわけではなかった――これまでの冒険で何度も、何度も何度も、そういう苦渋を嘗めてきた彼らは、『万が一はぐれたときの対策』を練らないほどに、学習しない生き物ではなかった。

と言っても、対策自体はありきたりなもので、『はぐれたらむやみにあちこち動き回らず、わかりやすい場所でじっとしている』という、迷子の基本だ――お互いに探し合っていたら、広大な四国島において、一日やそこらで巡り合えるわけがない。

もちろん、この場合は、『飛行中にリーダーが横合いから拉致された』という、急転直下の展開なので、どうしたって救助には行かなくてはならない都合上、その基本をそのまま守るというわけにはいかない。

黒衣の魔法少女『スペース』の『風』に、『水』という対抗策を持つ酒々井かんづめが、単身で助けに行き――残る五人は、地面に降りて、わかりやすい場所に身を潜めて、空々達の帰りを待つ。

そんな戦略を、鋼矢が練り上げた。

戦略少女の本領だ。

わかりやすい場所――四国民でない空々にもわかりやすい場所、ということになると、当然選択肢は限られている。それに、鋼矢も手袋も地濃も、四国の右側の出身なので、左上――愛媛県の地理に、そこまで明るいわけではなかった。

ただし、四国には『四国と言えば』という、四国中のあちこちに、八十八箇所にわたって満遍なく点在する、霊場が存在する。どこを歩いていても、大抵は『何番目の霊場はこちら』という看板はあるわけで、そこを待ち合わせ場所に選べば、コスチュームという機動力がある限り、再会できないということはない。

かつて鋼矢が、同盟を結んでいた地濃と待ち合わせをするにあたって、第十二番札所の焼山寺を選んだのは、そういう理由による。まあ、そのときはその約束を地濃が豪快にすっぽかしたため、待ち合わせは成立しなかったが……。

「第五十五番札所……つまり、南光坊で待っているわ――なにがあろうとそこからは動かないと約束するから、決して急がずに戻ってきて。必ず、そらからくんを助けてきて」

鋼矢はかんづめにそう願った――本当は自分が行きたかったのだが、さらったのが『スペース』だと予測できる以上、鋼矢が助けに行けばむしろ危険だと、彼女は直感したのだった。

その直感は正しかったわけだが、決して確証があるわけではなかったし、鋼矢の立場からすれば、あまりいい関係が築けていない『魔女』に全幅の信頼を置くというのは難しいため、不安の残る判断だった。

だが、他に策はなかった。

かんづめに任せて見送った以上、うだうだ言うべきではない——自称副将として、残ったチームを、彼女がまとめなければならなかった。

左右左危、氷上竝生、手袋鵬喜、地濃鑿を誘導し、第五十五番札所南光坊へと向かった——飛行での移動ゆえに、ほとんど迷わずに到着し、その軒の下へと入ったあたりで、雨が降り始めた。

とりあえず、計画通り。

かんづめが黒衣の魔法少女のマルチステッキで、四国全土に雨を降らし、『風使い』の魔法を封じることには成功したと見える——そのことに鋼矢はほっとした。

できる限りのことはした。

あとは彼らの帰りを待つだけ——とはいかないのが、副将のつらいところでもあった。

なにぶん、チーム空々は、空々がリーダーであるとかなしとかにかかわらず、いい意味でも悪い意味でも、彼を軸として成立しているチームである。あの少年を介しての人間関係がほとんどであって、ゆえに現状、この五人の間には、結構な静けさと、若干の気まずさがあった。

ちなみに鋼矢が待ち合わせ場所に第五十五番札所を選んだ理由は、数字がゾロ目で憶えやすいというのと、南光坊は八十八箇所の霊場の中で、唯一、『坊』という名を持つ地だからである——たとえ多少道に迷ったところで、数字か名前か、どちらかを手がかりに、きっと辿り着けるはずだと思って、場所としてはもっと適切だったかもしれない他のお寺ではなくここを待ち合わせ場所に設定したわけだが、しかし時間が経ってよく考えてみれば、これはちょっとひねり過ぎたかもしれないと、後悔していた。

地濃との待ち合わせに焼山寺を設定したのは、あそこが霊場巡りの中でも、『遍路ころがし』の異名で知られる有名な、最初の難所だからだったからなのだが、そこまでわかりやすくすることはできなかった。

早く戻ってきてくれないかなそらからくん、と、彼女にしては珍しく、弱気なことも思いつつ、かと言って、このまま静かな空気が続くのは、お寺で雨宿りさせてもらっている身としてはなかなか正しいのかもしれないけれど、戦争をしている身としては正しくない。

　この待ち時間も、有効利用しなければ。

　そんなわけで、手袋に言って、昨夜彼女がせっせと作っていたリストを、ここで共有しておくことにした——四国にいた魔法少女の、本名と魔法少女名、それに使っていた魔法のリスト。

　ほとんど無意味に、わけもわからず死んでいった彼女達を、せめて記憶しておこうと、墓標（ぼひょう）のように記したメモ——もっとも、鋼矢がここでそれを、みなと共有しようとしたのは、そんなウエットな動機に基づくものではない。

　地濃や手袋、鋼矢とは違う価値観を求めたのだ。

　絶対平和リーグとは違う、地球撲滅軍の視点でこのリストを見たら——つまり、右左危博士や氷上の視点でこのリストを見たら、気付くこともあるのではないかと思ったのだ。

　鋼矢達では、当たり前過ぎて気付けないこと。

　別角度からのアプローチ。

　もちろん、そんなものがあるとは考えにくいので、駄目で元々ではあるのだけれど、『できることは何でもする』というのは、別段、空々少年の専売特許というわけではない。

「ふうん……？」

と、そのメモをぱらぱらとめくる右左危博士。見終わった紙を氷上に回す——とりあえず、氷上の感想は、『こんな魔法の持ち主がいたのか』というもので、基本的には驚きをもって見たのだけれど、新たな発見というのはなかった。

これだけの数の女の子が死んだわけだ——なんて、なんともいえない感慨もあるにはあるが、ただ、その大半は彼の上司である空々空を殺そうとした魔法少女なので、そこまで同情するような気持ちはわいてこなかった。

クールビューティーである。

そういう意味では、チーム『サマー』の、魔法少女『メタファー』……登澱證という名前が、少しだけ引っかかった。これは右左危博士からあらかじめ聞いていた名前で、確か、氷上の前任者である剣藤犬个と、繋がりを持つ少女ではなかったのか。

杵槻鋼矢と、そこは同じく……。

この子が空々と、最初に出会ってくれたから、彼は今も四国で生きているのだと思うと、顔も知らないこの魔法少女の冥福(めいふく)に限っては、祈る気にもなった。

「ふふ」

と。

隣でリストを見終わった、生まれてこのかた誰かの冥福なんて祈ったことがないであろう右左危博士は笑った。

「たまにさあ――テレビ番組とかで、親に変わった名前をつけられた子供、みたいなのを特集することが、あるじゃない？　アニメのキャラみたいな名前をつけられてたり、漢字を無理矢理な読み方させてたり。で、今時の子供は、こんな名前をつけられていて可哀想、とか――ああいうのって、いったいどういうつもりで放送しているのかしらね？　結局まんまと、変な名前の子供を、さらし者にして笑い物にして、虐待してんのはどっちだって思っちゃうのよね、私は――」

「はあ……」

氷上は曖昧に頷く。

いつものお得意の『世間を逆さに見る』のようにも思えるが、さすがにこのタイミングで右左危博士も、社会問題を斬ろうとしないだろう。娘に『在存』という名前をつけたり、彼女自身も『右左危』という名前だったり、その辺、考えることも、確かにあるのかもしれないけれど。

「うーん、私の場合は、そもそも名字が『左』で特徴的だからねえ――親につけられる名前と同じくらい、先祖から強制的に受け継がれていく名字だって、問題だと思わない？　あえて変わった名前をつけて、それを魔除けにするって考え方もあるわけで――ああ、そのリストに書かれた名前を見ていて、ふと、そんなことを思い出しただけ。思っていることをただ言っただけだから、気にしないで頂戴」

「は、はあ……、ええ、そう言えば、変わった名前の子もいますね」

口八丁の右左危博士が、まさか『思っていることをただ言った』りはしないことをよくよく理解している氷上は、彼女の真意を探ろうと、とりあえず話を合わせてみる。

「パドドゥ・ミュールって……、これは、海外のかたなんですかね？」

「あ、はい。留学生です」

と、チーム『ウインター』で、彼女とチームメイトだった地濃が、そんな風に答えた。

「金髪ツインテールの、超可愛い子でしたよ。いかにも魔法少女という感じの子でした。一番最初に死んじゃいましたけど」

さらりと重い情報を付け加える。

が、このリストの魔法少女のほとんどが死んでいる以上、それは早いか遅いかの違いでしかない――あるいは、現在の生き残りである地濃も、手袋も、鋼矢も。

ただ遅いだけなのかもしれない。

「いやいや、竝生ちゃん。私が言っているのは、本名じゃなくて、魔法少女名のほうね……、あなた達は、その辺、どう思ってる？　魔法少女『パンプキン』、魔法少女『ジャイアントインパクト』、魔法少女『ストローク』」

逆に右左危博士は、魔法少女達に質問した。

「？　どうと言われましても……、格好(かっこう)いい名前をつけていただいて、非常にありがたいと思っておりますよ？」

と、地濃――『ジャイアントインパクト』は答える。

まあ、彼女の性格ではそうだろうけれども、しかし普通、そんな大仰(おおぎょう)なコードネームをつけられれば、年頃の女の子だったら、気後れするような気分にもなりそうなものだ。

名前負けという言葉もある。

「私は――正直、嫌いね。『パンプキン』って。女の子につける名前じゃないわ。まあ、もう慣れたけれど」

「私は……別に」

手袋は言葉少なに首を振る。

確かに、『パンプキン』はともかく、『ストローク』では、文句をつけるのも難しい――と言って、喜びどころもない。

それは単なる言葉でしかない。

反応に困るというのが正直なところだろう。

だからか、手袋は、

「……『コラーゲン』は、酷いネーミングだと、思ったことはあります」

と、そんな風に付け足した——心酔していたリーダーの心を、代弁したのだろう。

「うん、まあ、そんなところでしょうね——他の魔法少女も、みんな、そんな印象よ。愛情のない名前をつけられているというか、意味を持たされていないというか——思いつきで適当に名前をつけられているとしか思えない」

「……使用する魔法と、魔法少女としての名前に、関係があるわけでもなさそうですね」

こじつければそうと見える魔法少女も、いないわけではない——たとえば、今、鋼矢がコスチュームを着ている魔法少女『フローズン』が、『融解』の魔法を使うことには、それなりにつながりがあるように思えなくもない。

ただ、それは二十組も組み合わせがあれば、ひとつやふたつ、そういう偶然も起こり得ると解釈するほうが、正しいようにも思える——右左危博士の向こうを張って、うがった見方をするならば、そんな風に『偶然一致する』ことを、わざわざ避けようともしていないあたり、本当に魔法少女達は、思いつきで適当に名付けられているのだというようにも思える。

魔法少女達、本人の前ではしにくい話ではあるけれど——絶対平和リーグは、少女達を徹底して『実験台』として扱っていて、組織内で間違っても彼女達に威厳が出ないように、コスチュームのデザインは『格好よさ』ではなく『可愛さ』を基調にしていたそうだ。

だから、組織は彼女達にはあえて、『魔法少女にふさわしい名前』を、与えなかったということだろうか？　数字や記号だけで呼ぶのは、さすがに味気がなさ過ぎて、あまりに露骨だから、意味深に思えない程度の横文字を――

「んー。私も最初はそう思ったんだけれど、でも、それだったら、あえてめちゃくちゃ可愛らしい名前をつけたらよさそうなものだと思わない？　それこそ、コスチュームのデザインセンスと同様に、すっごくキュートなネーミングセンスを発揮していればー――いっそアニメのキャラみたいな名前でもつけちゃえばよかったじゃない」

言わずとも伝わったこちらの疑問に応じるように、右左危博士はそう言って、氷上の手からリストをそっと取り返し、もう一度確認するように、頭から目を通す。

「――だから、無意味に見えて何か暗号になっているとか、全員の魔法少女名の頭文字を揃えてみると、文章になっているとか、そういうことがあるんじゃないかと思ったんだけれど……、こじつけ以上の文面は作れそうにないわね」

「……頭文字と言えば、チーム『白夜』の五人の魔法少女名は、イニシャルが『S』でそろってますよね」

『スパート（spurt）』・『スペース（space）』・『シャトル（shuttle）』・『スクラップ

(scrap)』・『スタンバイ（standby)』——これはさすがに偶然ではないだろう。

魔法少女として『S』級という意味なのかと、なんとなく氷上は理解していた——それには右左危博士も異論はないようで、

「ええ。私もそう思うわ」

と、頷く。

「だから、ついつい一般の魔法少女達のネーミングにも、意図を見つけたくなるんだけれど……、誰か、意見のある人はいる？」

いなかった。

誰も挙手しない。

『パンプキン』という魔法少女名を嫌っていた鋼矢は、空々にもそう思われたよう、『面の皮の厚さ』から、自分にはそんな名前がつけられたのだと考えていたけれど——外部の者に、改めて指摘されてみると、『変な名前』は、ただ笑いごとでは済まされない問題であるようにも感じてきた。

絶対平和リーグの上層部は、果たしてどんな意図をもって、魔法少女達を命名したのだろう……、とは言え、疑問をぶつけようにも絶対平和リーグの上層部のお偉がたは、だいたい四国ゲームで落命しているだろうので、今から確認を取るのは難しいかもしれないけれど。

「でも、上層部はみんな、意味のある名付けをされている、ってわけでもなさそうですよね？　ほら、四国にバリアーを張っているかた、あのかたは、なんか変な名前だったように思います」

「んー……」

地濃の発言に、鋼矢は頭をひねる。

それはたぶん、魔法少女『キャメルスピン』のことを言っているのだろうけれど、それがフィギュアスケートの美麗な技の名前に由来することを思うと、『変な名前』とばっさり切り捨てるのは、いまいち難しい。

ただ、地濃が属していたチーム『ウインター』のリーダー格、魔法少女『キスアンドクライ』のバリエーションと見なせば、やっぱり適当なネーミングの一種類と見なすこともできるだろう。

考え尽くしたところで、とてもこの場では答が導き出せそうにない謎ではあるが、この先、チーム『白夜』と遭遇することがあれば、訊いてみるのもいいかもしれない疑問だった。

「……そらからくんが、地球撲滅軍の中で『醜悪』って呼ばれているのは……、あれはなんでなのかしら？」

連想的に、鋼矢がそう訊いてみた――地球撲滅軍のコードネームは、あれはニックネームみたいなものなので、絶対平和リーグにおける魔法少女名とは違うのだろうけれど。

「あれは、まさしく室長が適当に名付けたものが元になっているはずよ。……なんとなくですけれど、私の『焚き火』しかり、イメージをマイルドに言い換えたコードネームが多いわね」

「『醜悪』でマイルドに言い換えてるって……あなた達はそらからくんのことを、なんだと思っているのよ」

鋼矢は批判するというより、苦笑しながらそう言った——実際、空々空のイメージは『グロテスク』どころではないので、だとすれば適切なコードネームだと思った。

「『悲恋』は、何か理由があるのかしら？」

これは右左危博士への質問。

「あれは、あなたがぶっ壊したという『恋風号』からのバリエーションね——あまり意味はないわ。……というより、意味が生じてしまうことを、避けようとした——名前から『爆弾』であることがバレちゃあ、まずいしねえ」

「ふうん……」

そんなもので、魔法少女名のほうにも、やっぱり深い意味はないのかもしれない——少なくとも、それが四国ゲームという限定的な場にかかわってくることはない公算が高い。鋼矢は、とりあえず、そう考えておくことにした。

まあ、待ち時間を過ごすための場つなぎの話題としては、有意義だった――今のところ、まだ、空々達が雨の中、帰ってくる様子はないが。

「わ、私が昔会った、地球撲滅軍の人は……、『寸刻み』って言ってました」

リストを右左危博士から返されるとき、手袋はそんな風に言った――昨日の会議ではほとんど発言していなかった手袋だが、ここはチームの人数が一時的に少なくなったことで、発言力がわずかにアップしたのかもしれない。

『寸刻み』。

その名に強く反応するのは、鋼矢と、そして氷上である――それは剣藤犬个という少女のコードネームだったから。

右左危博士もそれは知っていたけれど、彼女は剣藤犬个に対して、そこまで強い思い入れがないので、『ああ、そう言えば、元旦那の情報に基づいて、地球撲滅軍が手袋鵬喜をスカウトしようとしたとき、担当したのが剣藤犬个だった』と、そんなことを想起しただけだ。

ただ、昨夜、氷上との会話の中で、人造人間『悲恋』がモデルとした無数のパーソナルデータに、剣藤犬个や、彼女と対立していた花屋瀟の個人情報も含まれていた――かもしれないという可能性が頭にあったので、これはそれなりにホットな話題ではあった。

右左危博士も氷上も、今日のためにちゃんと寝なければならなかったので、あの話を更に深めることはしなかったが……。

「右左危博士。私はあのあと、ちょっと考えたんですけれど──」

と、案の定、氷上が、ここぞとばかりに、その話を蒸し返してきた。『悲恋』の作り方や、地球撲滅軍の内部情報にかかわることなので、比率で絶対平和リーグに属する者のほうが多い、ここでするような話ではないのだが、空々のこととなると冷静さを失うこの秘書は、そこまで配慮が回らないらしい。

まあ、氷上のそういうところを利用して、本来内勤の彼女を四国にまで付き合わせたのは右左危博士なので、そこを責めるわけにはいかなかった──何事も一長一短である。その長短が『帯に短したすきに長し』にならなければいいだけのことだ。

「──あの仮説にも、穴があると言えば、穴はありますよね。仮に、『悲恋』の中にあるモデルに空々室長が反応したのだとしても、それは無数の中のひとつに過ぎないのであって──そんな、ごくわずかな情報であって、室長の共感を引き出すことができるのでしょうか」

一応、あまりおおっぴらにする話ではないことはわかっているらしく、具体的な名前は出さずに、氷上は右左危博士に疑問を呈した。

つまり、剣藤犬个や花屋瀟の要素が、『悲恋』に含まれていたとしても、それは空々が共感するほどではないはずだと言いたいのだろうけれど、本当に言いたいのは、空々は剣藤犬个や花屋瀟には、元々そんなに共感していないはず、という主張に違いないと、右左危博士は憶測する。

だって、最初に、『空々は無数のモデルのひとつに共感しているのでは』というユニークな仮説を、右左危博士に持ち込んできたのは氷上なのである——主張が矛盾している。

要は、彼女は空々空に、剣藤犬个や花屋瀟に、共感して欲しくないのだろう——前任者達に対する対抗心や悋気(りんき)というほどのものではあるまい。英雄的存在である空々に、浮ついた共感など不似合いだという、信仰心にも似た何かも、根底にあるのかもしれない。

その辺を含んだ上で、右左危博士は至極現実的な答を返した——こじらせ女子の複雑きわまる感情に付き合ってあげるほど、左右左危は性格がよくなかった。

むしろそういう繊細さに対しては、彼女は度を越して意地悪である。

「あくまで、『悲恋』ちゃんの無数のモデルの中に、空々くんの昔の知り合いがいた、と仮定しての話になるけれど——」

剣藤犬个の話になってから、いきなりこのテーマになったので、鋼矢あたりには

『昔の知り合い』が誰を指しているのかバレバレだろうけれども、一応、個人名は伏せて、右左危博士は言った。昨夜の話し合いは途中で終わったけれど、それから考え続けたのは、右左危博士も同じだ——もっとも、彼女には他に考えるべきことがあったので、ベッドに寝転んで、入眠するまでのわずかな間に、ぼんやりと考察した、くらいのものだけれど。

「——空々くんじゃなくっとも、普通ならば、そんなモデルの欠片、どころか残滓みたいなものに、反応はできないわ。親がモデルに混じっていても、わからないでしょうね——誰かと話してみて、その人にどんな友達がいるのか特定しようってほど、無茶な話」

友達どころか友達の友達かもしれないけれどね——と、右左危博士はたとえ話を持ち出した。大袈裟な比喩ではなく、むしろこれでは小規模なくらいだったけれども、ここはとりあえずわかりやすさを優先した。

「で、ですよね」

「ただし——共感っていうのは、『共に感じる』と書く通りに、本来は、一方的にできるものじゃあ、ないからね」

右左危博士は、氷上の考え方に味方をする振りをしてから、鮮やかに手のひらを返した——鮮やかに性格が悪い。

『悲恋』ちゃんのほうからも『共感』しているのだとすれば、音叉現象は、起こり得るかもしれない――相互作用。個々では、どんな高度なセンサーでも感知できないようなわずかな共感でも、お互いに向き合い、反応しあえれば、顕在化するのかも」

「…………」

もちろん、右左危博士は、昨夜『悲恋』が、空々に言った台詞を把握しているわけではない――けれど、『悲恋』のほうから空々に、思うところがあるんじゃないかという推測を立てることは、彼女にとってそう難しくはなかった。

「特に、『悲恋』ちゃんを機動させるためのステップの、飛ばされた四番目が――おっと」

そこまで言い掛けて、右左危博士が止めたのは、氷上の表情が明らかに沈んだから、言い過ぎたと思って、控えた――のではない。

そんな気遣いをする優しさがあれば、部下にクーデターなど起こされてはいない――ただ、言い過ぎたとは思っていた。

絶対平和リーグの魔法少女達の前で、特に杵槻鋼矢の前で言い過ぎた――あくまでも右左危博士に言わせれば、四国ゲームで『悲恋』を公開するのは、時期尚早なのだ。

必要以上の情報を出すべきではない。

だから、

「まあ、地球撲滅軍としては、これからも地球と戦う上で、空々空という英雄には、感情なんて芽生えて欲しくないでしょうね——空々くんにとって、どっちのほうがいいのかは、わからないけれど。どちらにしたって」

英雄はいつまでも、英雄ではいられないものなのかもしれないけれどね。

なんて、一般論で話をまとめた。

そういう意味では、右左危博士の想定外に、ステップ6やステップ7の工程が済まされていて、『悲恋』が本日の夜中に自爆するというのは、都合がよかったのかもしれない——空々と『悲恋』が、共に過ごす時間が長くなり過ぎると、感情の死んだ少年の、感情が生き返るかもしれないのだから。

それこそまさに、剣藤犬个がしてしまったことではある——花屋瀟が剣藤犬个を、裏切り者にでっちあげて始末しようとしたのは、ごく個人的な思想による権力の乱用ではあったけれど、英雄の英雄たる理由を保とうとしたという理解をするなら、花屋瀟がおこなったことは、決して組織に対する利益相反ではなかったとも言える。

「……確かに英雄は、いつまでも英雄でいられるものじゃないわよね——少女がいつまでも少女でいられるものじゃないように」

話を横から聞いていた鋼矢は、そんなコメントを出した——右左危博士と氷上の会話をどこまで理解しての発言なのかは定かではないけれど、本来使い捨ての魔法少女なのに、あまりに長生きしてしまった彼女の言葉は重い。

右左危博士から、望ましい解答を得られなかった氷上は、しかし、そんな鋼矢の言葉には反応せず（本当は聞こえていたのかもしれないけれど、反応すると、自分がとっくの昔に少女ではないのに、魔法少女のコスチュームを着ていることに話題が移る可能性があるので、無意識にシャットアウトしたのかもしれない）、

「『寸刻み』っていうのは……、その子が使っていた兵器に由来するのよ。彼女、あなたと会ったときに、長い棒みたいなの、大事そうに持ってなかった？」

と、話題を、そもそもの発端であった、手袋のところへと戻した——戻したところで。

あ。

と、気付いた。

「す、すいません——ホテルに忘れ物をしたので、取りに帰っていいですか？」

気付いた瞬間、そう言ってしまっていた。

はあ？　と、ぽかんとする一同。

3

第五十五番札所南光坊において、秘書的存在の氷上竝生が全員から全力の『いいわ

けねーだろ！』という突っ込みを受けている頃、彼の上司である空々空は、『魔女』にして幼児、酒々井かんづめと、人造人間にして時限爆弾、『悲恋』と、四国の深い山の中を歩んでいた。

もう少し正確に場所を記すならば、位置的にはそこは、徳島県の県境近くである──黒衣の魔法少女『スペース』は、瀬戸内海を目指して愛媛県上空を飛んでいた彼を、ひとっ飛びでそこまで、連行したのだった。

そりゃあ脳震盪も起こす。

死ななかったのが不思議なくらいだ。

身体がバラバラになっていてもおかしくない。

鋼矢もそうだけれど、ああも高速で飛行できる魔法少女自身は、果たして脳震盪を起こさないものなのだろうか──『魔女』である酒々井かんづめが、平気そうなのは、まあ、わかるのだが。

その辺は慣れなのかもしれない。

なんだか、努力を通り越して、寿命をがりがり削るような訓練が必要とされるような気がするので、空々はそれに慣れようとは思わないが──ともあれ、黒衣の魔法少女『スペース』を撃退（？）し、さしあたってのピンチから救出された空々は、計画の遅れを取り戻すために、早く鋼矢や氷上達と合流しなくてはならない。

第五十五番札所と言われても、もちろん土地勘のない空々にはぴんと来ないけれども、そこは鋼矢の思惑通り、看板に従って動けばすぐに見つかるだろうと思う。

だから、雨の中を飛行し、一分でも早く、その南光坊を目指そうとしたけれど、

「そうあわてんな」

と、さっきは空々を急かしたかんづめに、今度は止められた。

「あの『すぺーす』がもどってくるかもしれへんから、ばしょはいどうせなあかんけれども、おにいちゃん、まだとばんほうがええわ」

「いや、でも……」

確かに体調が全快したとは言いにくい。

どころか、今でも油断をすれば、ぶっ倒れてしまいそうだ——飛行するのに適切なバイタルだとは思えない。

飛行機のパイロットは、少しでも体調におかしなところがあれば、コクピットに搭乗できない規定になっているという——乗客の命を預かる仕事だからというのもあるだろうけれど、それだけ、飛行というのは、本来デリケートなのだ。

飛んで、すぐさま落下しては元も子もない。

ましてこの場合、空々は少女型とは言え自分よりは体格のいい人造人間『悲恋』を抱えて飛ばねばならないのだから、ぎりぎりまで快復を待ったほうがいいというの

は、ひとつの見識だった。

まあ、これが他の誰かからの忠告だったなら、空々は無理をしたかもしれないけれど、他ならぬ『魔女』からのアドバイスであれば、従わざるを得ない――その『先見性』を、アテにし過ぎると痛い目を見ることになると言っても、わざわざそれに逆らうほど、愚かなこともないだろう。

理想論を述べれば、酒々井かんづめが、空々と『悲恋』、二人を抱えて南光坊まで高速飛行するというのが、もっとも早く氷上や鋼矢達と合流できる理論値なのだけれど、残念ながら、空々よりも更に体格が完成していない幼児のかんづめには、現実問題、二人どころか一人だって、抱えて飛ぶことはできない。魔法飛行では質量は無視できると言っても、そもそも手の長さ、指の長さが及ばないのだ――そんなわけで、彼ら三人は雨がざーざー降りすさぶ中、道なき山を行軍しているのだった。

これはこれで、空を飛ぶよりもハードな道程なのだけれど、しかしながらこの雨は、『水使い』の魔法少女のマルチステッキ『カスケード』によって降らせているものなので、かんづめの裁量によって、三人の周辺を避けることができるし、道なき山と言っても、ブルドーザーよりもハイパワーである最新型ロボットが先陣に立って、道を切り開いてくれるから、言葉でいうほどに、大変な道のりではなかった。

適当なところまで移動し、空々がもっと快復したところで、空を飛んで待ち合わせ地点を目指す――とりあえず、そういう予定を組んでいるけれど、しかし、本当にこれでタイムリミットに間に合うのだろうか？

「まだごぜんのくじくらいやしな。たいむりみっとがきょうまで、ゆうても、しんやのれいじまでや――じゅうごじかんもある。しょうごまでに、こうややらとごうりゅうできたら、それでもまだよゆうがあるくらいやろ」

「そうだね。十二時間もあれば……」

と言うか、チーム『白夜』との交渉さえ実現すれば、時間は一時間もいらないのだ――目的の無人島を本格的に調査するのであれば、そりゃあ十二時間では足りないかもしれないけれど、その目的はあくまでフェイクなのである。

そう言えば、と空々は、かんづめの話から、かつて誰かから聞かされた教訓を思い出した――人生を一日になぞらえた、たとえ話だ。

中学校の入学式か何かのときに、校長先生からでも聞いたのだろうか？　人生を六十年と考えたとき、十二歳なんて、まだ一日でいう午前四時くらいのものだとか、だから君達はまだ眠っているようなもので、これからいよいよ目覚めるのだとか、なんとか――空々は現在十三歳になったけれど、それだって、まだ目覚めるような時間ではないだろう。

一日はまだ、始まってさえいない。

残り時間のほうが圧倒的に長い。

……どこか、うんざりするような話でもあるし、また、自分の人生を六十年と仮定しているところに、大きな無理があるような気もする。『大いなる悲鳴』によって、人類の平均寿命は大きく下降したけれども、空々のような生きかたをしている少年が、その平均さえ、越えられるとは思えない。

十三歳という時点で、もう相当、夜半に差し掛かっているのではないだろうか——さっきも唐突に拉致されて殺されかけたし、今もふらふらしているし、これが大晦日だったらカウントダウンが始まっているくらいの時刻を、空々の体内時計は指しているかもしれない。

馬鹿馬鹿しい妄想ではあるけれど、それでも空々が、明日まで生きていられたら御の字な、命知らずな人生であることは、疑いようがない厳然たる事実なのである。

「それに」

と。

やはり脳震盪の影響なのか、とりとめのないことばかり考えてしまう空々を後目に、かんづめは淡々とした口調で続けた。

「たいむりみっとをむこうかできるかもしれへん——ゆうはなしは、さっきしたよな？」

「……爆発を防ぐ方法が、一つだけある——って奴？」

「あるかもしれへん、や」

細かく訂正するかんづめ――期待や希望を、無駄に持たせようという気はないらしい。

空々は、前をゆく少女の――重機さながらにばきばきと道を切り開く、少女の形をした爆弾の、背中を見ながら、

「どういう方法なの？」

と、できるだけ素っ気なく、訊いた。

あまりこちらが身を乗り出すと、かんづめが話しにくくなるだろうと、彼には珍しく慮ったのだ――と言うか、『人造人間』にして『爆弾』が相手だったり、幼女にして『魔女』が相手だったり、普通はコミュニケーションが取りづらいであろう存在を相手にしたときのほうが、比較的、気遣いができる空々少年である。

「『悲恋』のタイムリミットは、どうやっても解除できないというのが、不明室の公式見解だったはずだけれど――」

「それは、『かがく』でのはなしやろ？」

「ああ、うん……不明室の見解だからね。でも、魔法でも同じだよ。僕が見てきたどんな魔法でも、魔法少女でも、『悲恋』の戦闘能力には太刀打ちできない」

昨夜、『悲恋』自身と話したことでもあるけれど、チーム『白夜』の魔法少女でも、おそらく『悲恋』を破壊することはできないだろう――『悲恋』の自爆を、先ん

じて妨害することはできない。

やはり、高い防御力を持つ魔法少女のコスチュームすら、たやすく貫ける『悲恋』のパンチ力は、瞠目(どうもく)なのである――離れた場所から四国ごと破壊するくらいの気持ちがないと、『悲恋』の自爆は止められないだろうし、そんなことをしたら本末転倒である。

しかも、それでも『悲恋』は壊せないかもしれないのだ。

「……まあ、『悲恋』よりも先に、四国を海に沈めてしまうという手は、あるかもしれないね。そうすれば『悲恋』は、ステップ2で入力されている機動目的を、物理的に果たすことができなくなるんだから」

思考実験を豪快に通り越して、こうなるとただの言葉遊びのようではあるが、思いついてみれば、本当にそうした場合、果たしてどうなるのかというのは、気になるところだった。

ただ、迂闊にそれを、右左危博士に確認するのは危ぶまれる――もうそれ自体は諦めているだろうけれど、元々彼女は、『悲恋』の回収を目当てに、リスクを冒して(地球撲滅軍に半ば(なか)背反して)、四国にやってきたのだ。

こうすれば『悲恋』を回収できるという手段を下手に提示してしまうと、それが倫理や良識にどれだけ反した方法であろうと、彼女はあっさり実行しかねない。

コストパフォーマンスなんて考えない。

今はチームメイトとして行動しているけれども、空々は別に、彼女が娘すら実験台にしたマッドサイエンティストであることを、忘れたわけではないのだ――彼女なら無人の四国くらい、本当に沈めかねない。

木を倒し、草をかき分け、空々とかんづめのために自然破壊を続ける『悲恋』を、実験台という意味では、実の娘と同じくらい大切に思っているのが、左右左危博士なのだから。

大切の思いかたが違うし、また空々と違って、共感しているわけではないのだろうが……。

「まあ、ふつうにかんがえたら、たいむりみっとまでにしこくがのうなっても、いどけいどてきにそれがあったざひょうのとこで、じばくするんとちゃうんかな」

かんづめは、『魔女』にしてはごく常識的なそんなコメントを出した――つまり少なくとも、彼女が空々に教えてくれようとしている案は、それではないらしい。

「『まほうしょうじょ』では、じばくをとめられへん――ねやったら、『まじょ』やったら、どないやろな？」

「ん……、それは、かんづめちゃんが、『悲恋』を止めるって意味かい？」

「むりむり」

すぐに否定した。

間違ってそんなことを願われてはたまらないと思ったのだろう。

断る手間が臆劫である。

まあ、酒々井かんづめは――ここにいる『魔女』は、『魔女』として不完全であるということを差し引いても、『先見性』の魔法では、『悲恋』の自爆を止められはしないだろう。

「かんづめがいいたいんは、『きゅうきょくまほう』やったら、どうやろうってことや」

「……究極魔法だったら」

ああ。

それは確かに、思考の外だった。

これまで考えもしなかった案だ。

なぜなら、『悲恋』が爆弾であることが露見する以前に、四国ゲームの景品である『究極魔法』を得るには代償が伴う恐れがあり、リスクが高いという結論を、空々達は出していたからである。

だから、『究極魔法』を行使して、『悲恋』を止めるというアイディアは、まったく持っていなかった――いや、どうなのだろう？

そもそも『究極魔法』のなにがリスクかと言って、その正体がまったく不明であるという点だ――そんなものをアテにするのは、『魔女』の『先見性』をアテにするより恐ろしい。

だが、それは逆に言うと、とても有用で、とても有効活用できる『魔法』なのかもしれないという意味だ――『悲恋』を爆発前に、安全に破壊するどころか、可能性の話だけをするなら、彼女の自爆機能……自爆本能を、停止させることさえできる、そんなご都合主義な『魔法』こそが、『究極魔法』かもしれないではないか。

「ま、かのうせいがあるゆうだけで、じつげんせいはないけどな――こどもっぽいあんや。すくなくとも、かんづめの『せんけんせい』では、そんなみちには、なんもみえへん。きたいするだけそんや。やけども、おにいちゃんやったら、あたまのかたすみにおいといてもええかもしれへん」

空々だったら、という、そんな謎の期待をかけられても応える自信はなく、それこそ損をさせてしまいそうだが……、とにもかくにも、かんづめがそんな風に、二人きりになったところを見計らって、『魔女』としてではなく『幼児』としての、『子供っぽい案』を教えてくれたことには、感謝しておくべきなのだろうと思った。

「ありがとう」

と、口癖みたいにならないように、と思いながら空々が言うと、

「ええねん」

と、かんづめは応えた。

……ただ、二人きりというには、二人の行く手では、まさしく本人というか、問題の機体というか、人造人間『悲恋』が、活動中だった。

『魔女』にしてみれば、『悲恋』は単なる機械なので、話が聞こえてようが聞こえてまいが、どうでもいいのだろうけれど、空々としては、そういうわけにもいかない

――今更のように、

「聞こえてた？　『悲恋』」

と、声をかけた。

「はい、上官。あますところなく聞こえておりました」

振り向かないままに、『悲恋』。

空々は質問を重ねる。

「どう思った？」

「特にどうも」

そう言う。

「なぜなら、上官は昨夜、私の自爆の邪魔はしないと約束してくださいましたから。私はそんな上官を信頼しています」

「…………」

そんなまっすぐに、信頼を表されたことがなかったので、空々は言葉に詰まった――いったいこのロボットは、何を根拠にして、そんなことを言うのだろう？

チーム『スプリング』に参加していたときの空々の様子を見ていれば、彼が平気で嘘をつき、平然と相手を裏切る少年であることなど、火を見るより明らかだろうというのに。

僕の何を信頼している？

「私は使命を果たします」

空々の疑問をよそに、ここで『悲恋』は改めて決意を表明する。

「今から十五時間十五分十五秒後、寸分の狂いもなく自爆します――上官にはそれを見届けていただきたく思います」

「……まあ、全面的に約束は守るよ」

できる限りはね、という言葉は飲み込んだ。

どうあれ、不誠実なことに変わりはないが――ただしかし、昨夜の段階では、上官の部屋を訪ねてくるくらいには、空々に対して疑念があったはずの『悲恋』が、今は空々を盲信していることを考えると、『悲恋』には『悲恋』で、心境の変化があったと考えるのが適切なのだろうか。

共感……。

僕が『悲恋』に共感しているように、『悲恋』も僕に共感している——あなたは、爆弾のような人です。

共感することと同様、共感されることもない空々少年にとって、それは忘れられない言葉だ。

ただ、それで『だからどうした』ということもない——というより、どうしてもあげられない。

そんな言葉に、応えられっこない。

「それでも、野暮（やぼ）を承知で……訊いても仕方のないことを訊くけれど、『悲恋』、それで問題はないわけ？」

「？　問題とは？」

「設計目標である、地球を木っ端微塵に破壊するって言うんだったら、それで本望なのはわかる——わからないけど、わかるとして。でも、きみが今日の夜中に自爆しても、地球のほんの一部を破壊するだけだ——地球全体から見れば、爪を一枚、剝がされたくらいのものだ。それこそ、実験でしかない。僕や、左右左危博士……、それに四国の人達にすれば大事件だけれど、大局的に見れば、きみが自爆して本懐を遂げようと遂げまいと、それは別にどうでもいいことだろう」

空々は——言葉の使い方には意外と慎重な、国文学者の息子は、あえてここでは言葉を選ばず、ストレートな物言いをする。

「…………」

「しつこいようだけれど、そもそも、きみが使命だと思っているそれは、ほんの数日前にインプットされたばかりの、出来合いのものなんだよ。朝令暮改や朝三暮四を、恥じるようなものじゃない——きみにそれをインプットした不明室の誰かも、今となっては、きみにそんなことをして欲しいと、願ってはいないだろう」

願ってはいないもなにも、右左危博士にクーデターを起こした部下達の一人であるその人物は、今、生きているかどうかも怪しいのだが——だが、彼または彼女が『悲恋』の暴走に巻き込まれ、死んでいるのだとすれば、尚更である。

そんな命令に従う意味はない。

「今日の夜中に四国を沈めるために自爆するというのは、きみが決めたことじゃない——それなのに、あくまでそうしようと言うのかい？」

「はい」

『悲恋』は頷いた。

迷いなく。

「……それは、きみがロボットだからなのかな。ロボット三原則じゃあないけれど、人間の取り決めには、結局、ロボットは逆らえないということなのかな」

「いえ、これは人間でもそうだと思いますが——自分で決めた通りに生きている人間なんて、いるのですか？」

揚げ足を取ろうとしているのではなく、ただの疑問のようだったけれど、そう言われて、空々はやり込まれたような気分になった。

まあ、そうだ。

誰だって、自分で選んだわけでもないコミュニティの、自分で決めたわけでもない文化圏で育ち——そして、その常識から逃れることは、極めて難しい。よくも悪くも、人間は育てられたようにしか育たない——周囲から、上から、インプットされた道筋から逸脱することができず、それを『夢』や『目標』だと認識する。

理屈では、合理的ではないと思っていることでも、そうだと教えられて育っていれば、『なんとなく』の抵抗を覚える。

空々とてそうだ。

地球撲滅軍の思想に、まったく賛同しているわけでもない癖に、逆らうでも、謀反を起こすでもなく、無数の『地球陣』と戦い、今だって、望みもしないゲームに参加させられている——これを本懐だというつもりはないけれど、しかし傍目から見れば、今の『悲恋』と空々空のありかたに、大きな差なんてないだろう。

写真に撮れば、ごちゃごちゃ御託を並べない分、まだしも『悲恋』のほうが潔く写るくらいではないだろうか――地球撲滅軍に引き入れられて以降、空々が自分で決めたことなど。

せいぜい、『あの人』と共に、組織から逃げようとしたときくらいだ――もっとも、それだって失敗し、やり遂げられはしなかったのだが。

こうなると、むしろ『悲恋』の本懐を、遂げさせてあげるべきなのかという考えも頭をもたげてくる――まあ、空々が何を考えたところで、自爆本能を持つ彼女が、タイムリミットの訪れと共に爆発するという定め自体は、やっぱり取り消しようがないのだけれど。

かんづめの立てた仮説があたっていて、『究極魔法』によるタイムリミットのリセットが可能だったとしても――万が一、可能だったとしても、現実的には難しかろう。

たとえば――これは荒唐無稽にもほどがある『たとえば』だけれど、『魔法』はとにかくなんでもありだとして――『究極魔法』の正体が、タイムスリップのようなもので、一週間前に遡り、人造人間『悲恋』に、そんな指令がインプットされることを妨害する、というようなことができるとしても、だ。

その場合、『悲恋』のみならず、一ヵ月前にまで時を戻して、四国の異変すらも止めることができるという、なんだか子供向けの童話みたいなハッピーエンドだけれど……、もしもそれができるのだとしても、もう手遅れだ。

空々は、一般的な感覚からはかけ離れた少年ではあるが、もしもそんな万人向けの結末が選べるのであれば、それを選ばないほど、破滅型でもない——四国ゲームの犠牲になった三百万人が生き返れる方法があるなら、それを実行するために全力を尽くすだろう。

ただ。

もう無理だ。

今から四国ゲームのクリアを目指そうというのは、あまりに絵空事である——今晩の十二時までに、四国ゲームを支配する八十八のルールをすべて収集するなんて、さすがに不可能である。

非現実的。

一分の隙もない無理ゲーだ。

これは、昨日の会議のうちに、そのアプローチを思いついていればなんとかなったというような話でもない——たったの八人で、それがどれほどただならぬ八人とは言え、たった八人で、八個ならばともかく、八十八のルールを、一日二日で揃えるなんて、無理難題にもほどがある。

それをするのであれば、せめて一週間は欲しい——空々が、四国に着陸した直後から、チーム『サマー』と即座に同盟を結ぶなりなんなりして、ルールの収集を開始して、それで間に合ったかどうかである。

いや、それだって、やっぱり不可能だっただろう。

本来ならば一ヵ月。

チーム『オータム』やチーム『スプリング』のように、事前にある程度の事情をしっかり把握した上でプレイして、一ヵ月くらいかけてクリアできるかどうかというのが、四国ゲームの実態だろう。

しかし実際には、唯一、ゲームクリアが可能だったたであろうそのふたつのチームは、ゲームの中で必要以上に対立して、『究極魔法』どころではなくなってしまったのだ――土台、簡単に手にはいるようでは『究極』の名には値しないということなのかもしれない。

ともかく、仮に『究極魔法』で、『悲恋』の自爆を、何らかの形で止められるのだとしても、それはもう間に合わない。

空々達にできることは、『悲恋』の自爆と、四国ゲームの不成立を前提に、チーム『白夜』や魔法少女製造課と、どういう交渉をするかを考えることなのだ。

「まあ、もう『究極魔法』を入手することが、事実上不可能だなんて知られたら、チーム『白夜』がどんな行動にでるかわからないから、その辺をうまく伏せたまま交渉に持ち込まないとね……」

　空々はそう呟く。

　そんな風に話が一段落したところで、彼は、どうやらもう、十分に快復したようだと、自らのフィジカル・メンタルを自己診断した。

　これもこれで『慣れ』なのだろうか。

　もちろんさすがに全快とまでは言えないにしても、もう十分に、『悲恋』を抱えても飛行には耐えうるだろう。

　かんづめにそう告げると、今度は彼女も引き留めようとはせず、

「そうか。ほないこか」

　と、同意する。

　タイムリミットまでの時間は十五時間以上あっても、その間、ずっと雨を降らせておくことはできないのだろうから、出発は、もちろん早いほうがいいのだろう。

　空々は足を止め、『悲恋』を自分の胴体に結びつける——なんだか、そんな風に密着するのを、わずかに気恥ずかしく感じた。これまではそんなこと、まったく感じなかったのに。

「じゃあ、かんづめちゃん。頼ってばっかりで悪いけれど、しばらくは先導して——」

ともかく紐をキツく縛って、そしてかんづめにそう言う空々――だったが、しかし、彼らはそこで、飛び上がることができなかった。

いや、別に、酒々井かんづめが、氷上竝生のように、空々の前を飛ぶのは嫌だと、謎のわがままを言い出したわけではない――『魔女』として、悠久(ゆうきゅう)のときを生きている彼女は、そんな次元はとっくのとうに、離脱している。

そうではなく、彼らが――空々とかんづめが飛び上がることができなかったのは、純粋に、そのときの地面の都合による。

雨にたっぷり塗れた柔らかな地面から、無数に突き出た木々の根っこが――これでもかと言うほどに、彼らの足首に絡んでいたのだ。

「あ……あれ？」

絡んでもつれて――離さない。

その根に意志があるように。

根の根に意志があるように。

4

酒々井かんづめは、人造人間『悲恋』の自爆を止める、考え得る唯一の手段を話すのを、空々と二人きりになる機会まで待っていたというのは、空々の想像通りで――本人である『悲恋』がいる前でそんな話をしたのは、『魔女』が『ロボット』を、人に数えていないからという推理も、おおむね当たっていたのだけれど、そもそも根本的にこのとき、たとえ『悲恋』を除いてカウントしても、空々とかんづめは、実は二人きりではなかった。

もう一人。

その場には人間がいた――少女がいた。

魔法少女がいた――黒衣の魔法少女がいた。

彼女は『木使い』の魔法少女――その名を『スタンバイ』といった。

絶対平和リーグにとって『魔女』は、実験の貴重なサンプルであると同時に、極めて危険な脅威であり、それはチーム『白夜』の、すさまじくステージの高い魔法少女達にとっても同じである――特に、『先見性』の魔法を使う、酒々井かんづめの前身となった『魔女』の恐ろしさは、いろいろと身に染みている。

だが、脅威があるなら、それに対してあらかじめ対策を練るのもまた人間であろう――こんな壮大なスケールで実験に失敗しておいて、何をいっても説得力はないだろうけれど、それでも絶対平和リーグだって、危機管理をまったくしていなかったわけではないのだ。

『先見性』――『予知』という、一見どうしようもないような魔法にも、『もしもそれが敵に回った場合』の対処法を考えずに、実験を続けていたわけではなかった。

たとえば、吉野川の下流から上流に向けて、遥か離れた位置から、ポロロッカという形で攻撃を仕掛ける――たとえば、風に乗って、超スピードで駆け抜ける。

要するに『魔女』の『目』を、回避する。

見えなければ、『先見性』も何もない。

見えない未来には、いかに『魔女』といえど対応できない――いや、未来に対応できないのは、それは当たり前なのだが、なまじ普段対応できてしまっている分、その魔法が封じられたときの不自由さは、常人の比ではない。

優秀であるゆえのハンデ。

『火星陣』は、そうやって敗北した。

……まあ、もちろん『先見性』というのは言葉のあやであって、酒々井かんづめは実際には、未来を『目』で『見て』いるわけではないのだけれど、それにしたって彼女は、草木が生い茂る山の中で身を隠した者を見つける能力に、秀でているわけではなかった。

かんづめだけではない。

空々も、『悲恋』も気付かなかった。

それこそ、人間的な意味で視力に頼って周囲を認識しているわけではない『悲恋』のセンサーさえも回避できたのは、それは端的に、彼女が『木使い』で、ここが山の中だったからに他ならない。

ギリースーツと言えば、まあ近い。

狙撃手が森林の中で自らの存在をカムフラージュするために着る、植物の蔦や蔓を偽装した衣装——その姿は乱暴に言えば、動く木々みたいなものだ。

黒衣の魔法少女『スタンバイ』の今の姿も、それと同じようなもの——否、今に限っては彼女は、黒衣の魔法少女ならぬ緑衣の魔法少女である。

よっぽど凝視しないと、そこに人間が立っていることがわからない風に、彼女は全身に『操った』植物をまとわりつかせていて——しかも、その存在そのものも、ほとんど植物化している。

その偽装は、『魔女』の『先見性』はおろか、最新科学が少女の形をしている人造人間『悲恋』のセンサーをも欺く精度だった——彼女にとって、意図しなかった有利な条件として、かんづめが降らせ続けている『雨』が、どうしても消せない最後の気配を、紛らわしていた。

緑は緑に完全に溶け込んでいた。

『雨』は、『風使い』の『スペース』を追い払うのには役に立ったけれど、その代わりに、『木使い』に利してしまったのだ——そもそも彼女がここにいるのは、突然の雨に不可解を感じ取ってのことである。

まあ、空々にとって都合の良すぎる『雨』に、不審を感じるのは彼女だけではないだろうけれど、豪雨の中で、より積極的に行動ができる魔法少女は、チーム『白夜』のメンバーには、今、彼女しかいなかったのだ。

空々達は、もう『スペース』が拉致した位置からはかなり移動していたけれど、山の中を移動している限りは、『木使い』の彼女にとっては、捜索は容易である——すぐに発見できた。

空々空と、酒々井かんづめ。

そして人造人間『悲恋』を。

……直後に攻撃せず、己が身をカムフラージュしたまま、彼らの近くに潜んだのにはいくつか理由がある——ひとつには『魔女』を警戒したからだし、ひとつには、木々を素手（すで）（？）でめきめきと切り開く『悲恋』のパワーに、若干ひるんだからだし、しかしそれらは二の次で、一番大きな理由としては、『スタンバイ』には今のところ、空々空を問答無用で始末するような理由がなかったからである。

チームメイトといっても、彼女は『スペース』とは、スタンスが違う——『スタンバイ』は、彼女よりは大雑把（おおざっぱ）で、だいたいで、適当である。

だから『スペース』ほど、確たる方針を持ってここに来たわけではない——雨に引き寄せられたようなものだ。もっとも、仕事は仕事なので、発見しただけで、面倒だから帰ろうというほどに、いい加減でもない。

最終的には接点を持つにしても、私がここにいることに気付いていないようだし、ちょっと様子を見ようか——という気持ちになったのだ。

『魔女』や空々空がどんなことを話すのか興味があったし、酸ヶ湯原作課長の曖昧な情報からだけではいまいちよくわからないロボットの機能を、その会話の端々から感じることができるかもしれない。

そこまではっきりとした狙いがあったわけではないけれど、ともかくいったんは聞きに徹することにした——まあ、ここが深い山中で、彼女のフィールドであったことが、黒衣の魔法少女『スタンバイ』の精神的な余裕を生んだという言い方もできるけれども、ともあれ。

だから——彼女は聞いた。

空々が、『交渉するためには、まずは伏せておこう』と考えている数々の情報を聞いた——空々の立場からすれば『聞かれてしまった』である。

していた話題も悪かった。

第五十五番札所南光坊において雨宿りをしながら、鋼矢や右左危博士達がしていたような、『名前の由来』みたいな、本筋をやや外した、それも絶対平和リーグ側について考察するような話題をしていたのであれば、情報の流出はなかったけれども――『魔女』が、ここぞとばかりに、空々と二人きりだと思って空々に持ちかけた話題は、ピンポイントで、彼がチーム『白夜』にだけは知られたくないと思うそれらだった。


人造人間『悲恋』が爆弾であること。

その自爆によって四国が沈むこと。

タイムリミットが今日の夜中であること。

その爆破は止めようがないこと。

ゆえに、四国ゲームは事実上、クリアが不可能なそれになっていること――絶対平和リーグが追い求めてやまない『究極魔法』も、もう手には入らないだろうことも含めて、全部聞かれてしまった。

交渉も、駆け引きも、こうなると、ない。

ポーカーをしている最中で、手札がすべてさらされたようなものなのだ――空々や鋼矢、右左危博士が得意とするはったりのきかせようもなくなり、フェイクもブラフも、全部無効化された。

彼女がこの情報を、このまま、チーム『白夜』で共有すれば、魔法少女製造課の課長に伝達すれば——チーム空々の思惑は、すべて烏有(うゆう)に帰す。
「ふ」
と、彼女は笑う。
黒衣の魔法少女——緑衣の魔法少女。
『木使い』の『スタンバイ』は、その手柄に、偶発的になしとげた、あまりにも大きな手柄に、こらえきれず、静かに笑う——いや。
笑ったのではない。
「ふふふふふふふふふふふふふふふふふふふふ」
笑ったのではなく、彼女は。
こらえきれず。
「ふふふふふふふふふふふふふふふふふふふふふふふふふふふふふふふふふふふふふ
ふふふふふふふふふふふふふふふふふふふふふふふふふふふふふふふふふふふふふふ
ふふふふふふふふふふふふふふふふふふふふふふふふふふふふふふふふふふふふふふ
ふふふふふふふふふふふふふふふふふふふふふふふふふふふふふふふふふふふふふふ
ふふふふふふふふふふふふふふふふふふふふふふふふふふふふふふふふふふふふふふ
ふふふふふふふふふふふふふふふふふふふふふふふふふふふふふふふふふふふふふふ
ふふふふふふふふふふふふふふふふふふふふふふふふふふふふふふふふふふふふふふ

ふふ」

彼女は——発狂した。

5

「う——うわっ……」

正直、それは、そこまで考えていたわけではなかった——空々空は、そこまで考えて、『この情報を運用するにあたっては、細心の注意を払うべし』と決めていたわけではなかった。あくまでも、交渉を有利に進めるため、『悲恋』の正体と、その破壊力はぎりぎりまで秘しておこうと思っていただけだった。

それはリーダーの空々だけではない、チーム空々の全員がそうだった——『悲恋』本人を含む、彼ら八人の少数精鋭ぶりが、その『精鋭』の尖りっぷりが、客観性を失わせていた。

尖りっぷり、あるいは、一種の鈍さ。

そして——メンタルの強さ。

比喩ではなく四国を沈めるに足る『爆弾』という爆弾がすぐそこにあり、ここまで多くの犠牲を踏み台に進行してきた四国ゲームを完全に台無しにする、そんな事実を目の前にしても、彼らは全員、それを受け入れることができた。

現実適応能力が異常に高い空々はもちろんのこと、『悲恋』の開発者である右左危博士も、クールを売りにする氷上も、百戦錬磨（ひゃくせんれんま）のキャリアを持つ鋼矢も、『魔女』のかんづめも、何を考えているかわからない地濃も、自ら爆発を望む『悲恋』も——ひょっとすると、チームの中では、一見もっともメンタルが弱いと思われている手袋こそが、一番その件について、どうでもいいと、投げやりに思っているかもしれない。

要するに、精鋭が揃い過ぎた『八人』には、『当たり前の視点』を持つ者がいなかったのだ——今夜、『悲恋』の自爆によって、四国のすべてが終わるという現実に。

心が耐えられない者がいることに、気付かなかった——チーム『白夜』の魔法少女が、エリートの魔法少女である以前にひとりの魔法少女であり、魔法少女である以前に、少女であることに、思い至らなかった。

『スタンバイ』である以前に。

誉田統子（ほんだとうこ）であることを知らなかった。

「くっ……『悲恋』！」

ただ、それでも、この攻撃が、ただならぬそれであることには、空々も、かんづめも、すぐに気付いた——戦略なんてない、品性にも欠ける、ただただ辺り一面の『緑』が、暴発したようなこの攻撃が、およそまともな精神によってもたらされたものでないことは、一目瞭然だった。

あたり一面に広がる緑。

そう言えば聞こえはいいけれど、その瞬間的にめまぐるしく増殖していく枝葉末節(しようまっせつ)は、おぞましいそれでしかなかった。

癌(がん)細胞か何かのように。

空々達の周囲の『木々』は、生長し、伸張し、膨張し、偏重し、変調し、転跳し、登頂し——限度を超える。

魔法が暴走したのか、それともまったく別の事情があるのか、判断できないままに、空々は『悲恋』と自分とを繋ぐ紐をほどく。さっきので懲りている、堅くは結んでも、解きやすいようにはしておいた——だが、それがこの局面で功を奏したとは、とても言えない。

上官として、自由にした『悲恋』に何か命令を下そうにも、そのときにはもう、状況は絶望的だった——絶望的に手遅れだった。

空々達の周囲には、緑でないところがなかった。まるっきりのオールグリーン。何がどうなってこうなっているのか、まったくわけがわからないというしかない現状だった——現実適応能力など、こんな絵空事の前では、何の役にも立たない。

もちろん想像はつく。

面識はないけれども、これがチーム『白夜』の一人、『木使い』の魔法少女、『スタンバイ』の仕業であることは——だが、これは、手袋や氷上から聞いていた話と違う。

違い過ぎる。

異様なスケールで、行き過ぎたくらいに大規模な魔法を行使することは、チーム『白夜』のお家芸みたいなものだけれど、これはもう、狂気の産物としか言いようがない——目前のすべてを塗り潰そうとしているとしか。

そのことで、目前の。

目の当たりにしたすべてを『なかったこと』にでもできるんじゃないかと、そこに一縷の望みをかけているような、切実な狂気——そんなどうしようもないものと相対したことは、空々にはかつてなかった。

エリートの脆さ。少女の繊細さ。

そんなものについて、考察したことはなかった。

チーム『白夜』は、強敵で。

その余裕と慢心につけこむことしか考えていなかった——相手が傷ついたり、壊れたりする人間だと、わからなかった。

そしてその上、このときは運も間も悪かった——そうするしかなかったとは言え、彼らは間近な脅威である『スペース』から身を守るため、自分達の周辺には、特に強い豪雨を降らせていたのだが、その慈雨は、植物の爆発的な増殖に、当然、一役買うことになる。

『魔女』と言えど、素材となる水が尽きれば、雨を永遠に降らせることができないように、魔法がどう暴走しようと、木を永遠に生長させ続けることだってできないのだけれど——少なくとも、植物を育てるための水源は、栄養源は、そこかしこにたっぷりあった。

いわばこの状況は、チーム『白夜』の魔法、『水』と『木』の、波状攻撃を浴びているようなものだった——一人でももてあますチーム『白夜』を、二人同時に相手にしているようなものだった。

もっとも。

実際には、一人さえも相手にしていない。

『水使い』の『シャトル』は、既にこの世にはいないし——『木使い』の『スタンバイ』もまた、既にこの世にはいないようなものだった。

空々達が今、相手取っているのは。

ただの魔法——ただの魔力そのものだった。

「…………っ！」

もちろん、彼らはただなすがままにやられてはいない——対策は打つし、対抗もする。紐をほどいて解き放たれた『悲恋』は、まず空々とかんづめを搦め捕っていた根を、力業でぶちぶち引きちぎる。

指令を受けるまでもない、戦闘爆弾。

四方八方に満ちる森林樹木を、指で、拳で、肘で、膝で、足で、爪先で、頭突きでもって、八面六臂に破壊する。

酒々井かんづめも、相性が悪いとは知りつつも、他に手立てがない以上、『水』の魔法をフル活用する――矮軀にはもてあます長さのステッキを振り回し、ウォータージェットの原理で、周辺の雑草を伐採する。

空々も、魔法少女『カーテンコール』の固有魔法『切断』によって無数の切り株を生産する――魔法を使い慣れていない空々にとって、このときの、お慰み程度の、不当に少ないとさえ言える幸運は、マルチステッキ『ロングロングアゴー』によるこの『切断』の魔法は、彼にとって、決して馴染みのないものではなかったことだ。

魔法ではなく科学兵器ではあるけれども、これと似たような武器を、彼は『地球陣』を相手にするときに、使っていたことだった――誰かと戦うというのならばまだしも、あちらこちらから自由奔放に生長する植物を切り刻むくらいのことには、難はなかった。

だが、それも程度によりけりである。

ともかく——無茶苦茶だ。

それこそ、根本を絶たなければ、じり貧は目に見えている——どんな緑も、まるで刺激に反応しているかのように、破壊をした部分から倍々に体積を増量させていく。

これほどの規模の魔法なのだから、いくらチーム『白夜』とは言っても、行使している者が近くにいるだろうことは、想像がつく。つくのだけれども、この攻撃には、とても人の意図が関与しているとは思えない。

だからこそ、ぎりぎり防衛も可能なのだけれど、しかしそれゆえに、突破口も見えない——つまり、相手の企図の隙をつくという、空々のいつもの手が使えない。

ただただ自然現象を相手にしているようで、それこそ、地球そのものと戦っているようだった——と。

都合のいい名案など閃くわけもなく、植物の猛威(もうい)に翻弄(ほんろう)され続けた三人だが、それでもやはりと言うべきなのか、三人のうち最初に崩れた一角は、空々少年だった。

チーム『白夜』の魔法を使う『魔女』や、地球撲滅軍の肝煎りの『新兵器』である『悲恋』に比べてしまえば、彼はどうしても、十三歳の少年でしかなかった——手にしていたマルチステッキ『ロングロングアゴー』を、伸びてきた蔦に搦め捕られる、それと同時に、地中から生えてきた巨大な筍(たけのこ)に、足をすくわれる。

格好悪く、尻餅をついて倒れた。

もちろん格好つけている場合ではない。

唯一の武器を失った。

コスチュームの防御力は健在だけれども、全方向から——こうしている真下からでさえも！——脅威が襲ってくる現状では、腕やら脚やら、あちこちむき出しの魔法少女の衣装は、あまり頼りにはならない。

こうなると、攻撃的な意志が介在しないがゆえに、倒れた空々を、ここぞとばかりに狙っては来ない植物群は、逆に残酷でもあった——絶体絶命の状況が、必要以上に続くのだ。

所詮、ほんの数秒の『必要以上』だが。

……はっきり言って、甘かった。

チーム『白夜』との交渉を主軸に定めておいて、その機会を二度も得ながら、二度とも失敗した——何がリーダーだ、何が英雄だ、と、空々は自虐的な気持ちになる。

結局、僕は誰の期待にも応えられなかった——ほんの数秒延びた『必要以上』の絶体絶命タイムは、空々空に、そんな絶望をじっくり味わわせはしたけれど。

しかしそれと引き替えに間に合った——無軌道に襲ってくる尖った枝先が、彼の柔らかいあちこちを貫く前に、彼の元へと、人造人間『悲恋』が駆けつけるのが、間に合った。

周辺をチェーンソーさながらに蹴散らしつつ、『悲恋』は、空々に覆い被さった——彼の身体を、抱きしめるようにした。

空々の身体を器用に折り畳んで、全身で包み込むような抱きしめかたなので、まるでエモーショナルな見た目ではなく、どころかまるで、『悲恋』が空々に、柔道の寝技でも決めているかのような有様だったけれども——それは、上下左右から迫り来る植物から、『悲恋』が空々を、満遍なく守ろうとしてのことだとは、明らかだった。

明らかだったが、しかし……。

「…………」

状況を忘れて、空々は驚きに包まれていた。

『悲恋』に包まれながら、驚きに包まれていた——いや、状況を忘れてはいない、こんな危機的な状況を、何があっても忘れられるものか——しかし、だからこそ、この状況で、『悲恋』が空々を守ろうとしていることが、信じられなかった。自らの防御を捨て、空々を防衛しようとしていることが——だって。

彼女は少女の形をした爆弾であり、今日の夜中、四国を沈めることを至上の使命としていて、そのためにタイムリミットが訪れるそのときまで、自己を保存するために全力を尽くすロボットであることは、今更言うまでもないことなのだから。

この状況で——自らを守らなければならないこの状況で、彼女が己の機体よりも、空々の生命を守ることを優先するはずがないのだ。

そんな、まるで——まるで彼女達のようなことを。

剣藤犬个のようなことを。

花屋瀟のようなことを。

ここで、する理屈がないのだ——目が合う。

苦しいほどに抱きしめられた姿勢で、かろうじて、空々空と、人造人間『悲恋』の目が合う——人間とロボット、少年と少女、英雄と爆弾、何一つ通じ合うことのない視線が、絡み合う。

そんな、なんとも表現しがたい、ただひたすらに見つめ合うだけの時間が、いつまでも続くようで——そして、実際に、いつまでも続いた。

いつまでも終わらなかった。

知恵の輪みたいに絡み合う二人を、無手勝手な植物が、それ以上襲ってくることはなかったし——少し離れた場所で孤軍奮闘していた幼児、酒々井かんづめの周囲の植物も、無限で無限大な生長を、何のきっかけもなく、唐突に停止していた。

「…………？」

エネルギー切れ？

いや、魔法の力は、無尽蔵(むじんぞう)だったはずだ。

ならば、植物を強制的にでも、生長させるための栄養が、地中に足りなくなったのか——いや、それも違う。

植物に包まれて、緑の緑、彼らは深緑のドームにすっぽり覆われて、空はすっかり見えなくなっているけれど、その向こう側で、雨は降り続けているはずである。それを止める余裕は、さっきまでのかんづめにはなかった。

ならば、なぜ……。

この苦境を作り出していたチーム『白夜』の魔法少女が、暴走する魔法の制御に成功したのだろうか？　しかし、それができるのであれば、最初から魔法を暴走させたりはしないように思う——『悲恋』に抱きしめられたまま、ある種、さっきまで以上にわけがわからずにいると、

「空々室長！　無事ですか！」

と、ドーム状に真上を覆っていた緑を、勢いよく、派手に破壊して、魔法少女が現れた——否、彼女は魔法少女ではないし、どころか少女でもない。

空々空の直属の部下。

氷上竝生だった。

「…………」

その瞬間、空々は理解した——どうして自分達が、絶体絶命の危機から、すれすれ

で脱することができたのか。

と言っても、氷上の姿を見てわかったわけではない——大きく破壊されたドームの向こう側から、彼女と共に入ってきた、きらきらした白い結晶を見て、わかったのだ。

白い結晶。

雪——である。

深緑のドームの外で降っていたのは、雨ではなく、雪だった——それも大雪、吹雪（ふぶき）と表現すべき勢いの降雪だった。

豪雨が、いつからか、豪雪に変化していた。

……変化させたのは、もちろん、氷上である。

まだ十月の末で、寒いとは言っても、四国に雪が降る季節ではない——改造手術を受けた彼女の肉体には『炎血』と呼ばれる特殊液が流れていて、それで彼女は『炎』を操り、同時にまた『冷たい炎』——『氷』も操る。

氷を操る場合は『氷血』と言う。

その『氷血』をもって、氷上はかつて、黒衣の魔法少女『スタンバイ』の樹木攻撃を回避した——植物は、低温に弱い。

いくら魔法と言っても、その法則からは逃れられない——だが、あのときと今回とでは、状況が違った、というより、スケールが違った。

自分の周囲だけを凍らせればいいという問題ではなかった——だから氷上は『雨』を『凍らせ』たのだった。

降りすさぶ豪雨を凍らせ、豪雪とし、辺り一帯を一気に冷やした——凍結させた。

「すみません、室長——どこに室長がいるのかわからなかったので、強引な手段を取りました」

着地して、そう言いながら、さりげなく氷上は、『悲恋』と空々を引き離す——別に『悲恋』も、それに抵抗はしなかった。

「ああ、うん……ありがとう」

と、空々は、ややばつの悪い気持ちになりながら、氷上に、反射的に礼を言う。

「だけど氷上さん……じゃなくて、『焚き火』。どうしてここに？　南光坊っていうお寺にいるはずじゃなかったのかい？」

「いえ、それが忘れ物を取りに、ホテルに戻りまして……、お寺に帰ろうとした途中、遠くで山が、カリフラワーみたいに育っているのが見えたので、異常事態だと判断しました」

忘れ物を取りに？

なんだそれは、と思ったけれど、そのお陰で救助してもらえたというのだから、追及はするまい――かんづめに助けられ、『悲恋』に守られ、氷上に助けられ、本当、リーダーらしい要素がひとつもない、と、情けない気分になる。

「カリフラワーみたいというのは形のことでして、その速度はまるで、乾燥若布を一袋分全部、水につけたかのようで――」

「ああ、いや、表現はどちらでもいいんだけれど……」

まあ、一度、『木使い』の魔法少女『スタンバイ』と戦っている氷上だから、そこは敏感に感じ取ったのだろう――広範に、広範囲に及ぶ植物に対しての『雪』という対処も、その戦歴があってこその応用に違いない。

天候を操る、彼女の弟を思い出す。

引退して内勤で働いてはいるけれど、やっぱりこの人のほうが、僕なんかよりもずっと、戦士としての資質があると、空々は思った。

普通、雨を冷やして雪にしようなんて思うだろうか――それに、その雨は、元をただせば……。

「……まほうとかがくはあいしょうがわるい、ゆうていせつを、いちいちくつがえしてくれるおとなやな」

かんづめが、空々達のところに寄ってくる――さすがに疲れている風だ。まあ、魔法の力は無尽蔵であっても、幼児の体力には限りがある――あと数分、あの戦況が続いていれば、『魔女』も倒れていただろう。

「まほうによる『あめ』を、かがくによって『ゆき』にへんかんするとは——かせいの『まじょ』もかたなしやわ」

「右左危博士には秘密にしておいてほしいところですけれど——これほど大規模にやったら、無理でしょうね」

「そうだね……今頃、南光坊でも、雪なんじゃないの？」

言いながら、氷上の肩を借りて、立ち上がる空々——肌寒い。植物が生長をやめてしまうほどの低温だ、あちこちむき出しのコスチュームでは、凍えてしまいそうである。

「ところで、『焚き火』。忘れ物って、なんだったの？」

「あ……、えっと、これです。空々室長に、渡さなきゃと思って、香川県の中学校で、拾ったんですけれど……」

そう言って、氷上は差し出した。

差し出されたそれは、一見、なんだかわからないような物体だったけれど、しかし、空々にはすぐにわかった——なぜならそれは、彼がこの四国に持ち込んだ武器だったから。

チーム『サマー』の魔法少女『パトス』によって粉々に砕かれた、科学兵器『破壊丸』の、残骸だったから。

剣藤犬个の——形見である。

6

第五十五番札所南光坊を目指して、人造人間『悲恋』を抱えた空々空と、その後ろに氷上竝生と酒々井かんづめが飛び立った直後、季節外れの雪によって凍りついた森林の奥深くで、小さな破裂音が響いた。

それは、自らの魔法を制御できず、育った植物に絞め殺された魔法少女の死体が、四国ゲームのルールに違反したかどで、罰として、爆破された音だった。

彼女はチーム『白夜』に属する黒衣の魔法少女『スタンバイ』——心の準備ができていなかった少女である。

（第7話）

（終）

第8話「土の中で眠れ! 壊れゆく島々」

被害者という下積み時代を経て、僕達は花形の加害者になる。

０

１

魔法少女名――『スタンバイ』。

少女名――誉田統子。

十月三十一日、つまり四国ゲーム最終日における最初の死者となった彼女は、当然のことながら、最後の死者ではない。

それどころか、彼女の死を皮切りにして、ゲームはいよいよ混沌(こんとん)の様相を呈していくことになる――第二の死者が生まれるまで、そんなに時間はかからない。

『死者』が『生まれる』。

とてもおかしな表現ではあるけれど、それは今の四国には、意外と相応しい言葉なのかもしれなかった——

2

第五十五番札所南光坊に到着し、はぐれた仲間と再会を果たした空々達が、最初にしたことは、更なる天候の調整だった。予想通り、この愛媛県でも、空模様は雪になって、うっすらと積もり始めていたけれど、彼らはそれを容赦なく加速させた。

愛媛県だけではなく。

四国全土に——豪雪をもたらした。

当然、チーム『白夜』から、身を守るためである——ほんのわずかな間に、二度もリーダーが殺されかけたことを思うと、それは過剰な防衛とは言えないだろう。

天候に引き続き豪雪を選んだのは、チーム『白夜』に対しては、『雨』よりも『雪』のほうが、より防御力が高そうだという判断である——とは言え、体内の『炎血』に限りのある氷上は、正直なところ、空々を救出しようとした時点で、結構力を使い切ってしまっていたので、そこは幼いとは言え『魔女』である、一度きっかけをつかんでしまえば、『水』ならぬ『雪』を操るにあたって、『科学』の助力を必要とはしなかった。

本来の持ち主である黒衣の魔法少女『シャトル』よりも、『水』の魔法を巧みに操り、一面の雪景色を作り出した——そして、チーム空々には、それが魔法少女の使う魔法であるならば、どんなものであれ、どんな強力なそれであれ、まるまる再現できる魔法少女がいた。

手袋鵬喜である。

正しくは彼女が着ているコスチュームの、元の持ち主である魔法少女『コラーゲン』が使用した固有魔法、『写し取り』——そのマルチステッキ『ナッシングバット』。

黒衣の魔法少女の魔法でもコピーできることは、『火使い』の『スパート』を『写し取』ったときに、既に証明済みである。

他の魔法少女の魔法を前提とするとは言え、やはり、鋼矢がかつて恐れていた通り、『写し取り』は、もっとも恐ろしい魔法のひとつだった——ありとあらゆる魔法少女の天敵、魔法少女『コラーゲン』の置き土産。

生憎と言うのか、当然と言うのか、さすがにかんづめの『先見性』を再現することはできないようだけれど、彼女がマルチステッキで使う魔法を『写し取』る分には、何の問題もなかった。

最大のパワーで使用された『魔女』の、『水』ならぬ『雪』魔法をコピーして、手袋は重ね掛けをした——その結果、四国は一センチ先も見えないような猛烈な吹雪にさらされることになった。

四国ゲーム自体がそもそも大きな異変なので、あくまでもこれはその一環に過ぎないけれども、しかし、それ単体だけでも十分に大規模災害と言える大雪を、魔女と魔法少女のコラボレーションで作り出したわけである。

この雪の壁ならば、チーム『白夜』から身を守りうるし、身を隠しうるだろう——やり過ぎじゃないのかという声もあったけれど、それは地濃という名の少女からの声だったので、特に取り合われなかった。

大きかったのは杵槻鋼矢が、戻ってきた空々達から話を聞いて下した、

「たぶんそれ、『スタンバイ』は死んでるわね」

という判断だった。

「『魔法』の暴走——典型的な、『実験失敗』の現象よ。どうして、エリートチームのひとりが、そんなことになったのかはわからないけれども……、そんな風に魔法を暴走させて、本人が助かることはまずないわ」

つまり、空々空がチームリーダーとして立てた『誰も死なせない』という目標は、午前中のうちにあっさりと破綻してしまったことが、ここで明らかになったわけだが

落胆する暇はなかった。
――不幸中の幸いと言うべきか、むしろ不幸中の不幸と言うべきか、彼らにはそれに落胆する暇はなかった。

どういう理由であれ、チーム『白夜』の一人が死んだとなれば、残る三名の黒衣の魔法少女のスタンスは、これまで通りではないだろう。

『火』を、『土』を、『風』を。

いったん、完全に遮断しなければならなかった――もちろん、昨日のように、今後の方針をじっくり話し合うような時間があるわけでもないので、早急に、空々は『今後どうするか』を決断しなければならない。

水分を補給して、多少は回復した氷上が南光坊の中で、その通り名通りに『焚き火』を作り出し、それを全員で取り囲むようにしながら（機械である『悲恋』に、それが必要であるかどうかはわからないけれど、付き合いのいい人造人間は、その手のひらを炎に当てていた）、

「ともあれ、改めて、現状を確認しましょうか」

と、いうことになった。

発言者は鋼矢である。

「やってしまったことと、やらなければならないこと――まだできていないこと。確かなのは、チーム『白夜』との交渉は、思いの外難易度が高いってことかしら――い

や、そらからくんは反省するようなことを言っていたけれど、正直、あたしもなめていたところがあったわ」

これは、副将として、リーダーをフォローするために言っているのだけれど、嘘をついて庇っているわけではない。

空々とは違い、鋼矢はチーム『白夜』の面々の、なんというか、一筋縄ではいかない性格を実感として認識してはいたけれど、だからこそ、交渉の余地があると思っていたのだ――だけれど、話を聞いていると、どうも、『空々じゃなくて鋼矢だったらうまくできた』というわけでもなさそうだ。

その状況は、チーム『白夜』の一人が死んだことで、悪化している――空々達が戦って殺したわけではないけれども（ただただ一方的に殺されかけただけだ）、向こうからすれば、これは同じようなものだろう。

「まあ、推測するに、雨の中でも問題なく活動できる黒衣の魔法少女『スタンバイ』は、山の中に潜んで空々くん達の会話を聞いて、『悲恋』ちゃんが危険な爆弾だって聞いて、耐えられなくなっちゃったんでしょうね――」

と、右左危博士はほとんど正解の推理を開陳（かいちん）した。さすがに『魔女』が密かに、空々に持ちかけていた話の内容まで、思い至ったわけではないようだが――しかし、人生経験が多い彼女は、空々や鋼矢と違って、危機に直面したときのエリートの脆（もろ）さを、嫌と言うほど知っているのだった。

「ま、こつこつ積み重ねていたゲームのセーブデータを、うっかり躓(つまず)いて消しちゃったら、誰でも自暴自棄になるでしょうよ――勢い、自殺しちゃったりしてね」

別に『スタンバイ』は自殺したわけではなかったけれど、近いものはあった――実際にその『暴走』を体験した空々に言わせれば、あの狂気は、自暴自棄なんて言葉では片づけられない、感情の爆発だったが。

感情の爆発。

それは空々には縁のないものだった――氷上から渡された、『破壊丸』の断片を思いながら、そう考える。

剣藤犬个の断片を思いながら。

……あのとき『悲恋』が、自らの使命をなげうって、身を挺(てい)して空々を守ろうとしたことについては、氷上から報告を受けた右左危博士は、

「まあ、そのシチュエーションで、暴走した植物から、どんなに攻撃を受けたところで、『悲恋』ちゃんは壊れはしないでしょうからねえ――その頑丈な防御力をもって上官である空々くんを守ろうと行動することは、当然なんじゃないかしら」

と、つれない回答をするだけだった。

まあ、言われてみればその通りだった。

他に解釈の余地はない。

「そらからくんが立てた『誰も死なせない』という目標は、『これ以上、できるだけ、誰も死なせない』と、下方修正するとして――」

『これ以上』はともかく、『できるだけ』とまで、付け足さざるを得なかったのは、鋼矢が慎重に、はっきり言えば弱気になっている証とも言えた――だが、あまりにも的確な判断過ぎて、それを指摘できる者は誰もいなかった。

「これからどうする？　そらからくん」

いちいち全員から意見を募っている時間はない――防御網を張り巡らせているうちに、現在時刻は正午前。

いよいよタイムリミットまで、十二時間を切ろうとしていた――なのに状況は、天候同様、悪化する一方だった。

だから鋼矢は直接的に、空々に即断を求めた――それがどんな判断でも従うつもりだったし、副将として、皆を説得するつもりだった。

ともかく今は、時間が惜しい――チーム『オータム』の知恵袋となっていたときとは違って、今度のタイムリミットは、絶対なのだ。

「……『木使い』の『スタンバイ』は、もう死んでいると考えるとして、チーム『白夜』の魔法少女は、残り三人。僕達は、この三人のいずれかと交渉したいわけだけれども」

仮に、『スタンバイ』が生きているとしても、とても交渉ができるような精神状態ではないだろう——そして。

「『風使い』の『スペース』とは、もう交渉はできないと思う……明確に失敗した。たぶん、やり直しはきかない」

交渉に失敗した理由は、細かくは語らない——その時間はない。あっても、空々がそれを、自ら語ったかどうかはわからないけれど。

「だから残る二人の魔法少女——『火使い』の『スパート』と、『土使い』の『スクラップ』に、希望をかけるしかない。同じ轍を踏まないように気をつけて——」

救いがあるのは、チーム『白夜』はどうも、仲のいいチームではないらしいということだ。もしも『スペース』がチームに戻って、情報を共有したところで、それで『スパート』や『スクラップ』が彼女に協調して、空々の話を聞いてもくれないということは、ないだろう。

絶対平和リーグの上層部も、決して一枚岩ではないのだ。もっとも、『スペース』とは違う理由で、彼女達はこちらの話を聞いてくれないかもしれないが——

「……そらからくんは、『スクラップ』と面識があるから、そちらのほうに余地があるって感じなんだっけ？」

「いや、相手を選ぶような贅沢は、こうなると言っていられないでしょう」

交渉する相手を具体的に選んでいなかったために、こんな展開になったとも言えるけれども、しかし、こんな展開になってしまったからには、『スパート』を避けて『スクラップ』に狙いを絞る、みたいな、都合のいいことは考えないほうがいいだろう――いわゆる、『それができれば苦労はない』という奴だ。

「それに、『スパート』は、チーム『白夜』のリーダーだって話だから、彼女との交渉が成功すれば、あとは絶対平和リーグのトップまで一直線、ってこともありえます」

これも、相当に都合のいい考えかたではあるけれども、しかしネガティブにばかりなっていても仕方がない――絶望的と言うなら、最初から状況は絶望的なのだ。

「ふうん、まあそうね……手袋さん？」

と、そこで鋼矢は、さっきからずっと押し黙っている手袋に、話を振った――みんなで話しているときに黙りがちなのは、チーム『サマー』時代からの彼女らしさではあったが、一応、気になったからには、なあなあにはせず、訊いておく。

「何か、あるかしら？」

「ううん、何も……」

そう言いつつ、手袋は「ただ」と続けた。

「『スタンバイ』とは、対面で話したことがあったから……ちょっと、死んだって聞いて、へこんでるだけ」

話したことがあった、と言っても、別にいい印象を持っていたわけではない——徳島県の民家で、一人隠れていた手袋の元にやってきた彼女は、自分の言いたいことを言うだけ言って、手袋の話はろくに聞かず、質問にもほとんど答えようとはせず、颯爽と去っていった——手袋が作った料理を勝手に食べるわ、好き勝手を通り越して横暴な振る舞いで、好きか嫌いかで言うなら、まあ嫌いな側に属すタイプの少女だった。向こうも手袋のような少女のことは、別に好きじゃないだろうし、好かれたいと思ってはいなかったろう。

ただ。

そんな少女でも、死んだと聞かされると、嫌な気持ちになった——なんだったら手袋は、もちろんそんな主張こそしなかったけれど、チーム『白夜』の誰かと交渉するのであれば、『スタンバイ』とできればいいのにと思っていたくらいである。

大雑把そうで、快活で陽気な風の、あの子の性格は、手袋からすれば苦手なそれだけれども、鋼矢——魔法少女『パンプキン』とは、合うんじゃないかと、勝手にイメージしていたからだ。

それだけに、喪失感があるし。

さばさばした、あんな性格の少女が、四国に持ち込まれた規格外にして企画外の爆弾に、ぽっきりと心が折られてしまうというのは、意外というより、拍子抜けだった。

すごい、と思ってる人の弱さを知ると、世の中がつまらなく思える手袋だった――それが勝手な言い分であることはわかっているけれど。

なんとなく、それ以上言葉は交わさなくとも、鋼矢は、手袋のそんな心中を察した――しかしまあ、手袋から聞いていた『スタンバイ』の人物像を思うと、彼女とちゃんと交渉できなかったことは、確かに痛い。

黒衣の魔法少女『スパート』はチーム『白夜』のリーダーで、彼女との交渉が成功すれば一気に目標に到達できる――と言っても、チーム『オータム』やチーム『スプリング』のような、まとまりのある集団ならばまだしも、チームとして機能しているとは思えない彼女達の、頭を押さえることには、実はそこまで意味がないかもしれない。

ただ、そんなことを言い出したら、侵入者である空々に、管理者としてのやるべき仕事を丸投げしてしまうような『スクラップ』との交渉に成功したとしても、何の意味もないかもしれないという話にもなる。

本当に贅沢を言うのであれば、やはり、チーム『白夜』で現在、もっとも『まとも』だと思われる黒衣の魔法少女『スペース』との交渉が、実はもっとも望ましいのだが――空々とも、鋼矢とも、決裂してしまっている彼女と、話せる人間は、今、こちらにはいない。

もしも彼女と、次に対峙するときは――本当に殺し合いになるだけだ。

「じゃ、おおむね現状の確認も終わったみたいだし、そろそろ出発しよっか？　あとは、飛びながらでもできる話でしょ。狂っちゃった予定を、せっせと取り戻さないとね――『悲恋』ちゃんの自爆までの残り時間は」

と、右左危博士は、マルチステッキを折り畳んでいる腕時計を確認する。みんな同じようにして、まるで軍事行動の前に、時計を合わせるような場面になった。

そのまんまだが。

奇しくも時計の針は、三つすべてが重なっていた――十月三十一日、正午。

タイムリミットまで、あと十二時間。

3

魔法少女『キャメルスピン』とやらが、四国全土に張っているという『バリアー』によって、この地で起きている異変は、外部には伝わらない仕組みになっている――

のだけれど、情報管理の専門家でもある左右左危に言わせれば、その隠蔽工作は、とても完璧とは言い難い。

確かに四国ゲームの詳細については、あらかじめ情報を持っていた右左危博士も、現地入りするまでは確信が持てなかったけれど、しかし、そもそも右左危博士の侵入を許している時点で、その『バリアー』は、完璧な防護をできていない。

あくまでも『バリアー』と言うのであれば、右左危博士や、それに空々空や『悲恋』の侵入自体を防ぐものであるべきだ――外部からの、四国ゲームへの途中参加を許すべきではない。その視点で見れば、ザルと言っていい『バリアー』だ。

内部情報についても、そう。

魔法少女『キャメルスピン』の『バリアー』は、四国で『何』が起きているかは隠せても、四国で『何か』が起きていることは、隠し切れていなかった。四国民の大量失踪――というニュースは、『バリアー』の外へと、漏れ出てしまったのだ。

むしろ『バリアー』があることで、その異様さはまざまざと浮き彫りになっていたとも言える。

元々、四国ゲーム自体が、絶対平和リーグにとって想定外のイレギュラーであることを思えば、むしろこの『バリアー』は、四国をよく守っていると言うか、緊急措置としてはちゃんと機能しているという言い方も、そりゃあできるのだけれども、右左危博士としてはこの『バリアー』に、及第点をあげることはできない。

自分自身も部下にクーデターを起こされて、『新兵器』である人造人間『悲恋』を暴走させてしまっている彼女に、絶対平和リーグも因縁をつけられたくはないだろうが、何も右左危博士は、自分のことを棚にあげて、結果だけを見て、同業他社のミスをあげつらっているというわけではない。

むしろ逆だ。

絶対平和リーグにしては——と言うより、魔法少女製造課にしては——と言うより、酸ヶ湯原作にしては。

こんな防護は、あまりにお粗末だと思うのだ。

まったくなっていない。

そして——らしくない。

彼女の知る酸ヶ湯原作であれば、実験に失敗することはあっても、実験の失敗によって、自身の所属する組織が壊滅したり、無関係の周辺に大きな被害を出したりするようなことはない——出したとしても、徹底してそれを、隠蔽するはずなのだ。

あの後輩は、そのあたりの危機管理能力の高さは際だっていた——すさまじく要領がよかったし、考えられないほど如才なかった。

『究極魔法』を求めるにしても、万全のリスクヘッジを行ってから、実験に臨んだはずである――『バリアー』なんて、あらかじめ張っておくくらいの配慮をしていてもおかしくない。

その『バリアー』にしても、外部に異変が伝わらないだけでなく、外からは普段通りの、日常の風景が観測できる、というようなものであるべきだ――夢みたいなことを言っているけれど、なにせ彼らは『魔法』を使うのだ。

そのくらいの幻覚は、見せられるのではないだろうか？

その上で、四国への出入りを完全にシャットアウトする――四国という地を隔離して、その箱庭の中で、好きなだけ四国ゲームという実験を続ければよかったのに。

なまじ、出入りが可能だから、空々空という、四国ゲームを根底から覆してしまいかねない英雄の乱入を許してしまったし、ゲームの電源を乱暴に引き抜きかねない、『悲恋』という爆弾の投入も許してしまった。

なんだか、詰めが甘い。

『バリアー』の……ひいては、管理の。

四国ゲームの管理者サイドの、詰めが甘い。

そこに不自然さがある――作為にも似た。

……まあ、こんなのはやっぱり、理想論であり、結果論なのかもしれない。昔の知り合いが、それも優秀な後輩が、信じられないようなポカをしていることが納得できず、そこに『何か理由があるんじゃないか』と、深読みしてしまっているだけなのかもしれない――いや、きっとそうなのだろう。

非人道博士の左右左危も、それでも人間であり、人間であるからには、人間関係と無関係ではいられない――そういうことだ。

何が言いたいのかと言うと。

第五十五番札所南光坊を出発した、チーム空々の一行は、四国全土を覆うように設定されていた、魔法少女『キャメルスピン』の仕掛けた見えない『バリアー』を――突破した。

『バリアー』どころか暖簾をくぐるように、するっと通り過ぎた。

ここまでの経緯を思うと、あまりにあっけなく素通りできてしまったため、右左危博士のみならず、ほぼ全員が、肩透かしを食らったみたいな気持ちを味わった。

極論、その『バリアー』に、撥ね返されるくらいのことはあるんじゃないかと――そうでなくとも、くぐるときに感電するようなこともあるんじゃないかと構えていただけに、空々は、そもそも本当に、自分達が通り過ぎた場所にそんな『バリアー』なんてものがあったのかどうか、怪しんだくらいである。

まあ、実際に四国ゲームから、それと知らずにリタイアした地元民や観光客がいるという前例もあったそうなので、これはただの順当な結果なのだけれど――それでも、四国から飛び出て、しばらくの間は、『バリアー』は、もう少し先に張られているんじゃないかという疑いを、なかなか払拭できなかった。

むろん、『あっけなく』と言っても、南光坊からここまでの飛行路程が、決してたやすかったというわけではない――そもそも、飛行機だったら欠航するくらいの猛吹雪の中、彼らは編隊を組んで飛んでいるのだ。

黒衣の魔法少女『シャトル』の魔法を引き継ぐ『魔女』、酒々井かんづめが、チーム『白夜』対策として降らせている雪なので、その精密なコントロールによって、彼らの編隊を、それこそ『バリアー』でも張っているかのように豪雪は避けて行くのだが、視界の悪さや、気温の低下は免れない。

氷点下どころではない上空温度。

防寒性が極めて低い魔法少女のコスチュームゆえ、常人ならば凍え死んでいるような行程である――そこは隊列を組み替えて、『炎血』の氷上が編隊の中心を飛ぶことによって、みなのホッカイロ代わりになった。

不本意に肉体を改造された氷上竝生にとって、『炎血』は、結構なコンプレックスではあるのだけれど、それがこんな具合に、暖房器具としての平和利用がなされるというのは、複雑な気持ちだった――まあ、複雑ではあるが、悪い気持ちではない。

ともかく、豪雪を絶えず降らせ続けたのがよかったのか、チーム『白夜』の妨害も入ることなく、彼らはついに。

今度こそ予定通りに——四国からの脱出に成功したのだった。

さすがに、どんなに手応えがなくとも——どれほど『暖簾に腕押し』のようであっても、いくらなんでももう『バリアー』は突破しただろうと確信できる位置まで飛行すると、チーム内の空気が、緩和した。

無理もない。

それはすなわち、四国ゲームの理不尽な、八十八のルールから自由になったということなのだから——異常なほどに暢気(のんき)な性格の地濃でも、そりゃあほっとしようというものだ。ルール違反が、すなわち爆死を意味する世界観。四国ゲームのプレイヤーは、常に身体に爆弾を縛りつけているようなものだったのだから、そんな常に死と隣り合わせのシチュエーションから解放されたことは、明確に、喜ばしい成果だった。

それは現状、未だリアルに爆弾を自分に縛りつけている空々にしても同じだった——『何をしたら死ぬかわからない』という不条理は、とりあえず終わってくれたわけだ。

四国ゲームからのリタイアには、成功した。

しかし、そうなると、また別のことも気になってきたりもする——たとえば、陸地ではなく、洋上を飛んでいるというのは、やっぱり多少の不安が残る。『いざというとき着地する先がない』という条件の下での飛行は、つい先週まで魔法を知らなかった空々には、やはり気後れするものがあった。もしも魔法少女のコスチュームに不具合が起こったら……と思うと、足下に地面がないというのは、どうしたって心細い。

同じく、最近魔法を知ったばかりの氷上も、真下を見るときの気持ちは同じようで、

「大丈夫です、室長……有事の際には、私が海を凍らして、着地できるようにしますので。着氷できるようにしますので」

と、そう言ったのは、空々を慮ってのことと言うより、自分を励ますような意味合いがあったのかもしれない。

現実的なことを言えば、もしもコスチュームに不具合があり、飛行を継続できなくなったなら、真下が地面であるよりも、海面であったほうが落下したとき助かる可能性は高そうなものだけれども、その辺は、やはり理屈ではなかった。

まあ、その辺はただの笑い話で済むとしても、四国からの脱出に成功したことで、浮上してくる別の問題は、確かにあった。

海上だろうと、問題は山積みなのだ。

と言うより、成功したこと自体が、ひとつの問題になる——つまり、チーム『白夜』が、彼らの脱出劇を妨害にこなかったこと自体が、実は、次なる課題となるので

ある。

なぜなら、四国を脱出し、瀬戸内海にある、元々予定されていた実験島を目指すというのは、あくまでもフェイクと言うか、見せかけの目的地であって、そんなアウトローなプレイスタイルを取ることによって、チーム『白夜』の面々をおびきよせようというのが、彼らの本命の作戦だったのだから。

そのチーム『白夜』が、現れなかった。

おかげで脱出には成功したけれども、脱出が上首尾に終わってしまうと、このまま、チーム『白夜』の残る三人が、一人も彼らの前に現れないのではないだろうかという危惧がわいてくる。

「ちょっと、うまくやり過ぎたかもね……」

右左危博士がぽつりと言った。

まあ、全員に共通する感想だろう——チーム『白夜』の強大過ぎる魔法を封じ、弱体化させるために、四国中に北極圏ばりの豪雪を降らせているけれど、それで彼女達を、完全に追い払ってしまったとなると、これは交渉の余地を自ら消してしまったようなものだ。

「こっちが交渉するつもりで動いていることは、もうほとんどバレているんだろうけれど……、それでも、こんな天候の中で接触を持って、行く手を遮ろうと立ちはだかって、思わぬ反撃を食らったらまずいって、向こうも考えたのかもね」

「ほら、だから言ったじゃないですか。やり過ぎだって」

地濃がここぞとばかりに、自分の手柄を主張した──『うまくやり過ぎた』と『やり過ぎだ』では意味が違うけれども、まあ、ここまで雪を降らせることはないんじゃないかと彼女が言ったことは本当である。

そしてそれは正しかった──のかもしれない。少なくとも、地濃の意見だからというだけで却下したのはまずかった。

この大雪によって、チーム『白夜』の三人を、弱体化ならまだしも、無力化までしてしまったのであれば、作戦にそもそも難があったわけだ──そうでなくとも、黒衣の魔法少女『スタンバイ』が、管理者サイドでありながら空々達と接することでゲームオーバーを迎えているのだから、彼女達が危機感を持って、空々達を『管理』しようとしてくるのは、むしろ当然である。

まあ、右左危博士としては、『土使い』の『スクラップ』が妨害に来るという線は、確かに薄いだろうと思っていた──あまりネガティブな展望ばかりを、はっきりとした根拠もなく言うのもどうかと、珍しく気を遣って言わなかったけれども、こうも豪雪を降らせれば──つまり、『土の上』に、雪を積もらせてしまえば、彼女の魔法は、大部分が封鎖されてしまうことになるだろうから。

そうでなくとも、洋上に出れば。

もっと言えば、空中を飛んでいる時点で、『土使い』の出る幕はない――地上戦でこそ、その魔法の真価は発揮されるのであり、もしも自分が『スクラップ』の立場であれば、こんな悪条件の中、わざわざ出張ってこない。

勝てる場所でしか戦わないのは、勝負の基本だ――ただ、そうは言っても、相手は子供である。

どんな無軌道な、予測不能な行動にでるかわからない――空々と違って、その辺り、ちゃんと右左危博士は心得ているので、『スクラップ』は現れるまいと、決め付けはしなかった。

だが。

実際に『スクラップ』どころか、『スパート』も『スペース』も来ないとなると――『魔女』という切り札に、黒衣の魔法少女のコスチュームという組み合わせは(そこに科学の『炎血』を組み合わせた『豪雪』は)、自分達が思っている以上の威圧感を、相手に与えてしまったのかもしれない。

魔法の強力さを、持て余している。

扱いかねている。

これではかつて地球に敗北したという『火星陣』の二の舞である――場合によって

は、雪をやませて、防御を緩めるという判断も必要になってくるだろう。ただ、相手がそれを待っているかもしれないと思うと、そこは駆け引きのしどころだった。

「ま、妨害されないって言うんだったら、こちらとしてはありがたく、見せかけの目的を貫くだけでしょ――」

鋼矢はあえて、楽観的に言った。

彼女もそんな明るい気分でいるわけではないけれど、うまくいっているときにうまくいったことを責めるような雰囲気は、副将としては、あまり望ましくない。そんな気持ちは、自分だけが抱いていればいいと思う。

「――『始まりの無人島』を調査させてくれるって言うんなら、させてもらうまでよ。ありがたくね。案外その島を調べたら、好ましい情報が手に入るかもしれないわ」

「そうね……それに、安心もできない」

氷上も、気を引き締めるように言った。

この辺は『元戦士』としての才覚である――経験談と言ってもいい。少なくとも、ホッカイロや湯湯婆としての意見ではない。

「辿り着いた『始まりの無人島』で、チーム『白夜』が三人で、私達を待ち伏せし、全面戦争の準備をしているという最悪の可能性を、考えなくていい理由はないわ」

「そうだね……」

と、空々は直属の部下の意見を容れる。

相手も懸命なのだ、策を弄してでも来るだろう。

強い意志も、明確な目標もなく、ただただ生き延びることを目当てに、言われるがままの英雄活動を行っている彼のような人間は、望まずに参加したこのゲームに関して、どうしても被害者意識が抜けない。

自分は被害者で、加害者に対しては無限に反撃していいんだという、無意識下の思い込みがある――が、空々達が外部から持ち込んだ『災厄』が、四国ゲームの管理者であるチーム『白夜』の一人の心を、無惨に破壊してしまったことを思うと、やはりその前提には無理がある。

黒衣の魔法少女『スペース』も言っていたが、四国にとって空々は、迷惑極まる乱入者なのだ。

ここから先は、相手が自分達にとって脅威であるように、自分達も相手にとって脅威であるということを、肝に銘じて、プレイしなければならない――否。

もう、ゲームのステージは抜けたのだ。

プレイではない。

デスゲームならぬリアルなデスが、ここから先には待ち構えている。

「じゃあ、警戒は続けながら、雪も降らせ続けながら、その島を目指そう。……左博士、道案内、引き続き、よろしくお願いします」

「ええ、任せておいて」

空々にはそう応えながら、右左危博士は、今後の方針について、別のパターンも想定しなくてはならないと思い始めていた。

つまり、楽観的な予想が外れ、『始まりの無人島』から何も得ることができなかった場合――その島でチーム『白夜』が待ちかまえていることを『最悪の可能性』だと氷上は言ったけれど、本当の最悪は、その島に誰もいなくて、完全に空振りだった場合だろう――交渉どころか、戦いにさえならなかった場合。

その場合、再び四国の地に戻り、こちらから向こうにアプローチしなくてはなるまい――チーム『白夜』や酸ヶ湯原作がどこにいるかはわからないけれど、まずは絶対平和リーグの香川本部辺りから、調べることになるだろう。

人造人間『悲恋』の自爆自体は避けられない『設定』だから、どうあれ今日の夜中になれば、四国からは避難しなくてはならないが――避難後の生活を考えれば、できる限りの情報を、彼女達は得なくてはならないのだ。

（考えても考えても詮のないことだけれど、結局のところ、酸ヶ湯くん達が追い求めている『究極魔法』が、どんな魔法なのかにかかってくるのよねえ――ん？）

と。

そこで右左危博士は、あることに気付き——思考を止めた。『魔女』ばりに、先を見据えたことをあれこれ勘案していたのだけれど、しかし、端的に言うと、それどころではなくなった。

未来よりも、現在に対応しなくてはならなかった——あれ？

おやおや？

「空々くん、ちょっと止まって」

前を行く少年をそう制止して、自分も足を止める——空中なので、足を止めたというのは表現上の問題が生じるけれど、そんな細かいところに構ってもいられない。

当然、空々や右左危博士だけでなく、編隊を組んでいる全員が、その場でホバリングする——右左危博士が何かに気付いたらしいのは明らかなので、とりあえずは彼女の言葉を待った。

だが、普段、あれだけ多弁で、頼まれもしないのにのべつ幕なしに喋り立てる右左危博士が、このときは思案顔で、無言で眼下を見下ろすばかりだった——右を、左を、前を、後ろを、きょろきょろとせわしく見渡す。

何を考えているのか、もっと言えば、何をたくらんでいるのか、よかれあしかれ、なんだかんだと付き合いの長い氷上辺りから見ても、底知れないマッドサイエンティストではあるけれど、しかしこのときの彼女の『挙動不審』な振る舞いは、深読みするまでもなく、およそひとつの印象を、周囲の者に与えた。

ただ、チームにおける最年長者である右左危博士に対しては、『いや、まさかそんな』という気持ちがあるので、なかなか誰も言い出せない——だが、そんなときのために、このチームには、心強いメンバーがいた。

そんなときくらいにしか重用されない、困った性格ではあるけれど——

「あれ？　ひょっとして道に迷っちゃったんですか、おば……おば……、おばちゃん」

前回の反省を生かして、気を遣おうとした末に出た発言が『おばちゃん』なのであれば、お前はもう一生反省しなくていいし、死ぬまで気を遣わなくていいと思わせる、我らが地濃鑿の発言だったけれども、その主題自体は、よく言ってくれたというものだった。

道に迷った——迷子。

いや、しかし、そもそも道なんてない海の上で、この猛吹雪の中で行き先を見失ったというのは、遭難と表現したほうが正しいかもしれない。

だが、こうしてみると、どうしてそういう心配をここまで、まったくしていなかったのか不思議なくらいの、ありそうなトラブルではあった——視界はこの上なく悪く、洋上の風景では、ランドマークになるような建物も、景色もない。

一面の雪と一面の海は、単純な東西南北さえ、曖昧にさせるに十分な悪条件だった――候補となる島を、近い順に巡ろうなんて、空々達はお気楽に計画していたけれども、四国で札所を巡るのとはわけが違う。

こうなると、手伝いようがなかったとは言え、候補となる島の特定を右左危博士一人に任せていたのは凡ミスだった――彼女がルートを見失ったのであれば、他の誰も、それをサポートすることはできないのだ。

昨夜聞きそびれたことだが、なあなあにせず今朝ホテルを出立するとき、あるいは南光坊から再出発するときに、『始まりの無人島』について、もっと詳細に聞いておけばよかった――ただ、たとえ聞いていても、瀬戸内海の地理に詳しいわけでもない氷上には、ぴんと来るものでもなかっただろう――いずれにせよ、後の祭りだ。

済んだことをあれこれ言っても仕方がない、こういうときは、道に迷ったときのマニュアル通り、わかるところまで戻って、今度は気をつけながら、改めて無人島を目指すしかあるまい――ここから変にあがくよりは、そちらのほうが、結局は時間をかけずに済む。

そう思って氷上は、不本意ながらも、ここで責めても仕方がないと、逆に右左危博士を励ますようなことを言おうとしたけれど、

「…………」

と、当の右左危博士は、もう、下を向いてはいなかった——と言うより、上を向いて、天を仰いでいた。

その表情は、険しい。

『任せておいて』と言って、意気揚々と道案内をしていたら、チームを遭難させてしまったというような、一種滑稽とも言える顛末を嘆いている——にしては、あまりに厳し過ぎる表情だった。

彼女がそんな表情になることは、とても珍しい。

氷上の知る左右左危という女性は、このくらいの失敗は、そして逆境は、むしろ自分から笑い飛ばしてしまうくらいの度量があるはずだ——いや、それ以前に、迷子対策くらい、あらかじめ打っていそうなものだ。

そんな風に怪訝に思ったのは氷上だけではなかったし——実際、絶対平和リーグの危機管理に対して疑念を持つ右左危博士が、海の上で目的地を見失うという展開を、まさか想定していないわけもなかった。

だけれど、さしもの彼女も。

こんな展開は予想だにしていなかった——驚きを禁じ得なかった、だから文字通りに仰天したのである。

『何が起こったのかわからない』のではない、起こったことは明らかで――どうやってそうしたかも、手持ちの材料から判断できる。

しかし、それにしたって……。

「島を」

とは言え、いつまでも無言でい続けるわけにはいかない――チームのナビゲーション担当者として、彼女は仲間に告げなければならなかった。

その奇天烈な事実を。

「島を見失ったわけではないのよ、竝生ちゃん。私達は目的地を失ってなんていない――むしろ」

増えている。

と、彼女は言った。

見たまんまの真実を。

「瀬戸内海のあちこちに、滅茶苦茶に島が増殖していて、しかも、あっちこっちに好き勝手移動しているの――島の位置も形も変わっているの。もう、どの島がどの島なのか、わからない」

要するに。

瀬戸内海の地図が書き換えられているのよ。

右左危博士のそんな言葉を、すぐに理解できた者はいなかった——それくらい荒唐無稽で、わけのわからない現象だった。

四国から外に出て、理不尽なルールから解放されて、『わけのわからない現象』から離脱したはずの八人は——今もなお、いかんともしがたい理不尽の渦中にいた。

「ち……地図が書き換えられたって——」

かろうじて、氷上が反応する。

自分でも、言いながら、何だそれはと思いながら。

「——だ、誰がそんなことを」

「黒衣の魔法少女『スクラップ』——『土使い』」

右左危博士は端的に答えた。

いささかの苦笑を堪えきれず。

いやはや、内心のこととは言え、彼女を軽んじるようなことを思ってしまったのを、取り消さなくてはならない——こんなの、子供の考えるようなことじゃない——いや、大人でも思いつくようなことではないけれど。空を飛び、海に出れば、『土使い』の脅威は、とりあえずなくなると思っていたが、そんなことはなかった。まったくなかった。

彼女は——黒衣の魔法少女『スクラップ』は、チーム『白夜』のひとりとして、しっかりと、チームの前に立ちはだかった。

「うっかりしていたわ。『島』だって、『海底』だって、究極的には、『土』だってことを、もっと深く考えておくべきだった――チーム『白夜』の使う魔法のスケールの大きさは、ちゃんとわかっていたはずなのに」

そう。

『土使い』――『大地使い』の魔法少女は、瀬戸内海に点在する大小さまざまな島々を、トランプでもシャッフルするようにかき混ぜて、移動させ、そればかりか海底を隆起（りゅうき）させて、新たな島をも大小さまざまに創造し、いったい、眼前に広がるどの島が『始まりの無人島』なのかを、見事に隠蔽してみせたのだ。

だからこれは、迷子でも遭難でもなかった。

迷子ではなく――迷走であり。

遭難ではなく――接敵だった。

4

現在の四国では、ルール上、ほとんど用をなさないけれども――絶対平和リーグに所属する魔法少女とて現代を生きる十代であって、もちろん平時ではスマートフォンを持って、それなりに使いこなしている。

ただし、チーム『白夜』の『土使い』、黒衣の魔法少女『スクラップ』は、スマートフォンを持ってはいても、それにカバーをかけていない。無骨に、裸のままで使っている。

それはなぜかと言えば、彼女は、市販されているスマートフォンのカバーを、とても『ダサい』と感じているからだ――具体的に言うと、どのカバーも、カメラのレンズの部分に穴が開いていることが、彼女の感性、美意識からすると、信じられないくらいに格好悪い。どんなにお洒落なカバーも、そのせいで虫食い状態のようで、嫌悪感を覚えずにはいられない。まるで、下着に穴が開いているのと同じで、見ようによっては猥褻であるようにさえ感じるのだった。

どうしてみんなが、それを看過できるのか、理解に苦しむ――せっかくのスマートフォンの、未来形とも言うべきスタイリッシュなデザインが、それで台無しになっているというのに。

そりゃあ、理屈の上ではわかる――カバーに穴が空いていないと、写真が撮りづらいのはわかる。しかしカメラのキャップみたいなもので、そんなの、撮るときに外せばいいだけじゃないか――どうしてそれだけの手順を省こうとする？

まあ、そんな偏った美意識を持つこと自体は、やはり多感な十代の頃にはままあることであって、その感覚は、彼女独特のものであるとまでは言えない——十代ならば誰もが通る、大人になるための儀礼のようなものだ。

だが、ここで彼女が特異なのは、気に入らないそのデザインを、まったく我慢しないことだ——まったく妥協しないし、まったく受け入れない。そうは言っても、事実上、販売されているスマートフォンのカバーに、穴の開いていないものはそうそう見当たらないんだからと、渋々、穴開きのカバーをつけたりはしないことはもちろんのこと、自作で穴の開いていないカバーを作ろうとしたり、ひょっとするとあるかもしれない、穴の開いていないカバーを探そうともしない。

気に入らないものを避けるための努力をすることさえ、『ダサい』と判断する——だから、そのせいで、どんなに傷だらけになろうとも、スマートフォンにカバーは、絶対に装着しない。

単なるお洒落の問題だけれど、しかしこれはただの一例であって、一事が万事、彼女はそうなのだ——気に入らないことはしない、気に入らないものは認めない。

スマートフォンのカバーは許さないし、キャスター付きのトランクなんて認めないし、春秋戦争の調停なんて『ダサい』ことは、たとえ仕事でもしない——四国から飛び立とうとする空々空一行の前に立ちはだかろうとか、そんな粋じゃないことは、絶対にしない。

したくないのではなく、しない。

自分勝手でわがままだと、そんな性格は思われがちだけれど、しかし彼女は、自由なのではなく、むしろ頑ななのだ。

頑固であり、偏屈なのだ。

だから、以前に面識のある『スクラップ』となら交渉がしやすいかもしれない、なんて空々の見込みは、実際のところ、甘々だったと言わざるを得ない——借りがあるとか、前に頼みごとを聞いてもらったとか、そんな理由では、彼女は自分を曲げたりはしない。

敵に対して融和する、とか。

組織を裏切る、とか。

一時的に協力する、とか。

そういうのはとても『ダサい』ことで、『スクラップ』の頑なな美意識には大いに反するのだ——ついでに言えば、大人の癖に魔法少女のコスチュームを着るような不気味な二人組も、彼女の美意識に大いに相反したため、氷上と右左危博士と対面したときには、彼女達を、我を失って攻撃したものである（単純な嫌悪感ももちろんあったが）。

ただ、裏を返せば、組織防衛のためでも、ゲーム管理のためでも、仕事であろうと使命であろうと、『ダサいことはしない』という潔さがあるため、交渉は成立しなくとも、対立は避けられたかもしれない。

チーム空々の行く手を『粋』に妨害できる方法がなければ、黒衣の魔法少女『スクラップ』は、別段、何もしなかったかもしれない――『悲恋』という爆弾の存在を知ってさえも、何もしなかったかもしれない。

だが――あった。

粋に、ダイナミックに、格好良く、彼女がそのようでありたいと思う魔法少女の理想像が、実行するに相応しい戦略が――

チームメイトである、同じ黒衣の魔法少女の『スペース』に言わせれば、

「そのうち、『並び方が気に入らない』って理由で、自分の歯を引っこ抜きかねないわよね、あの子――」

と、ほとんど異常者扱いではあったけれど、ともかく、これから空々達が相手にしなければならないのは、そういう魔法少女なのだった。

「……ただ、まあ」

と。

そんな黒衣の魔法少女の美意識に反する大人、左右左危博士は、周辺を見渡し、書き換わった地図を改めて認識しながら、言った。

「この状況からでも、まったくもって『いいこと探し』ができないってわけでもないわ――確かに私達は行く先を見失ったけれども、その分、前進したとも言える」

「そ……そうですか？」

同じく、『スクラップ』の美意識に反する大人、氷上竝生は、混乱のままに訊く――彼女の認識としては、自分達は完全に指針を見失って、立ち往生しているだけである。交渉もできず、島にも行けず――なすすべなく、このままタイムアップを迎えるしかないのでは？

現在時刻は午後三時前――身を隠すための猛吹雪のせいで高速飛行はできないとは言え、いつの間にか、『悲恋』自爆までの残り時間は、十時間を切っていた。

「島に辿り着けなくしたってことは――辿り着かれたら困るってこと、だから」

そんな氷上に、空々は言った。午上の部下に対して、あまりものを教えるみたいな言い方になるのは避けたいのだけれど、今は表現を選んでいる余裕がない。

「つまり、これで『始まりの無人島』には、『何か』があるという公算が、高くなった――絶対平和リーグが守ろうとする何かが」

それが空々達の求めるものなのかどうかは定かではないけれど、しかし最低限、絶対平和リーグの管理者サイドが、知られたくはないと思うような、『何か』が。

四国からの脱出を妨害されなかったのは、本来実験場だった無人島を目指すという自分達の動きが、完全に的外れだったからじゃないのかという疑念は、とりあえず、これで消えたと言っていい。

何にせよ、そこに、何かはあるのだ。

何らかの何かが、何らかの形で。

「……じゃ、選択肢を、絞りましょうか」

鋼矢が空々の言を受けて、あくまでも段取りのように提案する——まるで自分達の冒険は、今もまったく順調なのだとでも言うように。

順風満帆を装う。

それは必要以上に斜に構えがちな右左危博士や、生真面目な氷上にはできない、少女ゆえの老獪(ろうかい)さで、処世術ではあったけれど、この場においては必要な救いで、本人にとっては、『絶対に諦めないし、暗くなったりしない』という、意地でもあった——気休めではあるが、気の休めどころは、あるべきだ。

「時間も惜しいし、さくっとね。①『島を目指すのはやめて、四国にとんぼ返り——まるっきり別の案に切り替える』」

「帰っちゃうんですか?」

と、地濃が驚いたように言う。

いけいけゴーゴーなメンタルの持ち主である彼女にしてみれば、そこに『何か』があるというのに、退くというのは、ありえない考え方なのだろう——もちろん、鋼矢だって、別に、それが望ましいと思っているから、選択肢の①として、この案を出したわけではない。

ただ、これがもっとも賢明な案であるのも確かだった——『何かがある』と思うからこそ、『フェイクで手を出すにはあまりに危険』と退却するのは、彼女がよくやることでもある。絶対平和リーグという、若年層の死亡率の高い組織の中、鋼矢はそうやって生きてきた。

「時間があるのなら、そうするべきだって決めつけて、②以降の選択肢の検討を、もうしないいくらいだけれどね——そうもいかないから、じゃあ、選択肢②と選択肢③」

おどけた風に、右左危博士は指をピースにして、続ける。

「②『それらしい島を一つずつ、検分する』——③『島を探すよりも、黒衣の魔法少女を探す』。島の数を増やして、シャッフルしたところで、元の島が消えてなくなったわけじゃないでしょうから、探せばいつかは見つかるでしょう——だけど、そんな効率の悪いローラー作戦を実行するよりは、私は③を推したい。ここまで大規模な魔法を使っている以上、黒衣の魔法少女『スクラップ』は、この辺りに潜んでいると見ていいんじゃないかしら？」

ではどうやって『スクラップ』を捜索するのか、という問題は残っているけれども、ただ、この付近に彼女がいるだろうというのは、反対意見の出ようもない、いい読みだった。

たとえ、目的地の無人島に『何か』があるとしても、あくまでも自分達の本筋は、チーム『白夜』との交渉にあるのだから、島よりも少女を探すほうが、本来の目的にも適っている。

「……②と③は、同時に選べるんじゃないでしょうか」

提示された三つの選択肢を受けて、チームリーダーの空々は言った。

「『スクラップ』が潜むとすれば、僕達が目指している、実験場としての無人島だと思います。だから、島を探すことと、『スクラップ』を探すことは、一緒にできます」

「ふむ。確かに」

選択問題に対して、『正しい答を全部選ぶ』というのは、なんだかいかにも中学生という感じで、何かと結論を決めてから動きがちな右左危博士には、懐かしい若さでもあった。

選択肢を絞らず、どちらも選ぼうというのは、二兎を追う者は一兎をも得ずになりかねない、危うさもはらんでいるけれど。

「室長。③はできても②はできないというパターンも、あると思います」

氷上が空々に意見する——忠実な部下である彼女は、作戦の検討にあたっては、無条件に上司に賛成することが多いのだけれど、ここは、破滅的で自滅的な作戦を取りがちな上司の、よきブレーキになろうと思っていた。

「その場合、適切な答は①ということになりますけれど——つまり、私達が目指している無人島は、この中には『ない』という可能性です」

「……それは何、竝生ちゃん。『スクラップ』は目的の無人島を、もっと大胆に移動させて、瀬戸内海から太平洋側に移しているかもしれないってことかしら？」

「いえ、右左危博士。それをする時間があったとは思いません——ただ、島を動かしたり、島を増やしたりできるのであれば、島をまるごと破壊することも、『スクラップ』にはできるんじゃないかと」

証拠隠滅という奴です——と、氷上。

つまり、いくら探そうとも正解自体が、もうこの世に存在しないというパターン——隠匿（いんとく）したのではなく、隠滅した。

消えてなくなったわけだった場合——か。

そこまでするかとは、思うけれども、絶対平和リーグは、既にそれ以上のことをしている——空々達がその島を探ろうとしているらしいのを受けて、そんな対処をするというのは、十分に考えられる『危機管理』だろう。

「……もしも、もう私達が探している島がないのだとしたら、それらしき島をひとつずつ調べるようなローラー作戦は、時間の浪費もいいところね。破壊まではしていなくても、輪郭を大きく変化させるような、そんな偽装をしている可能性もあるわけだし——確かな基準を持って探せないというのは、痛いわね」

「実際、僕達が徳島本部を探ろうとしたとき、彼女達はそこを破壊していますから——十分、考えられると思います」

空々は言う——そのとき、一度空々は死んでしまっているので、印象深い出来事だ。ただ、もしも『スクラップ』が、問題となる島を破壊したというのであれば、その後、島を作ったり、動かしたり、わざわざそんな手の込んだことはしないようにも思う。この辺は、ほんの一回だけとは言え、桂浜でコミュニケーションを取ったときの印象も含んでいるのだけれど……。

「……『焚き火』。ひとつ、確認させてほしいんだけれど——瀬戸内海にある、無人島じゃない島に住んでいる人は、みんなもう、避難しているんだよね？」

「？　はい。避難はとっくに終了しているはずです——以前、報告したと思いますが、それがどうかしましたか？」

人が住んでいる島に着陸して、周辺の無人島が移動した様子について、事情聴取でもしようというつもりだったのだろうか？　だとすれば悪い案ではなかったけれど、実際には、今の瀬戸内海には、有人の島はひとつもない——『スクラップ』は、そんな島も、容赦なく動かしていることだろう。

「いや、瀬戸内海には、他に人がいないということが確認できればよかったんだ——かんづめちゃん、手袋さん。ふたりに実行してほしい作戦があるんだけれど、いいかな？」

空々は決断した——極めて厳しい決断だった。

ただし、厳しいのは空々達にとってではない。

自然に厳しい決断なのだ。

怪訝そうな顔をする、かんづめと手袋の二人に、

「僕達が選ぶ選択肢は、④だ」

と、少年は告げた。

5

視点を変えることは重要だ。

小説でも、現実でも。

空々空という少年の立場から、四国の一連の異変について語れば、彼は死と隣り合わせの状況の中、知恵と勇気を駆使して、仲間と協力し、生き残ろうと懸命になる英

雄で、物語は一大冒険記にもなるだろう——だけれど、これをチーム『白夜』の立場から語れば、失敗しつつもなんとか立て直そうとしたゲームシステムに、プレイヤーとしてとんでもないいろくでなし達ばかりが残って、しかもまともにプレイしようともせず、滅茶苦茶やっている、という物語になろう。

誰もが、誰もなりの正当性をもって行動する。

だから戦いが起きるし、だから戦争になる。

そういうことだ。

さておき、地球撲滅軍が持て余す英雄・空々空が、ここで企画立案した策略は、そこまで目新しいものではなかった——前例はあった。そういう意味では、黒衣の魔法少女『スクラップ』の、瀬戸内の地図を書き換えるというダイナミックさのほうが、よっぽど空前絶後で、独自性においては他の追随を許さないものだった——けれど、今はオリジナリティを競っているわけではない。

『スクラップ』の視点から考えたとき、こんな風に、連中の目的地の位置を不明確にしてしまえば、空々達は四国内に帰るものだと思っていた——彼らが言うところの『始まりの無人島』へのアプローチは諦めて、四国ゲームの本筋に戻るものだと予想していた。

これはやや、恣意的な推測と言える。

四国内に戻れば、またも死と隣り合わせの、八十八のルールに束縛されることになるのだから、たとえ目標を見失っても、空々達が引き返しはしないという選択をする可能性は高かったはずだ。『スクラップ』が己の美学に基づいて思っているほど、空々達は『究極魔法』を欲してはいない——と言うより、むしろ、そんなものはいらないとさえ感じている。

このあたりのすれ違い、認識の違いは、『スクラップ』が、チームメイトの『スペース』辺りとは違って、価値観が偏っている少女であり、そしてその価値観を他者とすり合わせたがらないことに起因する——もしも、同じくチームメイトの『スタンバイ』が、己を見失うことなく、徳島県の山中で側聞した情報を持ち帰って、四国ゲームの管理者サイドで共有していれば、さすがに、アプローチを変えていたかもしれない。

とは言え、ここで黒衣の魔法少女『スクラップ』が、空々の仕掛けてくる作戦を読めなかったことは、価値観の偏りや、想像力の欠如とは無関係だ——この世にそんなことを実行する少年がいるなんて、誰にもわかるものではない。

思いつきはしても。

実行はしない。

厳密に言えば、実行したのは空々空本人ではなく、『魔女』である酒々井かんづめと、魔法少女『ストローク』こと手袋鵬喜である。ただ、彼女達を指揮したリーダーは空々空なので、その責任はあくまでも彼が全面的に背負うべきだ。

ならば、かんづめと手袋に、『それ』を実行するのに躊躇(ちゅうちょ)がなかったのかと言えば——まあ、そんなにはなかっただろう。六歳の幼児の形(なり)をしていても、酒々井かんづめは『魔女』であり、『火星陣』である。人類が考えるような常識や良識とは、違う視点で考え、動いている。

そして手袋鵬喜。

まごうことなき人類である彼女は、しかしある意味、かんづめよりももっと、この作戦を実行するのには適した人材と言えた——なぜなら、空々が立案に関して参照した『前例』とは、彼女が、当時、まだ四国に来たばかりだった空々に対して仕掛けた作戦だったからだ。

香川県の中学校の、校舎の中に姿を潜めた空々に、彼女は校庭から、所有していた固有魔法『ビーム砲』を乱射した——空々を狙ってのことではなく、校舎自体を破壊しようと目論んで。

情緒不安定な彼女が、感情的になってしたことなので、そこにはっきりとした作戦行動としての意志があったわけではないけれど、姿を隠した敵に対するアプローチとしては、適切ではあった。

ここで空々が考えた選択肢の④は、そのバリエーションである——と言っても、使う魔法は、『ビーム砲』ではない。その魔法を内包するコスチュームは、今現在、少女ではなく二十七歳の大人が着ている。

あくまでもベースとなるのは、『魔女』の酒々井かんづめである——彼女が着用する黒衣のコスチュームと、黒色のマルチステッキ『カスケード』による魔法、『水』である。

ただでさえ、強力に強力と強力を掛け合わせたような魔法に仕上がっていて、今も四国を豪雪で埋め尽くさんばかりの様相を呈しているけれども、しかもこのとき、酒々井かんづめがいるのは、瀬戸内の洋上だった——『海』の上だ。

汲めども尽きぬ、無限の水が眼下にあった。

これは、『水使い』の本領が、もっとも発揮できるシチュエーションであると言える——『水使い』がもっとも勝てる場所だ。仮に使用者が『魔女』でなく、この魔法の元々の持ち主であった『シャトル』であったとしても、この状況なら、同じことができただろう。

つまり。

島を沈めることができただろう。

『海』全体を操り、銀波金波の荒波を立たせ、津波と洪水と鉄砲水と氾濫と水圧と渦巻きと水害で、無人島を、さながら難破した船のように——海中に沈没させることができただろう。

そしてこの場合は、なんと二人がかりだ。

魔法少女『コラーゲン』のコスチュームと、彼女のマルチステッキ『ナッシングバット』を持つ手袋鵬喜は、『魔女』が巻き起こすそんな破壊行動を、まるで同じように『写し取り』——二倍の効率で、二倍の速度で、眼前の島々を破壊した。

それはまさしく地獄絵図だった。

否、地獄にだって、こんな凄惨な光景は、そうはあるまい——無数の島が次々と、梱包材のプチプチみたいに潰されていくのである。

黒衣の魔法少女『スクラップ』の魔法によって、新たに増えた島だけではない——ただ位置を変えただけの、元からあった無人島も、それに、今はただ住人が、地球撲滅軍が主体となった誘導で避難しているだけの島も、まったく区別なく——

ばんばん景気よく沈めていく。

氷上のような、比較的常識的な感性を持つ人間からしてみれば、目を覆いたくなるような蛮行だった——が、元をただせば、空々がこんな発想を抱いた契機は、彼女の発言にある。

自分達が目指している、実験場としての無人島は、『スクラップ』によって破壊されているんじゃないか——氷上がそんな可能性を提示したのは、別に、チーム『白夜』が有する魔法ならば、巨大な島をも沈め得ると、言いたかったわけではないのだけれど。

つまり、選択肢の④は。

魔法を使用する都合上、おそらくはこの付近の島に潜んでいるであろう問題の魔法少女『スクラップ』を、破壊に次ぐ破壊で、破壊に次ぐ破壊で、炙り出そうというものだった——だから、島はひとつずつ順番に、ある意味丁寧に破壊する。しようと思えば一気に十個以上の島を、海に呑み込ませることだってできるだろうけれど、そうはせず——ひとつずつ、執拗に海の藻屑とすることで、どこかに身を隠す『スクラップ』にプレッシャーをかける。

手袋が空々に、『ビーム砲』を乱射したときとは違って、目的はあくまでも『スクラップ』を炙り出すことだ——もちろん、リスクはある。

こんな破壊行為を繰り返しているうちに、自分達が目的としていた無人島を沈めてしまうというリスク——黒衣の魔法少女『スクラップ』が、二重掛けの『水』の魔法から脱出し損ねて、そこまでするつもりはなかったのに、彼女を島と一緒に海に沈めてしまうというリスク。

ただ、瀬戸内海には、ただでさえ多い大小の島々を、『土使い』の魔法少女『スクラップ』が、十倍二十倍にと増殖させている――そのリスクは、彼らがこれまで冒してきたリスクに比べれば、話にならないほど低い。

『島の数が多過ぎて、ひとつずつ順番に調査するようなローラー作戦では、いつまで経っても目的の島を特定することはできない』――という、右左危博士の予測を、大胆に逆手に取った形である。

当たりが一枚しかない千枚のくじを、次々と引き続けているようなものだ――なかなか当たるものではないけれど、しかしながら、『スクラップ』の立場からすれば。

攻撃を受ける彼女の視点からすれば、これはたまったものではないはずだ――うなるほどある海水が、実際にうなりながら、島という大地を呑み込んでくるのである。

かんづめが『魔女』であることを差し引いて考えても、単純な勢力として、二対一である――チーム『白夜』の魔法少女が与えられている強大魔法同士が、二対一だ。

しかも、魔法の『素材』には大差がある――瀬戸内海にどれだけ島があろうと、どう考えたって海水の量のほうが絶対的だ。そもそも地球という惑星において、海と陸との割合は、ダブルスコア以上の差がついている。

蹂躙（じゅうりん）されるしかない――蹂躙され続けるしかない。

下手に『土』による反撃を試みたら、自分が隠れている場所が、島の位置が、バレることになるのだから。

ただ、だからと言ってそのまま隠れ続けていても、じり貧である——その容赦のない連続攻撃の様子を見れば、彼女達が脅しではなく、瀬戸内海から島が尽きるまで、魔法攻撃を続けるだろうことは明らかだ。

空々をリーダーに擁立した鋼矢や、上司としての空々に敬意を払っている氷上をしても、この作戦は、さすがに過激なのではないかと思ったくらいだ——代案がなかったし、タイムリミットのある状況下においては、『時間がかからない』という点に勝る好条件はなかったので、最終的には賛成したが、改めて二人は、空々空の思い切りの良さに、息を呑むことになったのだった。

ただ、その過激な破壊の実行犯である『魔女』、酒々井かんづめの考えかたは、少し違った——生物としての種が違うので、考えかたも違っているのは当然だけれど、かんづめは、空々空が立てたこの、やけになったかのような荒っぽい作戦には、第二の目的があるのではないかという風に、いぶかしんでもいた。

黒衣の魔法少女『スクラップ』による『島』の移動——そして今、自分達が行っている『島』の破壊。

それを突き詰めれば、四国全土の破壊も、あるいは可能なのではないか——時限爆弾『悲恋』の自爆を待たずに四国を沈めてしまうという、山中で話したあのアイディアが実践可能なのかどうかを、今、空々は試しているのではないかと、そんな風に感じていた。

その案を実行するかどうかはともかく、まず、それが可能かどうかを試している——のかもしれないと。

わからない。

『先見性』を持つ『魔女』でも、人の心が読めるわけではないし、まして空々少年のような例外的な者の考えがわかるはずもない。

ただ、もしもそうなのだとすれば、『それでこそ』と思うのだった——かつて地球に敗れた一党の者として。

この少年なら地球を倒してくれるのではないかと、それをむなしいとは知りつつも、そんな期待をかけてしまうのだった。

何も彼女は、徳島で拾われた恩義だけで、『魔女』としての自分を取り戻す助けとなってくれたお礼の気持ちだけで、空々に対してよくしているわけではない——英雄としての彼に、先駆者として、そして敗残兵として、目をかけているのだった。

ある程度取り戻すことで、己を完全に取り戻す望みをほぼほぼ失った酒々井かんづめ。

『先見性』の魔法を持つ、この『魔女』が見据えているのは、四国ゲームの行き先や、四国の行く末を遥かに越えて、もっと先——地球と人類との戦争そのものなのだった。

（やけど……こんかいは、あかんな）

望ましい結果、とは言えない。

確かに、『水』魔法の重ね掛けは、瀬戸内の島々を沈めるには十分足るようだけれど、さすがにこれで、四国全土を沈めるというのは、難しそうだ。

ならば、同じくチーム『白夜』の『土』の魔法でも、四国そのものを動かしたり、変形させたりするのは不可能と見るべきだろう――スケールが大きく、大規模な魔法を主体とするチーム『白夜』にも、当たり前だが、限度がある。

そう考えると、四国を沈める破壊力を有するという爆弾『悲恋』が、いかにとんでもない科学なのかということになるのだろうけれど――『究極魔法』を入手すれば、『悲恋』の自爆を止められるのではないか、なんて、特に『先見性』に基づくわけでもない無責任なことを言ったりもしたが、この分ではそれも難しいと判断しておくべきだろう。

まあ、彼女の視点からすれば、過剰評価かもしれないにしても、空々空の強かさみたいなものがかいま見られただけで、この場は十分に満足だった――そして。

ついでといったらなんだが、同時に『魔女』は、このとき、別の収穫も得ていた。

収穫という言い方をすると、少し大袈裟かもしれないし――また、こちらに関しては、そんなプラスの印象を持って、受け止められる事実ではなかった。

現在、かんづめと並んで、呼吸をぴったり揃えて、無抵抗の島々を破壊している魔法少女、手袋鵬喜のことである――いや、いい。

彼女の魔法の使い方に不備があるというわけではない――南光坊において『雪』を重ね掛けしたときと言い、どうやらこの子は、『写し取り』の魔法を使うコツを、つかんでいるらしい。

そもそも、チーム『白夜』のリーダー、黒衣の魔法少女『スパート』の『火』魔法も、初見で再現しているし――絶対平和リーグが基本的に避けようとしている、魔法と使い手のマッチングが、相当よい仕上がりになっているようだ。

たぶん、元々の使い手である魔法少女『コラーゲン』に、手袋が強い（強過ぎる）思い入れを持っていたことが、そんな結果に関与しているのだろうが――それにしても。

こうも躊躇なく。

これだけの魔力を発揮できるものか？

今、彼女は、『魔女』と同じパワーを、持て余すことなく使っているのだ――普通なら、無意識に魔力をセーブしたり、出せる魔力を出し惜しんでしまったりしそうなものだけれど、今の手袋のありようは、チーム『白夜』のエリート達と比べても遜色（そんしょく）

ない。

真横で、モデルの『魔女』がガイドしているからこそ、というのも当然あるだろうけれど——やり過ぎることを、手袋は恐れないのか？

実のところ、似たようなことを空々空も、『ビーム砲』で滅多打ちにされているときに感じていた——手袋鵬喜の、手加減のなさ。

それは、『ビーム砲』という例の魔法が、威力を調整できるものではなかったからだと思っていたし、もちろんその側面もあるのだろうけれど——しかし、こうして海を荒らしている様子を見る限り、根本的な彼女の性格にも、その一因があるようだ。

当然、正しい。

この状況では、手加減も容赦もなく、魔力を振るって、無人島を攻撃しなければならない——もしも、空々が着ているのが魔法少女『コラーゲン』のコスチュームで、持っているのが『写し取り』のマルチステッキ『ナッシングバット』だったなら、彼もちろん彼女と同じようにしただろう。

自分でそうしようと決めて、そうするだろう。

だが、手袋は、この場合。

自分で決めてはいない——言われるがままに、命令を受けるままに、それが正しいことなのかどうかも確信しないままに、マルチステッキを振るっている。

そのことを『魔女』は。

少しだけ気持ち悪く思う。

(どういうやつなんかな——こいつは)

誰も口に出しはしないけれども、まともな想像力があれば、既に四国ゲームのフィールドから外に出た状況で、このような破壊活動を行うことは、これまでとは持つ意味合いが、全然変わってくるということに、気付きそうなものなのだけれど。

動かした島はあとで戻せても——壊した島は、もう戻せない。無人島にだって動物は棲息しているだろうし、避難した住人達は帰る場所を失うし——そういったところに、思いを巡らせたり、考えを張り巡らしたりしないのだろうか?

この人類は。

(じぶんのことしかかんがえへんって——じつは、けっこうむつかしいことのはずやねんけど)

昨日の夕方に遭遇したばかりの魔法少女に、『魔女』は、このときから、注目し始めた——空々空に注目するのとは別の意味で。

空々空に注目するのとは逆の意味で、注目した。

もっとも、空々空に対する評価も、手袋鵬喜に対する警戒も、あくまでも『魔女』の胸の内のことであり、『先見性』を持つ彼女ゆえの、深読み・先読みのし過ぎでもあって、この時点ではただの過剰評価・過剰警戒でしかない——空々空も、手袋鵬喜も、ただ一生懸命なだけである。

できることに全力を尽くしているだけ。

それがわかっているから、皆も、この度を越した、あまりにも横暴な、修復不可能な自然破壊を見守り続けるしかなかった——そして。

「ストップ！」

と。

瀬戸内海への破壊活動が開始されてから、およそ一時間半後——十月三十一日午後四時半、人造人間『悲恋』の自爆まで、あと七時間三十分を切ったそのタイミングで、事情を知らなければ、人智を越えた恐ろしい天変地異が起きたとしか思えないであろう光景を、休むことなくずっと凝視していた左右左危博士が、かんづめと手袋の両巨砲を止めた。

いずこかの島に隠れていた黒衣の魔法少女『スクラップ』が、ついに、堪えきれなくなって飛び出したのかと、一同、身構えたが——しかし、そうではなかった。

いまだ彼女の姿はどこにも見えない。

『波』も、『雨』や『雪』と同様に、ストップと言われて、すぐに止まるようなものでもないので、見通しのいい光景とは言えないけれども——だが、ロボットのものも含めて合計十六個もある瞳から、空を飛ぶ女子は逃れられはしないはずだ。

　ここが陸地であるならば、『土使い』の『スクラップ』は、かつて氷上達と遭遇したときのように、地中を泳ぐように移動することができるのだけれど、さすがに海を、しかもこの海を、泳ぐことはできないだろう。

　それとも——『土使い』ならば、海底すらも、泳ぎうるだろうか？　だとすれば、空々達のやっていることはまったく無為で、『スクラップ』は、とっくにこの領域から離脱しているかもしれない……。

　そんな暗い予想が氷上の脳裏をよぎったけれども、しかしながら、そうではなかった——水圧やら呼吸やらの問題もあるので、決して容易ではないけれども、『土使い』の魔法少女には、そんな移動も、確かに、まあできなくはない。

　できなくはないが、無理をしてまで、そんな逃走をする必要が、このとき、『スクラップ』にはなかったのだ——『魔女』と魔法少女が折りなす、驚天動地の水芸コラボレーションに、まるっきり、恐れをなしていなかったのだ。

　右左危博士が目敏く発見したのは、そのことだった——とは言え、もちろん、彼女ほど目端が利かなくとも、他の誰でも、もう少しすれば、気付いたことだろう。

　それくらい、一目瞭然だった。

「…………」

端から順番に、わんこそばでも平らげるように小気味良く、居並ぶ無人島をばったばったとリズムよく、連続で沈没させ続けてきた『波』の挟み撃ちを絶え間なく食らいながら――しかし、まるでびくともしない島が。

揺るぎもしない島があった。

巨大な荒波をかぶりながら、それをまるでものともせず――どころか、その島は、水に濡れた様子すらない。その島に積もった雪は、衝撃にもまったく乱れることなく、さながら整備されているかのように、綺麗なものだった。

「波が砕けるから、わかりにくいけれど――視ていると、島を破壊しようとかぶさる『水』が、撥ね返されてるって感じだったわ」

皆が言葉を失う中、右左危博士が解説するように言う――けれど、そう言う彼女自身、ちゃんとわかって、説明しているわけではない。

彼女も喋りながら理解している。

その島の、異様なありかたを。

「他の島と同様に、雪が積もっているところを視ると、一定以上の衝撃――一定以上の攻撃に対して、防衛システムが働くって感じなのかしら？　そう、いわゆる――」

『バリアー』みたいなものが。

言いながら、そういうことなのか、と、右左危博士は、自分の言葉に絶句する――

だから、四国の防護は、ああも不完全だったのか。

守りたい本命が他にあったから。

すべてには手が回らなかった。

「…………」

ひにくなもんやな、と酒々井かんづめは思う。

『究極魔法』を求めて実験が行われるはずだった無人島を探そうとする空々一行を妨害するために黒衣の魔法少女『スクラップ』がおこなった、この『木を隠すなら森の中』ならぬ『島を隠すなら群島の中』という方法は、本来、極めて有効だったはずだ。

しかし、そんな対策を打たなければ、まさか空々も、さすがに島を端から順番に沈めていこうなんて無体な発想は抱かなかったはずで——引いてはこんな風に、『バリアー』の張られた島の存在に、気付くこともなかったはずなのだ。

結果としては、普通に四つ、あるいはそれ以上の候補の島を順番に巡って調査するよりも、『始まりの無人島』を発見するまでにかかった時間は、短かったかもしれないくらいだろう。

ピンチに追い込まれるほど成果をあげる、と言えば、本当にヒーローめいているけれども、しかし、実際のところ、そんな生やさしいものではないだろう。

「……念のために」

と。

そのヒーローめいた空々が、探していた無人島の発見という成果に、浮かれる様子もなく、その隣にある島を指さした。

「あの島を攻撃してみて」

「……ああ、せやな」

念のためと言うより、当然の確認だ。

『バリアー』を張られている島が、あの無人島だけだとは限らない——しかし、確認のためだけに、比較実験として、ただの無関係な島を、追加で——あるいはついでに沈めようとは、やはりこの少年、尋常ではない。

それについてはかんづめが一人でやった。

要は『バリアー』が張られているかどうかを確認できればよかったので、あえて最大出力で攻撃する必要はなかった——結果は、シロ。

隣の島には『バリアー』など張られておらず、全体的に壊滅的なダメージを食らった——無残だった。

「もういっこ、いっとく？」

「……いや、十分だろう」

空々は、視線を、問題の島に戻した。

問題と言うか、既に解答だ。

「沈められてはいなかったわけだ――黒衣の魔法少女『スクラップ』は、あの島にいると考えていいんじゃないかな」

ああも強固な『バリアー』に守られているのであれば、いくらかんづめと手袋が、脅威の洪水被害を巻き起こそうとも、そこから避難しようとは思うまい――既に防空壕にいるようなものだ。

逆に言えば、下手に島から出れば、予想不能な水害を受けるかもしれないから、こちらが何をしようとしているかが見え見えでも、そのままそこに居続けるしかなかったとも言える――予定外に、『バリアー』の中に、閉じ込められてしまったとも。

「沈めたほうが、隠滅のためには手っ取り早かっただろうに、そうはしなかったということは――隠滅するわけにはいかないない重要証拠が、あの島にはあると、都合よく考えてもいいのかな？」

「ただ、巨波をも通さない『バリアー』があるせいで、壊したくても壊せなかっただけかもしれないわね――」

と、鋼矢は言った。

たぶんこれは、両方とも正解だろうけれども、そうなると、この先にあまり、楽しい展開が待ち受けていそうではない。

あるいは、島を沈めてもらっていたほうが、すっきりと諦めがついてよかったかもしれない——だが、こうして眼前にはっきりと存在している以上、見なかったことにはできない。

「探していた島の位置がバレたことは、向こうにもバレただろうから、行動は迅速にしなきゃいけないと思うけれど——どうする？　リーダー」

どうする、と言って、残り時間をマルチステッキの腕時計で確認するまでもなく、そりゃあ全員で、あの島に着陸しなくてはならないわけだが——そんなわかりきったことを、鋼矢は空々に訊いたわけではないだろう。

島が見つかったのはいい。

だが、特定できたきっかけでもある『バリアー』が、この先は壁になる——文字通りの障壁となる。

『魔女』の行使する『水（×２）』をも撥ね返した『バリアー』、そんなものがある場所に着陸を試みて、果たして無事で済むのかどうか——だ。

雪が通過しているところを見ると、破壊力を持たない物体ならば、『バリアー』を何事もなく通ることもできそうなのだけれど……、たとえ頭を垂れて、しずしずと通ろうとしたところで、チーム空々を一人でも通してしまえば、機密に対して、そんなノンセキュリティな防御はないだろう。

試してみようにも、門前払いで撥ね返されるくらいならまだしも、その見えない『バリアー』に触れたら、魔法に基づく高圧電流やらが流れるような仕組みになっているかもしれないと思うと、なかなか思い切れるものではない。『雷』系の魔法は、そう言えばまだ、登場していなかったが……。

「私の『炎血』で、あの『バリアー』を破壊できないかどうか、試してみましょうか？」

氷上が訊く。

確かに、『魔法には科学』というのは、ひとつのアプローチではあるだろう——しかし空々は、部下からの申し出に、

「いや」

と、首を振った。

「この場合はきっと、『魔法には魔法』——が、いいと思う」

「…………」

「通じるかどうかはわからないけれど……、ここまで来て、ノーリスクを求めるってわけにもいかないだろう」

三秒も考えた末、空々はそう呟いて。

師匠（ししょう）の母親、右左危博士のほうを向いた。

「僕が何を考えているか、わかりますか？」

「もちろん」

右左危博士はにやりと笑って応じる——既に腕時計を、マルチステッキに変形させていた。

「この妙齢のご婦人に、魔法少女になれって言うんでしょう？」

6

それは本来、魔法少女『パンプキン』のマルチステッキ『イーチアザー』に基づく固有魔法だった。

『自然体』。

四国に点在するすべての魔法少女に分配された、数ある魔法の中で、もっとも役に立たない、もっとも使い勝手の悪い魔法——そんな外れくじが今、不自然極まるこの一団を、極めて自然に偽装する。

（第８話）（終）

第9話「一番最初の魔法少女！回る駱駝の前衛芸術」

終わりが見えたとき、それは終わっている。

0
1

　これまで役に立たないと思っていた、どころか隠し通したい欠点だとさえ思っていた、自分にとって心苦しいコンプレックスでしかなかった物事が、実はとても優れた長所でもあったのだ――みたいな話を、すんなり受け入れられるほど、杵槻鋼矢は素直ではない。

　そんな人生を生きていない。

　とってつけたようなハッピーエンドを、むしろ嫌う――ヘンゼルとグレーテルが、お菓子の家で魔女を倒し、自力で帰宅するところまではすばらしい童話だけれど、帰ったらことの発端であったはずのお母さんがいなくなっているというのは、納得がいかない。

大いに疑問を持つ。

空々少年は、魔法少女『パンプキン』の固有魔法『自然体』のことを、高く評価していたけれども、それはやっぱり彼が独特の考え方を持つ変人だからであって、まっとうに考えれば、『自然体』は、外れの魔法である。

役に立たない、は言い過ぎにしても。

誰かが持っている分には使いようがあっても、自分が持つのは御免被りたいというような、そんな魔法だ。

チーム『サマー』で、魔法少女『パンプキン』は、浮いている存在だったけれども、それは年齢の問題だけでもなく、所有する魔法の種類の問題でもあっただろう。

『爆破』や『ぴったり』や、『ビーム砲』や『写し取り』――そんな目に見える、言葉で説明してわかりやすい、いわゆる魔法めいた魔法と違って、効果のはっきりしない『自然体』という魔法は（効果がはっきりしないも何も、『はっきりさせない』ことが、『自然体』の魔法の本質なのだから当然なのだが）、組織から与えられた嫌がらせみたいなものなんじゃないかとさえ思っていた。

嫌がらせをされる覚えは、言い訳の余地がないほど十分にあったし――なので、鋼矢は『自然体』の魔法を極めるのではなく、魔法少女のスタンダードな魔法である、飛行のほうこそを極めようと、己の進む方向を決定づけた。

その判断が間違っていたとは思わない。

ひねくれてはいたにしても、正しかった。

結果、鋼矢は事実上、一般職の魔法少女では考えられないほどの機動力を持ち、それが彼女の情報収集能力へと繋がっていったのだから——そして、基本的には、こういう『繋がり』は、いい『繋がり』である。

気持ちのいい連続だ。

努力が成果に繋がったとか、頑張りが実ったとか、誠実に生きていればいいことがあるとか、そういう世界観を否定しようというほど、鋼矢も反骨精神に溢れてはいない——まあ、誠実に生きていないからいいことがないのだと納得するには、いささか根性が曲がっているけれども、それでも世界における、地球上における、そういう物語性を、彼女は認めている。

出会いが重要だったり、戦いが人を成長させたり、人を好きになったり嫌いになったり、協力したり敵対したりで、世の中はできている。

それはいい——だが、だからこそ。

ここで、今までさして重要視していなかった——一時はコスチュームとマルチステッキを、抗抗なく投げ出したほど、『外れ』で『不要』だとすら思っていた、己の固有魔法『自然体』が、思い出したかのように役に立ってくるというのは、杵槻鋼矢にとって、およそ納得できるものではなかった。

たとえば、これがテレビゲームで。

いったい、どう使えばいいのか、適切な使用法のわからないアイテムがあって、でも捨てようとしても売ろうとしても、システム上それができないようになっていて、まあ仕方なく持ち続けていたら、それがラスボスを攻略するにあたって、欠かせない位置づけの重要アイテムであることが明らかになるとか――パラメーターが低く、レベルアップもしない、足を引っ張る存在でしかなかった仲間が、最終局面に至って、実は重要人物だったことが明かされるとか――そういうのだったら、むしろ伏線が回収されたようで、収斂していくストーリー性に、胸を打たれたかもしれない。

だが、四国ゲームは、ゲームという言葉で誤魔化しているだけで、実際はただの失敗の取り繕いであるはずで、ならば伏線の回収なんて、これ見よがしになされるわけがないのだ。

そんな物語性はありえない。

ずっと使い道がないと思っていた『自然体』の魔法がここで生きてきて、チーム『白夜』の強力な魔法（×２）でも突破できない『バリアー』を通過するにあたって、あつらえたように効いてくるというのは——むしろ都合がよ過ぎて、罠のようだとさえ感じてしまう。

わからない、ネガティブになり過ぎているのかもしれない——己を卑屈に思っているだけかもしれない。

鋼矢が不要と判断し、藤井寺の駐車場に隠してきた——別に、後に回収するプランもなかったので、はっきり言えば放置してきた——コスチュームがここで活用されるというのは、あのときの自分の判断がまるで間違っていたかのようで、それが気に入らないから、無理矢理、この出来過ぎの展開に粗を見つけようとしているだけなのかもしれない。

本来、ここで『自然体』の魔法を振るっていたのは、ふりふりのコスチュームをぴちぴちに着こなした妙齢のご婦人ではなく、チームの副将である自分だったはずだった——自業自得で見せ場を奪われたみたいな気持ちになって、嫉妬しているから、この、いかにもなストーリー性が、気に入らないのかもしれない。

それだけのことなのかもしれない。

ただ、それでも、それだけのことでも、思ってしまう。

鋼矢に、ずっと前に与えられていた『自然体』の魔法は、最初の最初から、ただこのときのためのものであって——この場面で使わせるためだけに、鋼矢に持たせてあったのではないか。

巧みに張られた伏線ではなく。

ただの予定通りで、予定調和だったのでは。

ゲームみたいに展開が収斂したという印象をどうしても否めないのは、ゲームデザイナーがきちんと仕事をしたからじゃあないのか——そう思うと、苛立ちを隠しきれない。

無意味に劣等感を与えられ、それを『今、このときのためにあったんだ』なんて、上から言われたようで——いや、意味があったのだとしても、だったら最初から、そう言えばいい。

これまで、四国ゲームは、あくまでも実験の失敗の産物だと思っていたから、なんとか看過（かんか）できてきた——許せてきた。

ミスだと思っていたから、その蛮行を、理不尽を、不条理を、あるいは不出来を、見逃してきた——なのにここに来て、『すべては計画通りだった』とでも言いたげな、あからさまなアイテムを持たされていたという事実は、喜びよりも、むしろ強い屈辱を感じた。

『魔女』として、『先見性』を持つ酒々井かんづめ——の前身と、あまりいい関係を築けていなかった鋼矢だけれど、薄々気付いていたその原因に、行き当たったような気がした。先を見通しているかのような彼女の物言いが、杵槻鋼矢の個性の根本に反するのだろう――苦境の中、運命を自分で切り開いているつもりだったのに、それを『やっぱりね』と言われたみたいな気持ちになるからだ。

そう思うと、むしろここで鋼矢が、魔法少女『パンプキン』のコスチュームを着ておらず、マルチステッキ『イーチアザー』を持っていなかったことは、むしろ僥倖だったとも言える――本来の持ち主である、つまり『自然体』の魔法と、長年付き合ってきた本人である鋼矢だったら、この場面では、むしろそれを行使しようとしなかったかもしれない。

たとえリーダーである空々からのお願いであったとしても、無理矢理理由をつけて断っていたかもしれない――昨日今日、『自然体』の魔法を入手して、使うのもたぶんこれが初めてというような、そもそも部外者である右左危博士だからこそ、ここでマルチステッキ『イーチアザー』を気安く振るうことができるのだ。

それもまた、出来過ぎと言えば出来過ぎである。

計ったように。

と言うより、謀(はか)られたように、だ。

ミステリー小説を読んでるんじゃないぞ、と言いたくなる――しかもこの場合、名探偵もいなければ、犯人もいないのだ。

いるのはただ、膨大な数の被害者だけである。

四国住民、三百万人——とっくに思い切ったつもりでいたし、とっくに見切ったつもりでもいたのだけれど。

ここで、彼女が長年付き合ってきた——長年苦しめられてきた固有魔法が役に立ったことで、むしろ、杵槻鋼矢という少女の中で。

杵槻鋼矢という人間の中で、絶対平和リーグという組織に対する、ぎりぎり残っていた忠誠心——愛着のようなものが、消えてなくなっていくのを感じた。

線が切れた、そう思った。

それとも。

これも誰かが張った伏線なのだろうか——線が繋っただけなのだろうか。

2

そんな鋼矢のらしからぬ、戦士としてはいささかセンシティブな思いとはまったく無関係に、魔法少女ならぬ魔法熟女として、左右左危博士が行使した『自然体』の魔法は、彼ら八人を、無事内に通過させた——無人島を包む、目に見えない『バリアー』を、すんなりと通過させた。

もちろん、科学の徒でありながら、魔法を振るった右左危博士の心中には、まったく鋼矢のような迷いはない――その辺は、大人として割り切っている。そもそも堂々と空を飛んでいる時点で、何をかいわんやという感じだし、むしろ大人と言うには若干以上に好奇心が旺盛過ぎる彼女にとって、絶対平和リーグの実験場に踏み込むというのは、心躍る出来事なのだった。

わくわくせずにはいられない。

元々、自作の人造人間『悲恋』を回収するために四国に来た彼女ではあるけれど、その目標については、もう完璧に諦めている。諦めているというか、切り替えている――『悲恋』の自爆は防ぎようがないのだから、こうなれば、それをきっちり観察するだけだ。

そしてその爆発を、最大限に、無駄なく今後に生かすだけだ――そのためにも、この無人島で、彼女はできるだけ、自らの好奇心を満たさなければならない。

それが今後の戦争に生きてくることだろう――人類と地球との戦争に。

……とは言え、右左危博士も右左危博士で、鋼矢と似たような危機感は、危機感として覚えている――さすがに、ここで自分の着ているコスチュームが、『バリアー』の突破に役に立つという出来事は、偶然で片付けるわけにはいかない。

空々空の英雄としての機転があってこそなので、彼の手柄としてカウントすることにはやぶさかではないのだが、しかしすべてを彼の責任として押しつけてしまうには、この展開は、やや、すっきりしない。

もやもやする。

（ただし――だからと言って、すべてが誰かの『計画通り』とするには、瑕疵もあるみたいだけれどねえ）

瑕疵というより、遊びだろうか？

あのとき、藤井寺の駐車場で、問題の魔法少女『パンプキン』の衣装を、右左危博士が着るか氷上が着るかは、完全な指運だった――どちらがそれを着ていても、不思議ではなかった。サイズ感の問題があるから『水』魔法の『シャトル』のコスチュームは、共に着られなかったけれど、魔法少女『パンプキン』のコスチュームと、魔法少女『ストローク』のコスチュームの選択権は、あのとき、地球撲滅軍からやってきた二人に委ねられていた。

どちらが『自然体』の魔法を、この場面で使っていたかは、つまり、どうでもよかったということだ――そして、どうでもいいところは、こちらの判断に任されている。

決めつけられてはいない。

四国ゲームが、これまで思っていたほどの自由度の保証されたものではなかったとしても――それでも、自由性がまったくないわけではないというのならば、まだまだ思考の余地はある。

(ただまあ、ここまで来たら、もう向こうにも隠す気がないってことでもあるわよね――ってことは、どっちみち、最終局面には違いないか)

そして八人は、数時間ぶりに着地した――島に積もっていた雪に、計十六足の跡がつく。空々は『悲恋』と自分を結んでいた紐を解いて、とりあえず周囲を観察する。元が無人島だし、また一面の雪景色なので、人工物がない風景が白で塗りつぶされて、『何もない』というのが、一見の感想だった――スキー場みたいだ。氷上が今も、周辺の気温を上げてくれているから、さしあたり凍えることはないのだけれど、その殺風景な様子は、体感温度を下げているようでもあった。

ダイナミックな隠蔽工作が仕掛けられていて、四国本土よりも強力な『バリアー』まで張られていて、もちろん、この無人島に何もないなんてことはないのだろうけれど――なんだか所在ないと言うか、着陸したところで、魔法の専門家でも科学者でもない彼個人は、今後の方針を見失ったような気分にもなった。

上空から、遠くで見ている分にはそんな印象は持っていなかったし、瀬戸内海に位置する、実験のための無人島というイメージが先行していたので、無意識にもっと小さな、歩いて一周できるような小島を想像してしまっていたのだけれども、こうして地に立ってみると、それはどうやら誤解だった。

広大な大地である。

障害物がないから、より広く見えているというのもあるだろうけれど――まあ、元々はここで、チーム『スプリング』とチーム『オータム』の十人の魔法少女で、『究極魔法』を求めるゲームを行おうとしていたのだから、それ相応の広さは必要となるのか。

「この島、名前って何かあるんですか？」

地濃が誰にともなく、そんな的外れなことを訊いた――右左危博士が、

「国土地理院に登録されている名前はあるでしょうけれど、それにあんまり意味はないでしょうね――魔法少女の、魔法少女としての名前に意味がないのと同じように」

と、曖昧な返事をした。

実験島の位置を調査し、四つくらいまで特定した右左危博士は、島の名前を知っているはずだけれど、それをここで公開しようとしないのは、もったいぶっているわけではなく、たぶん本当に意味がないからなのだろう――と、氷上は思った。

と、そこでふと、雪の勢いが弱まっていることに気付く――かんづめのほうを見ると、

「ああ、もうとめとる」

と、『魔女』は言った——確かに彼女は、いつの間にか、黒いマルチステッキを時計の形に収納していた。

「いまんとこはだいじょうぶみたいやけど、この『ばりあー』、へたしたら『ゆき』もこうげきとみなしかねんけん……すぐにはやまんけど、まあきせつもきせつや、すぐにとけるやろ」

「で、でも……大丈夫なの？」

つい、幼児に対するような口振りになってしまうのを引き締めて、氷上は訊く。

「この『雪』は、私達にとっての防護壁でもあったでしょう……、チーム『白夜』の、特に『スペース』に対する——」

「だいじょうぶやろ」

と、軽く『魔女』は請け合った。

確かに、もう目的地には到着したわけだし、地面に足をつけてしまえば、『風』の魔法の脅威は激減する——空中戦では抜きん出た実力を発揮する黒衣の魔法少女『スペース』だけれど、地面に立てば、文字通りの、同じ土俵だ。

だが、チーム『白夜』には、他にも『火使い』と『土使い』がいて、しかも『土使い』に関して言えば、この島にいるだろうことはほぼ確定的であり——ならば、地面に雪を積もらせておくことは、必要なのでは？

そんな疑問を抱いた氷上だったけれど、『魔女』の確信のある態度に、それ以上訊くのははばかられた。

まあ、幼児を質問攻めにしているときでもない――目的地に到着した、ある意味、到着してしまったというだけで、まだこの先、島を調査するという、大仕事が残っているのである。

たったの八人で当てずっぽうに探すには、どう手分けしたところで、今夜中に何かを、あるいは誰かを発見できるとは思えない――ならば、ある程度、基準を設けて、アテをつけて、動くべきだろう。

「上空から見た限り、それらしい施設はありませんでしたけれど、雪景色に隠れて見えにくくなっていただけかもしれません。なので、私がもう一度、上から島の全景を見てこようと思いますが、どうでしょう」

「いいえ、その必要はありませんよ」

氷上が意向を伺った相手は、もちろん、直属の上司である地球撲滅軍第九機動室室長の空々空だったのだけれど、しかし、そんな風に返事をしたのは、少年ではなかった。

彼ら八人から離れた位置にいつからか立っていた、背の高い男だった――絶対平和リーグ魔法少女製造課課長の、酸ヶ湯原作だった。

3

無人島と言えど、必ずしも無人だとは限らない——少なくとも、チーム『白夜』の魔法少女『スクラップ』はいるはずだし、この島に何かが隠されているのだとすれば、それを隠している誰かがいるだろうことは、容易に予想できた。

だから、八人の誰も、ようやくのこと目的地に到着したからと言って、それで気を引き締めこそすれ、まったく油断はしていなかった。安心はしても、弛緩はしていない。

空々も周辺には注意したつもりだし、『悲恋』のセンサーだって、稼働していたはずだ——なのに、そこにいる大人の男が、どこから来たのか、いつからいたのか、まったくわからなかった。

大人の男。

それだけで、なんだか異質にも見える。

そう言えば、四国に来てから空々は、年齢にかかわらず、男性に遭遇するのは、これが初めてとなるのだった。

だから感じる異質さなのかもしれないけれど、そうでなくとも——何かが変だと思った。その謎めいた様子に、警戒心をかき立てられずにはいられなかった。

ただし、まるっきり正体不明だと思ったわけではない――名乗られる前に、誰何する前に、なんとなく、その男が誰なのか、あたりはついた。

と言うより、ここに来て彼が、魔法少女製造課課長にして、空々の人生を変えた『先生』・飢皿木鰻の旧友、酸ヶ湯原作でなければ、いったい誰なんだという話だ。

四国ゲームのキーパーソン。

つまり、ここにいる一同の中で、この男と初めて会ったのは、空々と『悲恋』だけなのだ――絶対平和リーグの魔法少女達はもちろんのこと、『魔女』の酒々井かんづめも、前世前身において、彼とは面識はあるはずである。

右左危博士にとっては、元旦那の後輩だし、氷上も、香川県の中学校で遭遇している――実際、酸ヶ湯の第一声は、

「お久しぶりです、皆さん」

だった。

「空々くんは、初めまして――ずっと会いたいと思っていましたよ。酸ヶ湯原作です。きみが、地球撲滅軍に入ったばかりの頃からね」

「……はあ」

そうですか、としか、言えない。

なんだか、まともな挨拶から始まってしまうと、挨拶に困る――これまで、遭遇即戦闘というような、沸騰的な人（少女）との出会いが多かったため、まともな社交辞令というものを、まったく失念してしまった。

だけれど、形ばかりのお辞儀をした際、違和感の正体、少なくともその一部に気がついた――酸ヶ湯が、いったいいつからそこにいたのかはともかくとして、どこからきたのかは、なにせこの積雪である、足下をみれば、刻まれた足跡でわかるはずだった。

だけれど、彼の周囲には、その足跡がなかった――まったく踏み荒らされていない。

かんづめはもう雪を降らすのをやめている、足跡が新たなる積雪で隠されたということはない――これはいったい、どういうことだ？　現状、彼が立っている個所の雪は、ちゃんとくぼんでいるようだけれど……。

「細かいところに気がつきますね、空々くん――評価できますよ」

まるで、学校の教師のようなことを言う――学校という施設を離れてしばらく経つ空々には、少し懐かしくもあった。

「だけれど、足跡がないのはきみ達だって同じでしょうに」

言われてみればそうだった。だが、これは、空々達が、この島に上空から降りてきたのだから当然である――いや、待てよ、つまり、そういうことなのか？

　この男も。

　空を飛んで、ここに来たのか？

　だったら、『いつの間にか現れた』ことにも説明はつく――真上からか、そうでなくとも死角から、スピーディーに飛んできたのであれば、気付かれる前に、そこに立つことは可能だろう。

　だが、当たり前のことではあるが、酸ヶ湯は別に、魔法少女のコスチュームに身を包んではいない――彼がもしもそんな格好をしていたら、こんな風に暢気には話していない。それはもう、女子が悲鳴をあげて逃げだしかねない状況だ。

　実際の彼は、長袖長ズボンの、作業衣のような格好をしていて、魔法少女製造課の課長というより、雪害対策課の課長という風だった。

　では、やはり酸ヶ湯は、ここまで飛んできたわけではないのか？　しかし……。

「考えるようなところじゃないでしょ、空々くん。魔法少女のコスチュームは、機能上の必要性があって、こんな可愛らしくデザインされているわけじゃないんだから――絶対平和リーグの人間がその気になれば、どんな服装でも、魔法の衣服に仕上げることができるのよ」

　そうだった。

ここで改めて右左危博士に指摘されるまでもなく、魔法少女に威厳を与えないために、あえてこんな、過剰にガーリーなデザインにしているという仮説を、空々も聞いていた——ならば作業衣だろうとスーツだろうと、好きな形にできる技術は、むしろあって当然だ。

だったら私はお前のせいでこんな格好をさせられてるのかと、氷上竝生が一瞬、八つ当たりにも似た気持ちで、衝動的に酸ヶ湯原作に対し、『炎血』を浴びせそうになったけれど、それを察したかんづめが、

「やめとけ」

と言った。

「きもちはわかるけども、ぼうりょくきんしや」

「…………？」

気持ちはわかると言われれば、それはそれでショックなのだけれど（しかも発言者は地球外生命体である）、その不思議な言葉に、正気に戻る——暴力禁止？

確かに酸ヶ湯は、チーム『白夜』とは違って、好戦的な雰囲気ではないけれども、しかし、香川県で会ったときとは状況が違う。

この戦時下で、そんなぬるいことを言っていていいのか——と、氷上は思ったけれど、ぬるかったのは自分のほうだと、続いたかんづめの説明で、痛感するのだった。

「この『ばりあー』のなかでは、ぼうりょくこういははねかえされる――じぶんがもえるで」

「…………！」

『自然体』の魔法によって、『バリアー』の中に入ることには成功した氷上達ではあったけれど、その『バリアー』そのものを、別に無効にできたわけではない、ということか。

だからさっき、かんづめは、チーム『白夜』に対する警戒は、とりあえずもう必要ない、というようなことを言っていたのだ。

「『バリアー』は、この島をシャボン玉みたいに包んでいるわけじゃなく、水饅頭みたいに包んでいるってことね――『自然体』の魔法は、解除しないほうがいいってわけだ」

察しのいい右左危博士が、ちゃらけた比喩も交えながら、そんな風に言った――とは言え、マルチステッキを時計型に収納していなかったところを見ると、彼女は元々、その可能性を危惧していたのかもしれない。

「暴力禁止のルールがあるから、そうやって堂々と、姿を現したってわけ？　酸ヶ湯くん。ひょっとして、香川の中学校で会ったときも、それと似たような仕掛けがあったわけ？」

「あはは。右左危博士に隠しごとはできませんねえ——ええ、まあ、そんなところです。そんなところか、そんなところじゃないかです」

困ったような顔をしながら、酸ヶ湯課長は、旧知の博士に答える——そう言えばあのときも氷上は、酸ヶ湯に『炎血』を見舞おうとしたものだけれど（戦略上の理由ではなく、同じくコスチュームがらみの動機だった）、そうしていなくて、よかったというわけか……。

「でも、安心してください。実はこの僕こそが魔法少女『キャメルスピン』だ、なんて展開が、この後に待ちかまえているわけではありません——案内しますよ、彼女のところへ」

と言って、酸ヶ湯博士は動き出した。

具体的に言うと——浮かび上がった。

あの作業衣が、魔力を帯びたコスチュームだという右左危博士の推理は、的中らしい——空々達に背を向け、島の奥へと、ゆるやかに向かう。

「案内してくれるの？　なんで？」

「魔法少女『キャメルスピン』——彼女が、四国ゲームの仕掛け人だからですよ」

答を期待しているわけでもなさそうだった右左危博士の、言うなら様子見的な疑問に、振り向きもせずに、酸ヶ湯課長は答えた。

「僕は——あるいは、もはや壊滅したも同然の、絶対平和リーグの上層部は、ぶっちゃけた話、彼女の手足となって、動いていただけでね。それは、チーム『白夜』も含めてです。四国ゲームを、真の意味で運営し、管理していたのは——魔法少女『キャメルスピン』なのです。彼女こそが、四国ゲームそのものでした」

「…………」

「そして、ここまで辿りついたあなたがたは、もう四国ゲームをクリアしたようなものです——ゆえに十分に、ゲームマスターである『キャメルスピン』に会う資格がありますし、それに」

と。

それがなんでもないことのように続ける、酸ヶ湯課長。

「『究極魔法』を手にする資格もありますよ」

4

杵槻鋼矢、手袋鵬喜、地濃鑿。

この三名の魔法少女は、当然のこと、魔法少女製造課の課長である酸ヶ湯原作とは面識があるのだけれど、深い付き合いがあったかと言えば、そうでもない。

みんな、会ったのはほんの数回だし、ちゃんと話したのは、たったの一、二度だ――何かと現場主義の魔法少女達は、横の繋がりは強くとも、縦の繋がりは弱い。

地濃に至っては、実のところ、酸ヶ湯のことを完全に忘れていた――誰だろうこのおじさんは私のこと知ってるみたいだけどと思いながら、なんとなく周囲の雰囲気に合わせて、ふんふんと頷いていた。

ただ、他の二人はそうではない。

魔法少女製造課の課長に就任してすぐに、数々の改革に着手した酸ヶ湯を、鋼矢は警戒して見ていたし（だからむしろ、彼からは距離を取る方向に動いた）、手袋にとっても、魔法少女としての研修の過程で、直接話したときの酸ヶ湯との会話は、奇妙に印象的だったものだ。

今から思えば、手袋にとっての『恩師』である、飢皿木鰻と似た雰囲気があったから、印象深かったというのもあるだろうけれど――

「四国にあれだけいた魔法少女が、今は三人ですか――チーム『白夜』を入れても、六人。それでも、よく残ったほうですね」

八人を先導するように飛行する酸ヶ湯のそんな発言に、すぐ後ろについて飛ぶ空々は、ん？　と思う――これから会おうという魔法少女『キャメルスピン』を入れれば、七人ではないのだろうか？

それとも、その子は特別扱いなのか。

チーム『白夜』よりも特別扱いとは――さすが、『四国ゲームの仕掛け人』と言われるだけのことはある。

「まあ、外部からのゲーム参加者、乱入者のおかげで、なんとかゲームは形になりました。あなたがたの参加を苦々しく思う者もいたでしょうが、僕としては助かりましたよ。だから、今のうちに、決めておいてくださいね――あなたがたのうちの誰が、『究極魔法』を手にするのか」

優勝者はあくまで一人ですからねえ――と、酸ヶ湯は言った。

話についていけない。

と、いうのが空々の率直な感想だけれど今はまだ、彼の動きについていくだけにとどめよう――今、酸ヶ湯を質問攻めにするのは、交渉という観点から見ても、うまくない。

ついつい、新しいステージに到着したところで、絶対平和リーグの上層部の人間が出てきたのだから、知りたかった情報や、細大含めた謎の答を訊きたくなってしまうけれども、しかし、『こちらが教えてもらう立場で、あちらが教える立場』という格付けが、最初の段階でついてしまうのは、はっきり言って最悪だ――鷹揚で丁寧な、大人の態度を見せられると、なんとなく空々みたいな性格の子供は気後れしてしまうけれども、向こうだって、こちらから情報を引き出したく思っているのは、間違いないはずなのだ。

特に、今もまた、空々が運搬している人造人間『悲恋』（低空飛行なので、紐で固定はしていない）について、その正体を知りたくて、その機密を探りたくて、仕方ないはずなのだ――これが交渉であるならば、もう、手探りの、距離の計り合いは始まっている。

だからこそ、空々よりも弁の立つ、鋼矢や氷上も、ここはとりあえず、見（けん）の姿勢を決め込んでいるのだろう――もっとも、酸ヶ湯課長と縁の深い右左危博士だけは饒舌に、

「あら、外部から来た私達にも、『究極魔法』を手に入れる権利があるってわけ？　そりゃあ嬉しいわねえ」

なんて、いかにも適当な風に言う。

彼女に限っては、そもそも酸ヶ湯に対して、『先輩』というポジションを持っているため、むしろその関係性を強調して、印象づけようとしているのだろう――今更ながら、普通に会話することも難しいという点において、この無人島も、四国本土でゲームに興じていたときと、そんなに大差がないと見るべきか。

「ええ、まあ、基本的には――だけれど、申し訳ありません、右左危博士。残念なが

ら、全員が優勝候補というわけではありません――候補となるのは、あなたがた八人のうち、六人です」

酸ヶ湯の返答に、

「へえ？」

と、右左危博士は首を傾げる。

「誰と誰が例外なの？」

うち一人は、空々にもわかる――誰にでもわかるだろう、人造人間『悲恋』だ。コスチュームを着ても空を飛べず、マルチステッキを振るっても魔法が使えない、魔法と相性の悪いロボットである彼女は、四国ゲームの優勝者となることはできない――これは、納得のできる資格の欠如である。

だが、もう一人は？

あえて予想をするなら、『魔女』であり、『火星陣』である酒々井かんづめだけれど――実際、今、彼女は黒衣の魔法少女『シャトル』のコスチュームを着て空を飛んでいるし、『水』の魔法を使って、瀬戸内の島々を、新旧問わずに沈めてみせた。そもそも『魔法』とは、彼女達『火星陣』のものなのだから、むしろ、この八人の中で、『究極魔法』を手にする、もっとも強い権利を持っているのが、酒々井かんづめだとも言える。

酸ヶ湯課長は、

「一人は、あなたが製作したそのロボットで」

と、予想通りのことを言って、

「もう一人は、あなたです。右左危博士」

と、予想外のことを言った。

「？　ふうん……？」

その宣告に、ショックを受けるというより、ただ驚いた風の右左危博士――別に、『究極魔法』を使う魔法少女になりたいわけではないだろうけれども、だからと言って、自分だけが例外になる理由が、思い当たらないのだろう。

空々も、聞いていて同じ気持ちだった。

それは彼が、ひょっとしたら、資格を持たないのは自分なんじゃないかとも、密かに思っていたからだ――小学生のテストの問題ではないが、魔法云々の価値観をさっ引いて、ゼロベースで、この八人の中から『仲間外れ』を探しなさいと言われれば、やはりロボットである『悲恋』と、そして男子である空々が、際だっているからだ。

でもまあ、目の前を酸ヶ湯も飛んでいるし、自分も不慣れながらもおっかなびっくり魔法を使ってきたし、魔法に性別は関係ないのか……だが、それを言うなら、右左危博士だって飛行はしているし、今も、『自然体』の魔法を、使い続けているはずなのだが？

「ひょっとして、年齢の問題なのかしら？　だとすれば傷つくわねえ――魔法少女に、年齢制限があるなんて」

「そういうわけではありませんよ。年齢はそんなに関係ありません。その辺りは、少し、言葉にするのが難しい問題でもあるのです――まあ、細かい説明は後回しにさせてください」

はぐらかすような言い方をする酸ヶ湯に、右左危博士は深くは追及せず、「まあ、いいけどね」と、興味がないような素振りを見せる。がっついているように思われても不本意だ。

「でも、酸ヶ湯くん、一個だけ、教えて。チーム『白夜』の魔法少女も、まだ三人生き残っているって、さっき酸ヶ湯くん自身言ってたけれど――彼女達にはないわけ？その、『究極魔法』とかってのを入手できる資格って奴が」

「ありません」

酸ヶ湯は端的に、即答した。

そんな風にとりつく島も、にべもなく言われてしまうと、こちらのプランが根本から崩れる――入手することに相応のリスクが伴いそうな『究極魔法』は、チーム『白夜』の面々、黒衣の魔法少女に押しつけてしまえというアイディアも、こちらにはあったのだが——資格がない？

だとすれば、年齢ではないというのは本当らしいが——いや、現時点では、酸ヶ湯がどこまで本当のことを言っているのかなんて、まだ空々には判別できない。

あらゆる可能性を、まだ捨てる理由はない——だからあらゆる判断を、魔法少女『キャメルスピン』の話を聞くまでは、保留にしておくべきなのだ。

だいたい、『この島に来た時点で、あなたがたは四国ゲームをクリアしたようなもの』なんて物言い自体が、ゲームのクリアを半ば放棄したつもりだった空々達からすれば、まったく意味不明なのである。

ゲームのクリア条件である、『八十八のルールを集める』を、空々達はまったく達成していない——空々個人の成績をあげつらえば、彼自身が自力で集めたと言える四国ゲームのルールは、せいぜい、四個か五個くらいだ。そんな奴に優勝の資格があると言い出したら、死んでいった魔法少女達が——魔法少女『パトス』や魔法少女『アスファルト』達が浮かばれまい。

まあ、どうやったって浮かばれまいが。

だからと言って、同じように沈んであげるわけにもいかない——チーム『白夜』に『究極魔法』というジョーカーを押しつけることができないというのであれば、そのときは、それに対応して、考え、動くまでだ。

と、そのとき、まさしくそのチーム『白夜』の魔法少女が、行く手に見えてきた——なにぶん無人島が現在、一面の雪原なので、風景の変化がわかりにくいのだけれど、ともかく空々達の着地点からしばらく飛んだそこに、黒衣の魔法少女『スクラップ』が立っていた。

『土使い』。

瀬戸内海の地図を大胆に書き換えた魔法少女——桂浜で彼女と会ったのは、確か、一昨日だかのことだった。

この島の発見にあたっては、彼女の隠蔽工作を、いわば逆手に取った形の空々達だったけれど、『スクラップ』はそれを悔しがっている様子もなく、片手をあげて、

「おお、こっちじゃこっち」

と、彼らを歓迎するようなことを言った——むしろ、機嫌がいいようにも見える。

そんな、再会を喜び合うようないい関係を、ここまで築いていた覚えはないのだが……。

空々達は知るよしもなかったし、それをわざわざ説明してくれる『スクラップ』でもなかったけれど、『島を動かす、島を増やす』という、彼女がおこなったダイナミックな隠蔽工作に対し、それ以上にダイナミックな返しを見せた彼らを、この豪快な少女は、『気に入って』いたのである。

彼女の美学。

彼女の美意識に、チーム空々は適ったわけだ——もちろん、それで今後の関係がどうこうということはないのだが、次に会ったら絶対に殺すと宣言した黒衣の魔法少女『スペース』とは、ともかく雲泥(うんでい)の差のある対応で、空々達を迎えるのだった。

「空々くん、春秋戦争の件ではえろう世話になったのう——ははは、そのコスチュームも似合うやないか」

酸ヶ湯と、そしてそれに続いて空々達が、その雪原地帯に着地したのを受けて、『スクラップ』は上機嫌そうに言う。

桂浜で会ったときに空々が着ていたのは、魔法少女『メタファー』のコスチュームで、今着ているのは魔法少女『カーテンコール』のコスチュームである——だけれど、着ている空々にとっては、わからないくらいの差しかない、微妙なデザインの違い、色合いの違いなのだが。

ぱっと見でそれに気付くというのは、大雑把そうな性格に見えて、意外と目敏(めざと)い——いや、コスチュームが違えば使う魔法が違うわけで、相手の持つ固有魔法を看破したという意味では、チーム『白夜』に属するエリートとしては、当然の識別なのかもしれない。

そんな風に空々は思ったけれど、事実としては、単に『スクラップ』は美意識が高いので、人のファッションにうるさいというだけのことである——まあ、それでも、もちろん空々の立場にすれば、チーム『白夜』の魔法少女を警戒するというのは、当然のことである。

「お喋りはそのくらいにしなさい、『スクラップ』——『入り口』を開けてください。みなさんをラボへと案内しますので」

「はあん？　あー、あー、構わんで。任せときい」

と、上司であるはずの酸ヶ湯課長に、蓮っ葉な態度で応じる『スクラップ』——しかし、酸ヶ湯のほうは、さしてそれを気にした風もない。どうも、チーム『白夜』、それに魔法少女製造課は、そういう雰囲気の部署らしい。

空々は、氷上の四角四面な丁寧さに、若干辟易しているところもあるので、少なからずそんな上司部下関係を羨ましく思った——が、それはまあ、本当は空々の努力でどうにかなるものなので、氷上にだけ責任を求めるのも間違っている。

しかし、ラボ……？

いかにも実験場じみた物言いだが……、だけど、それらしき建物は、この雪原のどこにも見当たらないけれど？

どころか、ここまでの道中、人工的な建築物はまったく目にしなかった——実験が行われた痕跡もない。いくら雪で隠れてわかりにくくなっているにしても、これが本当に、目的地の島なのかと、疑い始めたくらいだ。

『入り口』？

「マルチステッキ『マンデーモーニングクオーターバック』」

やたらと長いその名称を口にしながら、黒衣の魔法少女『スクラップ』は、魔法少女らしく、黒いステッキを振るった――同時に、地震が起きた。

否。

地震ではない――地割れだった。

彼女が振るったマルチステッキの軌道に従って、雪面に亀裂(きれつ)が走った――地面に亀裂が走った。周辺の雪がぼろぼろと、そこへと落ちていく――底へと落ちていく。

落ちた雪が、着地した音が聞こえない。

こわごわ、空々が覗き込んでみても、その亀裂の行き着く先は見えなかった――まるで、地球の向こう側まで、その深淵(しんえん)が続いているかのようだ。いや、むろんそこそこの深さでも、地割れという現象は、こういうヴィジュアルにはなるのだろうが……。

「……『これ』は暴力行為にならないわけ？　かんづめちゃん。島を破壊しているけれど」

博士が幼児に訊いた。

空々は現象の大きさに驚いて、そこまで思い至らなかったけれど、確かにそうだ——右左危博士も右左危博士で、目配りが細かい。最初から、四国への調査員は、右左危博士が来ればよかったんじゃないかと、空々はここまでの展開を、すべてひっくり返すようなことを思った。

そこはまあ、組織にとって重要な存在か、捨て駒かの差か……。

「ぼうりょくにはあたいせえへん。もともとあったいりぐちをあけただけやからな——これは、ぼんやりとおぼえとるわ」

かんづめが返したのはそんな返事だった。

『魔女』としての、前世の記憶らしい——すると、絶対平和リーグはこの無人島で、『魔女』の管理もしていたということなのだろうか？

「ふうん……ま、それ以前に、偽装のため、島の位置を動かしたりしてるしねえ。形を変えるくらいのことはできるのか——私がこの亀裂の底に落下して大怪我をしたら、『スクラップ』ちゃんが私に暴力を振るったってことになるわけ？」

「……こまいこと考える大人じゃのう」

当の『スクラップ』は、そんな右左危博士に嫌悪感を覚えたようである——豪快で気っ風のよさそうな性格でありながら、しかし実のところ美意識に支配されている彼女は、簡単に人を嫌いになる。

そもそも右左危博士、及び氷上は、『スクラップ』にとって出会い頭の第一印象が最悪だったため、最初から好印象など持っていない――もちろん、現状、彼女達が魔法少女のコスチュームを着ている事情は、さすがに把握しているけれど、彼女の審美眼は、情報の上書きをそう簡単には許さない。

「そういうんはただの事故じゃろ――この『バリアー』が判断する暴力ゆうんは、悪意の有無や、敵意の有無じゃろうが」

「まあまあ、そのくらいにしておきなさい」

と、酸ヶ湯課長が喧嘩腰の部下をなだめた――ように見えるけれど、実際には、この島を包む『バリアー』についての詳細を、迂闊にも喋りかけた『スクラップ』を制したのかもしれない。

実際、黒衣の魔法少女『スクラップ』がここで漏らした情報の価値は、値千金だった――悪意の有無、敵意の有無。

なるほど、それなら暴力のほとんどは使えなくなるし、攻撃魔法なんて、もっと使いにくくなる――内心の意志に反応するのであれば、事故を装うことも難しい。

だが。

『悲恋』という爆弾なら如何か？　タイムリミットがくればただ爆発するだけの爆弾ならば――もっとも、彼女に設定されている爆破先は、四国本土であって、この島ではないけれど。

あるいは『悲恋』の白兵戦の戦闘力、魔法少女のコスチュームすら貫くパンチ力も、ロボットゆえに意志がない――とジャッジされれば、『バリアー』を無効化できるのかもしれない。

ナイフや銃弾が人を殺すわけではない、という理屈に基づけば、そんな理屈は通らないだろうし、試して失敗だった場合、取り返しのつかないことになるけれど――

「では、この中へどうぞ」

半ば予想はついていたが『入り口』というのは、やっぱりそういう意味だったらしい――この亀裂の先に、この亀裂の底に、絶対平和リーグの『ラボ』とやらがあるのだ。

そして『土使い』の部下に、

「きみは外に出て、瀬戸内海の地図を、元通りにしておいてください――大体でいいですから」

と、そんな風に言う。

つまり、空々の指揮のもと、かんづめと手袋が行った破壊行為の修繕と、動かした島々の位置調整という、非常に後始末じみた仕事を命じられたわけで、これも豪快な性格に反して、『スクラップ』は、『スタンバイ』あたりと違って、細かい作業が嫌いではなかった――好みに合うか、合わないかというだけだ。

そして、瀬戸内海の再建築という仕事は、巨大なパズルをするかのようで、しっちゃかめっちゃかにかき回すよりも、むしろ彼女の美意識には適っていた――もちろん、その適性を見抜いた上で、酸ヶ湯は指示を出したのだろう。

『スクラップ』の厄介な性格を、大体理解した上で、右左危博士はそう思う――要は、うっかり口を滑らしかねない危なっかしい部下を、仕事を与えて、席を外させたわけである。

（うまいことやるわねえ、相変わらず）

と、この辺は普通に感心する。

むろん、『スクラップ』もチーム『白夜』の一員であり、エリートの魔法少女であり、こちらの陣営に約一名いると思われる、考えの足りない馬鹿ではあるまい――そんな酸ヶ湯の思惑に薄々気付きつつも、

「ま、ええわな」

と快諾した。

「そんかし、『スパート』と『スペース』のフォローまでは、できんで――あいつらにはそれぞれ、狙う相手がおるみたいやしな」

狙う相手？

『スペース』にとって、それは因縁のある英雄少年・空々空だとして――『スパー

ト』にとっては、誰なのだろう？

と、首を傾げたのは『火使い』の『スパート』に睨まれている張本人である氷上だった――四国中央部における『火』と『炎』の一騎打ちの件で、怠け者で執着心のない彼女から、およそありえない対抗心を燃やされていることに、氷上は気付いていない。

もっとも、気付いていない以上に気付かれていない、その一騎打ちに参加していた手袋鵬喜は、『スパート』からまったく注目されていないわけで、そういうところがこの少女の、実は特筆すべき点でもある。

「まあまあ、この島におる限りは、あの二人の『火』も『風』も、攻撃には使えへんから、安心じゃけどな――じゃ、空々くん」

と、飛び立ちながら――例によって、スカートの中が丸見えになることなど、まるで気にする様子もなく、快活に笑って、最後に黒衣の魔法少女『スクラップ』は、空々空を呼んだ。

「な……何？」

空々は構えつつ、応じる。

『バリアー』のこともあるし、まさかここで魔法を仕掛けてはこられないだろうけど、前回、彼女は桂浜でこうして飛び去るとき、最後に空々に対して、かんづめの正体を暴露(ばくろ)するという、今考えてもびっくりするような別れ際を演じたので、今度は何を言うつもりなのかと、緊張せざるを得ない。

ただ、洒落た下着は見せようとも、さすがにここではそんなサプライズは見せず、黒衣の魔法少女『スクラップ』は、

「また遊ぼうで――今度は違うゲームでな」

とだけ言って、去っていった。

空々達の前から、そして、四国ゲームから。

5

黒衣の魔法少女『スクラップ』から、どうやら気に入られてしまったらしいという事実に、しかしこのとき空々少年は、向き合っている余裕はなかった――精神的余裕も、時間的余裕も。

いつの間にか、時計の針は午後六時を回って、天候の悪さ――これは彼ら自身の責任だけれども――も手伝って、すっかり辺りも、真っ暗である。

人造人間『悲恋』――時限爆弾『悲恋』の、自爆まで、いよいよ六時間を切った。

こうなると、そのタイムリミットを知っている立場の者達には、さすがに焦りも生ま

れる。

六時間なんて、人によっては、寝て起きたら、それで終わってしまっているような時間だ——なのにまだ、このあとの展開は読み切れない。

昨日の会議で、右左危博士は、『自分達は終わりかたを選べる』みたいなことを言っていたけれど、しかしことここに至って、果たしてどんな終わりがこのあと待ち構えているのかは、更に未知数になってきたようにも思う。

ともあれ、空々達は、暗くなってきた無人島から、更に暗い、亀裂の底へと飛び込んだ——地球の裏側まで繋がっていることはもちろんなく、それでも結構な深さまで降下したかと思うと、着地したのは、岩肌やなんかの地面ではなく、整備された平たい床面だった。

ラボ。

実験場、という雰囲気は、まだない——暗くて何も見えないだけなのだが、とりあえず、足下の感触は、人工的なそれだった。

と、そこで明かりがともる。

電気がついたわけではなく、『炎血』の氷上が、その手に小さな火の玉を出したのだ。

「確かに、攻撃の意志がなければ、問題ないようですね」

そう言いながら、空々の隣に並んだ。

これで暗黒の谷底に視界が広がったけれど、しかし、この『バリアー』の中での『点火』は、あえなく失敗していた可能性もあるわけで、命令を受けたわけでもないのに、そんな無謀な行動を、氷上が独断で取るとは、珍しい。

空々がそう思っていると、

「大丈夫ですか？　空々室長。喉は渇いていませんか？　ご心配なく、ここから先、何が待ち構えているかはわかりませんが、室長の身を慮って四国まで来た私が、一緒におりますので」

などと、若干押しつけがましい感じのことを言ってきた。なんなのだろう、魔法少女『スクラップ』がいなくなった途端に、そのぐいぐいくる感じのアピールは。

「こちらです。足下に——もう、お気をつける必要はなさそうですが」

便利な科学ですね。

と、酸ヶ湯はそんな氷上を微笑ましく見て、そして歩み出す——視界が開けてみると、ここはどうやら、通路の途中だったようだ。

ただこれは、無人島の地面の奥深くに地下室を建てていたというよりも、なんだか、古代遺跡にたどり着いたというような、岩盤を掘削して作ったような廊下である——どういう仕組みになっているのか、まったく見えてこない。

無人島の地下にあった遺跡を改築して、絶対平和リーグの研究所として使っていた、というところだろうか？　大歩危峡だったり、龍河洞だったり、そんな名所旧跡に組織の支部を設置することの多い絶対平和リーグなので、それは十分に考えられることである。

「これから皆さんをご案内する部屋に、魔法少女『キャメルスピン』はいます——あなたがたはたぶん、僕とどういう風に話そうかと、話を進めるかを懸案しているとは思いますけれど、話は彼女がします。心配しなくとも、『キャメルスピン』は、皆さんの疑問の、そのほとんどに答えてくれることでしょう——ただし、それと引き替えに、お願いしたいことがあります」

足音を反響させつつ歩みながら、酸ヶ湯原作は言う——さすがに屋内で、しかも地下で、飛ぶわけにはいかない。酸ヶ湯を含め、このメンバーの中で、室内で飛べる能力を持つ者は杵槻鋼矢くらいだし、彼女だって、別に望んでやりたいとは思わないだろう。

歩きながら、皆で酸ヶ湯の言葉の続きを待った——果たして彼が、魔法少女『キャメルスピン』との面会と引き替えに何を求めてくるのか、注目が集まった。

おそらく、『究極魔法』の強制獲得を、持ちかけてくるのではないだろうか——ここまでの道中の口振りから見ても。

あるいは、『悲恋』がらみのことかもしれないけれど——どちらも、簡単には応じるわけにはいかない条件だが、しかし、残り時間のことを思うと、そんな悠長なわがままは言っていられない。

何を諦めるか。

どこを捨てるか。

そういう、選択の話になってくる——『終わりかたを選べる』というのは、『何を終わりにするかを選べる』という意味ではなかったはずだけれど、それに近い判断を、空々は迫られることになるかもしれない。

が、ここで酸ヶ湯課長が言ったのは、そういった、交渉のテーブルにつくまでの駆け引きめいたことではなく、そして、『先見性』の『魔女』をも含め、誰もが予想しなかったことだった。

「魔法少女『ジャイアントインパクト』——きみに、どうしてもお願いしたいことが」

「は？　私すか？」

なんだか色々と展開が込み入ってきたので、『ここから先は私には関係ないな……』と、一緒に行動しながらも、気分的にはもう、どこか舞台から降りていたところもあった地濃は、素っ頓狂（すっとんきょう）な声をあげる——返事も甘噛みしてしまって、『私ですか？』ではなく『私すか？』と、変に気安い感じになってしまった。

「はあ。まあ、いいですけど。私にできることであれば」

しかもあっさり引き受ける——空々も鋼矢も右左危博士も、そのやりとりに、関与する隙間がなかった。

なんでお前は何も訊かずに引き受けてしまうんだと、誰もが言いたくなるところだったが、これが地濃鑿なのだから仕方がない——彼女は彼女なりに、仲間のためを思って引き受けたわけだから、責めるのも筋違いだ。

何も考えていないだけかもしれないが。

どちらにしても、魔法少女『キャメルスピン』と話すためには、何にせよ酸ヶ湯の『お願い』を、無下にするというわけにはいかないのだが……、しかし、地濃が絡んでくると、彼がどんな条件を出すつもりなのか、まったく想定できなくなる。

「きみにしかできないことですよ」

と、当の酸ヶ湯課長は澄まして言う。

「私にしかできないこと……、世界に名だたる大女優になることですか？」

「死んだ人間を、生き返らせて欲しいんです」

6

廊下の行き止まりにあった、明らかに異質な鉄製の扉を開けると、そこは近代的な実験室——ではなく、寝室だった。

ベッドルームである。

なんならお洒落なくらいの、しかし不似合いなくらいの、ロココ調の寝室だった——鉄扉をくぐったときに、異世界にでもワープしてしまったのかというような違和感だ。

だが、地下独特の湿った空気や、独特の淀んだ空気はこれまでの廊下と変わらなかったので、そういうことではないのだろう——ここは、あくまでも地続きの部屋だ。

そして同時に。

実のところ、四国ゲームのゴールでもあったのだが——しかし、ここに至ったプレイヤー達の大半は、誰もまだ、そんな風には思わなかったし、思えなかった。

むしろ、これから何が始まるのか、より一層、緊張感が走るばかりだった——それは、部屋の最奥に配置された天蓋(てんがい)つきのベッドで眠っている人物を見たときに、ピークに達する。

眠っている。

眠っている——で、いいのだろう。

そう表現することは、決して間違いではないはずだ——死体を遠回しに言い表すとき、そんな風に言うのは、一般的な表現である。

「…………」

杵槻鋼矢は、言葉を失って、その死体を見る。

……さっき、酸ヶ湯原作が、地濃──『不死』の魔法を使う魔法少女『ジャイアントインパクト』にした『お願い』の意味が、いったい何なのか、あれからずっと考えていた。

ひょっとすると酸ヶ湯には、ずっと可愛がっていた血の繋がらない妹がいて、だけど不慮の事故で死んでしまって、その最愛の妹を生き返らせるためだけに、四国ゲームはあったのだ──なんて、まあこれまでの展開と照らし合わせて、色々と詳細は食い違うけれども、情緒的には何となく納得できそうなそんな終盤が、この部屋で待っているのだろうかとか、一縷(いちる)の望みにかけるようなことを考えていたけれども──やはりと言うべきか、当然と言うべきか、そんなことはなかった。

そんなことはあるはずがなかった。

あってはならない──これまでの展開と照らし合わせてもそうだし、ベッドの上の死体と照らし合わせても、あってはならない。

ミイラ──である。

豪奢なベッドと対照的な、清潔そうなシーツやふかふかのマットレスと対照的な、かさかさに乾ききった、少女のミイラ。

否、少女と言ったが、そんな様相では、性別や年齢の区別なんて、つくわけもない——そのミイラには髪の毛さえ残ってはいないのだ。

けれど、皆がそれを『少女』と判別したのは、『彼女』が、そう——四国ゲームでは今やお馴染みの、魔法少女のコスチュームに袖を通していたからである。

だから少女に——魔法少女に見える。

「…………」

なんというか——悪趣味だ。

醜悪でさえある。

天蓋つきのベッドや、部屋の調度も、こうなると一種のセットめいてきて、トータルで、一枚の絵を作っているようでもあった。

人間の死体を、ミイラを、こんな風に装飾するなんて——と、氷上は吐き気さえ覚えた。

「そう言えば、瀬戸内海の島じゃあ——」

と。

ここではどうやら珍しく、意見の一致を見たようで、左右左危博士が、嫌そうに言った。

「——現代アートがいっぱい展示されてて、美術館とか施設とかもあるらしいけれども、この寝室も、そういった芸術作品のつもりなのかしら？　だとすれば、随分とまあ不出来だけれど。もう三年くらい練り直してから出品したほうがよかったんじゃないの？」

「厳しい評価ですが、しかしそういうわけにはいきません——三年どころか、もう三日だって待てませんので」

と、酸ヶ湯は先輩からの批評というか、マジな駄目出しにも、まったく怯んだ様子もなく、その前衛芸術——もとい、眠るミイラのそばにまで歩んでいって、ベッドサイドで振り向き、

「では、改めてお願いします、魔法少女『ジャイアントインパクト』——このミイラを生き返らせてください」

と言った。

「はい、了解しました」

「地濃さん、ちょっと待とうか」

空々が止めた。

肩をつかんで止めた。

彼はこんな風に人に注意できるような人間ではないし、常識を説く資格が自分にはないことなど、重々承知しているけれど、これはリーダーの辛いところだった。

「何できみはなんでもかんでも簡単に引き受けてしまうんだ」

「頼まれると嫌って言えないタイプですから」

「じゃあ頼む。もうちょっと考えよう。賢くなろう」

「これ以上ですか？」

本気で困ったような顔をする地濃から目を切って、空々は酸ヶ湯に——そして、ベッド上のミイラに目をやる。

人の死体を見るのは初めてではないし、どころか英雄として大量に見てきているし、そもそも初めて見たときも、実のところほとんど何も感じていなかった彼だが——しかし、ミイラを見るのは、さすがに初めてだった。

コスチュームを着用したミイラ。

それを悪趣味と思える審美眼とも、感性とも彼は無縁だったけれど、それでも、何の疑問も抱かずに、着飾ったミイラを受け流せるわけではない。

「酸ヶ湯——さん。誰なんですか、その魔法少女は？」

「言いませんでしたか？　魔法少女『キャメルスピン』ですよ」

まるでもったいぶらずに、酸ヶ湯課長はさらりと答えた。

「四国ゲームの仕掛け人——首謀者ですね。管理者サイドのトップであり、同時にラスボスでもある——」

質問に対しては誠実に答えてくれているようで、しかし説明されることで、よりわかりにくくなっていく――ラスボス。

その言葉をそのまま鵜呑みにするとしても、どうしてラスボスが、いきなり死んでいるのだ――それも、つい最近、という風でもない。きちんとした知識はないけれども、人間がミイラ化するまでには、それ相応の時間がかかるはずだ。

ひょっとして魔法にでもかけられたのだろうか？『乾燥』の魔法、とか――それならばありえるだろうけれど、事情はさっぱりわからない。

「え……じゃ、なくって」

と、氷上が根本的なことを問う。

根本的というか、常識的なことを、だ。

「その子が何者だったとしても……、そんな状態のミイラを生き返らせるなんて、無理でしょう？　いくら魔法でも――」

「いえ……それは、できるんです」

そうか、後から合流した氷上は、それを知らないんだと、空々は言った――氷上だけではない、右左危博士も、それに、様子を見る限り、手袋も知らないようだった。

地濃の魔法『不死』は、『マルチステッキで胸を殴る』というそのアクションから、空々も最初は誤解したけれども、心臓マッサージとか、ＡＥＤとか、そういう心肺蘇生術とは一線を画する——使用している地濃が、説明が上手とは言えなかったので、それがどこまで真実をついているのかは定かではないけれども、『不死』の魔法は理屈じゃあなく、『死』を否定して、強制的に『死んでる者を生き返らせる』のだ。

身体が半分なくなっていようが、脳が潰れていようが——それこそ、ミイラ化していようが、関係ない。

……ただ、死んだ直後に生き返った空々や鋼矢とは違って、生体組織が瓦解崩壊している状態で生き返ったところで、『長生き』はできないだろうけれども——

「…………」

上司の言葉を聞いて、氷上は絶句する。

その魔法のすさまじさもさることながら、そんなとんでもない魔法を——生命そのものを弄ぶかのような冒瀆的な魔法を、よりにもよって地濃鑿という、短い付き合いでもわかる、色んな意味で危険な少女に託すだなんて、その、絶対平和リーグの軽率さに、青ざめる。

いや、それがもしも、軽率さじゃないのだとすれば——そんな思いにかられた氷上の胸中に応えるように、

「センスの有無はありますからね」

と、酸ヶ湯は肩をすくめた。

「魔法とは、コスチュームを着てマルチステッキを振るえば、誰にだって使えるお手軽なマジック――ですけれど、初心者にとってとっつきやすい技術でも、どうしたってやっぱり、人によって、合う合わない、得手不得手はでてきます――『ジャイアントインパクト』ほど、『不死』の魔法を高度に使いこなす魔法少女はいませんよ。ですから、こうしてお願いしているんです」

「…………」

言ってることはなんとなく、わからなくもない――一週間前魔法の存在を知ったばかりの空々でも、コスチュームを着れば空を飛ぶことができるし、『破壊丸』での慣れもあったとは言え、魔法少女『カーテンコール』の固有魔法『切断』で、迫り来る植物から身を守ることもできた――魔法の使用に専門技術は必要ないのだ。

だけれど、たとえば飛行に関しては、鋼矢は魔法少女の中でも群を抜いている――それは彼女の努力の賜物（たまもの）だけれど、公平を期して言うなら、単純に、魔法少女としてのキャリアの長さゆえでもあるだろう。そして、『切断』の魔法を、まさか空々も、『カーテンコール』と同じように使いこなせているとは思えない。

技術である以上、どれだけ最初のハードルが低くとも、個人差は出てくる――ルールの説明なんて必要のない、オヤロのようなシンプルなゲームでも、センスのあるプレイヤーは、もうわけがわからないほど、強烈に強かったりするようなものだ。

理屈ではなく。

地濃が『不死』の魔法を使いこなすセンスがあると言われれば、まあそうだろうなと、認めざるを得ないところもある——なんと言うのか、ただの破壊とか、高威力な魔法とは違って、人間生命の操作を実行するのには、彼女のような、ある種のふてぶてしさだったり、鈍感さだったりが、必須なような気もする。

あまり想定しづらい状況だけれど、魔法少女『コラーゲン』や、彼女のコスチュームを着た手袋が、地濃がマルチステッキ『リビングデッド』を使って死人を生き返らせる様を『写し取』ったとしても、地濃と同じレベルで人を生き返らせ続けるとは思いにくい。

だから酸ヶ湯は、魔法少女『ジャイアントインパクト』のコスチュームやマルチステッキだけを求めるのではなく、地濃自身にそれを実行するように要求しているのだろう。

だが、その要求に、安易に乗るのは、どう考えたって危険だ——たとえ、そうしないと話が進まない、膠着(こうちゃく)状態が続くとしても。

「……そもそも、そのミイラが『キャメルスピン』だという保証は？　私は彼女と面識があるのだけれど——あの子が四国ゲームの首謀者だっていきなり言われても、正直、納得はできないわ」

鋼矢が慎重に言う――雰囲気に呑まれず、そんな風に探りを入れる態度はさすがである。

「確かに、あの子は上層部の『お気に入り』の魔法少女じゃああったけれど、あの子が『実はラスボスだった』だなんて……、あの子が私達を欺いていたというの？」

「その辺りもまとめて、説明すると言っているんです、彼女自身の口からね……、大丈夫ですよ、あなた達の害にはなりません。生き返ったところで、すぐに死にますから」

『不死』の魔法のシステム上、それは避けられないことなのだけれど（そもそも、ミイラが生き返ったところで、喋れるのか？）、そんな風に軽く言うことでもあるまい――酸ヶ湯課長と魔法少女『キャメルスピン』の距離感もわかりにくい。

そう思って空々は、かんづめを振り返った――『魔女』として、この幼児は今、何を思っているのだろう？　ここに至るまで一度も、酸ヶ湯課長と直接口を利かず、むしろ、一歩退いたところで、状況を観察しているようでもある――彼女の『先見性』は、今、何を見ている？

ミイラを――どういう目で見ている？

「早くしないと――右左危博士、時間があるわけじゃあないんでしょう？　ケリをつけましょうよ、四国ゲームに」

「……あら、酸ヶ湯くんったら、こちらの事情を何か知ってるのかしら?」

さりげなく切り込んでくるような酸ヶ湯の言葉に、右左危博士は、動揺する風もなく応じる——鎌をかけられていると判断したのだろうが、余裕のある酸ヶ湯の態度を見ていると、彼も、まったく何も知らないというわけではなさそうだ。

まあ、他組織にいながら魔法の存在を、右左危博士が把握していたように、酸ヶ湯が地球撲滅軍の科学の行き着いた先を把握していても、不思議ではない——そもそもこの二人は、四国ゲームが始まる以前から、交流があったのだ。

手の内を読み合う材料は、揃っている。

逆に右左危博士にも、このミイラのこと、魔法少女『キャメルスピン』のことに関して、空々達よりも高度な知見を持っているのかもしれない。

「で、結局、私はどうすればいいのでしょう」

地濃がとぼけた感じに訊いた。誰にともなく、さっさと決めてくれと言わんばかりだった——どういう立ち位置なのだ、と言いたくなるが、しかし、これもリーダーとして、指示を出すなら、決断するなら、空々しかいなかった。

「いいよ。やってくれ、地濃さん——あのミイラを、その正体はなんであれ、きみの魔法で生き返らせてくれ」

「最初からそう言えばいいんですよ」

なぜかリーダーに対して厳しめにそう前置きしてから、「了解です」と続け、地濃はベッドに近づいていく——氷上が慌てたように、

「い、いいんですか、室長」

と、空々の耳元で囁く。どさくさに紛れて、やや距離が近い。

「膠着状態は避けたいからね……、まあ、暴力禁止の『バリアー』がある以上、最悪の展開にはならないだろう」

わからない、なるかもしれない。

『バリアー』の魔法自体が魔法少女『キャメルスピン』のものなのだから、それをアテにするのも無体である——最悪の展開も、十分に想定しておかなければならない。

どう転んでもいいよう、どう転がってもいいよう、空々は構える——そんな上司の雰囲気を察して、氷上もまた、覚悟を決めた。

「マルチステッキ『リビングデッド』」

かくして。

ミイラの心臓めがけて、地濃は一撃を、加減なく加えた——寝室に鈍い音が響く。かさかさの、流木のような身体にそんな打撃を加えれば、割れるどころか砕けてしまいそうだったが、ベッドがたわみこそすれ、死体はひび割れもしなかった。

しなかったし——何も起こらなかった。

「おや。失敗しましたかね。まあこういうこともあります」

「あなたここに来て失敗したとかだったらぶん殴るからね」

たまりかねたように鋼矢が、ぽりぽりと頭をかいている地濃に、『バリアー』の中では、それだけで跳ね返ってきそうな暴力的な台詞をぶつけたけれども、幸い、ここで地濃はぶん殴られずに済んだ。

しかし、

「そう厳しいことを言うもんじゃありませんよ、『パンプキン』——あなたらしくもない」

と、そんな窘めるような優しげな女性の声と共に、果たして、起きた。

何も起こらなかったが——起きた。

ベッドのミイラが、身体を起こした。むくりと。

「う、うひゃあ!?」

地濃が驚いて、ひっくり返る——これまであれだけ横暴に振る舞いながら、今更リーダーを頼るかのごとく、空々のところに逃げ帰ってきた。

そんな、ある意味胸のすくようなリアクションこそ取らなかったものの、『ミイラが動く』という事態に、場の一同はざわついた。

いや、これは十分に想定される展開だったはずだが——少なくとも、地濃が失敗するよりは、想定できた——しかし。

「あらあら、逃げないでくださいよ。『ジャイアントインパクト』——感謝しているんですから、これでも」

わかりにくいでしょうけれど、と、ミイラはころころと笑う——ミイラゆえに表情はわかりにくいけれど、たぶん、笑っているのだと思う。

「…………」

と、リアクションを取れない空々達を後目に、彼女（？）は、酸ヶ湯を向いて、

「お疲れさま、原作。助かりました」

と、感謝するというより、ねぎらうようなことを言う——そのことに鋼矢は、ある種、『ミイラが喋る』以上の違和感を覚える。

仮に魔法少女『キャメルスピン』が、チーム『白夜』の更に上だったのだとしても——魔法少女製造課の、その課長よりも上の立場に、魔法少女がいる、なんてヒエラルキーが、本当にあっていいのだろうか？

しかし実際、原作は、

「過ぎたお言葉です」

なんて、恭しく応えている。

距離感どころか、関係性もわかりにくい。

……いや、もちろん、『ミイラが喋る』以上の違和感なんて、そうそうないのだけれど——あそこまでかさかさでは、声帯も肺も、絶対に機能していないはずなのに。地濃の魔法で生き返ったところで、蘇生直後に即死するんじゃないかと、むしろ鋼矢は思っていたぐらいだが——実に流暢だ。

（とは言え……、このまま様子見じゃあ、主導権は完全に相手のものよね）

こちらから、誰かが口火を切らなくてはならない。ならば、魔法少女『キャメルスピン』と面識のある（はずの）鋼矢が、ここは切り込むしかあるまい——と、鋼矢は、

「私の知る『キャメルスピン』とは、随分と様子が違うみたいだけれど——どういうイメチェンを図ったのかしら？」

そんな風に挑発するように言った。

「ふふ。あなたも随分と、変化なさったようですけれど——仲間のために、自分が先陣を切るようなタイプではなかったと思いますが、変われば変わるものですね」

ミイラはこちらを向き直る。

「察するに、『クリーンナップ』の影響でも受けましたか？　いいことです」

「……自分の変化なんて、自分じゃあわからないわよ。私はそんなに、変わってないつもりよ、昔から、こうだった」

「かもしれませんね——それを言うなら、私こそそうですが」

　と、ミイラは身体の前で両手を開くようにした——まるで人形芝居を見ているかのようだ。もちろん、ベッドの天蓋から、ミイラを吊してている糸なんてない。筋肉なんて一ミリもついていないように見える骨と皮だけのミイラは、間違いなく、自律的に動いている。

「こちらの私が、本来の私ですよ」

「本来の私？　わからないことを言うわね——絶対平和リーグのお偉がたの間では有名だった美少女、『キャメルスピン』の正体は、ミイラだったたってわけ？」

「その通りですよ。まあ、有名ではなかったはずですけれど——私の存在に行き当たっていたあなたは、実際、ただ者ではありません。あなた一人を誤魔化すために、随分と色んな嘘をついたものです——ですからあなたが四国ゲームを生き残ったことも、驚くには値しません。ただまあ、見苦しいというのであれば、対応しますがね」

　言って、ふっと彼女（？）は、右手を振った——ステッキを持っているかのような動作だったが、一同の注目がそちらに集まったほんの一瞬の、次の瞬間には、ミイラはミイラでなくなっていた。

　からからだった皮膚は、つやつやに。瑞々（みずみず）しい肌色になっていた。

一本も残っていなかったはずの髪の毛は、濡羽色のロングヘアである——鋼矢が言っていた『美少女』というのは、揶揄して言ったのではなく、ただの適切な表現だったらしく、潤いを取り戻した魔法少女『キャメルスピン』は、見目麗しい、そしてふわふわのコスチュームがあつらえたように似合う、空々達と同じティーンエイジャーだった。

右手に注目を集めている間の早変わりと言えば、マジシャンのミスディレクションのようだけれど、しかしながら、それが手品ではなく魔法であることは、誰の目にも明らかだった。

「誤解のないよう言っておきますけれど、これは『回復』したわけじゃ、ありませんよ——これは、あなたがたに『幻覚』を見せているだけですの。四国に異変が起きた事実を外部に隠している技術と、基本的には同じです」

私は私のまま、即身仏のままですよ——と、そんなことを言った。

悟ったようなその物言いは、確かに、十代の少女のそれではなく、まるで高僧のようではあったけれど、それを多くの霊場のある四国らしいと思えるような気持ちの余裕は、鋼矢にはなかった。

というより、これから向き合わなくてはならない相手に、その認識は危険だ——仏様と交渉なんてできるものか。

そんな危機感をなだめるように、

「安心してください、『パンプキン』――『ジャイアントインパクト』の魔法の効果が切れたら、私はすぐに死にますから。もう私は、自力での生存が不可能なほど、弱っているのです――あなたの敵ではありませんし、戦えるものではありません」

「…………」

「ですから――跡取りを捜しているのですよ。それが四国ゲームの目的で、あなたは私にとって、その候補の一人でした」

あまりにさらりと言われたので、誰も今、四国ゲームの目的が語られたことには気づかなかった――いや、気付いたとしても、やはり、意味がわからなかっただろう。

鋼矢はかろうじて、そのミイラと――あるいは美少女と面識はあったけれど、だからと言って、これまで反りの合わないライバル面をして、かなりの嘘をつかれていたことを思うと、その口から何が語られたとしても、それを鵜呑みにはできないし、しようもない――そんな混乱と困惑を、むしろ楽しむような表情をする魔法少女『キャメルスピン』。

ミイラでなくなった途端、表情豊かだ。

いや、魔法でそう見せているだけなのか？

「そんなことより、皆さん、私に訊きたいことがあるのではないのですか？　大抵の質問には答えてあげられると思いますけれど――それともこのまま、無駄な時間を過ごしますか？」

探りを入れるようなことをしなくとも、なんでも答えて差し上げますよ――と、そんな風に彼女は、優雅に構える。

「訊きたいことは、そりゃあ山のようにあるけれど、あなたが本当のことを教えてくれるという保証は？　そして、私達は、教えてもらったお返しに、あなたに何をすればいいのかしら？」

右左危博士が言う。

いつも通りのひねくれた、性格の悪そうな物言いだけれど、彼女はきっと、内心にあふれる好奇心と戦うので、相当精一杯、どころかいっぱいいっぱいだろう――たとえ引き替えに要求されるのが、これまで冒険を共にしてきたパーティのメンバーを売ることでも、あるいは応じてしまいかねない危うさがある。

「保証はありません。何を信じるかはあなたがたが決めてください――私から要求することも、ありません。既に取引は成立しています」

地濃が彼女を生き返らせたことを言っているらしい――確かに、酸ケ湯とのその『取引』は、もう終わっている形だ。

「あなたがたの誰かが、私の跡を継ぐかどうかは、あなたがたの志次第です――ちなみに、絶対平和リーグはもう組織としては機能しておりません。あなたがた地球撲滅軍に接収される形になるでしょう——そういう意味では私達はもう仲間みたいなものですよ」

「……跡を継ぐ、ねえ」

右左危博士は、わからないなりに、その言葉を反覆する——それが四国ゲームのクリア報酬であり、『究極魔法』の入手ということなのだろうか？

この子（？）が、絶対平和リーグの上層部を支配していた事実上のトップで、四国ゲームのゲームマスターだったのだとしたら——元々この島で行われようとしていた実験とは、チーム『スプリング』と、チーム『オータム』の中から、その立場を継ぐ者を求めていたということなのか？　その場合、魔法少女『パンプキン』を候補者と見込んでいたとの発言とは、矛盾するが……。

……考えても仕方がない。

答の出る問題ではない——教えてくれるなら、訊けばいいのだ。信じるかどうかは、それから決めればいい——そう開き直れるのは、右左危博士が右左危博士であるがゆえだったが、

「空々くん」

と、しかし一応、右左危博士はリーダーに決断を求めた。彼ならばあるいは、ここ

からでも無欲に、『交渉しない』という選択をするのではないかと思ったからだけれど、

「わかりました。では教えてください」

と、ここで少年は自ら、魔法少女『キャメルスピン』に対して、最初の質問を発した。

「『究極魔法』って何なんですか？」

ストレートで、しかも、それさえ教えてもらえれば、なんなら他にはもう何も答えてもらえなくてもいいというような、本質的な質問だった。

ただし、調査員として四国にやってきた彼にとっては、しかし、『究極魔法』の正体よりも四国ゲームのシステム、絶対平和リーグがゲーム開催にあたってどんな失敗をしたのかのほうが重要だという考え方もあるのだが――

（いらんきたいをさせてもうたかもわからんな）

と。

このとき、酒々井かんづめは思っていた――少年に、あんなアドバイスをするべきではなかったと、少しだけ後悔していた。

『究極魔法』ならば『悲恋』の自爆を防ぐことができるかもしれないなんて、思えばあまりに根拠薄弱な仮説だったのに――もしも少年が、それにすがって、今、魔法少女『キャメルスピン』からの答を待っているのだとすれば。

なぜなら、今こそ、酒々井かんづめにだけは、はっきりとわかる——『先見性』の魔法など使うまでもなく、目の前の少女。

目の前のミイラの正体が、今ならわかる。

(そういうことか——しかし、やとすると、えらいかんちがいをしとったもんや)

「究極魔法とは」

と。

魔法少女『キャメルスピン』は答える。

はぐらかすようなことはせずに、空々少年からの単刀直入な質問に、返す刀で答える。

「魔人を作る魔法ですよ」

魔法少女の先にして、魔女の上。

魔人を作る魔法です。

「そしてそれは——本来、唯一の魔法でもある。五百年前、そのために私は作られたのですし——三百年前、そのために私は絶対平和リーグを作ったのです」

7

始まったゲームは、ついに終わる。

しかし戦争は、遥か以前から続いていた。

（第9話）

（終）

第10話「少女から女へ、そして人へ！ 四国ゲームの終わり」

0

終わりよければすべてよし。
つまり終わりが悪ければ——

1

これは英雄の記録である。

少年と少女の記録であり、正しさと偽りの記録であり、殺し合いと騙し合いの記録であり、戦闘と戦争の記録であり、全滅と絶滅の記録であり、虐殺と虐待の記録であり、友情と愛情の記録であり、理不尽と不条理の記録であり、科学と魔法の記録であり、正義と大正義の記録であり、人類と地球の記録である。

総じて言えば。

これは悲しみの記録である。

2

「正直、私も今生き返ったばかりだから、いったいここにいる誰がどのくらい、どこまで事情を把握しているのかは、まったく見当もつかないのですけれど、でも一から順番に説明してて、病気の金持ちが遺言を話してる途中に死んじゃったみたいになると色々と台無しなので、ここからは五月雨式に、ざっくばらんに話させてもらいますね——細かい答え合わせ、あるいは辻褄合わせは、あとでそちらでお願いします」

ベッドから足を降ろして、ソファに座るように、身体ごとこちらを向いた魔法少女『キャメルスピン』——いや、もう、彼女が魔法少女なのかどうかは、極めて疑わしい。

四国ゲームのゲームマスターというくらいならばまだしも、五百年前とか、三百年前とか、絶対平和リーグを創設した——なんて言葉が出てくれば、彼女の存在は、とてもそんな枠には収まらない。

完全なる規格外。

魔法少女のコスチュームを着ていても、もうそんな状況証拠はまったくアテにならない——むしろあざといとも言える。

何が本当で何が嘘なのか。

それに——魔人？

魔法少女でも、魔女でもなく、魔人？

事態も、状況も、混迷する一方だった。

ここまで来て、まだ何か、謎めこうというのか？

しかしそれは氷上竝生がそうだったというだけで、この場の人間の中には、

「…………」

「…………」

「…………」

と。

その短い言葉が、たった二文字の用語が、まるで何かの暗号だったかのように、納得した風な者もいた——左右左危、杵槻鋼矢、酒々井かんづめの三名である。

かんづめに至っては、元ミイラの口から発されたその言葉を聞いた途端、まるで何かを観念したかのように、全身の力が一気に抜けてしまったがごとく、そこにしゃがみ込んでしまった——嫌な予感が的中した、とでも言うように。

『先見性』を持つ彼女に、果たして今、何が見えているのか——氷上はまったくわからない。

空々空、それに手袋と地濃は、まだ氷上と認識が近そうだけれど（ちなみにロボット『悲恋』は無反応だ）、そこは氷上も大人として、子供サイドに含まれていて喜んでいる場合ではない。

別に上司にいいところを見せようとしたわけではないけれど、氷上はここで張り切って、

「五百年前や三百年前から、変わらず魔法少女『キャメルスピン』って呼ばれていたわけじゃあないわよね、まさか——あなた、本当はなんていう名前なの？」

と、質問した。

「戸籍名は血識零余子ですよ——でもまあ、これも最近入手した名前ですから、昔から呼ばれていた本名という感じではありません」

意を決しての質問だったが、これにもあっさり答えられた——こちらからの質問をはぐらかすつもりは、確かに、一切ないらしい。

「へえ。なんだか私に似た名字ですねえ」

地濃が焦点のズレたことを言う——地濃と血識で、確かに似てはいるけれど、しかし、それが本名でないというのなら、まさかそこに重要な意味はないだろう。

氷上が睨みつづけていると魔法少女『キャメルスピン』、戸籍名血識零余子は、

「むしろ本名に近いのは、どちらかと言えば『キャメルスピン』のほうですよ——正

しくは、『キャルリスピニュール』になりますけれど、これもまた時の流れと共に現代風にアレンジされていて、正しい発音ではありません」

と言った——キャルリスピニュール？

なんだ？　正しい発音も何も、それでさえ、すごく発音しづらい……、滑舌（かつぜつ）には自信のある氷上だったが、そう思う。

「じゃ、じゃあ……何が正しいのよ」

「そこにいる『魔女』さんのほうが、それは詳しいと思いますが、どうも見たところ、解説してくれそうにないので——」

と、不機嫌そうにしゃがんでいるかんづめを一瞥してから、現在本名不詳の彼女は続けた。

「——私が言ってしまいますが、『キャルリスピニュール』というのは、火星の言葉で、確か『挑戦』とか『先進』とかみたいな意味ですよ。つまり、私を作った人達の志の現れでしょうか。その名で呼ばれていた期間は短いのですが、折角いただいた最初の名前ですので、私自身が魔法少女に扮（ふん）するときに、採用しました」

「……ちょっと待ってくださいね」

氷上はそこで、今日の午前中、南光坊で空々達の戻りを待っている時間に話していたことを思い出した——魔法少女のコードネームというか、ネーミングについて、右左危博士と議論をしたものだったが――火星の言葉？

「火星の言葉っていうのは……いわゆる、火星語のこと？」

「いわゆる火星語なんてものがあるのかどうかはわかりませんけれど、かつて『火星陣』が使っていた言葉という意味でしたら、まさしくその通りです――お察しの通り、私の名付けた魔法少女達も、基本的に火星語の発音を、現代風に言いやすくして置き換えたものですよ」

たとえば、と、彼女は今度は鋼矢を見る。

「魔法少女『パンプキン』の『パンプキン』ならば、その語源は『ピルピタキン』――『努力家』みたいな意味です」

「ど、努力家？」

言われた鋼矢は、面食らったように反復する――てっきり『面の皮が厚い』という意味でのネーミングだと思っていた名前が、まさかそんなストイックな理由で名付けられていたと知れば、それは驚きもするだろう。

驚きを、どころか照れを隠すように、

「ほ、本人にわからないようにこっそりニックネームをつけるだなんて、陰湿ね。じゃ、じゃあ、持っていた固有魔法『自然体』の名前は？　『イーチアザー』って……あれも火星語？」

と、まくしたてるように訊く。

『イーチアザー』なら、地球の言葉で直訳すれば『お互い様』という意味で、どうしてこのマルチステッキが『自然体』の魔法なのか、不思議だったのだけれど。

「あれは『イルタルアズ』……ニュアンスは少々違いますけれど、おおむね、『自然体』という意味です」

そのまんまである。

そもそも『パンプキン』と『ピルピタキン』も、『イーチアザー』と『イルタルアズ』も、聞く限り、そんなに発音が近いとは思えない……ただ、それは鋼矢達が、火星語をまったく解さないからだと言われれば、反論は難しい。知らない言葉は、とかく頭に入ってこないものだ。

要は元ミイラの彼女が、魔法少女にも魔法のステッキにも、火星語を元に、識別しやすい暗号を振っていたわけだ——わかるか、そんなの。

四国からは地域が離れてしまうけれど、北海道や沖縄の地名が独特で、当てられた漢字からは由来が探れないようなもので——『砂』のマルチステッキが『マッドサンド』だったり、『不死』のステッキが『リビングデッド』だったり、何となく繋がりのある風なネーミングもあったけれど、それは似たような言葉があったから、たまには寄せてみた、くらいの結果か。

あるいは、日本語と英語でも、『愛』と『eye』の同音語や、『道路』と『ロード』のような、意味も発音も似た言葉があるようなものか——いずれにしても、明かされてみればなんてことはないし、極めてどうでもいい。

『火星』が『マーズ』だから、それで『魔女』だとか、地濃が言っていたそんなレベルの語呂合わせと、基本的には変わらない。

もしもあの南光坊での会話のときに『火星陣』であるかんづめが同席していたら、あっさり解説してくれたような話である——あくまでも、かんづめが思い出せる範囲においてだが。

「はー、そういう理由でしたか。では『ジャイアントインパクト』というのも、私の偉大さをたたえるネーミングではなかったのですね。『ジャイアントインパクト』は、じゃあ地球語で、『お利口さん』くらいの意味でしょうかね」

その『リビングデッド』の持ち主である地濃が、そんな風に推測したけれど、そこは満場一致で、地球語で『馬鹿』って意味に決まってんだろと、誰もが胸の内でつっこんだ。

「す、『ストローク』っていうのは、どういう意味なんですか？」

人が多い場所では基本的に主張をしない、どころか発言も控えめな手袋が、しかしここは我慢し切れなかったようで、こわごわと訊いた——確かに、全然意味のわからない言葉を、誇らしく名乗っていたというのは、それくらい恐ろしいことである。

「ああ、それはちょっと、人前で言うのははばかられますので、あとで時間が余ったら、こっそりお話しします」

元ミイラの彼女は、初めて即答を避けた。

人前で言うのをはばかられるような名前をつけられ、嬉しげに名乗っていたのかと、手袋は絶望的な気持ちになった——なんで私がこんな目に。

「うふふ。誰がどんな意味のニックネームをつけられていたのか、推理してみるのは面白そうだけれど——それこそまあ、あとでゆっくりやればいいことよね」

右左危博士が、切り替えるように言った——と言うより、そんなつもりはなかったけれど、氷上がうっかり横道にそらしてしまった話題の、軌道修正を図った。

「魔人って何なの？」

「魔人は魔人です。これは火星語からの派生ではありません——魔法少女の先で、魔女の上というのは、先程申し上げた通りです」

「まるでモンスターの進化みたいね——どこまでもゲームめかしてくれるわよ」

その最終形は魔の神と書いて魔神とか言い出すんじゃないでしょうね——と、皮肉っぽく言う。

「そういう未来も、ひょっとしたらあるかもしれませんが、まだまだとてもそんな段階ではありませんね。それに、進化の系統図というわけでもありませんよ。少女はいずれ女になるとか、人は男と女にわけられるとか、そういう思想的な話はしていません――これは定義の問題です」

「定義？」

「魔女というのは火星の陣営――『火星陣』。で、魔法少女というのは、『火星陣』が地球に残した遺産を再利用して戦う、人類。ここまではわかりますよね？　遺産というより残骸ですが……、本物の『魔女』から言わせれば、絶対平和リーグが言うところの魔法なんて、ほとんど魔法のうちには入らないでしょうね」

かんづめを意識しての台詞だろうが、やはりここでも幼児は無反応だった。

「まあ、そういう厳しいご意見はご意見として参考にさせていただくとしても、でも、やっぱりこの構図って、根本的に問題をはらみますよね。つまり、遥か昔に地球に敗北した『火星陣』の使っていた技術の再利用で、どうやって魔法少女は地球に勝つつもりなのか――そう思いません？」

それは思っていた。

最初からかんづめが苦言を呈していた――縮小再生産といったら言葉は悪いけれども、強大な魔法を使う『魔女』でさえ敵わなかった地球に、どうやって、それより基準の低い魔法で勝てるのだ。『究極魔法』にしたって、それがかつての『火星陣』が使った魔法と同程度の威力であるならば、結局地球は倒せないのでは——だから。

魔人を作る魔法？

「定義の話の続きになりますが——魔人の定義は、魔法を使う『人類』です。いわば魔の人——ですよね」

「……それは結局、魔法少女と同じなんじゃないの？」

「魔法少女は、道具として魔法を使っているだけですよ。コスチュームを着て、マルチステッキを振るって——理屈が地球の科学では説明不可能というだけであって、銃や剣で武装しているのと、そんなに変わりません」

「魔人は違うの？」

「はい。魔人は『火星陣』同様に、道具も装備もない、アイテム不要の魔法使いです——」

右左危博士にそう答える彼女の笑顔は、あくまで優しげである——それだって、『幻覚』でそう見せているだけなのかもしれないが。

……待てよ？

と、氷上はそこで気付く。

いや、他の者はとっくに気付いていたのかもしれないけれど——ミイラだったときの彼女は、マルチステッキなしで、その『幻覚』の魔法を使わなかったか？

「そうです。私は魔人です」

　魔人・血識零余子は言った。

3

「正しくは、魔人への過程――ですが。残念ながら私単身では魔人に至らなかった、ですから、誰かに跡を託すしかないのです」

　そのための四国ゲームです。

　血識零余子はそう言って、一同の反応を窺いながら続ける。

「段階的に言うなら、元々は、人類を『火星陣』化できないかという研究だったのですがね。でも、それでは地球には勝てないことはわかっていましたから、私に改造手術を施したあの人達は、更にその先をも見据えていたんです」

「改造手術？　何をそんな漫画みたいなことを――」

　と言い掛けて、右左危博士は口をつぐんだ。すぐそばに、彼女自身が改造手術を施した被験者がいることを思い出したらしい。

　すかさず、魔人の後ろに控える酸ヶ湯が、

「あなただって」

と言う。ただしそれは、氷上のことではなく、別の被験者の話だった。

「自分の娘を改造手術していたでしょう——在存ちゃんでしたっけ？　もっとも、その子の場合は、人類を『地球陣』化できないかという過程だったようですが」

そう言えばそうだった、と空々は、たった一夜のことではあるが、彼を導いてくれた年下の師匠を回想する。正体を偽装する、実体を擬態する『地球陣』の特性の再現を試みる実験のモルモットとなっていた、左在存のことを。

モルモットではなく、正しくは犬——いや、もっと正しくは狼だったけれど。

「だけど、それが五百年前の話？　当時の知識と技術、それに設備で、そんな高度な手術ができるわけがないでしょう？　人間を魔法使いにするなんて、今だって難しいでしょうに」

「ところがそうでもありませんよ。意外とね。知識と技術と設備は不足していても、それと同じくらい、倫理観や人権も不足していますからねえ。人体実験がやり放題の時代だからこそ、成功する手術もあります」

後輩からそう反論されると、右左危博士は、「そりゃそうか」とあっさり納得した——彼女のような非道なマッドサイエンティストをして納得せしめるくらい、確かに、中世の考え方は、よくも悪くも、現代とは違うだろう。

地球撲滅軍も相当無茶苦茶なことをやっているけれど、当時の人類と地球との戦争の様子を想像すると、『氷血』を使うまでもなく、全身が凍えるような思いがする。

人類を救うために、人類が人類をないがしろにする——負の連鎖であり、自ら滅亡へと歩む、自滅行為のようでもある。

「成功ではありませんよ、原作。確かに私という、『火星陣』に、相当近い『作品』ができました——けれど、当時、求められていた水準の『魔人』からは程遠かったのです。悲しいほどに不出来でした。しているうちに、私を作った人達のほうが寿命だったり殉職だったりで死んでしまって……『魔人』作りは、残された私が受け継ぐしかなかったんです」

「……そして、四国ゲーム？」

鋼矢が問う——魔法少女という立場にしては絶対平和リーグの内部事情に通じている彼女は、既にここまでの話の中で、それなりに察するところも多いけれども、しかし、わからないのはそこだった。魔人作りと四国ゲームに、どういう関係があるというのだ？

「てっきり私は、四国ゲームっていうのは、強力な魔法を獲得するための儀式みたいなものだと思っていたんだけれど……、そうじゃなくて、魔人作りのための儀式だったってこと？　八十八のルールを全部集めたら、そのプレイヤーは魔人になっちゃうってことだったの？」

「認識に……少し、ズレがあるようですね。無理もありませんし、大過ありませんが……その辺りは、あなたの采配(さいはい)ですか？　原作」

責めるというほどのニュアンスでもなかったが、睨みを利かせた『魔人』の言葉に、酸ヶ湯はやや釈明気味に、

「僕じゃありませんよ。絶対平和リーグの、会議室におわすお偉がたです——その時点ではあなたは死んでいたわけですし、皆さんも、あとを追うようにお亡くなりになってますので、寛大な心で許してあげてください」

と言った。

「大枠としては同じことですしね——まだ実験段階だったというのもありました。真相を明らかにするのはまだ早い、と」

「……まあ、私も彼らには随分お世話になっていたわけですから、大したことは言えませんがね。でも、訂正させてください、『パンプキン』」

向き直った『魔人』に、鋼矢は苦虫を噛み潰したような顔をする——『努力家』呼ばわりが気に入らないらしい。

「訂正する前に、まずその名で呼ぶのは、やめてもらえるかしら——元々好きな名前じゃなかったけれど、意味がわかったことで、決定的に嫌いになったわ。私もあなたを、『キャメルスピン』と呼ぶのはやめるわ。零余子さんと呼ばせてもらう」

「お好きなように……では、鋼矢さん、訂正します。まずは小さな齟齬のほうから――四国ゲームをクリアしたプレイヤーが、『魔人』になるということはありません」

「？　違うの？」

「ええ――そこは先程申し上げました通り、クリア報酬は、『魔人』を作る魔法――です。そのプレイヤー自身が『魔人』となるわけではなく……、私が跡取りを捜しているというのも、『魔人』を受け継いで欲しいわけではなく、『魔人』作りを引き継いで欲しいのです」

それはどう違うのだと疑問を呈したくなった氷上だが、しかし、考えてみれば全然違う。どちらにしても、これだけ難易度の高いゲームのクリアを強いられたにもかかわらず、『もっと頑張れ』と言わんばかりのクリア賞品だが……、リスクと言うか、重荷を背負わされるようなものだ。

まさしくジョーカーである。

「リスクに見合うリターンは保証しますよ。完全なる『魔人』が生まれれば、地球を倒せるかもしれないのですから――地球と人類との長きにわたる戦争が終わり、ついでに、私のモデルでもある『火星陣』の仇も討てるとなったら、万々歳でしょう」

「『かせいじん』より『うえ』のそんざいをつくったところで、ちきゅうにかてるとはかぎらへんけどな」

ついでという言い方が気にいらなかったのか、酒々井かんづめが、ようやく口を挟んだ——実際のところ、ミイラが起きあがったのを見たとき、既に彼女には、『それ』が、人類が独自の技術で『火星陣』を作ろうとした結果の生き物だということは、わかっていた。

思った以上に不快なものだった。

自分達の失敗を糧に、更に上を目指そうとする、その過程の姿を見るのは——まだしも絶対平和リーグのサンプルとして、前身の全身をいじくり回されていた頃の、ぼんやりとした記憶のほうがマシだ。

教科書として扱われるのと、反面教師として扱われるのとでは、気分が違って当然だが……。

「しょせんまほうでは、ちきゅうはたおせへん——のかもしれへんで」

「ええ。ですから『魔人』なのです——人なんですよ、結局は。……大きな齟齬についての話に戻りますが、四国ゲームの儀式としてのクリア条件は、八十八のルールを集めることではありません」

「は？」

と、声をあげたのは鋼矢だけではなかった。

四国ゲームをまともにプレイしていたことがある者は、みな、唖然(あぜん)とした——それが齟齬なのだとしたら、およそ齟齬で済む話ではない。四国から脱出することがクリア条件だという説が、四国の右側では流布していたけれど……、左側で流れていたクリア条件も、同様に虚報だったというのか？

じゃあ、この一ヵ月、魔法少女達は何をしていたんだという話になる——正確なルールを把握している者が誰もいないのに、長々とゲームを続けていたというのか？

「いえ、原作も言いましたけれど、必ずしも大枠は外していません——言い方の問題と言えば、言い方の問題です。四国ゲームのクリア条件は、八十八のルールを集めることではなく、八十八の魔法を集めることです」

「ま……魔法を？」

意味がわからず、鋼矢がただ相手の言葉を繰り返すと、血識零余子は更にかみ砕いて、

「八十八の魔法を集めて、たったひとつの究極魔法を作る——それが四国ゲームという儀式ですよ」

極めてわかりやすく、そう説明した。

4

今時のゲームの世界では、ままあるシステムである——一定の条件を持つモンスタ

ーだったり、アイテムだったりを定められた数だけ揃えると、それこそ『進化』するという——ランクアップした一匹のモンスター、レアと言えるひとつのアイテムを入手できるというシステム。

だからあくまでもゲームとしてみなすならば、八十八の下位魔法を集めることで、一つの上位魔法——究極魔法を手に入れられるという血識零余子の言は、さほどわかりにくいものではなかった。

それは、現代のゲームをよく知らない空々でも同じである——そして空々は、一度、大歩危峡だったかどこかで、考えたことがあった。

四国を支配する八十八のルールというのは、四国に点在する魔法少女達に分配されている個々の魔法と、一対一で対応しているのではないか——と、そんな仮説を立てたことがあった。

残念なことにそのとき、仮説を検討した相手が地濃鑿だったため、話はまったく盛り上がらず、取り留めもないまま曖昧に収束してしまったけれど——魔法少女『ジャイアントインパクト』の固有魔法『不死』と、四国ゲームの代表的なルールである『死んではならない』が、妙に釣り合っているように思えたのである。

だから、今、ベッドに腰掛ける『魔人』が、『集めるのはルールではなく魔法だった』と言うのを、そこまでの違和感なく聞けた——けれど、これは彼が、ルールを集めるというプレイスタイルを、ほとんど取っていなかったからだ。

逆に、当初の風説に振り回されたこともあって、ルール集めをかなり真面目に取り組んでいた手袋あたりが受けた衝撃といったらなかった——ともかく、わからないのは『魔法』を集める、という言い方だ。コスチュームやマルチステッキでもコレクションすればよかったのか？

「八十八のルールを把握すれば、そのとき、ゲームは自動的に終わるんだと、そう私は聞いていたけれど……、それは完全にデマだったってことでいいのね？」

と、鋼矢は棘のある口調で訊く。

「絶対平和リーグの支配層が流したデマだったってことで。……どういう目的でそんなデマを流したのか、わかんないけれど」

「率直に言って、それは私にもわかりかねます——が、憶測でものを言わせていただければ、責任逃れでしょうけれど」

「…………」

「ありのままの事情を伝えて、魔法少女達が協力的にゲームをプレイしてくれるとは思わなかったのでしょうね——その姿勢に賛成はできませんけれど、その気持ちは理解します」

「……随分と、他人事みたいに言うわね？　さっきそこの課長さんから聞いた話じや、あなたが四国ゲームの首謀者だってことだったんだけれど——それもデマ？」

「いえ、首謀者は私で合っています——その責任から逃れようとは思っていません。ただし、四国ゲームの管理・運営は、絶対平和リーグに委ねるしかありませんでした——開始と同時に、私の寿命は尽きましたから」

出来損ないの『魔人』としては、相当長生きだったんですがねえ——と、彼女は自分の手のひらを見る。

『幻覚』の魔法は、自分自身には作用していないのだろうから、本人にはその手は、ミイラのそれに見えているのかもしれない。

やせ細り、枯れ果てた、己の身体。

不出来な——魔人。

「最後の力を——最後の魔力を振り絞って、私は四国ゲームを開催したのです。……ああ、一応付け加えておくと、絶対平和リーグにとって、四国ゲームは実験の失敗ですけれども、『魔人』作りを旨とする私にとっては、四国ゲームの開催は、失敗ではなく、それなりに目論見通りです」

「……そうなの？」

と、右左危博士が酸ヶ湯を見る。

「そんな目で見ないでくださいよ、右左危博士。僕も板挟みでしてね——魔法少女製造課の課長に就任して以来、これでも精一杯、うまく立ち回ってきたつもりなんです。『魔人』と組織との間で――中間管理職の辛いところです」

「それは中間管理職の辛さじゃなくて、ダブルスパイの辛さなんじゃないの？」

「あはは」

酸ヶ湯は笑う――痛いところを突かれて、笑って誤魔化した風でもあるけれど、しかし同時に、まったく悪びれていない風でもある。

氷上から見れば、たとえ好男子のような風貌であっても、やはり右左危博士と、同じ穴の狢なのだという印象だった。

遥か昔から、地球を倒すための使命を帯びていた『魔人』と、彼女が創始したものであれ、それから三百年の時代を経て、それなりに現代的な組織へと一人歩きした絶対平和リーグでは、微妙に目的意識にズレが出てきたとしても、それは不思議ではないのだが――その調整をしていたのが彼、酸ヶ湯原作なのだとすれば、その果たしてきた役割はあまりにも大きい。

そうやって『魔人』の後ろに控えていると、あるいは存在感を消した脇役のようではあるけれど、どっこい彼も、この部屋において、十分に主役級の登場人物なのだろう。

むしろ、真の黒幕ではないのかというくらい、うがった見方をしたくもなるが……、しかしながら、今は彼を追及したり、あるいは断罪したりする場ではない。

「では、魔法を収集するというのは、具体的にはどういう形を取るんですか？　さっき、僕達はクリア条件をもう満たしている、みたいなことを言われましたけれど……」

空々はここまで一緒にやってきたチームメイトのことを、それぞれ思う。といっても、感慨に耽ったのではなく、単に、彼女達の格好のことを思ったのだ。

「……ここに揃っている魔法は、多く見積もっても、八十八個のうち、せいぜい八個です。コンプリートには程遠いのでは――」

それをいったら、ルールの収集も、コンプリートには程遠いけれども、チームのメンバーが着ている八着のコスチューム――内、『悲恋』が着ている魔法少女『メタファー』のコスチュームについては、マルチステッキが失われているため、魔法としてカウントできないかもしれない――だけでは、どう贔屓目に見ても、クリア条件を満たしているとは思えない。

「八十八の魔法を収集するのはあなたがたではなく、私ですから――現時点で私は、八十八の魔法のうち、八十一までを収集しています。それにあなたがたの七つを足して、八十八になる」

「……よく、わかりませんけれど」

七つ、というのは、やっぱり『メタファー』の魔法はカウントしないのだろうかと思いながら、空々が正直に言うと、

「これは、言わなくてもいいと思っていたことですが——ルールと魔法が対応しているという話をしましたけれど、気付いていましたか？　私の元に魔法がひとつ返ってくるごとに、ルールもひとつ、減っていることに」

と、『魔人』は更に、意味のわからないことを言った——ルールが減っている？　返ってくる？

「……ん。黒衣の魔法少女達、チーム『白夜』の五人が使う魔法は、じゃあ、カウントされないってこと？」

空々と違い、何かを察したらしい右左危博士が、そう問うと、『魔人』は「ええ」と頷く。

「あれは、『魔人』を求める過程の、別パターンで生まれた……、『火星陣』が使用していた原始の魔法の再現に、近いものですから。五大魔法——別パターンというよりは、別アプローチというべきかもしれませんけれど、いずれにしても、現時点では偶然の産物みたいなものです」

「だから威力がけた違いなのね——道理でかんづめちゃんが、使いこなすわけだ。……空々くん。カウントされてないのは、『シャトル』の『水』よ。あなたが最初に

会った魔法少女『メタファー』は、カウントされている――『悲恋』ちゃんに着せて、ここに届けたことで」

戸惑っている空々に対して、右左危博士はそう解説した。

「そして、あとのコスチューム八十一着は、この世から消滅しているでしょう？　持ち主の爆破やら、何やらによって……、コスチュームの処分。それが魔法の収集、返還の定義ってわけ」

その際、一緒にルールもひとつずつ、消えて行ったってわけね――と、右左危博士は得心したように言う。

「未確認で不条理なルールが八十八もある割に、私とか竝生ちゃんとかの途中参加者が長生きできたわけだ――私達が参加した頃には、随分ルールも減っていたのね」

「……厳密に言うと、コスチュームだけでなく、マルチステッキも処分対象ですがね。魔法少女『メタファー』の魔法『爆破』に関して言えば、現状、半分だけ、私の中に返ってきているということです。同じく、偽装的に『悲恋』さんが腕につけている『砂』のマルチステッキ『マッドサンド』についても同じく――魔法少女『ベリファイ』のコスチュームは収集済みですが、『マッドサンド』を処分してもらって、コンプリートです」

付け足された『魔人』の言葉に、空々はまるで、両側から責められているような気分になる――二人がかりで説明されると、ただでさえややこしい説明なのに、余計に理解が追いつかない。

ただ、ひとつ確かなこととして、コスチューム（及びマルチステッキ）の大半、否、ほとんどは、右左危博士の言う通り、既にこの世に存在しない――四国ゲームの進行と共に。

魔法少女の命と共に――消滅している。

龍河洞に埋もれた魔法少女達の着ていたコスチューム、持っていたマルチステッキも、彼女達のルール違反に基づく爆死の際に、消えてなくなっていることだろう。

「あとは、あなたがたの着ている……『水』の魔法少女『シャトル』の黒衣を除くコスチュームを破壊すれば、私の中に八十八の、条件を揃えた魔法が揃う――魔法少女達に課していた魔法が、私の中に返ってくるのです」

「魔法少女達に――貸していた？」

「課していた」

訊き返した空々の言葉を、『魔人』は訂正した。

『貸していた』ではなく『課していた』。

その真意はわからないが、しかしただならぬ言葉のセレクトではある――あの魔法少女達は、いったい何を強いられていたのだろう？　鋼矢が事情を把握しておらず、チーム『スプリング』やチーム『オータム』さえ、真のルールをわかっていなかったというのであれば、魔法少女の中に、正しく四国ゲームをプレイしていた者は、一人だっていなかったということになるけれど……いや、待てよ？

「根本的な疑問ですが……、四国ゲームに参加していた魔法少女って、八十八人もいませんよね？　早い段階でゲームオーバーになった、チーム『ウインター』の魔法少女を含めても……きっちり二十人です。チーム『白夜』の魔法はカウントしないとするなら――」

「……研修生」

空々の疑問に応えたのは、誰あろう、手袋だった――合流以来、空々に対して手袋が、自ら話しかけるのは、思えばこれが、初めてである。

『魔人』から真のルールを聞いて。

すなわち、魔法少女『コラーゲン』や『パトス』の死が、まるっきり的外れなプレイスタイルに基づくものだったのを聞いて――彼女の中で、何かが切り替わったのかもしれない。

空々や鋼矢を憎む気持ちが。

更に意味を喪失したのかも。

「魔法少女には研修生がいるのよ……、見習い魔法少女、って言うのかしら。……基本的には、絶対平和リーグに属した女の子が、魔法を使う練習をする制度」

「へえ、そんなのがあるんですか。私は飛び級でしたから、そういうのを受けたことはありませんけれど」

と、とぼけたことを言う地濃の言葉を、空々は聞いていない——手袋の言葉を胸の内でかみ砕いていたからだ。

そうか。

いつからか、魔法少女は、五人で構成された四県四つのチームに属する彼女達だけだと思い込んでいたけれども、そういうわけではなく、研修期間があったのか——ということは、見習いであれなんであれ、その研修生達も、当然ながら四国ゲームには巻き込まれ。

プレイヤーとして魔法を行使していたはずだ。

……チーム『ウインター』の魔法少女達よりも先にゲームオーバーになっているだろうことを思うと、本当に彼女達は、掛け値のない『研修生』だったのだと思われるが。

六十八人。

一人が、六十八人。

そういう少女達が、いたわけだ。

空々がこれまで、知りもしなかった少女達が、空々を知ることもなく死んでいった——まあ、空々を知らずに死んでいけたのは、彼女達にとって幸運だったという見方も可能なのだが、改めて、四国住民三百万人が犠牲になった実験なのだという事実が、浮き彫りになる。

空々が体験した人死には、そのごくごく一部でしかないのだ——『これ以上人を死なせない』なんて目標が、ひどく偽善的でしかなかったことを思い知る。

「……ひょっとして、その六十八人の研修生のうちに、人を憎み合わせる魔法みたいなのを使う奴がいなかった？　結局のところ、春秋戦争の引き金がいったいなんだったのか、ずっと気になってたんだけれど……」

と、鋼矢が訊いた相手は、『魔人』ではなく、酸ヶ湯課長だった——いわば上司を詰問する形だったけれど、そのことを彼女が怯(ひる)んでいる風はまったくない。

「『憎悪』という魔法の使い手はいましたよ。チーム『白夜』の一人が、ゲームの進行のために彼女をそそのかしていたとしても、不思議はありませんが——それが何か？」

「いえ、訊いてみただけ」

含みのある酸ヶ湯の答に、鋼矢は、およそ納得できた風ではないけれども、すぐに引いた——どれだけそれが『何か』であろうと、今の本筋ではないことは、わかっていたから。

「その研修生にも、『課していた』魔法が返って来て——チームに属していた魔法少女に『課していた』魔法も返ってきて。そしてここに、七着のコスチュームが揃っていて——それもあなたに返したとして、どうなるんですか？」

整理するように前置きをしてから、空々がそう訊くと、

「だから、『魔人』を作る魔法を作れるのです——それが『究極魔法』。究極の魔法と言うより、究極の人類と言ってもいい——人類と地球との戦いに終止符を打つ英雄を生むための」

そう返された。

本来は彼女が、そうなるはずだったあるべき姿を語る様子に、迷いも悔いも感じられない——今更ながら、四国の住民や魔法少女達の犠牲に、心を痛めている様子もない。

生まれ変わりを繰り返す『魔女』に比べたら微々たる歳月とは言え、五百年という歴史を生きている彼女にとっては、三百万人くらい、大した犠牲ではないのかもしれない——これまで、地球との戦争の中で生じた戦死者の数に比べたら。

彼女にとって。

四国ゲームは、失敗ではなかった。

絶対平和リーグの上層部とは違って、それを取り繕う必要はないのだ。

「……でも、そんなゲームなんて開催しなくても、コスチュームを集めるだけで『究極魔法』を作れるって言うんだったら、そう言えばよかったんじゃないの？」

自分が外部の人間だからそう思うだけなのかもしれないと思いつつも、氷上はそんな疑問をぶつけざるを得なかった。

そう。

何も死ぬことはない——魔法少女達が、六十八人も、八十五人も、犠牲になることはない。『課していた』魔法を、『究極魔法』を、『魔人』を作るために返して欲しいと言えば、それでよかったのではないか。

「それは無理ってもんでしょ、竝生ちゃん——誰もが竝生ちゃんみたいに、ただ与えられただけの力を、ただ与えられただけの力だからって、忌み嫌ったりはしないってことよ。優れた才能を与えられて、それをひょいと取り上げられることを、誰がよしとできるの？」

右左危博士が、わざわざこんなことを説明させるなという風に氷上を窘めるけれど、しかし確かに氷上には、わからない感覚だった。

全然理解できない。

ただ、昨夜かんづめが語った、優秀な力を持つ『火星陣』が、何の力も持たない

『地球陣』に負けた理由というのは、案外、その辺にあるのかもしれないと思った。

持つ者は、それを捨てられない。

守るものがあれば、守りに入る。

特に、話を聞く限り、絶対平和リーグは少女達に対して、過剰なまでの『甘やかし』戦略を取っているようだった――とことん持ち上げて、祭り上げて、特別扱いすることで、組織に対して手なずけている節があった。

悪い意味で言っているのではないけれども、改造手術で肉体を強化された氷上の立場から魔法少女達を見れば、すごいのは彼女達じゃなくて服だろうと、思ってしまいそうになるが――彼女達のほとんどはあまりそんな認識を、持ってはいなかったようだ。

その上、魔法を特別なものではなく、当たり前のものとして教えられていた――だから、『魔法を返して』と言われるのは、『命に別状はないんだから身体の一部を切り取って渡せ』と要求されているのに等しいことなのだろう。

そうじゃない者もいるだろうけれど。

しかし大半はそうだったはず――教育の成果とは恐ろしい。

育った文化圏の常識からは、なかなか脱せられるものではない――という、人造人間『悲恋』の言葉を、空々はここで、思い出していた。

「じゃあ……、四国ゲームは魔法少女達から魔法を取り上げるための、強制徴集のためのイベントだったたってこと？　四国の人達は、そんなものに巻き込まれたってこと？」

「身も蓋(ふた)もない言い方をすればそうです」

氷上の皮肉にも、動じずに『魔人』は答えた。

本当に身も蓋もない——どころか、身も世もない言い方だ。

価値観の断絶は、ここにもある——と言っても、氷上とて、他者を非難できるほど、立派な人生を歩んできているわけでもない。

「ただ、四国の住民はともかく、魔法少女達には、生き残るチャンスはいくらでもあったはずです——コスチュームを奪っても、命まで奪うつもりはありませんでした。その通り、何も死ぬことはなかったんです——コスチュームへのこだわりを捨てたあなた達のように。…………」

一人例外もいるようですが、と、『魔人』は付け足した。

確かに一人だけ、一度もコスチュームを脱ぐことも、着替えることもなくこのゴール地点まで辿りついている驚異の魔法少女がいた——『魔人』にまで例外扱いされるとは、地濃鑿という少女を、自分達は本当は、もっと高く評価しなくてはならないのではないかと、一同は不安にかられた。

しかしそんないわれもない不安は、
「え？　これですか？　脱げと言われれば脱ぎますけれど」
と言う本人の、さながら大女優みたいな台詞によって解消される——もっとも、彼女の使う魔法『不死』は、本人にとってはあまり意味のない魔法なので、返上することに、そこまでの抵抗がない種類の魔法だとも言うことができる。鋼矢とは少し違う意味で、固有魔法に執着していなかったのが、地濃なのかもしれない——そういう観点に立てば、手袋鵬喜は、『魔法少女であること』に、強い意味を見いだしていた頃もある。

特別であることの意味が、特別だった頃が。

……だが、そんな気持ちは、今はもうなくなっている。

そんな気持ちの変化こそが、自分が死なずに済んだ理由なのだとすれば、なんだろう、一種の空しさを感じずにはいられないけれど——とにかく、手袋も、返せと言われたならば、今着ている『コラーゲン』のコスチュームを、返すことはやぶさかではなかった。

地球撲滅軍の面子も、言うまでもなく。

人造人間である『悲恋』にとっては最初から着る意味のない服だし、空々と氷上は、回収してくれたほうが助かるくらいの気分だ——唯一、科学者として、サンプルを持ち帰りたい右左危博士は脱ぐことに積極的ではないかもしれないけれども、まあ、『シャトル』のコスチュームは残るわけだし、コスチュームのデザイナーである酸ヶ湯との今後の関係を思えば、その点も大過なかろうである。

なので右左危は次の質問をする。あくまでも彼女にとってではあるけれど、訊くべきことはだいぶん残り少なくなってきた——が、しかし、残り時間も、たぶん、残り少ない。

「貸し倒れのリスクもありながら、少女達に魔法を貸し出していたのは、絶対平和リーグがそれを求めていたから、かしら？　あなたの抱える使命に、あなたの組織が協力してくれるための条件？」

回収がこんなに大変なら、そもそも授与しなければよかったんじゃないかという意味の疑問だったが、それは、そういう即物的な取引でもなかったらしい——むしろ、『魔人』にとってこそ、必要なことだったようだ。

「そういうところもあるにはありますが……、『貸していた』ではなく『課していた』という言い回しは、その辺りに由来していまして。彼女達には魔法を育ててもらわなくてはならなかったのです。それは、なぜなら——」

「なぜなら、まほうはむじんぞうのちからなんかではないから」

先回りして言ったのは、かんづめである——おそらく『魔人』は、もっと柔らかい言葉を選ぼうとしたのだろうが、『魔女』は中でも、辛辣な言葉を選んだ、こんな風に。

「なにもわからへんしょうじょから、『さくしゅ』せなあかんかった――そういうことやろ？」

無尽蔵の力ではないから――搾取。

穏やかではない話だ――穏やかな話など、一度もしていないけれど。

「ごひゃくねんもまほうとつきあっといて、まほうでつくられといて、しらんかったとはいわせへんで」

「……まあ、そうですね。永久機関なんて存在しません――科学の世界にも、魔法の世界にも」

「しこくのさんびゃくまんにんは――この『しすいかんづめ』のりょうしんもそうやが、やからこそ、しななあかんかった――けっしてまきぞえなんかやないわ。そこもけいかくどおりやろ」

「……元々、私の予定では、チーム『オータム』とチーム『スプリング』の十人を使って、八十八の魔法を回収しようという計画でした。勘のいい鋼矢さんには逃げられてしまったのでね――しかし、それが絶対平和リーグの意に反したようですね。もちろん、私の責任です。今から思えば、素直に魔法少女達にお願いするのが、真摯にお願いするのが、一番よかったかもしれません」

たぶん――そうしていたら、目を覆いたくなるような内紛になっていたのだろう。絶対平和リーグは組織として瓦解していたに違いない――結果としては同じだ。

鋼矢は知らず知らずのうちに、その企てをかわしていたようだが……それも同じか。

「搾取、という言われ方は私の意には添いませんけれど、彼女達が使ってくれなければ、パーツとしての魔法が成立しなかったのも事実です。コスチュームを脱がそうという彼女達を救済するという意味もあったんですよ?」

「てまえほんいないけんやな。……まあ、そんなぎじゅつをじんるいにのこしてもうた、『かせいじん』にもせきにんはあるわ」

言いたいことを言って気が済んだのか――あるいは、言い過ぎたとでも思ったのか、かんづめはそこで、矛を納めた。ただ、第三者の空々としては、『魔法が無尽蔵の力ではない』というくだりは気になる――昨日もそんなことを言っていたけれど。

確かにエネルギー保存の法則に支配されるこの世界では、永久機関なんて絵空事だが、しかし、実際に魔法では、いつまでも飛べるし、疲労することなく、いつまでもその威力を発揮できる――厳密には、マルチステッキを振るう筋力は必要だろうが、そこは外して考えてもいいだろう。飛ぶのにしたって、精神力があれば――

「じゃあ、ひょっとして——メンタルを削られているとか、そういうこと？」

ゲームで言えばマジックポイント。

やはりなにかが消費されていたのかと、かんづめにそう訊いたけれど、『魔女』は首を振る。

「けずられてるのはめんたるやない——いのちそのものやけん」

「い……命？　生命力ってこと？」

「運命力と言うべきでしょうね」

訊き直した空々に、今度は『魔人』が答える。

「簡単に言うと、死にやすくなります」

簡単に言っていいことではない。

それに、簡単に言われても、決してわかりやすくない——死にやすくなる？

いや、確かに、話を聞いていると——魔法少女の死亡率は、地球撲滅軍という殉職する職員が多い組織にいる空々から見ても、異様に見える。

入れ替わりが激しいらしいし、四国ゲームだけで考えても、二十人ならともかく、研修生を合わせて八十八人いた魔法少女が、ほぼ全滅したというのは——そして、地球撲滅軍の中でどうにかこうにか生き抜いている空々をして。

コスチュームを着て以来、二度、死んでいる。

空々空が、二度もだ。

……仮に、そんな前提を知っていたとしても、四国ゲームを勝ち抜くためには、魔法少女達は魔法の力に頼らざるを得なかっただろう。

コスチュームを脱いでプレイする、という決断ができた魔法少女は、四国ゲーム全体を通して見ても、杵槻鋼矢ただ一人だ。

「コスチュームを着用すると、運が悪くなる……、事故や事件への遭遇率が高くなる」

右左危博士が口に出して確認するように言う。

「まあ、能力が高度に……、いえ、過度に高くなれば、遭遇しなくて済んだ確率の低いトラブルに遭遇しやすくなるのは、魔法でなくとも当然よね。宇宙飛行士だけが、宇宙で死ぬトラブルに遭う資格を持つ——とか？　なに？　魔法ってのは、その辺の事情に、説明をつけちゃってるわけ？」

「少し、それとは違いますが……、でも、コスチュームを着ていたから、あなたがたが私と逢えたことも事実でしょう」

そう答える『魔人』。

「私も——『魔人』であるがゆえに、『魔人』の死に方で、死んでしまいましたしね。ミイラ化して死ぬなんて、なかなかできる死に方ではありませんね」

「……まるで呪いのアイテムね。まあ、魔法なら、同時に呪いでもいいわけか……」

そう言いながら、意味ありげに右左危博士は、酸ヶ湯を見た——酸ヶ湯は肩を竦める。

「その辺りの仕組みを、絶対平和リーグも完全に掌握しているわけではありませんよ。そこも含めて、実験中でした」

「人体実験中、でしょう？」

そう厳しい返しをしたのは、まさしく人体実験を受けた氷上である——もっとも彼女を肉体改造したのは、今『魔人』と話している当の右左危博士なのだが。

「四国の住民、三百万人が死んでしまったのも、コスチュームこそ着ていなくとも、魔法の儀式に巻き込まれることになったから——なんて話じゃないでしょうね」

絶対平和リーグに関わりのない一般人は、結局、今のところ、一人も発見されていないそうだが（酒々井かんづめを除く）——しかし、確率的に、三百万人もいれば、数人くらい、生き残っていてもおかしくはないはずだ。それがないというのは、彼らもまた、『運命』を削られ、死にやすくなっていたから——か？

「必ずしもそうとは言えません。しかし、そうでないとも言えません——ただ、仮にそうだったとするなら、彼らの死を無駄にしないためにも、儀式は成功させなければならないでしょう」

勝手な言い分だ。

だが、残念なことに、筋の通った言い分でもある――絶対平和リーグとの意見の食い違いはあれど、その一点に関しては当初から、彼女の姿勢はブレてもズレてもいないのだ。

五百年前から。

地球への強い憎しみ、強い敵意。

それを胸に抱いているという部分については、種族が違えど、立場が、視点が違えど――氷上達と共通している。

「あなた達がここへと運んできた、七つの魔法の回収の完了をもって、四国からは、儀式により生じたルールがすべて消失し――あとは私が完全に死んで、『バリアー』が解除されれば、四国ゲームも晴れて終了です。お疲れさまでした」

ぺこりと頭を下げる『魔人』には、ラスボスとしての威圧感はない。それらしい風格も雰囲気もない。こういう言い方が適切なのかどうかは氷上にはわからないけれど、物腰丁寧な管理人――まさしく、管理人のようだった。

拍子抜けという気もするが、ある意味、自分達は、この『魔人』と、対等に議論するところまで、プレイヤーとしてのレベルをあげることができたということなのかもしれない。

望んだのは交渉だったが、情報を引き出すことはできても、妥協を引き出すことはできなかった――とは言え。

謎は残ったし、納得できたわけでもないが。

課題もたっぷり残ったが、むしろ増えたが。

持ち越しになったあれこれはさておくしかないが。

ともかく――四国ゲームは終わったのだ。

「まだ終わってないわよ」

氷上が大きく嘆息するのと同時のタイミングで、鋼矢が弛緩しかけた場の空気を一掃するように、言った。

「零余子さんから、『魔人』作りを引き継ぐのが誰か――つまり、『究極魔法』を受け継ぐ、四国ゲームのクリアプレイヤーを誰にするか、まだ決めていない。あたし達八人のうち、誰かがその、『魔人』を作る魔法を受け継がなきゃ、四国ゲームは終わらないわ」

その通りである。

ここまでの道中で、酸ヶ湯からそう促されていた――だが、魔法の継続的な使用は、運命力を削ると言われて、新たなる魔法を受け継ぐというのは、想像以上の高リスクだ。

魔法を捨てたいと思うような話を聞かされたあとで、どうして更に背負い込もうと思うだろう。

まして、究極魔法は今までの魔法とは違う。

ミイラ化するような最期まで見える魔法だ。

おいそれと立候補はできない――けれど、ここまで来て、その魔法を受け継がず、闇に葬るというわけにもいくまい。

そうしてみると、チーム空々の面々、四国ゲームを生き抜いた八人の誰もが、『究極魔法』を手にする、その資格があるように思える。

クリア報酬を得る、優勝者候補。

誰か一人でも欠けていたら、誰もここへは辿り着けなかった。

運命を削られている魔法少女としては異例の長命を誇る杵槻鋼矢も、『写し取り』の魔法を、本来課されていた持ち主よりも巧みに使う、ある意味描かれる『魔人』像に一番近い手袋鵬喜も、唯一、コスチュームを脱がずにゴールラインに到達した地濃鑿も――少女達は全員、魔人『キャメルスピン』の地盤を受け継ぐに足る。

畑こそ違えど、研究者としての資質がずば抜けて高い左右左危ならば、『魔人』作りをこれまで通りに滞りなく、あるいは『魔人』本人がおこなっていたよりももっと合理的に行うだろうし、本来相性の悪い科学と魔法を何気に融合させる傾向を持つ氷上竝生は、これまでとは違うアプローチで、『魔人』作りができるかもしれない。

その目的達成に対し、空々空くらい、シビアな判断ができる者もいないだろうし、彼の独特な発想の飛躍は、『魔人』に必要なものかもしれず——もちろん機械の人造人間『悲恋』ならば、さながらロボット手術のように、ミスのない『魔人』開発を行いうる。

元々『火星陣』であり、魔法技術の元祖であり、また本家である『魔女』、酒々井かんづめについては、言うに及ばず。

こうしてみると、ゲームのクリア地点に、辿り着くべくして辿り着いた八人である——誰が景品である究極魔法を受け取ることになっても、不満は出るまい。

ただ、そのリスクを思うと、それこそジョーカーの押しつけ合いにも似ている。本来、そのジョーカーを、チーム『白夜』に押しつけられたらという目論見だったのだが、しかし、この場に彼女達は一人もいない。

さすが、あれだけ強力な魔法を行使しながら生き続けていただけあって、彼女達のリスク回避の能力は高いらしい……、と、鋼矢は感心する。魔法少女のネーミングは火星語に由来するものだそうだが、彼女達に限ってだけは、単なる語呂合わせだけではなく、やはり五つのスペシャル——五人の『S』という意味もあったという説が、濃厚だ。

彼女達がどこまで、ここで語られたような四国ゲームの真相を把握していたかは定かではないけれど――彼女達の言動を思い出してみるに、すべてを知っていたとは思いにくいが――五人中、生き残った三人は、メンタル的な意味でも、特にスペシャルである。

だからこそ、押しつけてしまいたいとより強く思うが――

いや、でも、そもそも、彼女達には『究極魔法』を受け継ぐ資格がないのだったっけ？

酸ヶ湯課長がそう言っていた。

彼女達だけではなく、チーム空々の中にも、資格を持たない者が二名いる、と――それが右左危博士と、人造人間『悲恋』……。

「酸ヶ湯くんが継いだらぁ？」

と。

その右左危博士が、からかうように言った。

「今の話だと、別に『究極魔法』を受け継ぐのは、四国ゲームのプレイヤーじゃなくってもいいみたいじゃない？　だったら、魔法少女製造課の課長であるあなたが、責任を取って引き継ぐ、でもいいんじゃないの？　責任者なんだから、責任を取りなさいよ」

もちろん、これは駆け引きの一種だろう——確かに、責任の所在だけを探るならば、この場の人間の中で、『究極魔法』のリスクを背負うのは、彼であるべきかもしれない——ただ、正統性はあっても、それで納得する者はいまい。

見方によってはそんなの、完全においしいとこどりだ——絶対平和リーグの幹部クラス、おそらくは唯一の生き残りである彼に与えられるべきは懲罰（ちょうばつ）であって報奨ではない。

それを差し引いても、ここまでくれば、どれほど高リスクであろうとも、その魔法は地球撲滅軍が接収したい——今後の絶対平和リーグの、残党との関係性も踏まえれば、そして、今回の自身の独断専行を帳消しにするためにも、地球撲滅軍が『魔人』作りの舵（かじ）を取りたい。

とは言え右左危博士も、自分にはクリア賞品を受け取る資格がないと言われたことを忘れてはいない——人造人間『悲恋』も、同様に弾かれていることも。だから、氷上か空々に、景品を受け取って欲しいと、勝手なことを思ってはいるけれど、人数的な多数決では、四対二でやや不利だ。

酒々井かんづめは、絶対平和リーグ側と見なさなくとも、三対二対一で、優位になったとは言いにくい——なので、誰が景品を受け取るかが多数決で決まってしまわないように、最初に酸ヶ湯に話を振ったようなものだ。

この辺の如才なさは、チームメイトが相手でも容赦がない――が、この行為はあまりいい結果を生まなかった。

「確かに、世間を騒がしたことについて、責任の一端は感じていますから、自ら名乗りをあげたいところなのですが」

四国を無人の地にしておいて、世間を騒がしたどころではないが、そんなことを言いながら、酸ヶ湯課長はにこやかに答えた――まったく責任を背負っていない表情である。

「僕も無理なんですよ。右左危博士が無理なのと、同じ理由で。そうでなくとも、四国ゲームを生き残ったくらいの強者でないと、『究極魔法』をうまく使いこなせるとは思いませんが――」

「ふうん？　……ねえ、『悲恋』ちゃんはロボットだから、そりゃそうなんだろうって思うけれど、それなら私に資格がない理由を教えてくれる？　一応私も、この寝室にゴールするのに、貢献したつもりなんだけれど……」

自分から申告するのはどうかとも思うけれど、確かに、右左危博士がいなければ、タイムリミットまでにこの島に辿り着くことは、中でも難しかったはずだ。空々が春秋戦争を勝ち抜くために不可欠だったパートナー、人造人間『悲恋』の製作者も彼女であることを思えば、チーム空々のＭＶＰは、案外、途中参加の彼女なのかもしれない。

人格的には賛同できなくとも、彼女がクリア報酬を受け取る資格がないというのは、いかにも唐突で、理不尽であるように氷上も思う。

しかし、酸ヶ湯は先輩からの質問に、答えにくそうにはにかむだけだった——なんだろう、言いにくいようなことなのか？

「男性の口から言うのははばかられることだと思いますので、私から説明します」

と、酸ヶ湯に対する助け船のつもりなのか、魔人『キャメルスピン』が手を挙げた。

男性の口から言うのははばかられること？

氷上は首を傾げ、彼女の言葉の先を待つ——今も印象深い地濃の発言ではないけれど、『魔人』が右左危博士に対して、気遣いの足りない、なにか失礼なことを言うのではないかと、少しだけはらはらしつつ。

年齢はそんなに関係ないらしいが、この言い方、『そんなに』という部分が気になる。

「『魔人』を作る魔法——『究極魔法』を受け取るというのは、コスチュームやステッキというような、いわゆる取り替えのきく、つまり着替えのきく、インスタントなアイテムを受け取るのとは、まったく違う行為です。魔法少女の服を着るのでもなく、魔女の黒衣をまとうのでもない――『魔人』にこそなりませんが、本人の肉体が、そして精神が、とめどない魔性を帯びるということです」

「……返品不可ってわけね。受け取ってしまうと、いわば、一生運命力を削られ続け、死ぬまで不運に見舞われることになるわけだ」

「ええ、そうです」

『魔人』は否定しない――と言うより、そこは別に、今は重要な部分ではないようだ。確かに、酸ヶ湯が先輩のことを慮って聶肩して、そのリスクを避けさせようとしたわけではあるまい。

「アイテムに魔力を宿らせるのではなく、本人に魔力を宿らせるということは、つまり、掛け値なく――嘘偽りなく、本物の『魔女』に、限りなく近い存在になるということです」

そう言えば彼女も、元は『火星陣』を模して作られた存在である――彼女の跡を継ぐということは、そういう存在になるということと、ニアリーイコールなのだろう。

本人が『魔人』になるわけではないにしても、しかし『魔女』のようなものにはなる。

そんなことを言われても、氷上にはあまりピンと来ないけれど――しかし、ただでさえ、わけのわからない化学物質が身体中の血管を巡っている氷上としては、それはただの、『気分の問題』でしかないように思う。優れた能力を持つことで化物扱いされるなんて、だったら人間だろうと魔女だろうと、同じなのではないか。

「いえ、そういうことではないんですよ」

なぜか、妙に優しい調子で、魔人は言った。

「これは資格の問題なのです――『魔女』なんて表現をしていますが、これもやっぱり言い方の問題でしてね。巷間よく言われているように、『魔女』は『聖女』の別名でもあります――振るう力や起こす奇跡もさることながら、白無垢であり、純潔であることが前提となります」

すなわち、と。

『魔人』の出来損ない――『魔女』でもあり『聖女』でもある彼女は、一同に対して、おごそかに告げた。

「『魔女』には処女しかなれません」

5

その場にいる者の大半を少年少女が占めている状況下では、若干過激な物言いをした『魔人』だったが、しかしそのストレートな言い方で、左右左危博士が有資格者ではない理由は明らかになった――何せ彼女は一児の母であり、出産経験がある。

それが『究極魔法』を受け継ぐための条件であるならば、さしもの右左危博士にも、横槍の入れようがない――まあしかし、そう言われてしまえば、それは古典的な伝承でもある。ヒロインの処女性を重んじる文化は、なにも少年漫画の専売特許ではないのだ――その魔術的・秘術的な意味合いは、遥か昔から言い伝えられている。

ある種、これではっきり諦めがついたと、右左危博士はすっきりした気持ちにもなった――三十歳以上はアウト、みたいな年齢制限よりは、まあ、納得できる。

むしろこのとき、急転直下で思わぬ窮地に立たされたのは、なんならその右左危博士を心配さえしていた、二十七歳にして未だ異性と性交渉を持っていないことを子供達の前でバラされてしまった、氷上竝生である。

「な……は、え、ええ？　な、なにを憶測でものを言ってるんですか、な、なにか根拠でもあるんすか？　しょ、証拠は？」

証拠はともかくとして、その取り乱した態度は十分な根拠になりそうだったけれど、見た目は中学生くらいの女子である、戸籍名血識零余子は、大人びた風に、

「なんとなく、そう思いましたけれど……、違いましたか？」

と首を傾げる。

なんとなくでなんてことを言ってくれるんだと思ったが、しかし、だとすると、酸

ヶ湯もまた、なんとなくそう思ったということなのだろう――そりゃあ、口にするのもはばかられるわけだ。

右左危博士個人の問題だと思っていたのに、まさかこんなとんでもない流れ弾を食らうことになろうとは。

『炎血』も使っていないというのに、顔から火が出そうだった――とてもではないが、上司の方角を見れない。

「あー、じゃあ、チーム『白夜』の皆さんが、『究極魔法』をもらえない理由って……、はー、進んでいるんですねー、エリートの女子陣は」

こんなときに限って、察しの良さを発揮する地濃だった――言われるまでそんなことは考えなかった鋼矢だけれど、まあ、魔法少女も女の子なのだから、そういうプライベートがあっても不思議ではない。鋼矢は生き残ることに必死で縁がなかったけれど（大抵の魔法少女もそうだったと思うが）、魔法少女は別に恋愛を禁止されてはいなかった――もしもチーム『白夜』の相手が、上司の酸ヶ湯課長だったりしたら、それは本当に泥沼もいいところだが、まさかそんなことはあるまい……。

「一応、訊いておこうかしら。子供達も、怒らないから、正直にね」

右左危博士が挙手しながら言った。

「エッチしたこと、ある人」

お前人妻で母親だった女がよりによってそんな訊き方をするのか、そんな訊き方されたら嘘をつけないだろうがと、氷上は久し振りに、右左危博士に対して本気の殺意を覚えた——他にも、プライバシーの保護に基づく調査のしようはあるはずで、彼女がこの挙手制を氷上に対する嫌がらせでやっているのは明白だった。心配して、こんなに損した気分になるなんて。

果たして。

手を挙げた者は、右左危博士の他には一人もいなかった——注目も集まっていないのに、氷上はさらし者にされた気分だった。

ただ——空々少年も、挙手していない。

『魔女』というのは、あくまでも言い方であって、それは男性であろうと男子であろうと、条件はまったく同じはずなので、それは十三歳の少年、空々空もまた処女——と言うか、処女性を帯びているということなのだろうが、羞恥と憤怒で、顔どころか全身が炎上しそうになりつつも、その件については心密かに、胸のつかえが降りたような気持ちにもなる氷上だった。

以前、この少年が同居していた『世話係』である剣藤犬个とは、どうやらそういう関係ではなかったらしい……まあ、二十七歳ならばともかく、十三歳では、そちらのほうが普通だが。

「じゃ、候補者はやっぱり、その六人ってことね——残り時間も危ういし、もうじゃんけんかなにかで、ちゃっちゃと決めちゃおっか」

武士の情けなのか、それとも向けられた本気の殺意を察したのか、右左危博士がそこで手を叩いて展開を急がせた——さりげなくじゃんけんを提案したのは、それなら、多数決よりは、地球撲滅軍に目があるという企みなのだろう。

六人の候補者。

杵槻鋼矢。

手袋鵬喜。

地濃鑿。

酒々井かんづめ。

空々空。

氷上竝生。

話し合って決めるようなことでもないし、どうしてもそんな魔法を受け取るのは嫌だと拒否権を発動する者を除いて、じゃんけんか、くじ引きで決めるしかないだろう——氷上がそう思い、まずは辞退者（かんづめと手袋あたりが、辞退しそうだ）を募ろうとしたとき、

「いや……」

と。

そこで遮るように声をあげたのが、空々だった。

「『究極魔法』は、僕がもらうよ。これはチームリーダーとしての専決事項だ」

6

一見、横暴とも取れる空々少年の宣言に、場は一瞬、騒然となりかけたが、

「格好つけるねえ、男の子は」

と、心の底から揶揄するように言う右左危博士の言葉に、みんな、すぐに彼の意図に気付く。

『究極魔法』を受理すれば、アイテムではなく本人自体が魔性を帯びてしまい、生涯不運に見舞われる——という話があったが、それは同時に、生涯、必要とされる処女性を維持し続けなければならないという意味でもある。露骨に言うなら、つまり性体験の禁止であり、それはひいては、恋愛や出産、子育ての禁止にも繋がる——運命力を削られる以前に、失うものが多い。多過ぎる。

特に、十代の多感な少女にとっては。

むろん、二十七歳でも六歳でも、大差ない。

当然、それを言うなら、十代の少年ならば構わないということにはならないのだけれど――この場合、失うものは女子のほうが大きいだろう。

だから空々空は、いつも通り。

ただ合理的に、何も感じず、ここで名乗りを挙げたのだ。

「でも、本当にいいの？　軍神・上杉謙信（うえすぎけんしん）を目指してるってわけでもあるまいし、その歳でする決断にしてはいささか重いと思うけれど」

空々空が『究極魔法』を手にすることは、右左危博士にとっては好都合なのだけれど、しかし、さすがに十三歳の少年のその決断には思うところもあるのか、そんな風に念押しする――もっとも、十三歳というのは、その決断ができるぎりぎりの年齢かもしれないと、そんな現実的なことも思いつつ。

「いいんですよ。それとも、誰か他に、立候補する人はいる？」

空々はまったく迷いのない口調で、皆に訊く――が、誰も何も言わない。いや、何も言えない――そういう事情が明らかになった以上、我が身可愛さというのも当然あるにしても、空々の決意に、口出しができない。

ここぞというここでこそ、地濃が頓珍漢（とんちんかん）なことを言うんじゃないかと、どこか期待する空気さえあったけれど、このときばかりは彼女ですら沈黙を保った。

かろうじて、酒々井かんづめが、

「かんづめやったら、もともとが『まじょ』やから、そのことで、そんなにはこまらんよ」

と言ったけれど、

「でも、きみはもう『魔女』には戻れないって言ってたでしょ……、次は『魔女』には生まれ変われないって。きみはもう、『火星陣』じゃなくって、地球人・酒々井かんづめとして生きていかなくちゃいけない。……きみみたいな子供が、ちゃんと大人になれる世界を作るのが、僕の仕事なんだ」

これは自分の台詞じゃないな、と空々は言いながら思う——自分だって子供の癖に、何を言っているのか。

僕のどこから出てきた言葉なのだろう。

ひょっとして、あの先生の言葉かな？

あの先生——飢皿木鰻。

『きみは人類を救ってもいいし——別に救わなくてもいい』

空々にそう言ってくれた人だ。

「それに——かんづめちゃん。きみは最初から、こうなることがわかっていたんじゃないのかな？」

「……ここまではみえんんよ。みえとったら、とめとる——たしかにもう、かんづめは

『じんるい』なのかもな」

かんづめはそれだけ呟いて、あっさり退いた――『先見性』と言うなら、空々の決意の固さが、彼女には一番、見えてしまうのだろう。

氷上も、年下の上司に対して、一番近くにいる者として、何か言うべきかと思ったけれど――一番近くにいる者ゆえに、何も言えなかった。

処女性、とは言わないけれど。

この少年が、少女の少女性に対して、ある種のコンプレックスに似た気持ちを持っていることを、氷上は知っていたから――つくづくそれを、憎々しくも思う。

剣藤犬个と花屋瀟。

あの二人がこの少年に残した傷は――大き過ぎる。

「リーダーの決断は絶対。そういうルールだったわね」

鋼矢が言った。それを言うのは副将としての役目だったが――正直、嫌な仕事だった。

四国ゲームを生き残ることだけに専心してきて、控えめに言っても、巧緻（こうち）と狡知（こうち）に自信を持つ彼女は、ともかくこの場面さえ生き延びてしまえば、今後の身の振り方なんてどうにでもなると高をくくっていたけれど――ここに来て、空々空という少年に、取り返しのつかない借りを作ってしまった。

取り返しのつかない借りと、返しようのない恩を——これから先、少なくとも地球との戦争が終わるまでは、どういう形であれ、否応なくこの少年の隣に立たなくてはならないと、杵槻鋼矢はそんな風に思った。

彼と敵対的な時期の長かった手袋鵬喜は、そこまでは思わなかったし、チーム『サマー』を崩壊に導いた空々少年のことを、自分はそれでも恨み続けるのだろうと感じるけれど——今、このときだけは、その憎しみを忘れた。

忘れられなくなるくらい、忘れた。

「お見事です、空々空」

その様子を見守っていた『魔人』、血識零余子が、たたえるように言った。

「あなたが今ここでした決断は、少しだけ人類を救いました——私はあなたを、英雄と呼びましょう。それでは、ここに、魔法少女『キャメルスピン』の名をもって、魔人『キャルリスピニュール』の名をもって、四国ゲームの閉会を宣言します」

二〇一三年十月三十一日、午後九時〇九分。

長かった四国ゲームがようやく、終わった。

優勝者は——十三歳の少年、空々空。

飛び入りの乱入で、かつ外部所属者であり、しかも真っ当にプレイしたとは言い難く、運に頼る部分も大きい、実に出たとこ任せのスタイルで、騙しと裏切りを駆使した上に、目を逸らしたくなるような汚い手段もためらいなく使い、最後には強権を発動してかっさらった、英雄像からはまったく程遠い優勝ではあったけれど——しかしながら、それに文句をつける者は、一人もいなかった。

7

「それでは優勝者も決まったことですし、僕はこれで失礼しますよ。四国ゲームの管理責任者として、今後詰めなければならないこともありますので、『究極魔法』の授与式への出席は、辞退させていただきます」

建前めいたことを言って、寝室からそそくさと去っていく魔法少女製造課課長・酸ヶ湯原作の姿に違和感を覚えたけれど、すぐに氷上は、その真の理由に気付く——『究極魔法』の製造のためには、八十八の魔法をすべてコンプリートしなくてはならない、それが条件だった。

つまり、ここで魔法少女『キャメルスピン』に、黒衣を着ている酒々井かんづめを除く七人は、そのコスチュームを返却しなくてはならないということだ——少女を含めた女性が六人脱衣するシーンに、さすがに立ち会うわけにはいかなかったのだろう。

そういう意味では空々も男子だが、景品を受け取るのが他ならぬ彼なのだし、まさか出て行くわけにもいかないだろう――また、そこに至るまでの経緯を思うと、少年の目を意識して、違う部屋で脱いでくるというのも、なんだかはばかられた。

結果、血識零余子と酒々井かんづめを除く全員が下着姿だという、優勝賞品授与式にしてはやけに砕けた雰囲気の場にはなってしまったけれども、ともかく、ややあって、七着のコスチュームと、七つのマルチステッキが、ベッドの上に並べられた――魔法少女『キャメルスピン』は、さっきそうしたように、何も持っていない腕を振った。

それで、コスチュームが消えてなくなるとか、あるいは爆発するとか、そういうことはなかった――ただ、並べられたままであり続けたけれど、不思議と、その神秘性が失われたようにも思えた。

いや、本当に不思議である。

不思議不可思議極まりない。

氷上としてはまったく望まずに着た一着で、サイズも趣味もまったくあってなくて、恥ずかしいというより辱めを受けたみたいな気持ちだったし、しかも着用することで己の運命が削られていくというとんでもない衣服だったのだが――それでも、役割を終えたコスチュームに、お礼を言いたいような気持ちになった。

ともあれ、これで。

四国に散っていた八十八の魔法がすべて、『魔人』の元に返ったわけだ――八十八人の魔法少女達に、否、八十八人の普通の少女達に課されていた魔法が、一人の少女ならぬ者、血識零余子の手に戻った。

そしてそれが、間もなく。

休む間もなく――一人の少年の手に渡る。

「空々空。何か、棒のようなものを持っていませんか？」

『魔人』はもう、少年のことを『空々くん』とは呼ばない――彼女にとって、自分の跡を継ぐ彼は、もう対等か、それ以上の存在だからなのだろう。

ただ、空々のほうにはまだそこまでの自覚はなく、「棒？　ですか？」と、慎重そうに訊き返す。

「ええ。絶対平和リーグの魔法少女が使っていた、おもちゃのような魔法のステッキではなく、文字通りの魔法の杖ですね――あなた自身が魔性を帯びても、しばらくはそれを制御するために、補助装置が必要ですから」

アクセルではなく、ブレーキとしての、魔法のアイテムというわけか――しかし、いきなり棒のようなものと言われても、なかなかぱっと出てくるものではない。

それこそ、ベッドには七本のマルチステッキが並んでいるけれど、四六時中持ち歩くには、デザインがファンシー過ぎる……と、そこで空々は思い出した。

「棒状ではないですけど……元は、そんな形でした」

空々はそう言って、コスチュームを脱いだときに、ぽいと調度の上に置いておいた『それ』を、取りに戻った——氷上はそれ見て、少し嫌な気分になる。そんなことに使ってもらうために、香川の中学校から拾ってきたわけではないのだけれど——

それは、地球撲滅軍の、科学兵器。

空々少年が、唯一、身から離さず四国に持ち込んだ大太刀『破壊丸』——その残骸だった。刃は粉々に砕け、本来の姿は見る影もなく、柄だけしか残っていないけれども——

「構いませんよ。思い入れのあるもののほうがいいでしょう」

「思い入れ」

は、と空々は思う。

この大太刀の、元の持ち主のことを思う。

「あります」

年下の上司の口から、そんな言葉が出るのを初めて聞いた氷上は、右左危博士が言っていた言葉を思い出した——英雄は、いつまでも英雄ではいられない、と。

空々少年も、いつまでも英雄ではないし。

いつまでも少年ではないのだろう――それを思うと、氷上は少し寂しく、少し切なく思う。ただ、それでも、今この部屋の中では、彼は確かに英雄だった。

ふと見れば、魔法少女『キャメルスピン』――血識零余子の姿が、空々と同世代の女の子のそれではなく、元のやせ細ったミイラに戻っていた。

彼女の元に返却された八十八の魔法のうち、『幻覚』の魔法も、『究極魔法』を作る材料として失われ、効果が解除されたということだろう。

しかし、その姿に怯むことなく、空々は彼女に『破壊丸』の柄を差し出した――かさかさの、骨と皮だけの手が、そこに重なる。

「空々空。無責任にも、後と跡を任せます。どうか人類を救ってください――それがあなた自身を救うことにもなるでしょう」

それが最後の言葉だった。

五百年生きた少女の、最後の言葉だった――『破壊丸』が、一瞬、強く発光したかと思えば、まばたきを終えたときには、彼女の姿は、消えてなくなっていた。

跡形もなく――否、跡形は残っていた。

かろうじて形を保っていただけのミイラが、自重で崩れ、寝台の上で粉々になっていた――彼女が着ていた可愛らしいコスチュームも、それらの破片に紛れて残っている。

「…………」

終わった、と空々空は思った。

五百年生きた彼女の死をもって——

どんな魔法でも生き返らすことができないだろう、完全なる死をもって——

本当に四国ゲームは終結したのだった。

空々は大した考えもなく、そのコスチュームに触れてみる——触っただけでもその布地の、縫製や質感が、魔法少女のそれとは違うことは、はっきりとわかった。

四国ゲーム最後の死者、血識零余子が着ていたのは、空も飛べず、魔法も使えず、防御力にも欠ける、何の変哲もない、ただの服でしかなかった。

ただの、可愛くて、お洒落で、ファッショナブルで、趣味色こそ強いながらも統一感のある、ドレッシーである種ガーリッシュな、とても女の子らしい、いわゆる少女向けの——ただの一着の服でしかなかった。

8

四国ゲームも終わり、そのクリア景品の授与式も終わり、そしてそこから先の、地球撲滅軍と絶対平和リーグとの組織的かつ政治的なやりとりを、空々少年は知らない

——もちろん、想像はつく。今や組織としての体をなしていない絶対平和リーグは地球撲滅軍に吸収合併されるだろうし、だから、かの組織の生き残りである杵槻鋼矢、手袋鵬喜、地濃鑿の三人は、地球撲滅軍に編入されることになるだろう。

魔法についてのノウハウを持つ酸ヶ湯原作と、彼が指揮するチーム『白夜』も同じく——当然ながら、四国で彼らの組織が犯した不祥事の責任からは免れないだろうが、それを差し引いてもあまりある強力な五大魔法を、彼らは持っているわけで、地球撲滅軍は彼らを全力で庇うだろうし、その価値はあるはずだ。

『魔女』である酒々井かんづめの、今後の扱いがどうなるのかは微妙だが——しかし、目をかけている空々空がいる限り、彼女も地球撲滅軍に、とりあえず腰を落ち着けてはくれるはずである。

まあ、科学組織である地球撲滅軍の古くからの体質が、絵空事めいた『魔法』を、どこまで受け入れられるかという問題は残るだろうが——それを考えるのは、空々の役目ではない。

では、彼の役目が何かと言えば——一同がそれぞれ、名も知らぬ島の中で、休んだり、考えたり、企んだりする中で、唯一彼にだけ残っている仕事と言えば、そう。

人造人間にして時限爆弾。

『悲恋』をタイムリミットまでに、四国の中央に運ぶという、彼女との約束を守ることだった——放っておいても、彼女は泳いででも無人の四国を破壊しに向かうのだろうが、さすがに今からでは、零時零分までは間に合うまい。

かと言って、コスチュームを返却してしまった空々空は——女装少年ではなくなった空々空は、これまでのように、空を飛んで彼女を、四国に届けることができない。

さてどうしたものかと、空々がいつも通り——『究極魔法』を受け取ろうとも、特に変わらず——行き当たりばったりで考えていると、

「そういう事情なら、僕の服を貸してあげますよ」

と、酸ヶ湯から申し出があった。寝室に戻ってきた彼は既に、背広姿に着替えていて、きれいに畳んだ作業衣を、脇に抱えていた。

「サイズは合わないでしょうけれど、大きい分には問題ないはずです。ちゃんと返してくださいね——『キャメルスピン』亡き今、もう、しばらくの間は、空を飛ぶ服は作れませんから」

「はあ……ありがとうございます」

反射的にそうお礼を言いつつ、この人、背広のほうが全然似合うなあと、空々は場違いなことを思った。『悲恋』が実は爆弾で、爆発のリミットが迫っているということを知っても取り乱さないのは、やはり柔らかい物腰とは裏腹に、図太い根性の持ち主なのだろう。

空々は彼には、魔法のことよりも、むしろ飢皿木先生のことを詳しく聞きたかったけれど、残念ながらその時間はない――挨拶もそこそこに、空々は例によって人造人間『悲恋』を自分の胴体に縛りつけて、そして無人島を出発しなければならなかった。

もちろん、登澱證のコスチュームを脱いだ『悲恋』もまた、他のメンバー同様に、絶対平和リーグの備品であった衣服を着ている――当然、何の魔力も帯びていない衣服だ。

「じゃあ、そらからくん。帰ってきたら、ゆっくり話そうね――話したいことがあるから」

「室長、どうかお気をつけて。その作業衣でだって、運命が削られていることを、お忘れなく」

「そうですよ、私が生き返らせてあげた命なんですから、どうか大切にしてください」

「……行ってらっしゃい」

「『悲恋』ちゃんをよろしくね――四国の上空範囲から離れさえすれば安全だから、ぎりぎりまで一緒にいてあげて」

ろくに話す時間もなかったけれど、鋼矢、氷上、地濃、手袋、右左危博士と、島を出る前にそれぞれ、そんな短い挨拶を交わした——というか、意図的に空々が短く切り上げた。急いでいたというのもあるけれど、なんだか、ちやほやされているみたいで、居心地が悪かったのだ。

ちなみに、酒々井かんづめは、幼児の限界が来たようで、『究極魔法』の授与式終了と共に、寝入ってしまった。

出来がいいのか、それとも作業衣はズボンだから、男子として臆することなく飛べるのか、魔法少女のコスチュームを着ていたときよりもスムーズに飛べたようで、四国のおよそ中心——の焼け野原——に辿り着くまで、考えていたほどの時間はかからなかった。

別に細かい位置にこだわる必要はないのだけれど、物事をランダムに決めるということが苦手な空々は、一応の基準として、昨日の夜、不本意ながら彼が率いたチームが、最初で最後のミーティングを行った場所を探して、その辺りに着地した。

空はもうすっかり晴れて、星空が広がっていたけれど、積もった雪はまだ溶けてなかったので、正確にここがその場所なのかどうかはわからなかったけれど、なにも正確さを求めているわけではない——彼が求めているのは基準だ。

その求めた基準こそがタイムリミットに直結し、今の状況につながっているのだけれど——ともかく、空々は紐をほどいて、『悲恋』を解放してから、一旦腰を降ろして、休憩することにした。

「ありがとうございました、上官。これで私は使命を果たせます」

「うん……よかったね」

ロボットからお礼を言われて、そう受ける空々だったが、しかし、よかったとは、あんまり思っていない——どころか、よくないとさえ思っている。

どうあれ、四国ゲームは終わって、四国の異変は解決したのだ——絶対平和リーグは壊滅したけれども、彼らの悲願であった『究極魔法』自体は、空々に託された。『魔人』の研究なんて言われても、正直言ってどう進めていけばいいのか、まったくわからないけれど——ひょっとすると、次なる『大いなる悲鳴』までに、かの攻撃に対する有効な対策がまとまるかもしれないのだ。

結果だけ見れば、上出来だ。

出来過ぎなくらいである。

だからこそ——無意味に、本当に無意味に、人造人間『悲恋』が自爆することを、空々は『よかった』とは思えない。台風が来ている中、それでも以前からの予定だからと言って、中止になった野球を観戦に行くくらい馬鹿馬鹿しい。四国という土地が日本の国土から消滅することを思えば、マイナスかもしれない。

いや、厳密に言えば無意味ではない。

右左危博士は今頃あの無人島に立って、自らが手がけた愛娘が自爆する様を、その成果を、あますことなく記録しようとしていることだろう――『悲恋』が四国を沈めるその様子は、ひとつの試験ケースとして、今後の彼女の研究に生かされるはずだ。業界ナンバーツーの絶対平和リーグが事実上瓦解した今、『悲恋』の存在をひた隠しにする意味もないわけだから、こうやっておおっぴらにはばかることなく実験できることは、むしろ右左危博士にしてみれば、願ったり叶ったりなのかもしれない――まあ、実の娘を実験台にしていた彼女だ、その辺りの割り切りは、むしろ清々しい。

爆弾は爆発するために作られたのだから、『悲恋』がここで散ることは、むしろ真っ当だと言われると、空々にも反論は難しい――医学の実験で犠牲になる実験動物を、代案も出さずにただ『かわいそう』と言っているのと大差ない。

それだけの話だ。

チームリーダーとしての空々に、『悲恋』を救う力はなかった――『これ以上、誰も死なせない』という空々が、四国ゲーム最終日に向けてたてた目標の甲斐あって、死者は魔法少女『スタンバイ』と魔人・血識零余子の二名に抑えられたけれども――やっぱり、人造であろうとロボットであろうと、これから『爆死』する彼女を、カウントしないわけにはいかないだろう。

まあ。

そう考えると、『究極魔法』が、『悲恋』の自爆を止められる何かでなかったことは、むしろ助かったのかもしれない――もしも『究極魔法』がそういうものだったら、空々は約束を破っていたかもしれないから。

「上官。お休みのところ申し訳ありませんが、時間がありません――そろそろ出発しないと、私の自爆の巻き添えになります」

「ああ……そうだね」

言われて、空々は立つ。

二人になれば、最後に何かする話もあるかと、空々なりに身構えてもいたのだが、そういうことはないらしい――そんなものだろう。

彼女は機械であり。

自分は感情の死んだ人間だ。

最後に交わす会話などない。

それでも、いや、それゆえに、空々は最後にひとつ、あの山中で、かんづめが助けにきてくれたことで、訊きそびれていたことを確認しておくことにした。

「ねえ。どうして『悲恋』は、剣藤さんを裏切ったのが、黒衣の魔法少女『スペース』だって、知っていたの？　それはやっぱり、きみの中に、剣藤さんがいるからら？」

「わかりません。あれは、私のデータベースの中にインプットされていた答でした――情報元は不明です。それが何か？」

「いや……」

端的な答に、空々はそれ以上、追及する気になれなかった。仮に空々の予想通り、『悲恋』の中に、剣藤犬个の残滓があったとしても――それはあくまで、データ上のことでしかない。

写真――そう、遺影みたいなものだ。

そしてもしも、人造人間『悲恋』に対し、共感を覚える自分がいるのだとすれば、それがここで強制的に終わりになることは、それこそ『よかった』ことなのだ。

これから自分が果たさなければならない、魔法少女『キャメルスピン』から、それこそ『課』された仕事のことを思えば――生じたかもしれない共感能力なんて、ここに置いていくべきなのだ。

そう思ったときにこそ、空々は、これまでで一番――人造人間『悲恋』に、共感した。

使命を果たすために自爆する彼女。

英雄としての使命を課された彼。

共感せずにはいられない。

「じゃあね、『悲恋』。……右左危博士に伝えておくことはある？」

「私を作ってくださってありがとうございます。今後は部下への配慮を、怠りなく」

「了解。確かに承った」

そう言って空々は、人造人間『悲恋』に――ひょっとすると、かつての自分の世話係が混じっているかもしれない機械に背を向けて、四国の地から飛び立とうとした。

飛び立とうとした。

そのとき。

「…………っ！」

そのとき、何が起こったのかは、空々少年にはわからなかった――躓いたのかと思った。しかし、空中で何かに躓くなんてことが、あるわけもない――つまり、飛ぼうとして失敗したのだ。

しかし、『魔法』である。

それももっとも基本的な飛行魔法だ――今更失敗なんてするものなのだろうか。そう思って振り返ると、先程背を向けた『悲恋』が視界に入ってきて。

必然、彼女が手にしていた破れた布も、視認できた――破れた布？

空々は首をねじって、胴体をひねるようにして、自分の背中側を見ようとする――自分の背中なんて、身体がよっぽど柔らかくないと見えないものだけれど、幸い、空々は普段からの柔軟体操を怠っていない。

いや、幸いではなく災いだったかもしれない——酸ヶ湯から貸してもらった魔法のコスチュームならぬ魔法の作業衣が、大きく破れているのが目に入ったのは。

「…………」

デザインこそ違え、防御力に関しても、恐らく魔法少女のコスチュームと変わらぬ素材で作られていたとおぼしき作業衣だが……、その布地をたやすく拳で貫くパワーを持つ『悲恋』ならば、つかんで引きちぎることも、また容易だろう。

だが、どうして『悲恋』が、そんなことを？

まるで空々がここから飛び去っていくことを邪魔するような——否、引き留めるようなことをするのだ？

「——わかりません」

訊かれる前に、『悲恋』が答えた。

それはさっき、空々が投げかけた、剣藤犬个にまつわる質問に対したときと、まったく同じ答えだった。

わからない。

わからないけれど——引き留めた。

ロボットでありながら、見るからに『悲恋』は混乱していた——否、ロボットであるからこそ、想定しないエラーに、対応できないでいるのだろう。

　確かなのは、破れた作業衣では、もう空を飛ぶことはできず――空々空は、この場から、間もなく爆心地となるこの場から、避難できなくなってしまったということだった。

「申し訳ありません、上官。すぐに対策を打ちます。私が上官を背負い、四国の範囲外まで運びます――それから」

「いや……、もういいよ」

　そう言って空々は、再びその場に腰を下ろした――どころか、大の字になって、ごろんと雪の上に寝転がった。

　その冷たさが、心地いい。

　そして見上げた星空は――絶景の一言だった。

　一応、こういう景色を美しいと思うくらいの感情は、僕の中にもあったわけだ――と、そんなことを思った。

「うっかり、四国の中心まで来ちゃったからね。飛べないんじゃ、逃げられっこない……これでも、自分が、自分だけが生き残る方法を考えるのは、得意なんだ。だから、もう無理だってわかる」

「上官――」

「いいよ、別にきみのせいじゃない」

たぶんきみの中にいる、誰かのせいだ。

そこまでは空々は言わなかった。

ただ、空々が親友だと思っていた花屋瀟なら、こういう場面で、空々と一緒に死のうとするだろうと、そんな風に思うだけだ——剣藤犬个だけでなく、花屋瀟も『悲恋』の中にいる可能性を思えば、当然、警戒しておくべきだった。

それを怠った空々のミスだ。

だけど、それを悔いる気持ちは、これっぽっちも湧いてこなかった——むしろ、逆だった。

あの悪友らしさを久しぶりに体験して、なんだか懐かしいとさえ、ほのぼのと思ってしまった。

「上官……申し開きのしようもありません」

「だからいいんだって。これまで何度、きみに助けられたと思ってるんだ——それを思えば、むしろこれでようやく、辻褄はあったという気がするよ」

莫大な借金を返しきったような、さっぱりした気分だ——『どうしようもない』という状況が、こんなにも心地いいものだとは思わなかった。

なんて楽なのだろう——あがかなくていいなんて、考えなくていいなんて。

「…………」

いや……。

だからと言って、考えるのをやめるのは、本当はまだ早い。十一月一日の午前零時までは、まだわずかに時間は残っているはずだ。

「今、何時かな？」

「……二十二時五十六分です」

「そう」

つまり、タイムリミットまで、ざっと一時間。

一時間。六十分。三千六百秒。

それだけあれば、まだ、何か思いつくかもしれない。

そうだ、空々空が得意だったのは、生き残る方法を考えることではなく、いつ、いかなる状況でも、諦めずに考え続けることが得意だったはずだ——なのに、どうして、思考と行動を、こんな風に放棄する？

果たすべき使命も、課された役割も。

まだたっぷりと残されているのに。

「疲れちゃったのかな……四国ゲームが終わって、限界が来たのかも」

言いながら、まあそうじゃないなと、なんとなく思う——わかる。それでへこたれるほど、空々空という人間が繊細でないことは知っている。

では、なぜ。

そう設問したとき、答はひとつしかなかった。

降ってわいたように訪れた、剣藤犬个と、あるいは花屋瀟と、一緒に死ねる機会を
――僕は逃したくないんだ。

本当はあのとき――僕は、死んでおくべきだったんだ。

だけれど、強過ぎるがゆえに滅びた魔女とは逆に、弱過ぎる僕は、こうも長々と、こうも延々と、生き延びてしまった。

あのとき、死に損ねた自分を。

ちゃんと殺してあげたい。

それが、二〇一三年十月三十一日の、空々空の最後の思考だった。二十三時〇〇分からの残りの一時間を、彼は久方振りに――あるいは初めて、何も考えずに過ごした。

人造人間『悲恋』もまた、それに従った。

空々空の隣に、上官に対して許可も取らずに、勝手に、寄り添うように寝そべって、そして静かに目を閉じた。

そのまま、何事もなく一時間が、六十分が、三千六百秒が経過した――遥か遠くの無人島では、その頃、送り出した少年が未だに帰還しないことで騒ぎになっていたけ

れど、そんなことは知ったことではなかった。

そして——タイムリミットが訪れた。

時間を止める魔法も、時間を戻す魔法もない。

地球撲滅軍の新兵器、人造人間『悲恋』はその使命に従って、己に組み込まれたプログラム通りに、寸分の狂いもなく、二〇一三年十一月一日の到来と同時に——自爆する。

四国本島を過不足なく、ちょうどぴったり破壊して、粉砕して、沈没させる規模の爆撃を実行せんと、音もなく起動する。

それを止める方法はなかった。

起きるべくして起きる、起こるべくして起こる。

終わるべくして終わる。

その瞬間も空々少年は何も考えていなかった——けれど、隣に彼女を、あるいは彼女を、確かに感じていたのだった。

9

「……うまくいったみたいね」

「そりゃうまくいくわよー。私達が協調したんだもんねー。初めてじゃないのかしら、黒衣の魔法少女同士がこうして、タッグを組むなんてさー」

チームなのにねー。

と、気楽そうに言う黒衣の魔法少女『スパート』に対して、苦虫を嚙み潰したような顔をしているのは、同じく黒衣の魔法少女『スペース』である——地濃鑿が言うところの『進んでいるエリート』、チーム『白夜』の二人だった。

行使する原始に近い魔法の、異様なまでの強大さゆえに、それにプラスすること互いの不仲ゆえに、タッグを組むどころか、一緒に行動することすら滅多にない彼女達は、今、共に宙に浮かび、真下を見下ろしていた。

その視線の先では——十三歳の少年・空々空と、人造人間『悲恋』が、目を閉じて、並んで眠っている。

機械が眠るのかどうかは、専門知識を持たない二人の少女は知らないけれども、まあ、スリープ機能という言葉くらいは聞いたことがある。

確かなのは。

今はもう、十一月一日の午前零時三十分だけれども、二人は無事で、四国も無事だということだった——そのことに、暢気で知られるチーム『白夜』のリーダー、黒衣の魔法少女『スパート』も、口調とは裏腹に、さすがにほっとしていた。

二人の無事はどうでもいいけれど、四国の無事は、意外と郷土愛あふれる彼女には、とても嬉しい——隣に浮かぶ『スペース』は、とにかく、試みに失敗していれば自分達も爆発に巻き込まれていたであろうことを思い、厳しい顔をしつつも、やはり内心、胸をなで下ろしていた。

時限爆弾『悲恋』。

その爆発は現存するどのような魔法をもってしても止められない——時間を戻す魔法も時間を止める魔法もない。また、白兵戦において、彼女を制圧する方法も、今の四国には現実的には存在しない。

それはチーム『白夜』が動員されても変わらない、どうしようもない事実だった——だからこそ。

いっそ、自爆自体は時刻通りにさせてしまいなさい——と、魔法少女製造課課長・酸ヶ湯原作は言ったのだった。

酸ヶ湯は爆弾を抱えた空々を送り出したのち、秘密裏に、チーム『白夜』に指示を出していた——部下とは言え、基本、放任している少女達に、彼がそんな具体的な指示を出すことは、極めてまれなことだった。

自爆自体はさせてしまい。

その爆発こそを制御すればいいんです。

ていたのが幸運だった。

そんなシンプルで、しかし無茶な指示を実行できる二人が、チーム『白夜』に残っていたのが幸運だった。

『火使い』の『スパート』と、『風使い』の『スペース』――『風使い』はこの場合、『大気使い』の別名であり、ならば当然、『酸素使い』の上位互換でもある。

『火』と『酸素』。

爆発に欠かせないそのふたつの要素を、あるいは元素を、操作し、支配しうる二人の魔法少女は、時限爆弾『悲恋』の自爆行為を、最小限に抑えた――機体の表面でわずかに火花が散る程度の極小の小火にまで制御した。

隣で寝ている空々も気付かないほどの破裂音で、本人も目を覚まさないほどの衝撃だ――傍目には、何も起きなかったのと変わらない。不発弾に等しい。

とは言え、爆発は起きたのだし。

つまり、すべては終わったのだ。

「……あのロボットが爆弾だと聞いて、即座に対策を打ったんだから、うちのボスも大したもんだ」

しかも、基本的には高威力でぶっ放すことが本筋のチーム『白夜』の強大なる魔法を、『爆炎』と『酸素』の制御にこそ使用しようという逆転の発想に、驚きを禁じ得ない――もちろん、それが成功したのは、自分達の腕があってこそだという自負はあるけれど。

「あの人があと一年早く魔法少女製造課の長になっていれば、私達は四国ゲームなんてやらずに済んだでしょうね——」

と、『スペース』はしみじみと述懐した。

「かもしれないねー」

と、首肯してから『スパート』は、

「インプットされていたプログラムが実行されたこと自体は間違いないから、あのロボットちゃんの自爆本能も満たされたでしょー。これで絶対平和リーグも、なんとかぎりぎり面目を保ったかなー。これから地球撲滅軍に吸収されるに当たって、少しでも立場をよくしておきたいしねー」

なんて、暢気な口調で、意外と計算高いことを言う——この辺りは、のんびりしているように見えて、チーム『白夜』のリーダーを任されるだけのことはある。

地球撲滅軍の切り札、『新兵器』の自爆本能を、止められはしないにしても、最小限に制御しえたというのは、確かに、科学に対する魔法の勝利であり、それはこれから、不慣れな組織の中で生きていかなければならないすべての魔法少女達にとって、救いにもなり、誇りにもなるだろう。

最後の最後で——科学に魔法が一矢報いた、といったところか。

まあ、次も同じ手が通じるとは限らないが……、危険に身をさらしたことには違いのない彼女達としては、次なんてないことを、切実に祈りたいところだ。

「そんで、『スペース』。どうするのー？」

「……どうするって？」

「またまた、とぼけちゃってー。地球撲滅軍の英雄くんに、次会ったら殺すって、息巻いていたじゃない。今会ったけど、殺さないの？」

からかうようなその言い方に、やっぱり合わないなあ、と、『スペース』は本当に嫌な気持ちになる——その言葉に偽りはなかったとは言え、しかし本意ではなかったが、こうして助けてしまった命を、改めて摘むなんて馬鹿みたいな真似、私にできるわけがないということくらい、リーダーなのだから知っているだろうに。

これでも悪の地球と戦う——正義の魔法少女のつもりなのだ。

いや、そうでなくとも、魔法少女『キャメルスピン』から『究極魔法』を授与されたあの少年に、もう『スペース』は、手出しすることはできない。地球撲滅軍編入後、自分がどういう肩書きを与えられるかは定かではないけれど、職階的にはすべての魔法少女の頂点だった『キャメルスピン』の事業を継いだ彼のほうが上にあたる——だとすると、ここで空々に恩を売っておけたことは、それこそ『スペース』の今後のためには、僥倖だったかもしれない。

こんなことで許されるとは思わないし——だから、許してもらおうとも思っていないけれど。

「それに——もっと恨まれることになるかもしれないわ。どうしてここで死なせてくれなかったのかって」

「あははー。そんなのみんな、一緒でしょー」

快活に笑いながら、『スパート』は言った。

彼女は彼女で、地球撲滅軍に在籍する、どうやら氷上竝生という名前らしい、『炎使い』に会えることを、楽しみにしながら。

「私もいつも思ってるよー。あのときの『悲鳴』で死ねていたら、どんなに楽だったかって」

「………………」

そりゃそうだ、と『スペース』は同意した。

そして二人の黒衣は、上司に誉めてもらうために北の方向へと飛び去って行き——あとには一人の死に損ねた少年と、一体の壊れ損ねたロボットが残された。

空々空。

数奇（すうき）な運命に弄ばれる、我らが英雄。

この日、またしても己を殺せなかった彼は、明日の朝からも、英雄であることを強制され続ける——望むと望まざるとにかかわらず望まれて、その数奇な運命すらをがりがり削りながら、これまで以上に非道の限りを尽くす、これまで以上の犠牲者と被害者を生み出す戦いを、続けることになるだろう。

結局、あくまでも彼は今回、必ずしも本業ではない任務を、かろうじてぎりぎり達成しただけに過ぎず、ならば大局的に見れば前哨戦を終えたわけですらなくて、半年後に二回目の『大いなる悲鳴』を控えた地球との戦いはここからが本番であり、本格化していく戦争が更に苛烈さを増していくことは間違いなく——だけど今だけは、この無人の四国に、彼の穏やかな眠りを妨げる者はいなかった。

隣に彼女を、あるいは彼女を感じながらの、誰にも邪魔されない、つかの間の休息——それは過酷極まる理不尽なゲームを、多大な犠牲と不当な代償を払いながらも、這々の体で命からがら勝ち抜いた少年にとって、とてもささやかで割に合わない、けれど何よりも得難かった、かけがえのない報酬だった。

（第10話）

（終）

（悲録伝——完）

四国事件調査報告書（抜粋）

第九機動室室長
空々空

チーム　『サマー』

	名前	ふりがな	コードネーム	マルチステッキ
1	秘々木まばら	ひびきまばら	パトス（受容）	シネクドキ（丁度）
2	早岐すみか	はいきすみか	コラーゲン（疑心暗鬼）	ナッシングバット（模倣）
3	登澱證	のぼりおりしょう	メタファー（能天気）	ダウングレード（爆破）
4	杵槻鋼矢	きねつきこうや	パンプキン（努力家）	イーチアザー（自然体）
5	手袋鵬喜	てぶくろほうき	ストローク（勘違い）	ステップバイステップ（光線）

チーム　『ウインター』

	名前	ふりがな	コードネーム	マルチステッキ
1	都度井浮世	つどいうきよ	キスアンドクライ（苦労性）	バルコニー（情緒）
2	白臼討議	しらうすとうぎ	マゴットセラピー（反抗期）	テキストレジ（治癒）
3	魚鳥木つづり	ぎょちょうもくつづり	スピログラフ（学者）	バックストラップ（無痛）
4	パドドゥ・ミュール	ぱどどぅ・みゅーる	ゲストハウス（留学生）	カッテージチーズ（無傷）
5	地濃鑿	ちのうのみ	ジャイアントインパクト（紙一重）	リビングデッド（蘇生）

チーム　『スプリング』

	名前	ふりがな	コードネーム	マルチステッキ
1	忘野塞	わすれのふさぎ	アスファルト（独裁者）	アルサクレイグ（伝令）
2	鈴賀井縁度	すずがいえんど	ベリファイ（巡視）	マッドサンド（砂）
3	花綵まなこ	はなづなまなこ	フローズン（設計図）	コモディティ（融解）
4	矢庭ゆべし	やにわゆべし	ベリーロール（因縁）	アモーレス（摩擦）
5	禾幟	のぎのぼり	デシメーション（殉死）	コミッション（振動）

チーム　『オータム』

	名前	ふりがな	コードネーム	マルチステッキ
1	忘野阻	わすれのはばみ	クリーンナップ（指揮官）	ニアイズベター（透過）
2	五里恤	ごりじゅつ	ロビー（天然）	エフォート（絶命）
3	品切しめす	しなぎりしめす	カーテンレール（こっちが姉）	ファイブ（反射）
4	品切ころも	しなぎりころも	カーテンコール（こっちが妹）	ロングロングアゴー（切断）
5	竿沢芸来	さおざわげいらい	ワイヤーストリッパー（気風）	ハンドブック（消滅）

チーム　『白夜』

	名前	ふりがな	コードネーム	マルチステッキ
1	灯籠木四子	とうろぎよんこ	スパート（天才）	ファイアフラッシュ（業火）
2	国際ハスミ	くにぎわはすみ	シャトル（天才）	カスケード（洪水）
3	虎杖浜なのか	こじょうはまなのか	スペース（天才）	ディナイアル（強風）
4	好藤覧	すいとうらん	スクラップ（天才）	マンデーモーニング クオーターバック（土石流）
5	誉田統子	ほんだとうこ	スタンバイ（天才）	ビリジアン（森林破壊）

四国ゲーム管理者

	名前	ふりがな	コードネーム	マルチステッキ
1	酸ヶ湯原作	すかゆげんさく	—	—
2	血識零余子	ちしきむかご	キャメルスピン（挑戦）	—

本書は二〇一五年二月、小社より講談社ノベルスとして刊行されました。

|著者|西尾維新　1981年生まれ。2002年に『クビキリサイクル』で第23回メフィスト賞を受賞し、デビュー。同作に始まる「戯言シリーズ」、初のアニメ化作品となった『化物語』に始まる〈物語〉シリーズ、「美少年シリーズ」など、著書多数。

悲録伝（ひろくでん）

西尾維新（にしおいしん）

定価はカバーに
表示してあります

2023年11月15日第1刷発行

発行者——髙橋明男
発行所——株式会社　講談社
東京都文京区音羽2-12-21　〒112-8001
電話　出版（03）5395-3510
　　　販売（03）5395-5817
　　　業務（03）5395-3615

Printed in Japan

デザイン—菊地信義
本文データ制作—講談社デジタル製作
印刷———株式会社KPSプロダクツ
製本———加藤製本株式会社

落丁本・乱丁本は購入書店名を明記のうえ、小社業務あてにお送りください。送料は小社負担にてお取替えします。なお、この本の内容についてのお問い合わせは講談社文庫あてにお願いいたします。

ISBN978-4-06-533527-7

講談社文庫刊行の辞

二十一世紀の到来を目睫に望みながら、われわれはいま、人類史上かつて例を見ない巨大な転換期をむかえようとしている。

世界も、日本も、激動の予兆に対する期待とおののきを内に蔵して、未知の時代に歩み入ろうとしている。このときにあたり、創業の人野間清治の「ナショナル・エデュケイター」への志を現代に甦らせようと意図して、われわれはここに古今の文芸作品はいうまでもなく、ひろく人文・社会・自然の諸科学から東西の名著を網羅する、新しい綜合文庫の発刊を決意した。

激動の転換期はまた断絶の時代である。われわれは戦後二十五年間の出版文化のありかたへの深い反省をこめて、この断絶の時代にあえて人間的な持続を求めようとする。いたずらに浮薄な商業主義のあだ花を追い求めることなく、長期にわたって良書に生命をあたえようとつとめるところにしか、今後の出版文化の真の繁栄はあり得ないと信じるからである。

同時にわれわれはこの綜合文庫の刊行を通じて、人文・社会・自然の諸科学が、結局人間の学にほかならないことを立証しようと願っている。かつて知識とは、「汝自身を知る」ことにつきていた。現代社会の瑣末な情報の氾濫のなかから、力強い知識の源泉を掘り起し、技術文明のただなかに、生きた人間の姿を復活させること。それこそわれわれの切なる希求である。

われわれは権威に盲従せず、俗流に媚びることなく、渾然一体となって日本の「草の根」をかたちづくる若く新しい世代の人々に、心をこめてこの新しい綜合文庫をおくり届けたい。それは知識の泉であるとともに感受性のふるさとであり、もっとも有機的に組織され、社会に開かれた万人のための大学をめざしている。大方の支援と協力を衷心より切望してやまない。

一九七一年七月

野間省一

講談社文庫 最新刊

相沢沙呼
invert（インヴァート）
城塚翡翠倒叙集
城塚翡翠から読者に贈る挑戦状！ あなたは探偵の推理を推理することができますか？

神永学
心霊探偵八雲 INITIAL FILE
〈魂の素数〉
累計750万部突破シリーズ、心霊探偵八雲。数学×心霊、頭脳を揺るがす最強バディ誕生！

桃戸ハル 編・著
5分後に意外な結末
〈ベスト・セレクション 金の巻〉
読み切りショート・ショート20話＋全編イラストつき「5秒後に意外な結末」19話を収録！

麻見和史
賢者の棘（とげ）
〈警視庁殺人分析班〉
命をもてあそぶ残虐なゲームに新人刑事・如月塔子が挑む。脅迫状の謎がいま明らかに！

似鳥鶏
推理大戦
各国の異能の名探偵たちが北海道に集結した。「推理ゲーム」の世界大会を目撃せよ！

松本清張
ガラスの城
〈新装版〉
エリート課長が社員旅行先の修善寺で死体に。二人の女性社員の手記が真相を追いつめる。

西尾維新
悲録伝
四国ゲームの真の目的が明かされる――。『究極魔法』は誰の手に!? 四国編、堂々完結！

講談社文芸文庫

大澤真幸

〈世界史〉の哲学　3　東洋篇

二一世紀頃、経済・政治・軍事、全てにおいて最も発展した地域だったにもかかわらず、覇権を握ったのは西洋諸国だった。どうしてなのだろうか？　世界史の謎に迫る。

解説＝橋爪大三郎

978-4-06-533646-5　おZ4

京須偕充

圓生の録音室

昭和の名人、六代目三遊亭圓生の至芸を集大成したレコードを制作した若き日の著者が、最初の訪問から永訣までの濃密な日々のなかで受け止めたものとはなにか。

解説＝赤川次郎・柳家喬太郎

978-4-06-533350-4　きL1

檜 周平 サリエルの命題
西尾維新 クビキリサイクル〈青色サヴァンと戯言遣い〉
西尾維新 クビシメロマンチスト〈人間失格・零崎人識〉
西尾維新 クビツリハイスクール〈戯言遣いの弟子〉
西尾維新 サイコロジカル(上)〈兎吊木垓輔の戯言殺し〉(下)〈曳かれ者の小唄〉
西尾維新 ヒトクイマジカル〈殺戮奇術の匂宮兄妹〉
西尾維新 ネコソギラジカル(上)〈十三階段〉
西尾維新 ネコソギラジカル(中)〈赤き征裁vs.橙なる種〉
西尾維新 ネコソギラジカル(下)〈青色サヴァンと戯言遣い〉
西尾維新 ダブルダウン勘繰郎 トリプルプレイ助悪郎
西尾維新 零崎双識の人間試験
西尾維新 零崎軋識の人間ノック
西尾維新 零崎曲識の人間人間
西尾維新 零崎人識の人間関係 匂宮出夢との関係
西尾維新 零崎人識の人間関係 無桐伊織との関係
西尾維新 零崎人識の人間関係 零崎双識との関係
西尾維新 零崎人識の人間関係 戯言遣いとの関係
西尾維新 xxxHOLiC アナザーホリック ランドルト環エアロゾル
西尾維新 難民探偵

西尾維新 少女不十分
西尾維新 本題〈西尾維新対談集〉
西尾維新 掟上今日子の備忘録
西尾維新 掟上今日子の推薦文
西尾維新 掟上今日子の挑戦状
西尾維新 掟上今日子の遺言書
西尾維新 掟上今日子の退職願
西尾維新 掟上今日子の婚姻届
西尾維新 掟上今日子の家計簿
西尾維新 掟上今日子の旅行記
西尾維新 新本格魔法少女りすか
西尾維新 新本格魔法少女りすか2
西尾維新 新本格魔法少女りすか3
西尾維新 新本格魔法少女りすか4
西尾維新 人類最強の初恋
西尾維新 人類最強の純愛
西尾維新 人類最強のときめき
西尾維新 人類最強の sweetheart
西尾維新 りぽぐら!

西尾維新 悲鳴伝
西尾維新 悲痛伝
西尾維新 悲惨伝
西尾維新 悲報伝
西尾維新 悲業伝
西村賢太 どうで死ぬ身の一踊り
西村賢太 夢魔去りぬ
西村賢太 藤澤清造追影
西村賢太 瓦礫の死角
西川善文 ザ・ラストバンカー〈西川善文回顧録〉
西川 司 向日葵のかっちゃん
西 加奈子 舞台
丹羽宇一郎 民主化する中国〈習近平がいま本当に考えていること〉
貫井徳郎 新装版 修羅の終わり(上)(下)
貫井徳郎 妖奇切断譜
額賀 澪 完パケ!
A・ネルソン 「ネルソンさん、あなたは人を殺しましたか?」
法月綸太郎 法月綸太郎の冒険
法月綸太郎 新装版 密閉教室

講談社文庫　目録

法月綸太郎　怪盗グリフィン、絶体絶命
法月綸太郎　怪盗グリフィン対ラトウィッジ機関
法月綸太郎　キングを探せ
法月綸太郎　名探偵傑作短篇集　法月綸太郎篇
法月綸太郎　新装版 頼子のために
法月綸太郎　誰彼〈新装版〉
法月綸太郎　法月綸太郎の消息
法月綸太郎　雪密室〈新装版〉
乃南アサ　不発弾
乃南アサ　地のはてから(上)(下)
乃南アサ　チーム・オベリベリ(上)(下)
野沢尚　破線のマリス
野沢尚　深紅
野村克也／宮本慎也　師弟
乗代雄介　十七八より
乗代雄介　本物の読書家
乗代雄介　最高の任務
橋本治　九十八歳になった私
原田泰治　わたしの信州

原田泰治／原田武雄　泰治が歩く〈原田泰治の物語〉
林真理子　みんなの秘密
林真理子　ミスキャスト
林真理子　ミルキー
林真理子　新装版 星に願いを
林真理子　野心と美貌〈中年心得帳〉
林真理子　正妻〈慶喜と美賀子〉(上)(下)
林真理子　大原御幸〈帯に生きた家族の物語〉
林真理子　さくら、さくら〈おとなが恋して〈新装版〉〉
林真理子／見城徹　過剰な二人
原田宗典　スメル男〈新装版〉
帚木蓬生　日御子(上)(下)
帚木蓬生　襲来(上)(下)
坂東眞砂子　欲情
畑村洋太郎　失敗学のすすめ
畑村洋太郎　失敗学実践講義〈文庫増補版〉
はやみねかおる　都会のトム&ソーヤ(1)
はやみねかおる　都会のトム&ソーヤ(2)〈乱！ RUN！ ラン！〉
はやみねかおる　都会のトム&ソーヤ(3)〈いつになったら作戦終了？〉

はやみねかおる　都会のトム&ソーヤ(4)〈四重奏〉
はやみねかおる　都会のトム&ソーヤ(5)〈IN塀戸〉(上)(下)
はやみねかおる　都会のトム&ソーヤ(6)〈ぼくの家へおいで〉
はやみねかおる　都会のトム&ソーヤ(7)〈怪人は夢に舞う〈理論編〉〉
はやみねかおる　都会のトム&ソーヤ(8)〈怪人は夢に舞う〈実践編〉〉
はやみねかおる　都会のトム&ソーヤ(9)〈前夜祭（内人side）〉
はやみねかおる　都会のトム&ソーヤ(10)〈前夜祭（創也side）〉
原武史　滝山コミューン一九七四
濱嘉之　警視庁情報官〈シークレット・オフィサー〉
濱嘉之　警視庁情報官 ハニートラップ
濱嘉之　警視庁情報官 トリックスター
濱嘉之　警視庁情報官 ブラックドナー
濱嘉之　警視庁情報官 サイバージハード
濱嘉之　警視庁情報官 ゴーストマネー
濱嘉之　警視庁情報官 ノースブリザード
濱嘉之　ヒトイチ 警視庁人事一課監察係
濱嘉之　ヒトイチ 画像解析〈警視庁人事一課監察係〉
濱嘉之　ヒトイチ 内部告発〈警視庁人事一課監察係〉
濱嘉之　新装版 院内刑事

講談社文庫　目録

濱　嘉之　新装版院内刑事〈ブラック・メディスン〉
濱　嘉之　院内刑事〈フェイク・レセプト〉
濱　嘉之　院内刑事　ザ・パンデミック
濱　嘉之　院内刑事　シャドウ・ペイシェンツ
濱　嘉之　プライド　警官の宿命
馳　星周　ラフ・アンド・タフ
畠中　恵　アイスクリン強し
畠中　恵　若様組まいる
畠中　恵　若様とロマン
葉室　麟　風渡る
葉室　麟　風の軍師〈黒田官兵衛〉
葉室　麟　星火瞬く
葉室　麟　陽炎の門
葉室　麟　紫匂う
葉室　麟　山月庵茶会記
葉室　麟　津軽双花
長谷川　卓　嶽神〈上・白銀渡り〉〈下・湖底の黄金〉
長谷川　卓　嶽神伝　鬼哭(上)(下)
長谷川　卓　嶽神列伝　逆渡り
長谷川　卓　嶽神伝　血路
長谷川　卓　嶽神伝　死地
長谷川　卓　嶽神伝　風花(上)(下)
原田マハ　夏を喪くす
原田マハ　風のマジム
原田マハ　あなたは、誰かの大切な人
畑野智美　海の見える街
畑野智美　南部芸能事務所 season5 コンビ
早見和真　東京ドーン
はあちゅう　半径5メートルの野望
はあちゅう　通りすがりのあなた
早坂　吝　○○○○○○○○殺人事件
早坂　吝　虹の歯ブラシ〈上木らいち発散〉
早坂　吝　誰も僕を裁けない
早坂　吝　双蛇密室
浜口倫太郎　22年目の告白〈―私が殺人犯です―〉
浜口倫太郎　廃校先生
浜口倫太郎　AI崩壊
原田伊織　明治維新という過ち〈日本を滅ぼした吉田松陰と長州テロリスト〉
原田伊織　列強の侵略を防いだ幕臣たち〈続・明治維新という過ち〉
原田伊織　虚像の西郷隆盛　虚構の明治150年〈明治維新という過ち・完結編〉
原田伊織　三流の維新　一流の江戸〈明治は「徳川近代」の模倣に過ぎない〉
葉真中　顕　ブラック・ドッグ
原　雄一　宿命〈國松警察庁長官を狙撃した男・捜査完結〉
濱野京子　with you
橋爪駿輝　スクロール
平岩弓枝　花嫁の日
平岩弓枝　はやぶさ新八御用旅(一)〈東海道五十三次〉
平岩弓枝　はやぶさ新八御用旅(二)〈中仙道六十九次〉
平岩弓枝　はやぶさ新八御用旅(三)〈日光例幣使道の殺人〉
平岩弓枝　はやぶさ新八御用旅(四)〈北前船の事件〉
平岩弓枝　はやぶさ新八御用旅(五)〈諏訪の妖狐〉
平岩弓枝　はやぶさ新八御用旅(六)〈紅花染め秘帳〉
平岩弓枝　新装版はやぶさ新八御用帳(一)〈大奥の恋人〉
平岩弓枝　新装版はやぶさ新八御用帳(二)〈江戸の海賊〉
平岩弓枝　新装版はやぶさ新八御用帳(三)〈又右衛門の女房〉
平岩弓枝　新装版はやぶさ新八御用帳(四)〈鬼勘の娘〉
平岩弓枝　新装版はやぶさ新八御用帳(五)〈御守殿おたき〉

講談社文庫　目録

平岩弓枝　新装版 はやぶさ新八御用帳(六)〈春月の雛〉
平岩弓枝　新装版 はやぶさ新八御用帳(七)〈寒椿の寺〉
平岩弓枝　新装版 はやぶさ新八御用帳(八)〈春怨 根津権現〉
平岩弓枝　新装版 はやぶさ新八御用帳(九)〈王子稲荷の女〉
平岩弓枝　新装版 はやぶさ新八御用帳(十)〈幽霊屋敷の女〉
東野圭吾　放課後
東野圭吾　卒業
東野圭吾　学生街の殺人
東野圭吾　魔球
東野圭吾　十字屋敷のピエロ
東野圭吾　眠りの森
東野圭吾　宿命
東野圭吾　変身
東野圭吾　仮面山荘殺人事件
東野圭吾　天使の耳
東野圭吾　ある閉ざされた雪の山荘で
東野圭吾　同級生
東野圭吾　名探偵の呪縛
東野圭吾　むかし僕が死んだ家

東野圭吾　虹を操る少年
東野圭吾　パラレルワールド・ラブストーリー
東野圭吾　天空の蜂
東野圭吾　名探偵の掟
東野圭吾　悪意
東野圭吾　嘘をもうひとつだけ
東野圭吾　赤い指
東野圭吾　流星の絆
東野圭吾　新装版 浪花少年探偵団
東野圭吾　新装版 しのぶセンセにサヨナラ
東野圭吾　新参者
東野圭吾　麒麟の翼
東野圭吾　パラドックス13
東野圭吾　祈りの幕が下りる時
東野圭吾　危険なビーナス
東野圭吾　時生〈新装版〉
東野圭吾　希望の糸
東野圭吾　どちらかが彼女を殺した〈新装版〉
東野圭吾　私が彼を殺した〈新装版〉

東野圭吾作家生活25周年祭り実行委員会　東野圭吾公式ガイド〈読者1万人が選んだ東野作品人気ランキング発表〉
東野圭吾作家生活35周年実行委員会 編　東野圭吾公式ガイド〈作家生活35周年ver.〉
平野啓一郎　高瀬川
平野啓一郎　ドーン
平野啓一郎　空白を満たしなさい(上)(下)
百田尚樹　永遠の0
百田尚樹　輝く夜
百田尚樹　風の中のマリア
百田尚樹　影法師
百田尚樹　ボックス!(上)(下)
百田尚樹　海賊とよばれた男(上)(下)
平田オリザ　幕が上がる
東直子　さようなら窓
蛭田亜紗子　凜
樋口卓治　ボクの妻と結婚してください。
樋口卓治　続・ボクの妻と結婚してください。
樋口卓治　喋る男
平山夢明　魂豆腐〈大江戸怪談どたんばたん(土壇場譚)〉
平山夢明 宇佐美まこと ほか　超怖い物件

講談社文庫　目録

東川篤哉　純喫茶「一服堂」の四季
東山彰良　流
東山彰良　女の子のことばかり考えていたら、1年が経っていた。
平田研也　小さな恋のうた
日野　草　ウェディング・マン
平岡陽明　僕が死ぬまでにしたいこと
ビートたけし　浅草キッド
ひろさちや　すらすら読める歎異抄
藤沢周平　新装版 春秋の檻〈獄医立花登手控え(一)〉
藤沢周平　新装版 風雪の檻〈獄医立花登手控え(二)〉
藤沢周平　新装版 愛憎の檻〈獄医立花登手控え(三)〉
藤沢周平　新装版 人間の檻〈獄医立花登手控え(四)〉
藤沢周平　新装版 闇の歯車
藤沢周平　新装版 市塵(上)(下)
藤沢周平　新装版 決闘の辻
藤沢周平　新装版 雪明かり
藤沢周平　義民が駆ける〈レジェンド歴史時代小説〉
藤沢周平　喜多川歌麿女絵草紙
藤沢周平　闇の梯子
藤沢周平　長門守の陰謀
古井由吉　この道
藤田宜永　樹下の想い
藤田宜永　女系の総督
藤田宜永　女系の教科書
藤田宜永　血の弔旗
藤田宜永　大雪物語
藤　水名子　紅嵐記(上)(中)(下)
藤原伊織　テロリストのパラソル
藤本ひとみ　新・三銃士 少年編・青年編〈ダルタニャンとミラディ〉
藤本ひとみ　皇妃エリザベート
藤本ひとみ　失楽園のイヴ
藤本ひとみ　密室を開ける手
藤本ひとみ　数学者の夏
福井晴敏　亡国のイージス(上)(下)
福井晴敏　終戦のローレライ I〜IV
藤原緋沙子　遠花火〈見届け人秋月伊織事件帖〉
藤原緋沙子　春疾風〈見届け人秋月伊織事件帖〉
藤原緋沙子　暖鳥〈見届け人秋月伊織事件帖〉
藤原緋沙子　霧の路〈見届け人秋月伊織事件帖〉
藤原緋沙子　鳴子守〈見届け人秋月伊織事件帖〉
藤原緋沙子　夏ほたる〈見届け人秋月伊織事件帖〉
藤原緋沙子　笛吹川〈見届け人秋月伊織事件帖〉
藤原緋沙子　青嵐〈見届け人秋月伊織事件帖〉
椹野道流　亡羊の嘆〈鬼籍通覧〉
椹野道流　新装版 暁天の星〈鬼籍通覧〉
椹野道流　新装版 無明の闇〈鬼籍通覧〉
椹野道流　新装版 壺中の天〈鬼籍通覧〉
椹野道流　新装版 隻手の声〈鬼籍通覧〉
椹野道流　新装版 禅定の弓〈鬼籍通覧〉
椹野道流　池魚の殃〈鬼籍通覧〉
椹野道流　南柯の夢〈鬼籍通覧〉
深水黎一郎　ミステリー・アリーナ
藤谷　治　花や今宵の
古市憲寿　働き方は「自分」で決める
船瀬俊介　かんたん「1日1食」!!〈万病が治る！ 20歳若返る！〉
藤野可織　ピエタとトランジ
古野まほろ　身元不明〈特殊殺人対策官 箱崎ひかり〉

古野まほろ　陰陽少女
古野まほろ　陰陽少女〈妖刀村正殺人事件〉
古野まほろ　禁じられたジュリエット
藤崎　翔　時間を止めてみたんだが
藤井邦夫　大江戸閻魔帳
藤井邦夫　三つの顔〈大江戸閻魔帳(二)〉
藤井邦夫　渡世人〈大江戸閻魔帳(三)〉
藤井邦夫　笑う女〈大江戸閻魔帳(四)〉
藤井邦夫　罰当り〈大江戸閻魔帳(五)〉
藤井邦夫　福の神〈大江戸閻魔帳(六)〉
藤井邦夫　野暮天〈大江戸閻魔帳(七)〉
藤井邦夫　仇討ち異聞〈大江戸閻魔帳(八)〉
福澤徹三／糸柳寿昭　忌み地〈怪談社奇聞録〉
福澤徹三／糸柳寿昭　忌み地　弐〈怪談社奇聞録〉
福澤徹三／糸柳寿昭　忌み地　惨〈怪談社奇聞録〉
福澤徹三／糸柳寿昭　忌み地　屍〈怪談社奇聞録〉
福澤徹三　作家ごはん
藤井太洋　ハロー・ワールド
藤野嘉子　60歳からは「小さくする」暮らし　生き方がラクになる

富良野　馨　この季節が嘘だとしても
藤井聡太／山中伸弥　前人未到
辺見　庸　抵抗論
星　新一　エヌ氏の遊園地
星　新一編　ショートショートの広場①～⑨
本田靖春　不当逮捕
保阪正康　昭和史　七つの謎
堀江敏幸　熊の敷石
本格ミステリ作家クラブ編　ベスト本格ミステリ　TOP5〈短編傑作選002〉
本格ミステリ作家クラブ編　ベスト本格ミステリ　TOP5〈短編傑作選003〉
本格ミステリ作家クラブ編　ベスト本格ミステリ　TOP5〈短編傑作選004〉
本格ミステリ作家クラブ選・編　本格王2019
本格ミステリ作家クラブ選・編　本格王2020
本格ミステリ作家クラブ選・編　本格王2021
本格ミステリ作家クラブ選・編　本格王2022
本格ミステリ作家クラブ選・編　本格王2023
本多孝好　君の隣に
本多孝好　チェーン・ポイズン〈新装版〉
穂村　弘　整形前夜

穂村　弘　ぼくの短歌ノート
穂村　弘　野良猫を尊敬した日
堀川アサコ　幻想郵便局
堀川アサコ　幻想映画館
堀川アサコ　幻想日記店
堀川アサコ　幻想探偵社
堀川アサコ　幻想温泉郷
堀川アサコ　幻想短編集
堀川アサコ　幻想寝台車
堀川アサコ　幻想蒸気船
堀川アサコ　幻想商店街
堀川アサコ　幻想遊園地
堀川アサコ　魔法使ひ
堀川アサコ　メゲるときも、すこやかなるときも
本城雅人　境界〈横浜中華街・潜伏捜査〉
本城雅人　スカウト・デイズ
本城雅人　スカウト・バトル
本城雅人　嗤うエース
本城雅人　贅沢のススメ

講談社文庫　目録

本城雅人　誉れ高き勇敢なブルーよ
本城雅人　シューメーカーの足音
本城雅人　ミッドナイト・ジャーナル
本城雅人　紙の城
本城雅人　監督の問題
本城雅人　去り際のアーチ〈もう一打席！〉
本城雅人　時代
本城雅人　オールドタイムズ
堀川惠子　裁かれた命〈死刑囚から届いた手紙〉
堀川惠子　死刑の基準〈「永山裁判」が遺したもの〉
堀川惠子　永山則夫〈封印された鑑定記録〉
堀川惠子　教誨師
堀川惠子　戦禍に生きた演劇人たち〈演出家・八田元夫と「桜隊」の悲劇〉
堀川惠子・小笠原信之　チンチン電車と女学生〈1945年8月6日・ヒロシマ〉
誉田哲也　Qros（キュロス）の女
松本清張　草の陰刻
松本清張　黄色い風土
松本清張　黒い樹海
松本清張　ガラスの城

松本清張　殺人行おくのほそ道（上）（下）
松本清張　邪馬台国　清張通史①
松本清張　空白の世紀　清張通史②
松本清張　カミと青銅の迷路　清張通史③
松本清張　天皇と豪族　清張通史④
松本清張　壬申の乱　清張通史⑤
松本清張　古代の終焉　清張通史⑥
松本清張　新装版　増上寺刃傷
松本清張他　日本史七つの謎
松谷みよ子　ちいさいモモちゃん
松谷みよ子　モモちゃんとアカネちゃん
松谷みよ子　アカネちゃんの涙の海
眉村卓　ねらわれた学園
眉村卓　なぞの転校生
麻耶雄嵩　翼ある闇〈メルカトル鮎最後の事件〉
麻耶雄嵩　痾
麻耶雄嵩　メルカトルかく語りき
麻耶雄嵩　夏と冬の奏鳴曲（ソナタ）〈新装改訂版〉
麻耶雄嵩　神様ゲーム

町田康　耳そぎ饅頭
町田康　権現の踊り子
町田康　浄土
町田康　猫にかまけて
町田康　猫のあしあと
町田康　猫とあほんだら
町田康　猫のよびごえ
町田康　真実真正日記
町田康　宿屋めぐり
町田康　人間小唄
町田康　スピンク日記
町田康　スピンク合財帖
町田康　スピンクの壺
町田康　スピンクの笑顔
町田康　ホサナ
町田康　猫のエルは
町田康　記憶の盆をどり
舞城王太郎　煙か土か食い物〈Smoke, Soil or Sacrifices〉
舞城王太郎　好き好き大好き超愛してる。

2023年9月15日現在